요시와라 유녀와 비밀의 히데요시

조선탐정 박명준

허수정 장편소설
요시와라 유녀와 비밀의 히데요시
조선탐정 박명준

초판1쇄 발행 2016년 11월 15일

지은이 허수정
발행인 서정환
펴낸곳 신아출판사
주소 전북 전주시 완산구 공북 1길 16(태평동 251-30)
전화 (063) 275-4000 · 0484 · 6374
팩스 (063) 274-3131
이메일 shina2347@naver.com   sina321@hanmail.net
출판등록 제465-1984-000004호
인쇄 · 제본 신아출판사

저작권자 ⓒ 2016, 허수정
이 책의 저작권은 저자에게 있습니다. 서면에 의한 저자의 허락없이 내용의 일부를 인용하거나 발췌하는 것을 금합니다.
COPYRIGHT ⓒ 2016, by Heo Sujeong
All rights reserved including the rights of reproduction in whole or in part in any form.
저자와 협의, 인지는 생략합니다.
잘못된 책은 바꿔 드립니다.

ISBN 979-11-5605-374-3   03810

값 13,800원

> 이 도서의 국립중앙도서관 출판예정도서목록(CIP)은 서지정보유통지원시스템 홈페이지 (http://seoji.nl.go.kr)와 국가자료공동목록시스템(http://www.nl.go.kr/kolisnet)에서 이용하실 수 있습니다.(CIP제어번호: CIP2016024611)

Printed in KOREA

요시와라 유녀와 비밀의 히데요시
조선탐정 박명준

허수정 장편소설

| 차례 |

서막 *009*
1막 두 사람이 움직이다 *021*
2막 부교와 소녀를 만나다 *061*
3막 산발머리를 통해 윤곽를 좁히다 *101*
4막 에도로 가다 *129*
5막 여자, 노래하다 *161*
6막 여자, 사랑을 말하다 *199*
7막 린, 등장하다 *227*
8막 린, 적진에 잠입하다 *263*
9막 백만 대공세가 임박하다 *305*
10막 린, 노能를 노래하다 *341*
11막 그녀의 편지를 읽다 *369*
12막 천수각이 불타다 *393*
13막 쇼군 이에쓰나 교토로 은밀히 행차하다 *415*
종막 *429*
작가의 말 *435*

박수영이 임진년의 변란을 당하자 적 속으로 들어가
나라를 배반하였으니 형벌을 내리지 않을 수 없습니다.
하니,
윤허 한다고 답하였다.

1605년 선조 38년 6월 17일
조선왕조실록

서막

1665년 2월 25일 오사카大坂.

일몰 무렵부터 기온이 떨어지더니, 밤이 이슥해지자 제법 싸늘해졌다. 거기에다 먹구름이 장악한 하늘은 금방이라도 뇌성을 동반한 비를 뿌릴 것처럼 사나워 보였다. 거리는 이미 술시戌時 경부터 행인들의 왕래가 뜸해졌다. 선착장들도 마찬가지였다. 사람들이 일찍 하역을 끝내고 부리나케 귀가하는 바람에 언제나 인파로 붐볐던 센바船場 일대는 물론이거니와 미나미호리南堀의 마치야町屋상가주택으로 이루어진 거리, 상업지구를 말함 거리도 평소와 달리 한산해졌다. 자정 무렵이 되자 정월正月처럼 추워져 인적은 뚝 끊겼고, 행상이나 날품팔이들이 모여 사는 여기저기의 나가야長屋공동주택조차 취객의 모습을 찾기 힘들었다. 기껏해야 지신반自身番소방 장비를 갖춘 자치적인 경비초소를 말함에서 나온 야경꾼이 목을 잔뜩 움츠리고 종종걸음을 쳤을 뿐이었다. 그런데 저 멀리 오사카 성大坂城 북쪽에서부터 흘러 들어오는 오오가와大川에 야카다부네屋形船지붕에다 다다미방이 있어 식사나 술을 마실 수 있는 놀잇배 한 척이 나타나더니, 유유히 히가시요코 운하東橫運河를 지나 도톤 운하道頓運河로 진입하고 있었다.

늦은 시각에다 추워진 날씨에도 아랑곳없이 주유舟遊하는 모습이 순검을 도는 야경꾼들의 시야에도 물론 들어왔지만, 야카다부네라 굳이 검문하지 않았다. 그들은 단지 혀를 차며 허허, 사랑 놀음에 시간 가는 줄도 모르는구먼, 하고 부러운 눈길로 쓱 바라보고 지나치기 일쑤였다. 팔자 좋은 거상巨商이 기녀妓女를 끼고 운우지정雲雨之情에 빠진 모습을 상상하며 시시덕거리는 이도 있었다. 그래서 야카다부네는 어떤 제지도 받지 않고 천천히 물살을 가르며 나아갔다.

이윽고 히라노平野의 거상 야스이 도톤安井道頓이 설치한 도톤바시道頓橋 인근에 이르자, 야카다부네는 수심이 얕은 곳에서 천천히 멈췄다. 그리고 다다미방에서는 뜻밖에도 거상이나 기녀가 아닌, 일단의 가부키모노歌舞伎者전국시대부터 요란하고 이상한 복장으로 거리를 활보하는 협객의 무리들을 말함 복장을 한 무리들이 튀어 나왔다. 사공은 그들에게 손길로 소우에몬초宗右衛門町 마치야 일대를 가리켰다. 가부키모노들의 선봉에 선 사내 하나가 사공에게 뭐라고 속삭이곤 나머지 일행을 향해 따라오라고 손짓했다. 선두의 사내가 그 무리들의 우두머리인 듯, 나머지가 군소리 없이 뒤를 따랐다. 그들은 대담하게도 손초롱이나 횃불을 든 채 배에서 뛰어내려 강둑으로 건너갔다. 십여 명 정도였는데 하나둘을 빼놓고는 무사들처럼 매우 민첩했다. 야트막한 강둑을 날렵하게 올라간 그들은 드문드문 불빛이 보일 뿐, 적막에 싸인 소우에몬초를 향해 달려 나갔다. 인적이 끊긴 마치야를 지나, 쓸데없는 소음도 내지 않은 채 나가야 골목골목을 통과하더니 시마노우치島之內로 빠지는 길목으로 들어섰다. 샛길과 골목길을 돌고 돌았던 덕분에 불빛을 밝히고 있었는데도 야경꾼들과 맞닥뜨리지는 않았다. 그리하여 길목 끝자락에 자리 잡은 사찰 앞에 이르러서야 선두에 선 우두머리가 비로소 걸음을 멈추었다. 뒤를 따르던 이들이 우두머리를 향해 빙 둘러섰다. 무리 중의 하나가 횃불을 들어 절의 산문 오른쪽의 현판懸板을 비추었다. 현판의 글씨가 불빛에 쓱 드러났다.

白柄寺

볼품없고 규모가 작은 사찰 시라쓰카지였다. 유서 깊은 천년의 사찰 시덴노지四天王寺를 비롯해 곳곳의 번듯한 사찰들에 비하면 거의 여염집 수준이었다. 그러나 현판이 보여주듯 절은 절이었다. 거기에다 공식적이진 않지만, 남편의 난봉이나 폭력으로부터 도망쳐 온 부인들을 보호한다는 엔키리데라緣切寺와 같은 절이라는 소문까지 은밀히 나돌고 있는 곳이었다.

무리의 우두머리가 현판을 지그시 바라보더니 입술을 일그러뜨리며 소리 없이 웃었다. 곧 문을 사정없이 두들겼다. 그 바람에 여기저기에서 개가 짖어대기 시작했다.

묘한 일이었다. 이동할 땐 작은 소음마저 죽였던 그들이었는데 이제는 아무런 거리낌이 없는 듯 보였다.

"여기가 어디라고, 간이 배 밖으로 나왔나, 누구야? 이 밤에?"

이윽고 산문 안에서 짜증부리는 소리가 들렸다. 거칠게 쪽문이 열리더니, 민머리 사내가 아직 잠에서 덜 깬 기색으로 얼굴을 내밀었다. 가부키모노 복장을 한 우두머리를 일별하곤 민머리 사내가 찜부럭한 표정으로 다시 신경질을 내려는데, 가부키모노의 우두머리가 일순간의 망설임도 없이 품에서 검을 꺼내 그대로 베어버렸다. 그야말로 순식간이었다.

무슨 영문인지도 모른 채 민머리는 얼굴이 반으로 갈라지고 말았다. 피가 허공으로 치솟았다. 동시에 우두머리 뒤의 사내들이 달려들어 쪽문으로 들어가 산문을 활짝 열었다. 우두머리가 안으로 성큼성큼 들어가자 나머지 일행들이 출정하는 병사들처럼 함성을 질렀다.

"에잇!"

"에잇!"

"오!"

스산했던 정적은 완전히 파괴되었다.

뒤이어 주변의 개들이 일제히 소란스럽게 짖는 것만큼, 그 일대의 나가야에서 하나둘 불이 켜지기 시작했다. 가부키모노들은 전혀 개의치 않았다.

우두머리가 손을 들었다. 함성이 멎었다. 사내들은 모두 검을 뽑았다. 사찰 안 승방을 비롯해 여기저기에서 뭐야, 뭐야, 하면서 온몸에 문신으로 치장을 한 사내들이 훈도시^{褌}만 걸치고 마당으로 쏟아져 나오는가 하면, 승려처럼 머리를 민 사내들이 튀어 나왔고 몇몇 여자들이 옷을 제대로 걸치지도 못한 채 방에서 고개를 내밀기도 했다. 우두머리가 어안이 벙벙한 사내들을 향해 서슬이 퍼렇게 고함쳤다.

"우리는 협객 도당 하타모토얏코^{旗本奴}의 시라쓰카구미^{白柄組}다! 그런데 네놈들은 감히 우리 이름을 빌려 시라쓰카지라 사칭하고, 막부^{幕府}의 허가도 없이 엔키리데라의 흉내를 내면서 수많은 부녀자를 능욕하고 인신매매했다. 그뿐만 아니라, 무엄하고 교활하게도 오사카

조다이^{大坂城代} 오사카를 통괄하는 에도막부의 관직를 현혹하여 각종 공사의 이권을 따내고 스모 경기나 노 공연을 빌미로 업자로부터 잇속을 채우거나 도박장 운영으로 선량한 상인들을 등쳤다. 이는 우리의 터전을 짓밟은 짓, 더 이상은 묵과할 수 없어 오늘 우리는 기만과 날조, 거짓의 씨앗을 뿌리 뽑으려 한다! 저항하는 자는 모조리 베어버리겠다. 이는 하늘을 대신해 시라쓰카구미가 내리는 천주요, 응징인 것이다!"

"에잇!"

"에잇!"

"오!"

우두머리가 말을 마치자, 나머지 가부키모노들이 하늘을 찌르듯 검을 어깨 높이 쳐들었다.

아닌 밤중에 홍두깨라는 표정으로 승방을 나온 사내들이 그제야 기겁을 했다. 뭐야, 뭐야, 하면서 뒷걸음질 치는데 가부키모노들은 빨랐다. 사정없이 검을 휘두르며 앞으로 치고 나왔다. 처참한 비명과 핏줄기가 경내를 휘돌았다. 난데없는 야습에 사찰의 사내들은 저항다운 저항도 못하고 칼에 맞아 나동그라지거나 꽁무니 빼기에 급급했다. 여자들도 앞 다투어 주고^{廚庫}로 도망치는데 경황이 없어 아예 벌거벗은 경우도 있었다. 아수라장이 따로 없었다.

가부키모노들은 종루를 거쳐 법당^{法堂}을 돌파하고 그 너머 방장^{方丈}이 있는 곳까지 몰려갔다. 그야말로 순식간이었다.

사찰의 주지가 거처하는 방장답게 그 주변은 무장을 한 승려와 낭인들이 대적하고자 전열을 가다듬고 있었다. 가부키모노들은 거침없이 그들 앞으로 달려들었다.

"오야분親分두목을 의미함을 지켜라!"

"비켜라!"

방장을 지키는 사내들은 맹렬히 맞섰다. 가부키모노들은 제대로 맞서려는 그들을 기다렸다는 듯 마음껏 검을 휘둘렀다. 검과 검이 어지럽게 부딪쳐 나가면서 쓰러지는 건 사찰의 사내들이었다. 사내들의 코가 베이고 팔이 떨어지고 몸통이 잘라져 나갔다. 실력의 차이가 워낙 컸다. 사찰의 무리들은 아예 적수가 되지 못했다.

방장의 정면을 지키던 무리들이 힘없이 무너지자, 가부키모노들은 건물 안으로 진입했다. 이미 사전 탐색을 철저히 한 듯, 그들은 익숙하게 긴 복도를 달려 안채 깊숙이 자리 잡은 서실로 물밀듯 돌진했다.

자신들의 주지를 지키려는지 ㄱ 자 형으로 꺾어진 복도 모퉁이를 가로막으며 승려 예닐곱이 마지막까지 창과 검으로 완강하게 버텼다. 그 사이 머리를 밀지 않은 사내 둘이 허겁지겁 복도 끝자락에 위치한 서실로 달려가 장지문 앞에 부복했다. 숨을 헐떡거리며 그들이 절규했다.

"오야분! 습격당했습니다."

서실 안은 바깥의 참혹한 상황을 실감하지 못하는지 조용했다. 장지문은 금방 열리지 않았다. 그들이 한 번 더 부르짖자, 문이 열리더니 건장한 사내가 나왔다. 머리는 승려처럼 밀었지만 옷은 상가 사람처럼 고소데小袖를 입고 있었다. 그의 수하로 보이는 사내 둘이 저마다 입에 거품을 물며 황망히 사태의 심각성을 알렸다.

오야분으로 불린 사내가 수하들에게 가타부타 대꾸를 하지 않고 눈살만 잠깐 찌푸렸다. 그러더니 고개를 돌려 방안의 누군가에게 말을 걸었다.

"단나사마檀那様, 말썽이 생긴 것 같으니 일단 몸을 피하셔야겠습니다."
"음. 이거야 원. 하필 내가 있을 때에……."

오야분에게 윗사람의 호칭인 단나라고 불린 사내가 그렇게 중얼거렸다.

그는 일단 봉직하는 무사 같았다. 머리 모양부터 옷차림, 두 개의 검을 가지고 있는 것부터 그러했다. 피비린내와 비명이 방안까지 밀려오는데도 지극히 냉정한 기색도 잃지 않았다. 그는 서책 하나를 서둘러 품 안에 넣고 자리에서 일어나 검 두 자루도 허리에 찼다. 그리고 방의 한쪽에 놓인 책장을 힐끗 쳐다보며 고개를 천천히 끄덕거렸다.

수하들은 안절부절못했으나, 오야분과 무사는 어디까지나 의연해 보였다.

수하들이 앞장서서 뒷문 쪽으로 급히 빠지려 하였으나, 저항선을 돌파한 가부키 모노들이 이미 들이닥치고 있었다.

이를 악물더니 수하 둘이 으아아앗! 하고 기합과 함께 검을 휘두르며 길을 뚫으려 하였으나, 가부키모노들의 우두머리가 가볍게 제압했다. 수하들이 피를 뿌리며 복도로 고꾸라졌다. 그러나 목숨이 경각에 달릴 만큼 깊게 칼에 맞지 않아 두 명의 수하는 바닥에서 괴로이 뒹굴었다. 완전히 숨을 끊을 생각이 없는지 우두머리는 괘념치 않았다.

그런 우두머리를 가만히 지켜본 무사가 눈을 부릅떴다. 누구인지 알고 분노하는 기색이었다.

"이런……."

무사는 격하게 말을 뱉었다. 그런 무사를 보며 우두머리가 차갑게 미소 지었다.

그러자 오야분이 무사의 눈치를 슬쩍 살피며 갑자기 우두머리를 향해 마치 투항하듯 달려 나갔는데, 가부키모노 하나가 그의 뒤로 쏜살같이 접근하더니 검으로 허리를 푹 찔러 그대로 관통시켜 버렸다. 그 모습에 경악한 무사가 뒷걸음질 치며 검을 뽑았다. 오야분은 피가 콸콸 쏟아지는 허리와 아랫배를 움켜잡고 어이가 없다는 표정으로 무사와 가부키모노의 우두머리를 번갈아 보며 같은 말을 몇 번이고 되풀이했다.

"뭐야, 뭐야, 내가 칼에 맞다니! 이거 뭐야? 이거! 뭐냐고? 도대체가 내가 왜……."

그러더니 무릎이 꺾이고 휘청하며 오야분은 그대로 엎어졌다. 죽어야 할 이유를 모르겠다는 듯 두 눈을 부릅뜨고 절명했다.

이제 남은 건 무사 하나였다. 우두머리가 검을 머리 위로 치켜든 상단 공격자세를 취하며 무사에게로 서서히 다가갔다. 우두머리가 거리를 좁혀 오자, 무사는 오른손으로 검을 중단에 놓더니 품에 넣은 서책이 빠지지 않도록 왼손을 옆구리에 걸친 채 뒷걸음질 치기 시작했으나, 이미 나머지 가부키모노들은 복도 양쪽을 에워쌌다.

마침내 우두머리가 일격을 가할 수 있는 간격으로 파고들었다. 무사의 뒤쪽에 있던 가부키모노들도 벼락같이 공격해 왔다.

앞뒤의 적들을 향해 무사가 검을 날렸으나 역부족이었다. 좌우의 공격을 막지 못해 그만 옆구리에 검이 깊숙이 박혔다. 그것이 신호가 된 듯 가부키모노들의 검들은 일제히 무사를 향해 날라 갔다. 무사는 발버둥 쳤지만 소용없었다. 피칠갑이 된 무사는 비틀거리면서도 눈을 부릅뜨고 우두머리를 노려보았다. 어깨, 옆구리, 아랫배를 가부키모노들의 검들이 뚫고 나가, 피범벅이 된 상태이지만 안간힘을 쓰며 버틴 채 오직 우두머리만 노려보고 있었다. 그리고 짐승처럼 포효했다.

"이, 이놈! 변장을 한, 한다고 해, 해서 모를 줄 알았더냐? 이, 이놈!"

다음 순간, 우두머리의 검이 허공을 세차게 갈랐다. 무사의 정수리부터 정확히 그어버렸다. 우두머리의 얼굴로 피가 사정없이 튀었다. 무사는 거목이 무너지듯 결국 쓰러졌다. 우두머리가 다가가서 무사의 품에 있던 서책을 꺼내들었다. 책은 이미 무사처럼 피로 범벅이었다. 책만이 아니었다. 피는 온 사방에 내처럼 흘러내렸다.

가부키모노들은 소기의 목적을 달성한 듯 서실 안까지 수색하지 않았다. 오히려 복도의 중간에 달려 있던 사방등四方燈을 끄고 서실 방안의 촛불마저 꺼 버렸다. 곧 방안에는 어둠이 빠르게 밀려들었다. 촛불이 꺼진 서실 안은 언뜻 보면 아무도 없는 것 같았다. 그러나 책장 옆으로 누군가가 웅크리고 있었다. 긴 머리와 가녀린 어깨선. 여자 같았다······.

목적했던 바를 이루었다는 듯 서실을 등진 채 우두머리가 가부키모노 중의 누군가에게 손짓했다. 일행의 후미에 있던 가부키모노 하나가 그제야 횃불을 들고 우두머리 곁으로 휘청휘청 다가왔다. 횃불을 든 가부키모노는 다른 이들과는 달리 얼굴에 분장도 거의 하지 않은 채였다. 그래서 안색이 하얗게 질려 있는 게 역력히 드러났다. 횃불을 든 손도 부들부들 떨리고 있었다.

복도에 뒹굴고 있던 수하 중 하나가 고개를 살며시 들어 횃불의 가부키모노를 보다가, 저 녀석은…… 하며 고통으로 찌푸리고 있었던 눈을 휘둥그레 뜨고 말았다. 누군지 익히 안다는 기색이었다.

우두머리가 횃불을 향해 짜증나는 표정으로 지시했다.

"어이, 퇴물 배우 뭘 꾸물거려? 빨리 불을 붙여!"

"아, 예, 예, 알겠습니다요……."

퇴물배우라 불린 그는 비틀거리면서 쓰러져 있는 오야분과 무사를 향해 횃불을 가져가더니 불을 붙이기 시작했다. 우두머리가 서책을 불이 붙은 무사에게로 던졌다. 곧 서책도 시신과 함께 불타올랐다. 그 사이 다른 두어 명도 횃불로 복도 여기저기에 불을 놓기 시작했다.

콰르릉—

시라쓰카지에 불길이 치솟을 즈음, 벼락이 치고 천둥이 천지를 진동시키듯 울렸다. 급기야 굵은 빗방울이 마구발방 떨어지기 시작했다. 방화의 불꽃이 활활 타오르기도 전에 빗줄기는 곧 거세졌으며 무섭게 쏟아졌다. 그리고 오사카의 치안과 행정을 맡은 부교쇼奉行所의 도신同心부교쇼에 소속되어 서무와 경찰의 업무를 본 관리들이 사찰로 마침내 출동해 왔다. 근처 나가야의 주민들도 물동이를 이고 진둥한둥 나타나는 바람에, 시라쓰카지 주변은 졸지에 인산인해를 이루었다.

그러나 가부키모노들은 사찰의 뒷문으로 누구의 제지도 받지 않은 채 철수하고 있었다.

 빗줄기와 주민들의 발 빠른 소화 덕분에 불길은 곧 잡혔다. 허나 사찰 내부의 일부를 태운 불길은 이미 몇몇 시신들을 새까맣게 그을려 버려 실상 형체를 알아보기도 어렵게 만들어 놓았다. 역한 냄새가 진동하는 가운데 부교소의 도신들은 구역질하면서도 서실에 숨어 있던 소녀를 다행히 구출해 냈다. 오야분의 수하 둘도 큰 화상을 입지 않은 채 가까스로 구명되었다.

 오사카의 한 사찰에서 터진 집단 참살慘殺 사건은 저 멀리 에도江戸의 막부를 격노시켰으며 오사카의 주민들을 경악시키기에 충분했다.

《1막 두 사람이 움직이다》

1665년 5월 말경 부산 두모포 왜관豆毛浦倭館.

물품을 점검하는 상인들과 출항을 앞둔 배에 짐을 싣는 인부들로 포구는 북적댔다. 이따금 바닷바람이 불기도 했으나 오후의 강렬한 햇살이 한여름 날씨를 방불케 하여, 짐꾼들의 얼굴엔 구슬땀이 쉬지 않고 흘러내렸다.

관헌에게 이것저것 설명하던 명준明俊의 얼굴도 마찬가지였다. 때 아닌 더위에 명준은 손바닥으로 이마의 땀을 닦으며 하늘을 한번 올려다보았다. 구름 한 점 없는, 눈부시게 맑은 하늘이었다. 갈매기 한 무리가 완만한 곡선을 그리며 날아가는 게 보였다. 곁의 관헌이 공연히 낯을 찡그리며 투덜거렸다. 비대한 몸집에 유난히 창백한 안색이었다.

"오늘 왜 이렇게 더운지…… 어디 가서 단술이라도 한 사발 들이키든지 해야겠구먼."

"문정관問情官 나리, 그럼 이 정도로 해 둘까요?"

명준이 미소 지으며 나직이 말하자, 관헌은 헛기침을 두어 번 했다.

"자네가 하는 일이니 어렵겠나. 나야 잠상潛商을 적발해내는 게 일인지라, 자네가 관계하는 배라면 믿을 만하이."

"말씀만이라도 고맙습니다, 나리."

"그나저나……."

"예, 나리."

"오늘 나가는 배 점검이야 이 정도로 해둔다 치고, 일본에서 들어오는 세견선歲遣船 도착이 사흘 후던가?"

"예, 나리."

"음, 그러면 말일세……."

관헌이 눈을 가늘게 뜨고 주변을 슬쩍 둘러보며 말을 이었다.

"체면도 있고 해서 내가 직접 왜관의 관수館守에게 부탁하기는 뭐하고…… 요번에 들어오는 배에 청淸나라 상인들이 찾는다는 대마도對馬島 특산품인 표고버섯도 선적되어 있다 하던데."

"예, 그렇습니다. 대마도야 농지가 부족한 대신 산림이 워낙 울창해 버섯들이 자라기에 최적이라 일본 내에서도 으뜸으로 치지요. 청국 상인들에게도 제법 인기가 많습니다."

"그야 그렇겠지. 으흠, 그거 말일세. 한 움큼 정도 맛이라도 보면 좋겠구먼."

"아, 그 비싸기로 유명한 대마도산 표고버섯을 드셔 보셨던가요?"

"뭐, 전에. 음, 연로하신 어머님께서 참 좋아하셔서…… 으흠."

명준의 시선을 피하는 관헌의 낯이 낮술을 마신 것처럼 붉어진다. 명준은 관헌의 속마음을 넘겨짚곤 아무렇지도 않은 안색으로 대수롭지 않게 말을 이었다.

"그야 뭐 어려운 일이겠습니까? 그런데요, 나리, 마침 장이 오늘

섰는데, 표고버섯을 취급하는 점포도 없지 않으니, 거기서 구입하시면 당장 맛을 볼 수 있을 텐데요. 사흘씩이나 기다릴 것이 뭐 있겠습니까?"

"으흠!"

관헌이 아랫배를 내밀고 실없이 헛기침을 해대더니, 지나가는 행인을 흘기며 미간을 또 찡등그렸다. 행인이 고개를 돌리자 찔끔한 관헌이 걸음을 어기적어기적 옮기기 시작했다.

"그럼 가네. 자네가 뒷일은 알아서 하게. 으흠."

"살펴 가십시오, 나리."

등 돌린 관헌이 퉁명스레 말을 뱉곤 총총 사라졌으나, 명준은 고개까지 깊이 숙이며 예를 갖춰 주었다. 그리고 돛을 올린 범선 쪽으로 가서 선주에게 왜관 관수의 도항증명서를 건네며 일정을 논의했는데, 몇몇 일꾼들이 명준에게 손을 흔들며 반갑게 인사했다. 명준도 동료를 대하듯 허물없이 그들에게 손을 흔들어 주었다.

이윽고 명준은 선주에게 인사하곤 자리에서 물러났다. 장이 열려 있는 왜관의 동관 객사客舍 쪽으로 걸음을 천천히 옮기는 표정이 모처럼 여유로웠다.

왜관은 포구만이 아니라 동관의 길목에서부터 인파로 시끌벅적했다. 매월 정기적으로 열리는 장날이라 가히 활기가 넘치고 있었다. 관헌들의 감독하에 교역이 이뤄지는 개시대청開市大廳만이 아니라 거리 곳곳에도 노점露店이 펼쳐져 있었다. 물론 일본 본토와 같은 마치야가 없는 건 아니지만 매월 여섯 차례 열리는 장날은 그야말로 대목이라 한몫을 잡으려는 사람들은 거리까지 점거해 좌판을 펼쳤고 관헌이나 마치야의 주인들도 눈감아 주는 게 관례였다. 오히려 행상을 고용해 일부러 거리로 내보는 경우도 없진 않았다. 덕분에 흔치 않은 노점이나 행상들도 볼 수 있어, 마치 축제날 같았다. 상주하는 주민들로선 자못 즐거운 날이 아닐 수 없다. 그래서 이 날 만큼은 일본인이고 조선인이고 간에 구별이 없었다. 그저 섞여 들어 부대끼고, 흥정하며 서로가 필요로 하는 것을 거래하는 정겹고 평화로운 풍경만이 일상이었다.

이런 소소한 일상에 덩달아 흥겨워진 명준도 딱히 볼일이 있는 건 아니었지만 인파 속에 뒤섞여 느긋하게 걸으며 여느 사람처럼 이것저것을 구경했다. 덥긴 해도 쾌청한 날씨만큼, 시퍼런 하늘처럼, 가슴이 탁 트여 있는 기분이었다. 거기에다 본토에서나 볼 만한 야타이屋台지붕이 있는 수레가 자리 잡아 경단과 소바蕎麥, 단팥죽 같은 먹을거리를 팔고, 그 앞에서 조선인이든 일본인이든 간에 누구나 정신없이 먹어치우는 모습을 보면 공연히 군침이 돌기도 해 명준은 몇 번 입맛을 다시기도 하였다. 어쩜 저렇게도 맛있게들 먹는지. 하기야 저들은 녹봉을 받는 무사武士나 고용살이 일꾼을 부리는 거상巨商들이 아니다. 대개 객지를 떠돌며 돈을 벌어 가족을 부양하거나 행상을 하거나 점포에 고용된 일꾼이다. 하루 벌어 하루 먹고사는 형편이니, 모처럼 야타이에서의 식음食飮이야말로 무사나 거상이 느낄 수 없는 별미 중의 별미가 되고도 남았을 것이다. 구김살이 깃들 여지가 없으니 어찌 표정이 나쁘랴. 생생한 기백마저 느껴진다. 그건 일본인이든 조선인이든 간에 민초들이라면 갖는 생명력 같다. 새삼스레 그런 생각도 들자 정말로 배가 출출해진다. 점심 먹은 지 얼마 되지 않았는데, 하면 나도 한 그릇 할까.

그런데 언제부터인지는 모르겠지만, 명준은 등 뒤에서 날아오는 날카로운 시선을 문득 느끼게 되었다. 누군가가 자신을 조용히 뒤따라오고 있는 것 같았다. 어디 하는 기분으로 명준은 된장과 쓰케모노漬物 절임 식품을 말함 등을 파는 노점 앞으로 가서 물건을 고르는 체 하며 슬그머니 곁눈질해 보았다. 아니나 다를까, 누군가가 따라서 걸음을 멈추고 딴청을 부리며 기다리는 기색이다.

허허, 미행인가. 다시 발걸음을 옮기면서, 명준은 등 뒤로 중개 물품을 주고받을 때처럼 신경을 세웠다. 몇 발자국 더 걸음을 내딛다가 갑자기 멈춰 서서 뒤를 휙 돌아보았다. 그 바람에 일정한 거리를 두고 뒤를 따르는 것 같은 청년이 반사적으로 움찔하며 저도 모르게 뒷걸음질 친다. 명준이 쓱 일별을 해 보니, 풍채가 굉장히 수려한 청년이었다.

그는 짓토쿠十德 학자나 의사 등이 입던 나들이 옷 차림이었다. 머리 모양도 앞머리를 밀지 않고 뒤로 넘겨 묶은 소하쓰総髪이다. 제법 서생書生의 분위기가 물씬 났다. 얼굴이 붉어지면서 당황하는 기색이었는데 짙은 눈썹과 깊은 눈매도 인상적이었다. 아직 앳되어 보이기도 해, 왜관의 거리와는 전혀 어울리지 않는, 세상의 모진 풍파를 전혀 겪지 않고 귀하게 성장한 청년 같았다. 흡사 교토京都 공가公家 교토의 조정에 봉직하는 귀족이나 관리의 총칭의 자제라고 떠벌려도 속아 넘어갈 정도였다. 이런 분위기의 도령이 왜관에서 자신을 미행하다니, 영문을 도무지 알 수가 없다. 그나저나 이상하게도 낯이 익은 듯싶기도 해 명준은 고개를 갸웃했다.

명준이 물끄러미 바라보고 있자, 청년은 포기했는지 어깨를 으쓱하더니 성큼성큼 발걸음을 내딛었다. 명준을 서너 발자국 앞둔 자리에서 걸음을 멈추고 청년은 예의바르게 머리를 숙여 인사했다.

"제가 뒤따라오는 것을 진작 눈치 채셨군요. 박명준 님, 오랜만에 뵙습니다."

시원시원한 어조에 듣기 좋은 목소리보다는 자신의 이름이 불린 것에 대해 명준은 깜짝 놀랐다. 이름까지 알고 있는 걸 보면 다른 사람과 착각해 미행한 것도 아니다.

"누구신지요? 나를 아시는 분인가 본데. 나는 누군지 기억이 잘……."

청년이 명준의 말허리를 자르며 길거리에서 십년지기를 우연히 조우한 것처럼 반갑게 소리친다.

"역시, 명준 님이 맞았군요. 아아, 다행이다. 첫눈에 알아보았습니다. 제 얼굴이 기억나지 않습니까?"

"글쎄요, 낯이 익기는 하지만."

"저, 마쓰오 바쇼松尾芭蕉입니다! 십 년 전 사건 말입니다!"

바쇼? 그 이름 덕분에 명준은 눈을 똥그랗게 뜨고 말았다.

바쇼라고 스스로를 밝힌 청년은 재회의 기쁨을 표정에 드러내며 금방이라도 명준을 와락 끌어안을 것 같은 기세였다.

허허…… 명준은 웃음 비슷한 탄성을 금할 수가 없었다. 왜 아니겠는가. 정말로 마쓰오 바쇼라면 정말로 놀라운 일이 아닐 수 없기 때문이었다. 사실 명준에게 있어서 바쇼라는 이름이 가진 의미는 각별났다. 그날, 그 십 년 전 사건 이후. 바쇼를 가슴 절절히 찾았던 것은 아니었지만 그렇다고 그 이름이 뇌리에서 쉽게 사라질 수야 없었다. 그만큼 십 년 전 교토에서 조선통신사朝鮮通信使가 얽힌 연회장 살인사건의 내막과 파장은 크고 깊고 넓었다. 그때 열한 살이었던 바쇼는 사건의 중심에 있었다. 그 역할로 볼 때 솔직히 열한 살짜리가 감당할 일은 아니었다. 그 점을 고려하면 지금도 애틋해진다. 그런데 십 년 만에 바쇼가 눈앞에 불쑥 나타났다. 그것도 귀하게 자란 도령처럼 훌쩍 커서 해후를 기뻐하고 있다.

"바쇼? 정말로 바쇼 군이란 말인가요?"

뭔가 실감이 나지 않고 얼떨떨하다. 아무리 왜관이라 하나 조선 땅, 에도나 교토가 아닌 여기서 십 년 전의 바쇼를 다시 만나게 되리라곤 전혀 상상도 못했다. 바쇼는 한 발자국 더 앞으로 나오더니 손으로 자신의 얼굴을 몇 번이고 가리키며 제발 기억해 달라는 듯 너스레를 부린다, 이 얼굴이 기억나지 않습니까?

기억이 나기 시작한다. 어릴 때의 모습이 남아 있다. 쭉 뻗은 콧대도 그렇고 깊은 눈매가 인상적인 것도 십 년 전의 느낌 그대로다. 그때 교토와 에도에서의 나날들이 주마등처럼 눈앞을 스쳐간다. 역시 바쇼다. 정말로 반갑다. 그리고 여기에는 도대체 어쩐 일인가 싶기도 하다.

바쇼는 에도 막부의 쇼군將軍 도쿠가와 이에쓰나德川家綱의 쌍둥이 동생이다. 그 사건 이후부터 형인 이에쓰나가 바쇼의 뒷배가 되어 보살펴주고 있다는 얘기는 진작 들어 알고 있었다. 상가의 고용살이 일꾼도 아니면서 왜관에 유유히 나타날 수 있는 것도 그 때문일 게다. 하지만 여행 삼아 여기까지 온다는 건 납득하기 어렵다.

"예, 이제야 기억나십니까?"

"허허, 정말로 믿을 수가 없군. 여기서 보다니……."

"다행입니다, 기억하셔서!"

명준은 환하게 웃으며 가까이 다가가 바쇼의 양손도 덥석 잡아보았다. 이렇게 늠름하게 성장을 했구나, 하는 덕담도 덧붙였다. 바쇼의 손길은 여자처럼 고왔다.

"그러고 보니, 십 년만이네. 그간 잘 지냈는가?"

명준이 갑자기 삼촌이 조카와 재회하듯이 살갑게 대하자, 위화감 때문인지 한 순간 바쇼가 당황하는 기색을 보이긴 했다. 그러나 어설퍼 보이는 미소를 얼굴에 띠며 조카처럼 곧 넉살을 부렸다.

"예, 예, 저야 뭐…… 정말 반갑습니다."

"정말로 바쇼 군이지?"

"어이쿠, 아무려면 제가 막부의 수장이겠습니까?"

"그러면 좋지. 부탁하고 싶은 것도 많은데 말일세."

"이런, 하하하."

"이젠 어디에 내놔도 손색없는 청년이구먼. 자네가 쓰번津藩에서 봉직하고 있다는 얘기는 진작 들었네만. 행색을 보면 무사로서가 아닌 유학자로 일하는 모양이구먼."

"저야 뭐 검劍하고는 어울리지 않으니까요. 형님 덕분에 편하게 일합니다. 이렇게 여기저기를 마음껏 주유할 수 있는 특권조차 누리고 있다니까요. 하하하."

뭔가 말에 가시가 있는 듯해 조금 신경이 쓰이긴 한다. 뒷배인 쇼군 덕분에 누리는 자유로움에 대한 스스로의 자조라면 사실 무리도 아니다. 쇼군 가문의 형제 간이라면 애증이 교차하기 마련이다.
 "그나저나 명준 님이야말로 여전하십니다. 전혀 늙지 않으셨네요. 첫눈에 알아봤다니까요. 하하하."
 "이거 고마운 말이구만. 허허허."
 이제 위화감은 사라진 모양이다. 조카처럼 넉살을 부리려 작정한 듯 바쇼가 이번엔 가지런한 이마저 훤히 드러내며 과하게 웃어댔다. 일면, 청년다운, 젊디젊은 웃음이다. 보기에 나쁘지 않다.
 "먼 길을 온데다 명준 님마저 이렇게 우연찮게 뵙게 되니, 이게 꿈인가 생시인가 싶습니다."
 "아니, 우연은 아닌 것 같으이."
 "예? 아니, 그거야 뭐……."
 "일부러 나를 만나러 먼 길을 온 것 같은데, 마침 잘됐네. 점심을 들긴 했으나 지천으로 널린 음식을 보니 뭐라도 먹고 싶었던 참이었네. 자주 가는 객점이 있으니 글로 가세나."
 "아, 그러시다면 제가 대접해 드리겠습니다."
 "그럴 수야 없지. 길손에 대한 대접은 내가 하겠네. 이래 보여도 형편이 그다지 궁색하지는 않네."
 "저도 우에사마^{上様 쇼군에 대한 존칭}께서 형님인지라 여유로운 편입니다."
 "나 또한 우에사마께서 여러 편의를 봐 준 덕분에 일본 어느 번이든 자유롭게 드나들 수 있는 특별 통행허가증까지 지니고 있다네. 자네 형님 덕택에 장사를 잘하고 있으니 식대는 내게 맡기세."
 "그럼, 그럴까요?"
 "그건 그렇고 나를 용케 찾았네그려."

"좀 고생했지요."

"도모에鞆絵 씨에겐 그간 몇 번 들렀다면서?"

"예, 자주 찾아뵙지 못해 언제나 송구한 마음입니다. 그런데 명준 님과는 이상하게도 길이 어긋나서 제가 들렀을 때는 늘 부재 중이셔서."

"그랬군."

"얼마 전에 마음먹고 찾아뵈었을 때 일러주시더군요. 지금은 왜관에 계시다면서. 그래서 무작정 바다를 건넜습니다. 운이 정말로 좋았던 거지요."

"허허, 무모하기는. 이건 뭐 병사가 철포 없이 전쟁에 나가는 것과 진배없구먼."

"헤헤, 가끔 무모한 사나이無鉄砲な男라는 말은 듣긴 합니다."

"아무리 그래도 그렇지, 약속도 잡아 놓지 않고 무작정 바다를 건너다니. 하여간에 자네 배짱도 보통이 아닐세."

"예, 무모한 점에 대해선 반성하고 있긴 합니다만, 명준 님을 이렇게 만나 뵙게 되었으니, 여하튼 하늘이 도왔고 도모에 님 덕분이기도 합니다요!"

"허허, 사람도 참."

대화를 나누다 보니, 어느새 스스럼없게 된다. 십 년만이 아니라, 달포 전에도 만났던 것 같아 명준은 바쇼의 어깨를 한 번 툭 치며 활짝 웃었다. 그러곤 자, 그럼 이리 따라오게 하며 앞장섰다. 바쇼는 정말로 삼촌을 따라가는 조카처럼 크게 대답하고 걸음을 내딛는다. 그런 붙임성이 오히려 위화감을 들게 해 명준은 그를 슬쩍 곁눈질하

1막 두 사람이 움직이다

기도 했다.

바쇼에겐 왜관 곳곳이 상당히 이채로운가 보다. 뒤따라오면서도 연신 사방을 두리번거린다. 이나리稻荷곡식의 신를 모신 신사神社를 보고는 혀를 내두른다. 본토와 영락없네요, 하는 감탄도 몇 번이나 되뇐다. 그뿐만 아니라 사전 조사도 꽤 했는지 이런 말도 묻는다.

"그런데 말이지요, 명준 님. 들리는 말에 의하면 쓰시마 번주藩主가 거주지를 옮겨 달라는 요구를 조선 조정에 여러 차례 하고 있다면서요?"

이거 참, 제법이다. 쓰번에 의탁해 있는 신세이면서도 어찌 이런 정보까지 듣고 있누.

"음, 부지가 협소하니까 그런 거지."

"하면 여기에 상인들이 얼마나 상주하는 겁니까?"

"듣기로는 처음 세워졌을 땐 3백 명 정도였다는데 금방 천여 명이 넘었다 하더군. 지금은 훨씬 많네."

"오호, 성황이로군요. 하면 허가도 받지 않은 잠상들도 제법 설치겠네요?"

"그런 면도 있네. 일부 조선상인들이 여기서 교환되는 은을 청나라와의 무역에서 결제의 대금으로 사용하는 경우도 적지 않으니 그들 입장에서 큰 이득이거든. 쌀小作米의 대금으로 관헌의 눈을 피해 은을 요구하는 경우도 있네. 교역의 규모가 커질수록 이런저런 잠상들이 끼어들기 마련이야. 다 적발한다는 건 어렵지. 허나, 본시 교역이란 그런 것일세. 필요로 하기 때문에 서로 간에 거래를 하니까 말일세."

"흠, 조선상인들 입장에서도 여기의 교역은 극히 중요할 테니 규

제란 없을수록 좋겠군요?"

"그러하네. 교역량으로 보면 매월 여섯 차례 장이 열리긴 하나 그것만으로 부족하지. 그래서 특별히 열리는 장도 있을 정도이니까. 공정한 규칙만 상호 간에 적용된다면 지나친 간섭은 오히려 부작용을 불러일으킬 수도 있지. 뭐, 어쨌든 깊이 생각해 볼 문제일세."

"상주하거나 거래하는 상인들 입장에서는 그렇겠습니다. 아무튼 간에 여긴 손색없는 일본인 마을입니다. 이나리 신사도 본토의 모습과 똑같이 있는 게 놀랍더라고요."

"허허, 이나리님 말고도 다른 신을 모시는 신사도 몇 채 더 있네."

"어이쿠 장사꾼들이라 재물의 신들만 잔뜩 있는 거 아닙니까?"

그렇게 명준과 바쇼가 정담을 나누며 인파 속을 빠져 나가는데, 한 사내가 노점의 상인에게 수작을 붙이고 있으면서도 두 사람을 슬쩍슬쩍 살피고 있었다. 상가에 고용된 일꾼처럼 상호가 염색된 겉옷 핫피法被에다 모모히키股引ㅣ통이 좁은 남자용 바지를 입고 있어 누가 봐도 상가의 고용인처럼 보이는데, 눈매만큼은 검선처럼 날카로운 사내였다. 두 사람이 시야에서 서서히 멀어지자 사내는 손에 든 낫토 봉지를 노점상에게 도로 내밀곤, 어슬렁어슬렁 따라가기 시작했다. 이런 사는 것처럼 사람 정신없게 만들더니, 하면서 노점상이 나직이 투덜댔다.

동관에 비해 서관 쪽은 단속을 당해 파리만 날리는 도박장처럼 한산했다. 장이 열린 동관에 인파가 몰렸으니 당연한 현상이지만 그런 면도 바쇼에게는 신선했는지 이 건물 저 건물 살피는 시선이 호기심 가득한 아이처럼 빛난다.

명준은 주머니가 두둑하지 않는 고용살이 일꾼이나 뱃사람들도 부담 없이 이용하는 가게로 바쇼를 안내했다. 고급스럽진 않지만 요리의 종류도 많고 맛도 있어 왜관의 대관代官이나 조선의 역관譯官들도 심심치 않게 이용하는 곳이라고 설명하자 바쇼는 벌써부터 군침을 삼키는 기색이다. 게다가 뭐가 그리 신기한지, 가게 안으로 들어가서는 여전히 촌에서 상경한 길손처럼 구경하는데 정신이 팔린다. 물론 이곳은 깔끔한 내부 장식, 청결해 보이는 식탁이나 식기를 구비했지만 이 정도의 가게라면 일본 전역에 지천으로 널려 있다. 그렇게 새롭지도 않을 텐데 바쇼는 주방 오른쪽 벽에 걸린, 성인 관례를 치르기 전의 젊은 남자인 와카슈若衆를 묘사한 그림이 마음에 드는지 멀거니 바라보기도 한다. 내심 짚이는 게 없진 않지만 명준은 아무 말도 않고 바쇼의 소매를 끌어 자리에 일단 앉혔다. 점심때가 지난 시각에다 장날 탓에 가게 안은 손님 두어 명 정도만 식탁 하나를 차지하고 있었다. 그들을 힐끗 보곤 명준이 바쇼와 마주앉자, 그림 속의 남자처럼 준수한 젊은 종업원이 주방에서 나오더니 꾸벅 인사했다. 바쇼가 종업원을 흘깃거리다가 너스레를 또 떨었다.

"단골인가 봅니다, 역시 여기서도 꽤나 인망을 쌓았군요."

"허허, 사람 참. 자자, 뭘 먹겠나? 아, 여긴 장어구이가 특히 맛있네. 여름이 목전이니까 먹어보겠나?"

"오호, 그렇습니까? 장어…… 조선에 와서 장어를 맛볼 수 있다니…… 이거, 미처 생각지 못한 행운이네요."

"허허, 여긴 쓰시마 사람들만 들락거리진 않네. 본토의 상인이나 고용살이 일꾼들도 드물지 않아. 에도에서 즐기는 음식이 있다 한들 하등 이상한 일이 아니지."

"그렇겠군요. 하면 여름이니까 일단 장어부터 시작하지요."

"몸을 보신할 필요가 있단 뜻이로군. 어떤 얘기를 가져 왔기에?"

"어이쿠, 이거 못 당하겠네요."

명준이 종업원에게 장어를 주문하고, 이윽고 기름기가 자르르 흐르는 장어구이가 나오자, 바쇼가 또 아이처럼 호들갑을 떤다.

"이야, 이거 얼마 만에 보는 장어인지! 와카和歌고유의 시가를 절로 불러 보고 싶네요. 아, 그러고 보니 만요슈万葉集고대 와카를 수록한 시가집에 이런 와카가 실려 있습니다."

"장어에 대한 와카인가?"

"들어 보시렵니까?"

"좋지."

> 이와마로에게 내가 말하기를, 여름을 나는데 좋다고 할 만한 것이야
> 장어만 한 것 있으랴.

"오토모노 야카모치大伴家持 님이로군."

"어라, 그분을 알고 계셨습니까?"

"예전 교토의 무라사키紫 주나곤中納言조정 관직의 하나님 저택에서 지낸 적이 있었으니까. 그분이 워낙 와카를 좋아하셔서 이것저것 알고 있는 셈이지. 좋아하기도 하고 말일세. 그럼 답가로 자네처럼 옛날의 오토모노 님 와카를 한 수 읊어볼까?"

"명준 님도 오토모토 님을요?"

명준은 목청을 가다듬더니 다시 입을 열었다. 바쇼의 눈에 묘한 생기가 돌았다.

> 내 집 정원의 조릿대 숲 스치는 바람소리가 은은히 들려오는
> 이 적막한 저녁이여.

바쇼가 눈을 똥그랗게 뜨고 잠깐 명준을 보다가 뒷머리를 긁적거렸다. 혀를 두어 번 차더니 어깨도 으쓱거리며 "이야, 답가로 장어를 다룬 와카가 나올 줄 알았는데 그대로 정곡을 찔러버리시네요"라고 혼잣말했다.

"실없기는…… 그분의 와카 중에 생각난 것을 그냥 읊조렸을 뿐이야, 바쇼 군."

"헤헤, 역시 못 당하겠네요. 명색이 가인歌人을 꿈꾸는데 어찌 행간 너머의 의미를 모르겠습니까? 여기 왜관은 명준 님에겐 내 집 정원과도 같은 곳. 적막한 저녁이야말로 손이 찾아온다면 얘기를 듣고 나누기에 가장 적격인 때. 나를 찾아 멀리 에도에서 왔다면 얼마든지 얘기를 들어줄 테니, 눈치보지 말고 부담 갖지 말고 속의 말을 다 털어놓으라는 은유로 이 와카를 읊조렸다고 생각되는데. 아닙니까?"

"허허, 꿈보다 해몽이구먼."

"하하하!"

과장스럽게 보일 정도로 바쇼가 웃자, 건너편 식탁에 앉아 있던 손님이 힐끔거린다. 명준이 그들을 향해 가볍게 목례하고 바쇼를 다시 바라보며 눈앞의 장어구이를 권했다.

"조선 속담에 금강산도 식후경이라고 했네. 일단 먹자고."

"옳으신 말씀. 하면 염치 불고하고 먹겠습니다."

장어를 향해 두 손을 모아 잘 먹겠습니다 하고는 바쇼는 아침도 먹지 않은 청년처럼 젓가락질이다. 단숨에 그릇을 비워 간다. 기름기 자르르 흐르는 장어는 물론이고 된장국에다 쓰케모노를 담은 접시까지 싹싹 비웠다. 그런 그에게 이따금 시선을 건네면서 명준도 부지런히 젓가락을 놀렸다. 그러고 보면 오랜만에 장어의 맛을 음미하는 셈이다.

이윽고 식사가 끝나자, 종업원이 식기를 치우고 주문도 하지 않았지만 친절하게도 우물가에 얼려 시원해진 보리차麥茶를 가져왔다. 그 배려에 명준이 감사의 인사를 하는 사이 바쇼는 차까지 벌컥 마신다.

종업원이 물러가자 탁자에 찻잔을 내려놓은 바쇼가 숨을 길게 내쉬는 모양이 비로소 왜관까지 가져온 용건을 꺼내들 기색 같다. 눈빛도 제법 강렬해진다. 그가 털어놓기 편하게 명준이 먼저 입을 열었다.

"무슨 일이 있는가? 바다를 건너면서까지 왔다는 것이 뭔가 심상치 않아 보이는데. 부담 갖지 말고 뭐든 말해 보게."

바쇼가 헛기침을 한 번 하곤 말문을 열기 시작했다. 슬쩍 주위를 살피는 것도 잊지 않았다. 허나 두어 명의 손님도 막 나간 참이다. 듣는 귀를 걱정할 필요는 없다.

"명준 님, 솔직히 여기를 구경하기 위해 바다를 건넌 것은 아닙니다. 저기, 꼭 뵙고 싶었거든요. 뵙지 못하면 어떡하나 하고 애간장이 타기도 했습니다. 이거, 어쩐지 염치가 없는 듯해 송구합니다."

"괜찮네."

"음, 그러니까……."

바쇼의 표정이 와카를 읊조렸던 아까와는 달리 더없이 진지하다.

"예, 염치없지만…… 처음부터 단도직입적으로 말씀드리겠습니다. 지난 2월 오사카에서 수많은 사람들이 살상된 칼부림 사건이 벌어졌습니다. 얼핏 보면 불량 도당들 간의 난투극 같고, 막부에서도 그런 식으로 정리하고 있는 모양입니다만."

"불량 도당들의 칼부림 사건?"

"예, 아아, 그 전에 아실런지 모르겠지만 불량 도당이라면, 지난 난세亂世 때 하급 병졸인 아시가루足輕를 조직, 각각의 영주들을 찾아다니며 전쟁을 통해 공명을 챙기려 했던 가부키모노들이 주로 책동하여 결성시킨 도당들을 말하는 겁니다. 그렇다고 그 무리들이 예전 난세 때처럼 화려하고 기괴한 복장으로 시중市中에서 날뛰고 있다는 건 아닙니다. 그랬다간 막부로부터 박살이 나고도 남았을 테니까요. 아니, 실제로 난세 때처럼 요란한 복장에 천방지축 설치거나 난폭하게 굴었던 녀석들은 이미 오고쇼大御所도쿠가와 이에야스를 말함 시절에 대거 소탕되었습니다. 난세와 다르다는 것을 오고쇼께서 뭇 사람들에게 명확히 인식시키셨거든요."

단도직입적으로 말하겠다고 했으면서도 바쇼는 뭔가 사건의 배경에 대해서도 구구히 늘어놓을 기색이다. 그만큼 사안이 절실하다는 얘기인가. 이거 참. 명준은 고개를 끄덕거리며 장단을 맞추듯 말했다.

"난세가 끝났으니 만큼 오고쇼의 방침이야 당연하지. 그게 난세와 태평성대의 차이이기도 하고. 난세 때 많은 젊은이들이 가부키모노가 되어 과격하게 설치고 다닌 것은 벼락출세할 수 있는 기회이기도 했으니까. 허나 그렇게 들끓었던 부류들만 있는 건 아니었을 텐데. 오히려 그런 조류에 환멸을 느껴 질적으로 다르게 행동하는 경우도 있지 않았나? 예컨대 기존의 권위를 무시하고 누구에게도 얽매이지 않고 자유롭게 처신했던 인물이라면……."

"아, 잘 아시네요. 그야 물론입니다. 유력 다이묘^{大名1만석 이상의 영지를 가진 영주를 말함}였던 마에다 다이나곤^{前田大納言} 님의 조카 마에다 게이지^{前田慶次} 님 같은 경우가 극단적 가부키모노가 아니라 명준 님이 말씀하신 사례라고 할 수도 있겠습니다. 다이코^{太閤 도요토미 히데요시를 말함} 전하 면전에서 불경하게도 원숭이 춤을 추었던, 그야말로 전설적인 인물이었지요. 허나 다수는 풍류를 모르고 길길이 날뛰던 녀석들이었는데, 사실 일거에 소탕되었다고는 하나 살아남은 작자들도 있기는 마련이지요. 얼떨결에 얌전해진 이 녀석들이 궁여지책으로 낭인^{浪人}이나 시정잡배들과 어울려 무리를 이루어 나갔던 겁니다. 요컨대 도당을 형성한 놈들이 에도나 오사카, 교토 등지에서 저마다 현판을 내걸고, 인력이 동원되거나 도박장 등 돈이 되는 일이라면 물불을 가리지 않고 도맡아 하면서 세력을 넓혀 나가고 있습니다. 허나 여기저기 각양각색의 도당들이 생기다 보면 서로 간에 이해관계가 충돌하기도 합니다. 혹시나 칼부림이 일어날까 봐 막부로서도 늘 놈들을 주시하느라 골머리가 아플 정도였지요."

"그 점이라면 대충 짐작은 했었네. 8년 전 대화재 때 도당을 이룬 그들 중 일부는 거상들 이상으로 돈도 꽤나 벌었다는 소문마저 돌더라고."

"아, 메이레키 대화재明曆の大火 때 말씀이지요? 어휴, 에도 성도 일부이나마 불탔을 정도였으니까요. 지금 생각해도 아찔한 대화재였어요."

"흐음, 마치 경험한 것처럼 실감나게 얘기하는구먼."

"예? 아, 예…… 뭐, 그거야 워낙 소문을 많이 들어서요…… 아무튼 말이지요, 명준 님. 일단 불이 나면 복구공사를 해야 되지 않습니까? 그러니 놈들 입장에서는 그때가 그야말로 대목이 되어버리는 것이지요. 그렇다고 그놈들이 불을 직접 지르는 건 아니니까, 막부로선 무작정 단속할 수도 없습니다. 치안을 어지럽히는 물증이 없는 이상, 도당을 이루었다고만 해서 처벌할 수는 없으니까요. 게다가 복구공사라도 해야 될 지경이면 오히려 인력을 기민하게 동원시키는 놈들에게 오히려 도움을 받는 격이니, 양 손바닥을 부딪치는 것처럼 서로간에 이해타산이 맞아 떨어지는 경우도 생기기 마련입니다. 실로 한심한 꼴입니다."

"역설이군."

"예, 도당 문제에 있어선 우에사마께서도 이것저것 생각하고 계시는 모양입니다만, 지난 2월 늘 주시하고 있었는데도 마침내 집단 참살 사건이 터져버린 겁니다."

"집단 참살이라, 대체 얼마나 죽고 다쳤기에……?"

"그게 규모 면에서 유래가 없었습니다."

"그런가? 지난 2월이라면 나 또한 에도로 들렀던 때였는데…… 그런 소문은 듣지 못했네. 자네 말대로 그리 큰 사건이었으면 아무리 발생지가 오사카라 하더라도 에도까지 풍문이 떠돌았을 법도 한데."

"사후 처리가 그만큼 빨랐던 겁니다. 그래서 의문투성이라고 생각하지 않을 수 없고요."

 잠깐 말을 끊은 바쇼가 출입구 너머로 시선을 옮겼다. 멜대를 멘 느긋한 기색의 행상 하나가 유유히 지나가고 있다. 준비했던 물건을 동관 구역에서 모두 팔아치운 모양이다. 휘파람 소리도 경쾌하기 이를 데 없다. 다만 그런 모습을 바라보는 바쇼의 안색에 어쩐지 불안정한 기운이 서리는 것 같다. 뭔가 깊은 고뇌가 표정의 언저리에 바짝 엎드려 있는 것처럼 느껴진다. 명준은 바쇼의 다음 말을 묵묵히 기다렸다. 바쇼가 시선을 거두며 말을 이었다.

 "명준 님, 삼척동자라도 막부 무서운 줄 압니다. 도요토미豊臣 가문을 멸망시킨 오사카 전쟁을 상기해 보면 얼마나 인정사정없었는지 누구든 간에 아연실색했었을 겁니다. 거기에다 한다면 하는 오고쇼께서 친히 무기를 창고에 넣어 자물쇠로 채운다는 선언, 즉 전쟁을 다시는 하지 않겠다는 막부의 일관된 방침을 세우셨거든요. 이걸 바탕으로 일체의 사사로운 싸움까지도 가차 없이 엄금하셨던 겁니다. 가부키모노들이 일거에 소탕된 배경이기도 했지요. 때문에 지금은 저자거리의 잡배들도 함부로 칼을 들고 설치지 못합니다. 강력한 처벌을 받게 되니까요. 다시 말씀드려서, 도당을 이룬 놈들이 서로 간에 반목하게 되어 눈이 뒤집혀서 칼을 든다 하더라도 드러내놓고 싸울 엄두야 내지도 못했다는 겁니다. 기껏해야 상대편 오야분이 유곽에 다녀오는 길목을 노려 피습한다거나, 수하들을 별반 대동하지 않는 나들이를 노린다거나, 뭐 이런 정도였지요. 그런데 이 사건의 양상은 완전히 달랐습니다. 비록 심야시간 대에 이루어졌지만, 상대의 본거지로 무리들이 가부키모노 복장을 하고 습격을 하는 바람에,

주변 일대의 주민들이 대부분 목격할 수밖에 없었고요. 게다가 불까지 질러댔다니까요. 요행히 비가 쏟아졌고 사람들이 신속히 소화했기에 망정이지, 아무튼 보란 듯 파문을 일으키겠다고 작정하지 않은 담에야, 어찌 이럴 수 있었겠습니까?"

"허어?"

"일단 습격을 당한 쪽은 시라쓰카지라는 현판을 걸고 엔키리데라는 명분을 내세워 아녀자를 유인해 유곽에 팔아먹는 악질들이었습니다."

"인신매매 도당이었군?"

"예. 남편의 학대를 못 이긴 부녀자들이 절로 숨어들어 올 수 있도록 엔키리데라라고 내세웠지만 그건 미끼에 불과한 거지요. 실로 교묘하고 악랄한 녀석들입니다."

"습격한 쪽은 가부키모노 복장을 했다는 거지?"

"예. 그뿐만 아니라 자신들을 시라쓰카구미라고 밝히며 사찰 안에 거주했던 작자들을 잔인하게 도륙해 버렸지요."

"자신들을 시라쓰카구미라고?"

"예. 자신들을 사칭해 인신매매를 일삼는 도당에게 천벌을 내리겠다는 게 명분이었다고 합니다."

"그 말대로라면 확실히 도당들 간의 다툼 같지만…… 자신들의 정체도 밝히면서 그렇게 크게 사단을 벌여 놓으면, 막부의 수사망이 엄혹하게 조여져 올 것 정도야 모르진 않았을 텐데…… 실로 어이없을 정도로 무모한 도당이로군."

"그렇습니다. 정말 무모한 녀석들입니다. 당연히 오사카 마치부교

町奉行_오사카의 행정 사법 치안을 담당한 고위 관리_는 격노했고 철저히 수사에 임했다고 합니다. 그래서 밝혀진 바로는 습격한 놈들은 열두 명이었고 피습을 당한 사찰 쪽에서는 다행히 부녀자들이 피해를 입지 않고 도망을 쳤다고 하는데도, 오야분을 비롯해 척살당한 놈들은 열일곱, 중상은 네 명이나 달했습니다. 오야분을 비롯해 몇몇 시신은 새까맣게 타기까지 했고요. 다만 아녀자 중에서 미처 도망가지 못하고 그 현장에서 간신히 살아남은 소녀 하나는 마치부교가 지금 보호하고 있고요."

"그렇게나 많았나? 어허, 그 정도의 참상이라면 오사카는 물론이고 막부도 발칵 뒤집혔던 건 당연지사로군."

"아무렴요. 막부도 펄쩍 뛰었으니 마치부교로서는 오금이 저렸을 텐데, 뜻밖에도 중상을 입은 도당 놈 중의 하나가 단서를 제공해 사건이 거짓말처럼 해결되어 버렸습니다. 겉으로 보기에 그렇다는 얘기이지요."

"그건 또 무슨 말인가?"

"습격한 놈들이 가부키모노 복장을 하고 얼굴에도 분장을 했다지만 두어 명 정도는 분장을 하지 않았던 모양입니다. 그 중의 하나가 극단에서 쫓겨난 배우임을 부상을 당한 녀석이 한눈에 알아보았던 겁니다. 마치부교가 이 점을 놓칠 리 있겠습니까? 당장 잡아들여 조사했답니다. 그리고 자백을 받았다는데, 이런 식으로 탐문 수사해 당시 공격에 가담했던 인물 여덟 명을 색출, 결박할 수 있었던 겁니다. 그런데 어이없게도 이 작자들은 모두 그저 그런 시정잡배였던 것입니다. 하나같이 그 배우처럼 돈을 받아 가담한 것이며, 이런 큰 불상사가 일어날 줄은 미처 예상도 못했다고 진술하더라는 겁니다. 요컨대 그 아홉 명 모두가 세 명의 무사에게 고용되었을 뿐이라는 거지요."

"하면 주동자 세 명이 도당인 것처럼 위장하기 위해 건달들을 고용하고 가부키모노 복장으로 침입했다는 모양새인데, 그러면 실상은 도당 간의 다툼이 아니라……."

"예, 액면 그대로 받아들이면 도당 간의 다툼 같지만 속을 뒤집어 보면 전혀 다른 실상이 나올 수도 있습니다만, 다만 여기서 중요한 것은 의외의 인물이 참변을 당했다는 데에 있습니다."

"음?"

바쇼가 관자놀이를 긁적거리며 잠깐 머뭇거렸다. 그림의 젊은이 같은 종업원이 식탁을 닦으면서 바쇼를 곁눈질한다. 바쇼가 공연히 주변을 일별하다가 종업원과 눈이 마주치자 가볍게 목례했다. 종업원이 낯을 붉히며 허둥지둥 행주질하면서 딴청을 피운다. 명준은 이 대목에서 바쇼가 어쩐지 망설이는 기색이라 일단은 잠자코 고개만 끄덕거렸다. 잠깐의 침묵이 선방禪房처럼 흐르더니 바쇼가 천천히 말을 이었다. 조심스러운지 목소리도 한층 낮추었다.

"저기 사망자 중에 우에사마의 하타모토旗本쇼군의 직속 무사가 있었어요."

"하타모토가?"

명준은 깜짝 놀라 입을 벌리고 말았다. 생각지도 못한 일이다. 하타모토라면 쇼군 가문을 모시는 직속 무사이다. 봉록이 보통 1만석 미만이라 그 위세가 다이묘보다 못하다 하더라도 부러워할 정도는 아니다. 그런 하타모토가 도당의 본거지에 있다가 참살되었다니……

솔직히 기가 막힐 일이다. 바쇼가 쉽게 말을 꺼내지 못할 만하다.

"예. 이름이 야마나카 사효에노스케 미쓰도시山中左兵衛佐三利라고 합니다."

"사효에노스케? 하면 조정으로부터 관위를 수여받은 무가관위武家官位의 소유자가 아닌가? 응당 우에사마께서 꽤나 신임을 하셨을 것 같은데……."

"예, 그거야 뭐…… 그런데 작년 말에 공금횡령과 부정축재 혐의를 받고 자택에서 근신 중이었답니다."

"허어, 우에사마의 신임을 받는 무사가 공금을 횡령했단 말인가? 보통 일이 아니었겠군."

"그렇겠지요. 무엇보다 형님의 놀라움도 컸을 텐데…… 면밀히 조사를 하고 있던 중이었답니다. 물론 사효에노스케님은 간절히 결백을 주장하고 있었고요."

"그런데 근신 중에 있던 하타모토가 어째서 오사카에 그것도 불량도당의 본거지에 있다가 피습을 당했단 말인가? 아니, 그 전에 참혹한 참살의 현장에서 그의 신원이 하타모토였다는 것은 또 어떻게 밝혀내었다 하던가?"

"마치부교가 타다 만 시신의 행색이 아무리 봐도 보통 이상의 무사, 그것도 상급무사 같아 에도 성에 은밀히 신원을 확인해 달라는 전갈을 보냈답니다. 가뜩이나 집단 참살 사건이 터져 예민해진 막부가 서둘러 사람을 보내 확인했더니 사효에노스케님으로 밝혀진 겁니다."

"참으로 용의주도한 마치부교가 아닌가?"

"그렇습니다."

"하면 이번 사건은……?"

"명준 님이 느끼시는 것처럼 거대한 무엇인가가 배후에 있지 않을까 싶습니다. 물론 방탕하고 부패한 하타모토라면, 만에 하나 도당과의 뒷거래에 응하고 있었다는 견해도 나올 수가 있지만, 주변의 평판과는 정말 동떨어진 일이거든요. 사효에노스케님은 결단코 그런 인물이 아닙니다."

"허나, 공금횡령 혐의 여부를 떠나 근신 중인 하타모토가 자택을 벗어나 오사카로 갔던 것도 이만저만한 불충이 아닐세. 변명의 여지가 없는 일이지."

"그렇지요, 표면적으로 보면 사효에노스케님은 불량 도당과 연계된 부정 축재자라고 단정해도 변명하기가 어려워집니다."

바쇼가 뒷머리를 긁적거리며 시무룩한 기색을 비치자, 명준이 가만히 미소 짓곤 검지를 세워 습관처럼 약간 흔들어 주었다.

"자네 말대로일세. 겉으로 드러난 면만으로 보면 사효에노스케님은 영락없는 부정 축재자야. 그러나 납득하기 어려운 점도 있네. 설령 그 분이 정말로 부패한 하타모토라 하더라도 아직 처분이 내려진 건 아니잖은가? 처분을 기다리는 근신 중이라면 불량 도당과 연계되었다 하더라도 상황이 상황이니 만큼 발길부터 끊으려 하는 법이지. 그런데 감시의 눈길에도 아랑곳없이 에도를 벗어나 오사카로 간다? 이런 위험한 짓을 한다는 게 당최 이해 불가일세."

"저도 그렇게 생각합니다. 그래서 혹여 이런 내막이 있는 게 아닐까 생각도 해 보았습니다. 사효에노스케님이 위험을 감수하고라도 대단히 중요한 뭔가를 처리하기 위해 오사카로 갔던 것이 아니었을까? 그런데 그것을 막기 위한 누군가가 시정잡배들을 고용해 시라쓰카지를 습격한 것은 아니었을까, 하고 말입니다. 그렇게 유추해 보면 앞뒤 사정이 절묘하게 맞아 떨어지는 것 같습니다. 가부키모노 복장도 도당 간의 다툼으로 보이기 위한 술책일 겁니다."

"오사카마치부교의 수사 방향도 그러했던가?"

"그러고 말고 간에 수사가 그만 중단되었습니다."

"왜?"

"막부의 태도가 별안간 돌변했던 겁니다. 세 명의 주동자들이 고용한 잡배들을 붙잡아 들였을 때 그들을 처형하는 선에서 사건을 종결시키라는 지시를 막부가 필시 내렸을 성싶습니다. 사건을 해결하기 위해 부교소의 인원을 총동원시켰던 마치부교가 하루아침에 태도가 바뀐 걸로 보면 그것 외에는 이유를 설명할 수가 없습니다."

"막부의 외압 때문에 주모자들의 행방이 요원한 상태에서 수사를 종결시켰다?"

"예. 그런 셈이지요."

"역시, 그 점을 노린 모양이로군."

"예?"

"놀랄 일도 아닐세. 하타모토가 도당에서 살해당했네. 그 경위나 내막이 어떻든 간에 막부로서는 한시바삐 덮어두고 싶은 사안이야. 까발리면 까발릴수록 막부의 얼굴에 먹칠이 돼. 만약에 사효에노스케님이 자택이나 거리에서 습격을 당해 숨졌다면 사건이 이렇게 흐지부지 마무리될 수는 없지. 막부로서는 권위를 지키기 위해서라도 법인을 잡는데 온 힘을 다했겠지만 문제는 도당의 본거지에서 터진 일이라는 거지."

"그렇군요. 막부의 향후 반응까지 고려한 습격이라는 거지요?"

"그나저나 자네가 이렇게 소상히 알고 있는 걸 보면 오사카에 직접 가서 사건을 조사했거나 마치부교도 만났던 모양인데…… 혹여 우에사마의 밀명이라도 받았는가?"

"원, 밀명은 무슨…… 그런 거 아닙니다. 다만……."

한 차례 손사래를 치고 바쇼가 어두운 표정으로 말을 이었다.

"저기, 실은 야마나카 사효에노스케님과 개인적으로 친분이 있습니다. 몇 년 전에 쓰번의 에도 저택에서 알게 되어 와카를 계기로 친해지게 되었는데요. 교토의 공가처럼 와카를 좋아하셨거든요. 그분의 부인도 마찬가지였고요. 하여 제가 에도를 방문할 때면 와카 교습을 해드린답시고 왕왕 이치가야市ヶ谷 언덕에 있는 그분의 저택을 드나들기도 했었지요. 신세를 많이 졌습니다. 두어 달 전에 들렀다가 사건의 참상을 들었고요. 그때 보니, 야마나카 가문은 완전히 쑥대밭이 되어 있었어요."

"그랬을 테지."

"부정 축재에 대해 진위를 가리지 못한 채 목숨을 잃었으니 지금은 완전히 불량 도당과 연계된 부패관리로 막부에 낙인찍히고 말았습니다. 사효에노스케님은 누명임을 막부에 끝까지 항변했다는데 이제는 돌이킬 수가 없게 된 거지요…… 가문은 먹칠을 당했고 그 일족이 전원 할복을 한다 해도 수치를 씻어내기 어려울 만큼 명예가 땅에 떨어진 겁니다. 저로서는 도저히 가만히 있을 수가 없더라고요."

미루어 짐작할 만한 마음이다. 거기에다 막부의 외압이 가해진 모양새이니 젊은 혈기가 치고 올라왔음 직하다. 명준은 바쇼를 지그시 바라보았다. 어려운 이야기를 꺼내고 있는 그 마음을 헤아려 보면 뭉클해진다.

"막부의 외압이 있다는 가정하라면 에도 성의 우에사마와 접촉해 진위를 가려 달라고 은밀히 청원을 넣어볼 수도 있지 않은가?"

"허나 형님은 아쉽게도 인의 장막 속에 계십니다. 이미 로주老中쇼군에 직속하여 정무를 총괄하던 막부의 직책가 사건을 애써 덮어버리기로 작정했다면 형님의 눈과 귀는 깡그리 가려져 있을 테니까 차라리 홀가분한 제가 조사해 보는 게 낫다고 생각했습니다. 사효에노스케님의 부인께서도 무엇보다도 사건의 진실을 알고 싶어 하셨어요. 정말로 남편이 부정 축재자라면 그에 합당한 처분을 받아도 억울하지는 않겠지만 이렇게 납득하기 어렵게 사건이 묻혀 버리는 것은 도저히 참을 수가 없다고 하시며, 막부에서 재조사를 해 주기를 절실히 원하시더군요. 어떤 잔혹한 진실이 드러나도, 진실이라면 꼭 아시고 싶다는 겁니다. 그 마음이 남의 일 같지 않고 정말로 십분 이해되었습니다."

고개를 끄덕거리곤 명준은 차를 한 모금 마셨다. 사실 친분이 깊이 있다고 해도 막부가 덮어버린 사건을 파헤치는 건 결코 쉬운 일이 아니다. 그 마음 씀은 어린 나이에 잔혹한 사건을 겪은 바쇼라서 가능할 지도 모르겠다. 사효에노스케를 넘어 쇼군에게 애틋하게 닿아 있는 마음. 막부에 어둠이 있다면 그것을 밝히는 것이 형인 쇼군을 위하는 일이라고 생각하고 있을 게다.

"그래서 지금까지 밝혀낸 것은?"

"말씀드린 것이 거의 다입니다. 부인을 통해선 사건의 실마리를 풀 단서를 전혀 얻지 못했고요. 오사카마치부교도 만나봤는데 그저 사후 조치가 이런 식으로 됐다는 것만 전해 들었을 뿐입니다."

"하지만 그 부교가 쓰번의 서생에 불과한 자네에게 정보를 제공했다는 것은 상당히 의외이네."

"예?"

"그렇지 않은가? 쓰번의 번주가 부탁하지도 않았는데, 오사카마치부교 정도의 인물을 자네가 만나서 사건에 대해 듣는다는 것부터가 가히 이례적일세."

"아, 하긴 그것도 그렇군요. 불량 도당 오야분의 유류품인지 확인할 수는 없지만 현장에 있던 물품 하나도 저에게 건네줬으니 사실 파격적이긴 하네요."

"허어, 참으로 보기 드문 마치부교가 아닌가? 실로 흥미로운 인물이군."

"살해 현장에서 구명되었다는 소녀가 하나 있었다고 말씀드렸지요?"

"음."

"그 소녀는 오야분의 딸이라고 합니다. 열다섯 살이라고 합니다. 그런데 그녀가 가지고 있던 책이랍니다."

"책이라고?"

"아수라장 같은 현장에서 그야말로 필사적으로 책을 품에 끼고 있었다는데요. 사건의 실마리를 얻을 유류품이 전무한 상황이라 마치부교가 입수하여 읽어보고 제게 넘겨준 것인데, 어이없게도 풍속소설에 불과했습니다. 거, 왜 요즘 유행하는 삽화가 들어간, 호색본好色

本의 일종인데요. 제목이 거창하게도 히데요시 모노가타리秀吉物語이더라고요."

"풍속소설인데, 도요토미 히데요시豊臣秀吉란 말인가?"

예상외의 말에 명준은 자신도 모르게 눈을 부릅뜨고 재차 물었다. 잔혹한 현장에서 소녀가 품에 끼고 있었다는 책이 히데요시를 소재로 한 풍속소설이라니…… 이만저만한 위화감이 아니다. 남정네라면 몰라도 열다섯 먹은 소녀가 읽을 종류의 책은 아니리라. 근데 그것도 소중하게 끼고 있었다니.

"사건이 종결되었지만 참조해 보라며 마치부교가 선뜻 넘겨줘서 몇 번이고 사실 읽어보았습니다."

"지금 그 책을 가지고 있는가?"

"예, 혹시 몰라 가지고 왔습니다."

바쇼가 품에서 지저분해진 책을 꺼내 명준에게 내밀었다. 책을 받아든 명준이 표지를 이리저리 살피고 책장을 하나하나 넘긴다.

"요즘 유행하는 목판 삽화본이로군. 소녀가 소중하게 보관하고 있을 만한 종류는 확실히 아닌데."

"예, 목판화로 삽화를 넣어 선풍적인 인기를 끌고 있다지만 주 독자층은 아무래도 사내들이지요. 돈이 되니까 그런지 대화재 이후부터의 출판계 경향이랍니다."

"응?"

명준의 멈칫하는 기색을 보고는 바쇼가 어깨를 으쓱하며 한숨 쉬듯 말했다.

"파손된 책입니다. 종반 부분이 모조리 찢겨져 있더군요."

"어찌된 일인가?"

"그게, 왜 그런지 모르겠네요. 그 소녀가 처음부터 파손된 책을 가지고 있었다고 하네요."

"허허, 파손된 책인데 그렇게 소중하게 보관하고 있었단 말인가?"

"예, 겉으로 보면 그렇지요. 마치부교 말에 의하면 그 책은 에도에서 먼저 출간될 예정이었던 모양인데 발매 직전 제본소에서 몽땅 압수조치를 당했다고 하네요. 너무 노골적이라 막부가 판금 조치를 내렸다는 게, 이 책을 조사한 부교의 설명이었습니다."

"발매 직전에 판금 당했다고? 허나 이 정도의 묘사는 보통의 풍속 소설도 다루고 있네."

"그렇지요, 제가 봐도 그런 것 같습니다."

"그렇다고 히데요시를 다루었다 해서 막부가 판금시켰을 리는 없네. 사나다 유키무라眞田幸村 오사카 전투에서 도쿠가와 이에야스에게 맞섰던 무장 님의 무용담을 소재로 한 소설들도 발매되어 읽히는 마당에 이 책을 금하는 건 이치에 맞지 않지. 뭔가 다른 이유가 있었을 것 같은데."

"현재로선 알 수가 없지요. 다만 그 책을 자세히 읽어보면 초반은 다이코 전하의 여자 편력을 다루고 색정 묘사도 서슴지 않지만, 중반 미소년이 등장하면서부터는 묘하게 전개되더라고요."

"묘하다고?"

"예. 이 부분을 좀 읽어 보십시오."

바쇼가 명준의 손에서 책을 받아 몇 장 넘기다가 한 부분을 접어 명준에게 도로 건넸다. 명준은 반쯤 남은 차를 마저 마시며 바쇼가 지적한 부분을 주의 깊게 읽었다. 도요토미 히데요시와 친구처럼 지냈다던 2인자 마에다 도시이에前田利家와 미소년이 대면하는 장면이었다. 눈에 확 들어왔다. 문체도 간결했지만 어휘 선택도 각별했다. 그야말로 생동감이 넘는 대목이었다. 도무지 통속적인 풍속소설이라 여겨지지 않을 정도였다.

린은 단아한 얼굴의 청년이었다. 전쟁이나 모략, 책략 따위와는 거리가 먼, 그저 문약해 보였다. 비록 피멍든 얼굴과 누더기가 된 옷을 걸쳐 추레하기 짝이 없었지만, 제대로 옷을 입히고 무대에 올려 노래를 부르게 하면 적격일 정도로 미소년으로 보일 따름이었다.
그러나 외모의 분위기와는 행동거지가 달라도 너무 달랐다. 대뜸 이 자리에서 가신들을 물리쳐 주신다면 곧바로 기밀을 아뢰겠노라고 당당히 발설해 오기도 했다.
저런 방자한 놈 하며 가신들이 흥분했으나, 도시이에로서는 쉬찰이 마음에 걸릴 뿐만 아니라, 영문 모를 흥미도 생겨 다들 집무실에서 나가게 했다.
그랬더니 왜 다이나곤님은 다이코 천하를 치지 않습니까, 일본엔 그렇게 인물이 없습니까, 하고 힐난하듯 따져 묻는 것이었다.
이 자리가 어떤 자리인데, 한마디로 기가 막혔다. 약해빠져 보이는 청년이 아무렇지도 않게 뱉어낸 경천동지의 말. 처음에는 화도 나지 않았다. 하지만 그 말의 무게는 참으로 대단했다. 얼굴이 확 달아올랐고, 피마저 머리끝까지 거꾸로 치솟는 것 같았다. 참담해진 도시이에로서는 검부터 뽑지 않을 수 없었다.
— 네 이놈, 무엄하기가 이루 말할 수가 없구나! 존귀한 전하를

함부로 입에 담는 것도 불경하여 나무라지 않을 수 없거늘, 뭐가 어째? 네 놈이 죽으려고 환장한 게 아니더냐?

― 죽이려 하신다면 그것도 어쩔 수 없는 일, 허나 안타까워서 그럽니다!

― 이, 이놈! 방자한 것도 정도가 있는 법, 당장 목을 치겠노라!

부복한 린의 앞까지 달려가 도시이에는 조금의 주저도 없이 검을 휘둘러보았다. 허공을 가른 칼날이 린의 목 언저리에서 정확히 멈추었다. 그러나 린은 움찔하는 기미도 전혀 없이 부복한 채 도시이에만 결연히 보고 있었다. 눈꺼풀 한번 깜박거리지 않는 눈에서 뿜어 나오는 안광이 마주 볼 수 없을 만치 강렬했다.

이미 목숨을 걸고 있는 기운이었다.

이토록 엄청난 소리를 가차 없이 뱉을 수 있는 기상, 도시이에의 간담이 서늘해지고 말았다.

예전 난세라면 몰라도 요새 젊은이들 사이에선 찾아보기 힘든 배짱이었다. 무사도 아닌 자가 어디서 이런 힘이 나오는지, 문득 오다 노부나가가 시야에 아른거려 도시이에의 팔에는 소름이 부끄럽게도 돋고 말았다.

게다가 그의 눈빛을 받아 넘길 담력이 스르르 사라지면서 볼썽사납게 손마저 조금씩 떨리기 시작했다.

탄식하며 도시이에는 별 수 없이 검을 힘없이 내려 버렸다…….

"허허허…… 이런 풍속소설이 있다니 정말로 이채롭구먼."
"저기, 그 앞부분에 다이코 전하와 마에다 도시이에 님의 대화 장면도 있습니다. 그 부분도 한번 살펴봐 주세요, 굉장히 흥미로울 겁니다."

명준은 바쇼가 펼쳐준 곳에 다시 눈길을 주었다.

― 이봐, 마타자, 올 하반기에 말이야, 난 대공세를 펼치려고 해.

얼큰하게 취한 도시이에가 옛일을 회상할 때는 친근히 맞장구를 쳐주며 청년처럼 호기를 부렸지만, 대공세라는 말에는 정신이 번쩍 들어 얼른 되묻지 않을 수 없었다.

가뜩이나 전쟁에 회의를 가졌던 도시이에로선 청천벽력 같은 소리였던 것이다.

― 대공세라니? 무슨 말이야?

― 무슨 말이긴? 천하의 히데요시 정도 되는 남자가 겨우 조선의 남부만으로 만족할 것 같은가? 마타자, 자네가 이 히데요시를 그렇게 째째한 인물로 취급한다면 이거 실망이 크네.

― 해서 묻지 않는가? 대공세라니?

― 뭐, 그거야 뻔하지. 백만 정도 동원하려고 해.

히데요시의 얼굴은 안색 한 번 바뀌지 않았다.

― 뭐어, 백, 백만?

백만 군사 출정이라는 어마어마한 계획에 술이 확 깬 도시이에가 급기야 입도 다물지 못했는데, 히데요시는 그것조차 가소롭다는 듯 턱수염을 만지작대며 큭큭 웃기까지 했다.

― 마타자, 자네도 슬슬 준비해 주었으면 좋겠어. 이참에 조선과 명 구경 좀 하고 와. 그 녀석, 너구리에겐 내가 직접 지시할 예정이

야. 자네도 동반 출병 한다 그러면 제 아무리 너구리라도 꽁무니를 더 이상 빼지는 못하겠지. 생각해봐, 그 녀석 이번에도 군사를 한 명도 보내지 않았잖아. 괘심하기 짝이 없어. 아예 이번 대공세의 선봉은 그 녀석이 서게 만들어야지. 녀석은 말이야 이번 전쟁에도 전혀 손해를 입지 않고 있거든. 그러면 더 이상은 곤란하지. 나 다음을 녀석이 능히 넘볼 수가 있거든. 하여 후환을 없애려면 꼭 선봉에 서게 할 수밖에 없어. 귀찮겠지만 자네도 나서주어야겠어. 자, 그건 그렇고 상상해 보게나, 자네와 너구리가 전격 출병하면 명나라가 어디 오금이라도 펴겠어? 쿡쿡쿡!
― 히, 히데요시, 그, 그러나…….."

책을 읽다가 명준은 자신도 모르게 침을 꿀꺽 삼키고 말았다. 얼른 차를 다시 한 모금 마셨다. 미지근하다. 하지만 턱없게도 등줄기가 서늘해지는 것을 느꼈다.

"백만 대공세를 계획했다는 건 아무리 소설이라지만 허무맹랑해…… 허나 오고쇼를 전쟁의 선봉에 세우겠다는 발상은 아주 그럴듯하군."

"그렇지요? 작가의 상상력이 여간 아닙니다. 더욱이 다이코의 나 다음을 넘볼 것이라는 묘사는 자못 의미심장합니다."

"소설 속의 린**이란 미소년은 중반부터 등장하는 건가?"

"예, 책의 처음은 다이코의 입신출세기가 짧게 나오고요, 그 다음부턴 풍속소설답게 여성 편력이 쏟아집니다. 그러나 중반부터 분위기가 정치적으로 흘러가더니만, 이렇게 린이 나오는 대목부턴 긴박해지더군요. 백만 대공세에다 이것을 저지하려는 세력이 등장합니다. 아무래도 후반의 중심은 오고쇼와 린이 아닐까 싶은데, 그 이후는 보시다시피 찢겨져 있어 알 수는 없습니다."

"으음."

"게다가 린의 정체도 뭔가 시사하는 바가 큽니다. 부산 왜관에 거주하는 인물인데 일본군이 침공해 오자 조선朝鮮에 투항하여 세자世子의 총애를 받는 설정이었습니다."

"세자?"

"예. 하지만 이런 설정도 마냥 황당하다고만 할 순 없는 게 실제로 임진년의 전쟁에서 조선으로 귀순한 일본군도 있지 않습니까?"

"그건 그렇네. 조선에서는 그런 일본인들을 항왜降倭라고 불렀지. 공을 세운 인물들도 있다고 하더군."

"그렇게 보면 이 소설의 설정은 제법 현실감이 있습니다. 그래서 드리는 말씀인데, 이 책은 색정 묘사가 지나쳐 판금됐다고 보기 어렵습니다. 분명히 뭔가가 있어요. 넘겨짚는 것 같지만 사효에노스케님의 사건도 이 책과 뭔가 연관이 있는 건 아닐까, 하는 생각도 솔직히 해 보았습니다."

"그건 지나친 비약일세."

"하지만 명준 님이 말씀하신 대로 열다섯 살짜리 소녀가 애독할 만한 책은 아니잖습니까? 그런데도 사람이 죽어나가는, 심지어 아비가 쓰러진 그 현장에서 어머니의 유품처럼 소중히 가지고 있었다는 겁니다. 그렇다면 여기엔 반드시 어떤 곡절이 있지 않을까요? 하지만 소녀가……."

"책에 대해서 일절 입을 열지 않았나 보군?"

"예. 게다가 사건의 충격이 얼마나 컸던지 지금까지도 넋이 나간 것처럼 하루 종일 방에만 있다고 합니다."

"하면 부교는 사건이 종결된 현재도 그녀를 보호하고 있다는 것인데……."

"예, 그야말로 배려심이 깊은 부교라고 하지 않을 수 없습니다."

"으음. 그러나저러나 자네도 여간 아니로군."

책을 덮고 식탁 가장자리에 놓으면서 명준은 빙긋 미소 지었다. 그 미소의 의미를 알아챘던지 바쇼가 뒷머리를 긁적이며 낯을 붉힌다. 속내를 감추지 못하는 서툰 청년의 기색이라 보기에 좋았다.

"이렇게까지 사건의 정황을 듣고 책까지 읽게 되었으니 내가 물러서기도 어렵게 만들었네."

"아니, 꼭 그런 생각으로……."

"허나 나는 그저 장사치에 지나지 않네. 지금은 십 년 전과 달리 역관의 신분도 아니니 막부로부터 수사에 있어서 어떠한 편의를 받을 입장도 아닌데 내가 무슨 도움이 되겠나? 이를테면 말일세. 탐문 수사를 하려 해도 용의선상에 있는 자들이 나 같은 장사치를 쉽게 만나주기라도 하겠는가?"

"당연히 그러겠지요."

"이거 참, 난감하군."

"혼자 조사하자니 솔직히 벅찼습니다. 다행히 마치부교가 여러모로 배려해 주었지만 딱 거기까지더라고요. 그렇다고 눈 딱 감고 뒤돌아서자니 사효에노스케님 부인의 딱한 처지도 눈에 밟히고 인의 장막에 둘러싸인 우에사마도 마음에 걸리고, 어떤 결과가 나오든 설령 사효에노스케님이 부패한 관리라는 진실이 밝혀지더라도 이 사건의 진상을 철저히 규명하고 싶었습니다. 그게 부인이나 우에사마께도 도움이 된다는 판단이고요. 머릿속에 그 생각이 떠나지 않으니 당최 포기할 수가 없더라고요."

"……."

"그러다 십 년 전의 명준 님이 떠올랐던 겁니다. 그때의 사건도 명준 님이 아니었다면 해결될 수 없었습니다. 하면, 편견 없이 오직 진위를 가리고 진실을 찾으려는 명준 님이라면 사건을 처음부터 다시 적시할 수 있지 않을까…… 일단 그런 확신이 드니까, 폐가 되리란 건 모르진 않지만 함께 이 사건을 조사해 보고 싶다는 마음을 도무지 억누르지 못하겠더라고요. 솔직히 송구하고 죄송합니다."

얼굴이 벌겋게 달아오른 바쇼가 말을 하다말고 감정이 북받쳤는지 고개를 숙인다. 빈 소리가 아니다. 세리勢利를 좇는 마음이 아니라는 것이 느껴져 온다. 그 열망으로 무모하게도 바다를 건너 여기까지 온 바쇼다. 십 년이란 긴 세월을 상쇄하기 위해 호들갑을 떨기도 하면서 거리감을 줄이기 위해 조카처럼 싹싹하게 굴지도 않았던가.

물론 사건을 수사한다는 건 명준의 입장에서 분명히 보통 일이 아니다. 막부가 사건을 덮으려 한다는 혐의가 있기에 쇼군에게 도움을 요청할 수도 없다. 차라리 바쇼를 설득해 사건에서 손 떼게 하는 것이 이문을 따지는 장사꾼다운 태도일 지도 모른다. 그러나 가부키 모노부터 이것저것 배경 설명까지 들은 마당에 여기서 더 나아가 판금된 책까지 읽은 참이다. 거기에다 냉정히 거절하면 바쇼를 한때나마 키웠던 도모에가 적잖이 안타까워할 것도 같다.

"여보게 바쇼 군."

약간의 시간이 흐른 후 명준이 입을 열었다. 바쇼가 고개를 들었다.

"일본으로 돌아가려면 사흘 뒤의 세견선을 타야 하네. 그때 함께 가세."

"예?"

"한 달포 정도 여유가 있네."

"명준 님!"

"단 여행 경비는 자네 몫일세. 지금 돈이 없다면 후일 청구하겠네."

명준은 검지를 얼굴 가까이 들어 좌우로 흔들어 주며 활짝 웃었다.

2막 부교와 소녀를 만나다

저 멀리 오사카 성이 보였다. 누구라도 오사카를 활보한다면, 그곳이 어느 운하運河이든 마치야 거리이든 간에 고개를 들어 시선을 위로 올렸다가는 허공을 찌를 듯 우뚝 버틴 거대하고 장엄한 위용의 오사카 성을 보지 않고 지나치기란 어렵다. 고개를 들지 않는다면 모르되, 어느 방향이든 다 아울러 마치 도시를 뿌리로 삼는 것처럼 성이 저 홀로 위로 솟아 고고하리만치 높기 때문이다.

천수각天守閣은 아예 오만하게 느껴질 정도로 화려하다. 시정의 자잘한 풍경과는 동떨어진 군림하고 있는 자태라 그것은 흡사 빼어난 그림 같기도 하다. 보고 있으면 시간 가는 줄 모른다. 오랜만에 방문한데다가 고개도 무심코 들었으니 명준은 바쇼와 함께 요도야바시淀屋橋를 건너는 중이었는데도 걸음까지 멈추고 오사카 성을 그만 올려다보고 말았다. 그리고 성의 옹립을 받으며 형언조차 어려운 극치의 미美를 보이는 천수각에는 한동안 눈길을 떼지 못했다. 역시, 올 때마다 느끼는 감정이지만 여러 말이 필요 없다. 저 천수각은 존재를 과시하고도 남을 만큼 인상적이다. 마침 서편 하늘에서 날아온 새의 무리가 곡선을 그리며 천수각을 스쳐 지나 뒤편으로 사라진다.

그것조차 두루마리를 펼치며 음미하는 그림 에마키絵巻의 한 부분 같았다. 그러나 그런 감정 한편으론 어쩐지 그 무엇과도 견주지 말라는 저 천수각이 돌돌 말아버리면 그림이 감춰져 버리는 에마키처럼 홀연히 보이지 않게 되는 건 아닐까…… 하는 엉뚱한 상념도 슬쩍 들었다. 시정의 고단한 정경과 너무 비켜선 아름다움은 실제로 느껴지지 않는 법이다. 언젠가 교토에서 공가의 불화佛畵를 구경한 적이 있었는데, 영취산靈鷲山에서 보살들에게 법화경法華經을 설법하는 석존釋尊의 모습이 너무도 거룩하고 아름답게 보여 오히려 공허한 느낌을 받았던 적이 있었다. 그런 비슷한 감정이다. 그 그림이 법화경의 촉루품囑累品을 묘사했다던가. 하지만 현실은 촉루품의 그림 같지 않다. 여기 나카노시마中之島만 해도 신흥 거상이 개발한 지역답게 사람들로 번잡하다. 쌀 도매상이 곳곳에 있고 시장이 형성되어 있으며 전국 각 번들의 구라야시키倉屋敷 창고가 딸린 저택들이 즐비하다. 온갖 물품이 모여들고 유통된다. 당연히 수많은 고용살이 일꾼들이 구슬땀을 흘리며 날품을 고되게 판다. 고단한 삶이 켜켜이 포개져 웃음과 눈물이 운하처럼 흘러넘칠 따름이다. 그렇게 일꾼들이 뼈가 가루가 되도록 일함으로써 여기를 천하의 부엌天下の台所으로 만들고 있는 것이다. 이것이 현실의 세상이다. 천수각은 여기에 휩쓸리지 않는다.

명준은 천수각에서 시선을 거두고 이번에는 물품을 잔뜩 실은 거룻배들이 도지마가와堂島川의 물살을 가르는 모습을 보거나 다리 아래 일꾼들의 하역작업을 내려다보았다. 천수각에 없는 낮은 정경이 눈앞에 펼쳐지고 있었다. 일꾼들은 누구하나 허공을 올려다볼 기색도 내비치지 않았다. 그들은 구슬땀을 흘리며 악착같이 일하고 있을 뿐이었다. 감독관의 날선 지시나 짐을 내리는 일꾼들의 영차 하며 요란스레 떠드는 소리가 터무니없게도 불가에서 말하는 피안彼岸의 정경 같아 명준은 불화를 보듯 잠시 시선을 고정시켰다. 저것이 손에 잡히도록 실감할 수 있는 피안의 일상이다, 하는 공연한 감상이 밀려들기도 했다. 그렇게 명준이 일꾼들의 모습을 다리 위에서 살가운 기색으로 내려다보고 있노라니, 지나가는 행인 몇몇이 무슨 구경거리라도 생겼나 싶어 따라서 아래를 한 번 살피곤 뭐야 아무것도 없잖아 하는 어이없는 표정을 짓곤 했다. 어떤 이는 명준의 행색을 쓱 살피며 별 싱거운 장사꾼 다 보겠네 하며 피식 웃기까지 한다. 명준이 소하쓰 머리를 했지만 상사람의 차림새라 도매상의 장사꾼이 할 일 없어 일꾼들을 구경하며 농땡이나 부리고 있는 것으로 착각한 모양이었다.

나란히 보폭을 맞추던 명준이 걸음을 멈춘 채 다리 아래를 내려다보고 있자, 바쇼가 앞서서 걷다 말고 뭔 일인가 싶어 되돌아서 성큼성큼 다가온다.

"왜 그러고 계세요? 어라, 뭔가 감회에 서린 표정이신데요?"

"응? 그렇게 보이나?"

"예."

"허허, 오랜만에 왔으니 그렇지."

바쇼도 다리 아래의 풍경을 쓱 일변하곤 특별하지도 않은 풍경인데 뭘 새삼스레 하는 표정으로 말을 이었다.

"헤, 나가사키長崎뿐만 아니라 오사카도 자주 방문하셨던가요?"

"장사를 하자면 천하의 부엌인 오사카를 어찌 도외시할 수가 있겠나? 그래도 근래는 뜸했네. 재작년 말에 조선인삼 때문에 약재상 마사토야ﾏｻﾄﾔ를 만나러 여기 들렀다가 그 뒤 통 발길을 하지 못했으니 말일세. 그러니 근 2년만인가. 근데 여전히 오사카는 하루가 다르게 번성해 가는 것 같네."

"예, 그거야 뭐…… 까놓고 말하면 오사카를 막부가 직할直轄하고 있다지만 사실 조닌町人도회지에 거주하는 상인이나 장인을 말함들의 도시나 진배없으니까요, 막부에서 여기를 재건하기 위해 조닌들을 많이 끌어 모으고 그 미끼로 대대적인 면세免稅까지 단행할 정도로 특혜도 주었고요. 하기야 뭐, 그러지 않았다면 전쟁으로 피폐해진 오사카를 다시 재건하고 개발시키는 게 아예 불가능했을 겁니다. 그만큼 조닌의 실질적 힘이 강력하다는 걸 반증한 셈이지요."

"그 힘을 알아본 막부의 안목도 실은 대단한 거지."

"헤, 그렇게 생각하시는군요?"

"허허, 나도 장사꾼일세. 자네에겐 서운한 이치일지 모르나, 세상은 무사나 학자, 농민들로만 꾸려지지 않는 법일세. 건설과 개발에는 반드시 상인들의 힘이 들어가지 않을 수 없다네. 그 실례實例가 바로 여기 오사카이기도 하고."

"하하하, 그러고 보면 일본은 무사의 나라가 아닙니다. 이거 에도 성의 형님이 섭섭하시겠는데요."

바쇼가 어깨를 으쓱하며 아이처럼 고개를 설레설레 흔드는 모습이 익살맞아 명준도 소리 내어 웃었다.

"설마, 오히려 자네의 형님이시라면 한층 더 조닌들을 활용하려 하실 거야. 오사카 성을 저토록 호화롭고 웅장하게 만들어낸 선대들의 뜻을 모르진 않으실 테니까 말이야."

"어이쿠."

바쇼의 낯이 확 붉어졌다.

"전쟁으로 소실된 것을 복구하는데 십년 가까이 걸렸다고 들었네만."

"예, 겐나元和연호를 말함 6년(1620년)부터 공사를 시작해 간에이寬永 6년(1629년)에 완공되었으니까요. 그러니 저 성은 다이코 가문이 아니라 졸지에 도쿠가와 가문의 얼굴이 된 셈입니다."

"길었던 난세가 정말로 끝났다는 하나의 증표로 막부는 조닌의 힘을 빌려 새로운 오사카를 만들어냈으니 과히 틀린 말은 아니로군. 다만 새로운 시대라면 저 성의 천수각만은 조닌들에게 양보했더라면 더 좋았을 테지만."

"예?"

"조닌은 한결같이 시정에 발을 딛고 사는 부류라서 말이야. 무사들이야 원래 높은 곳에 있기 마련 아닌가. 모두가 우러러 보니까. 헌데 그런 사람들이 저기에 들어가 있어 버리면 낮은 데를 더욱 실감하지 못하게 될 뿐이야. 하면 저것은 득도하지 못한 중생들이 부럽게만 바라보는 불화佛畵 속 석존의 세계와 다름없게 되어 버리는 거지."

"이거 무슨 의미인지…… 난해한 말씀이라……."

"하하하, 뭘 그리 정색하나? 그저 그렇다는 것이지."

명준도 바쇼처럼 어깨를 으쓱거리며 고개를 내저었다. 그 바람에 바쇼가 한바탕 웃는다. 그러곤 한마디하는 말이 꽤 의미 깊다.

"아아, 그러고 보면, 오사카 부교인 후쿠다 가즈에노스케 쿄노신福田

主計助享之進 님이야말로 말씀대로 저 천수각에 들어가 지낸다 해도 손색이 없는 분이로군요. 매사 권위를 내세우는 일반 무사들하고는 달리 시정의 사람들과도 어울리는 걸 전혀 괘념하시지 않으니까. 저를 대했던 태도만 봐도 그렇고, 오늘만 해도 찾아뵙겠다고 인편을 넣어 미리 알려드렸더니 사저에서 기다리겠다고 하실 정도였으니까요."

"그래그래, 그분이야 확실히 다르지. 이 세상의 어느 부교가 그러겠나? 천수각에 들어갈 만한 자격이 충분하지. 그래서 실은 그분에 대해 상가 사람들을 따로 찾아다니며 이것저것 알아보기도 했네."

"헤! 역시 치밀하시군요. 어제 상가 분들에게 인사를 드린다며 두 시진時辰 정도 안 보이신 게 그 때문이었네요. 그래도 그렇지, 저도 동행시켜 주시지."

"자네까지 번거로울 필요가 뭐 있다고 그러나? 아무튼 흥미로운 소문도 있더구먼."

"인품이 고결하고 상가 사람들의 애로 사항도 잘 챙길 뿐만 아니라 시가나 서적을 검보다 더 가까이 해서 교토의 몰락한 공가 쪽 출신이 아니냐 하는 거 말씀이지요? 저도 얼굴 양쪽에 귀가 있어 그런 소리를 듣긴 했습니다만."

"그뿐만 아닐세. 그분이 원래는 쇼인반書院番 쇼군 직속 하타모토들의 군사조직, 에도 성의 경비와 쇼군의 거동 시 경비 업무를 담당의 별 볼 일 없는 하급 하타모토였다는데, 워낙 성실해 어느 날 높은 분들의 눈에 들었다는 거야. 그리고 오사카 부교로 발탁되는 바람에 하루아침에 벼락출세했다는 거지. 허나 지지리도 가난한 생활을 경험했던 터라, 고생을 모르고 자란 다른 무사들과는 달리 부교가 된 지금도 아랫사람들의 어려움은 잘 챙길 수 있다고 귀띔해 주는 이도 있더군."

"허어, 그것 참, 그럴듯하군요."

"참, 사효에노스케님과 교분이 있었다니 묻네만 그분은 어떤 직무를 담당했었던가?"

"막부의 의전과 전례를 담당하는 고우케高家 가문입니다만. 봉록도 1만석에 가깝고 유서 있는 명문입니다."

"역시 와카를 좋아했었다니 그럴 거라 생각했네만. 혹여 출신지는 아는가?"

"선대 때부터 쇼군의 직신이었으니 하마마쓰浜松인 걸로 압니다만, 부인께선 교토 출신입니다."

"과연. 흐음. 이거 어쩌면 두 사람 사이에 면식이 있었는지도 모르겠군……."

"예?"

"아, 아닐세. 혼잣말이야. 그나저나 거의 다 온 것 같으니 빨리 가세나."

"이거, 여차하면 명준 님께서 또 저를 따돌려 버리고 혼자 찾아가실 기세이십니다그려."

바쇼가 짐짓 입을 비죽거리고 어깨를 으쓱, 토라진 아이처럼 뛰다시피 앞서 걸으며 빨리 가자는 분이 그렇게 걸음이 느려서야, 하며 한 번 더 넉살을 부려 명준도 자네 요미우리読売り 와판에 인쇄된 사건이나 사고를 소리 높여 읽으며 판매하는 일을 말함로 전업하면 딱 맞겠네 하고 맞장구치며 웃었다. 그러고 보면 바쇼와는 익살을 떠는 것부터 시작해서 죽이 잘 맞는다. 나이 차이를 뛰어넘어 이쪽이 장군 하면 저쪽이 명군을 부르

는 것이다. 부교를 만나는 부담감을 조금이라도 상쇄시켜 주려 저렇게 호들갑을 떠는 마음 씀도 이미 짐작하고 있다.

두 사람은 사이좋은 삼촌과 조카처럼 정담을 주고받으면서 다리를 건너, 인파가 붐비는 구라야시키 거리를 지나 보초처럼 자리한 쓰지반(辻番:무가저택 자경을 위해 설치한 초소) 뒤로 무가저택이 도열해 있는 곳으로 들어갔다. 그제야 비로소 한적해진다. 앞장선 바쇼가 다시 조카처럼 호들갑을 떨며 위풍당당한 무가저택 중에서도 꽤 넓고 커 보이는 가옥을 손짓한다. 무슨 소풍 나온 아이의 기색이라 명준은 또 눈웃음을 지었다. 그리고 고개를 뒤로 돌려 저 멀리 오사카 성을 다시 바라보기도 했는데, 천수각 주위를 어디서 날아왔는지 또 다른 새떼들이 어지럽게 부유하고 있었다.

바쇼가 가리킨 저택은 정말이지 상당한 규모로 다른 가옥을 압도했으며, 기와지붕과 담장 또한 며칠 전에 막 지어진 것처럼 깔끔해 한 치의 빈틈도 용납하지 않는 분위기였다. 이를테면 흑갈색의 담벼락만 해도, 면밀히 살펴본다 하더라도, 구석구석 어느 한군데에도 칠이 벗겨진 흔적이 보이지 않을 정도로 염료가 물든 직물마냥 색이 정교히 발라져 있었다. 보고 있노라면 집주인의 절도 있는 위엄을 느끼기에 충분했다. 거기에다 무사의 정신을 상징한다는 소나무들이 담장 위로 가문의 문양을 장식한 깃대처럼 솟아 있으니 집 안에 그야말로 울창한 숲이 으스스하도록 펼쳐져 있지 않을까 싶기도 했다. 저택의 첫인상으로는 강직한 집주인이 거주하고 있을 듯싶은, 누구든 첫눈에도 부교의 사저임을 직감하기에 눈썹만큼도 부족하지 않았다.

그러니 일개 서생이나 고용살이 일꾼이라면 웅혼한 기상을 과시하는 집의 기운에 눌려 그만 위축되기 십상일 게다. 허나 쓰번의 일개 서생인 주제에 바쇼는 그런 기색 없이 도리어 대범하게도 대문을 두드려 명준을 약간 걱정스럽게 만들었다. 보통의 경우라면 봉변을 당하고도 남을 일이다.

대문을 두드렸으니 당연히 집 안의 반응은 곧 나왔다. 노여워하기는커녕 무가에 고용되어 잡일을 하는 주겐中間 하나가 쪽문으로 얼굴을 내밀곤 부교님을 접견할 수 있는 곳으로 안내하겠다며 군소리 없이 앞장선다. 신원 확인도 없다. 아무리 약속이 되어 있다 하더라도 이렇게까지 대우를 해주나 싶을 정도로 집 안으로 너무 쉽게 들어서는 바람에 명준이 오히려 쭈뼛거려졌다. 바쇼는 어깨도 으쓱거리는 모양새가 가히 여유가 넘친다. 그런 바쇼를 보며 명준은 위화감에 시달려 쓴웃음부터 지었다.

그런데 문 안으로 막상 발을 디밀어보니, 입구의 정원은 외관의 웅혼한 인상과는 달리 한껏 우아하고 고풍스러워서 명준은 다른 의미로 놀라고 말았다. 국자를 소품 삼아 조성해 놓은 샘터도 여간 아니지만 비단잉어가 유유히 유영하고 있는 연못과 연꽃의 아름다움에 조응되도록 그 가에 세운 석등의 위치나 노송의 배치가 실로 절묘하게 어울려 마치 품격 높은 교토 공가의 저택 같은 분위기가 물씬 흘렀던 것이다.

더 크게 놀라운 것은 중문을 지나 본채로 들어섰을 때 눈앞에 펼쳐진 가레산스이枯山水연못 같은 물을 쓰지 않고 지형, 모래, 자갈을 이용해 산수를 표현하는 양식 정원이었다. 입구의 정원이 고대의 수려한 아름다움을 넘치도록 과시했다면 본채의 정원은 깎고 다듬은 현세의 아찔한 여백을 유감없이 드러내고 있었다. 그야말로 돌과 자갈이 오묘한 의미를 끌어안은 듯 기가 막히게 안배된, 그 여운의 정경 앞에서는 방문 목적도 깜빡할 정도로 감탄하지 않을 수 없었다. 어떻게 벼락출세했다는 말단 하타모토가 정원을 이렇게까지 운치 있고 기품 넘치게 꾸밀 수 있을까 싶었다. 정직히 말해서 이 정도의 심미안은 말단 하타모토 출신이 하루아침에 획득할 수 있는 종류의 것이 아니었다. 물론 공가의 저택을 꾸미는 조경사造景師 작품일 수도 있겠지만, 저택 주인의 안목이 얕으면 이런 정원을 꾸며달라고 요구할 수도 없고 하지도 않았을 것이다. 심미안을 어릴 때부터 하나하나 쌓아온 사람이라야 이 정도의 정원을 조성시킬 수 있을 터였다. 후쿠다 가즈에노스케 쿄노신이라…… 명준은 저도 모르게 부교의 이름을 나직이 중얼거리고 말았다.

주겐이 명준과 바쇼를 안내한 곳은 본채의 응접실로 쓰이는 널찍한 다다미방 오히로마大広間였다. 부교는 아직 얼굴을 보이지 않았다. 허나 부교 정도의 인물이 사실상 만나주는 것만 해도 감지덕지인데, 아무런 이해관계도 없이 신분에 따라 차등을 두지 않고 오히로마에서 접견한다는 자체도 파격적인 예우였다. 그래도 바쇼는 그 점을 전혀 고마워하지 않는 기색이다. 도코노마床の間 다다미방의 상좌에 바닥을 한 단 높게 만든 곳에 놓인 화병의 꽃을 보거나, 칠복신七福神의 하나인 복록수福祿壽를 그린 족자를 구경하며 지루해 하는 표정을 보인다. 명준은 아무 말 없이 바쇼의 안색을 곁눈질하며 이따금 미소 지었다.

일다경一茶頃 정도의 시간이 지나자 장지문 너머 복도에서 인기척이 들리더니 문이 열렸다. 드디어 후쿠다 부교가 방 안으로 들어왔

2막 부교와 소녀를 만나다

다. 명준과 바쇼는 바닥에 양손을 짚고 납작 엎드려 그를 향해 정중히 인사했다. 후쿠다가 두 사람의 맞은편 상좌에 앉았다. 그리고 "많이 기다렸지요? 미안합니다." 하고 말하는데 음색이 중후해 듣기에 좋을 뿐만 아니라 상냥하기 이를 데 없다. 그제야 명준이 고개를 들어 그를 바라보았다.

후쿠다 가즈에노스케 부교는 목소리처럼 온화한 인상이었다. 마흔네댓 살 정도 되었을 성싶고, 무사다운 날카로운 빛은 보이지 않은 채 그저 깊고 선한 눈빛으로 살갑게 명준과 바쇼를 바라다보고 있었다. 장지문 너머 바깥의 깎아 다듬은 듯한 정원의 돌 위에서 참새들이 한가롭게 노니는지 지저귀는 소리가 영롱한 햇살처럼 가볍게 방 안으로 넘나들었다.

사건 때문에 몇 차례 만났으니 이미 안면을 튼 바쇼가 옆에 앉은 명준을 먼저 소개하자, 후쿠다는 뜻밖에도 이름은 벌써 들어 보았다며 호감이 어린 태도를 보여 명준이 다시 예를 표했다. 후쿠다가 말을 이었다.

"마사토야 씨한테 조선의 유능한 상인이라는 얘기를 전에 들었어요. 재작년 거래에 양쪽이 취할 이익을 고르게 배분하는 안으로 성사시켜 모두를 만족스럽게 만들었다고 하니 어떤 인물인지 궁금해했던 참이었어요. 치켜세우는 건 아니요만, 나는 말이지요, 귀하와 같은 무역상들을 대단히 중요하게 생각합니다. 오사카가 에도나 교토를 누르고 천하제일의 도시가 되려면 무엇보다 교역, 그것도 바다 건너의 교역이 더 많아져야 한다고 생각하기 때문이라오."

몹시 놀라운 말을 하는 부교다. 조닌이라면 몰라도 무사 출신의 안목으로는 탁월한 셈이다. 여러모로 흥미로워 명준은 그를 지그시 바라보며 입을 열었다.

"그 말씀인즉슨 에도와 교토가 하지 못하는 것을 오사카가 해내야 천하제일의 도시로 성장될 수 있다는 판단이시고, 그것이 경쟁력이라는 말씀이시군요?"

"허어, 벌써 내 마음을 간파했소이까?"

"에도는 막부의 도시라 해외 교역에 저어하기 쉬운 속성을 가지고 있으며, 천년수도 교토는 뭐든지 천하제일이라는 자부심으로 바다 건너의 교류를 가소롭게 여길 수밖에 없으니, 그 두 도시가 태생적으로 가질 수 없는 자유로움을 여기 오사카가 구비하고 있으므로 부교님께선 이 점을 염두에 두고 계시는 것으로 판단됩니다만. 물론 막부로선 오란다オランダ 현재의 네덜란드를 말함나 청국淸國과의 교역도 나가사키長崎에 국한시키고 다른 도시는 금하고 있지만 오사카 같은 경우는 눈감아주는 융통성도 보이니 부교님께선 차제에 교역의 규모를 넓혀 보려는 생각이신지 오히려 여쭙고 싶습니다만."

"오호! 이거 참, 대단하군. 겨우 말 한마디에 이렇게까지 내 복안을 알아채다니! 맞아요, 맞아! 나는 그렇게 생각합니다. 교토나 에도는 너무 고지식해. 막부의 시선이 좀 더 멀리, 넓게 나가야 될 필요가 있어요."

후쿠다가 읽고 싶었던 서책을 손에 쥐게 된 학동 같은 표정을 잠시 짓다가 한바탕 웃었다. 손바닥으로 자신의 무릎을 두어 번 치는 모양새가 아주 만족스러운 모양이었다.

"이야…… 마사토야 씨의 극찬이 마냥 허언이 아니로군요. 박명준

씨라고 했지요? 듣던 대로 혜안이 여간 아니시군요. 게다가 우리말이 아주 능숙하신 데다 교토 억양이 조금 묻어 있네요?"

"피로인被虜人_{임진전쟁 때 일본으로 끌려간 민간인을 말함} 출신의 아버지를 둔 경우입니다. 일본에서 태어나 교토에서 어린 시절을 보냈으니까요."

"오호, 그랬군요. 역시 귀하는 매우 흥미진진한 인물입니다. 실은 마사토야만이 아니고 은퇴한 전임 부교로부터도 귀하에 대한 언질을 슬쩍 듣긴 했었답니다. 막부로부터 어느 번이든 통행이 허가된 특혜도 받고 있으니 편의를 봐주어야 될 상인이라는. 이건 뭐, 예전의 그 미우라 안진三浦按針_{영국인 무역상 윌리엄 애덤스의 일본이름 도쿠가와 이에야스의 외교고문으로 활약했다} 같은 경우라 귀하의 이름을 머릿속에 각인시켰던 참에 바쇼 군이 함께 방문한다고 해서 정말로 깜짝 놀라고 말았답니다."

"그러셨군요? 관심을 가져주셔서 감사드립니다."

"아니요, 교역하는데 불편한 점이 있으면 언제든 청원하시오. 오사카조다이로부터 최대한 협조를 얻어낼 테니까요. 교역이야말로 부를 축적할 수 있는 원천이 아니겠소? 막부도 이 점만은 확실히 파악하고 있으니 앞으로는 교역이 더욱 활성화될 게요."

"지당하신 말씀입니다."

"자자, 그건 그렇고 오늘은 교역문제로 나를 찾은 건 아닐 테니······."

그러더니 상체를 바쇼 쪽으로 내밀며 후쿠다가 말을 이었다.

"그나저나 바쇼 군도 보통이 아니오. 무엇보다 인맥엔 놀라고 있어요. 쓰번의 바쇼 군이 조선상인 박명준 씨를 알고 있다는 게 실로 놀라워요. 바쇼 군이 상인도 아닌 담에야 서로 간에 접점이 생겨났을 리가 없는데, 이렇게 함께할 정도라니 당최 어떤 사연인지 궁금하기 짝이 없네요."

"아, 그건……."

"뭐, 좋아요. 입에 가볍게 담을 수 없는 곡절인가 본데, 그건 나중에 기회가 닿아 술이라도 대작하게 되면 안주거리로 차차 얘기해 보기로 할까요? 하하하, 아무튼 오늘 나를 만나러 온 건 그 시라쓰카지 사건 때문이겠지요?"

"송구하지만 그렇습니다."

바쇼가 낯을 붉히며 대답했다. 그럴 줄 알았다는 기색에다 뭔가 달래고 타이르는 어조를 은근히 드러내며 후쿠다가 말했다.

"야마나카 가문을 위해 사건을 조사하려는 바쇼 군의 마음이 갸륵해 그간 이것저것 일러두긴 했지만 이 참에 딱 잘라 말하면 사건은 이미 종결되었어요. 이제 와서 파헤쳐 봐야 무슨 소용이 있겠어요? 바쇼 군, 안타깝겠지만 이제 그만두도록 해요. 세상에는 할 일이 많은데 이런 것에 더 이상 자신의 시간을 낭비해서는 안 되지요. 앞길이 구만리 같은 젊은이가 말이오."

후쿠다 부교의 입장에서는 당연한 대응이다. 더 나아가 아랫사람을 아끼려는 곰살궂은 태도도 은연중 보인다. 그러나…….

"부교님, 한 말씀 드려도 괜찮겠습니까?"

명준이 바닥에 양손을 짚고 고개를 한 번 숙이며 끼어들었다. 겨우 그만한 충고에 물러서려고 이 집을 찾은 건 아니다. 이번에는 후쿠다의 시선이 명준에게 향한다. 여전히 호감이 어린 선한 눈빛이다.

"뭐든지 개의치 말고 얘기하시구려."

"감사합니다. 일단 저와 바쇼 군의 관계에 대해서 부교님께서 궁금해 하시는 건 당연합니다. 말씀대로 그건 추후 가볍게 술잔을 기울일 때 천천히 언급하기로 하고, 저희는 무슨 이득을 취하려고 사건을 재조사하려는 게 아닙니다. 설령 아직 잡히지 않은 주모자들의 정체를 밝혀낸다고 해서 저희가 처벌할 만한 힘이 있는 것도 아닌데요. 다만 진실을 알고 싶을 뿐입니다. 무엇보다 야마나카 사효에느스케님 부인께서 간절히 소망하고 계시는 일이지요. 그 점을 바쇼 군은 깊이 배려하고 있는 겁니다. 자신의 시간을 쪼개면서까지 말이지요."

이 대목에서 후쿠다 부교가 별안간 눈에 띄게 멈칫했다. 그러나 곧 아무렇지도 않은 얼굴로 명준의 말을 받았다.

"물론 그 마음이야 알고 있다고 미리 말씀드리진 않았소? 다만 종결된 사건에 매달리는 건 상인의 눈으로 보더라도 이만저만한 어리석은 일이 아닐 텐데요?"

"허나 상인이라고 이문만 쫓는 건 아닙니다. 때로는 눈앞의 이문보다는 더 큰 이문을 위해 진실을 추구하는 경우도 있습니다. 예컨대 후학을 양성하는 기관 쇼헤이코 昌平黌 같은 경우 학동이 될성부른 나무라고 판단되면 당장은 손해를 보더라도 교습비를 면제해 주고 성심껏 가르치지 않습니까? 진실을 쫓는 일은 그런 것과 비슷하다고 보시면 됩니다."

"허어, 진실이 사람의 머리를 깨우고 인식이 사람을 성숙시킨다면, 인재를 키우는 입장에서는 귀하의 말마따나 그것만큼 남는 장사도 없겠군. 하기야 목전의 이해보다는 멀리 보고 더 큰 이문을 염두에 둘 때도 있는 법이긴 하지."

"적절하신 말씀입니다. 사실 말이 나온 김에 짚어 보자면 부교님도 그런 마음이시라 그간 바쇼 군에게 여러 가지로 배려를 해 주셨던 게 아닙니까? 심지어 오야분의 딸이 가지고 있었다는 책까지 건네주셨을 정도로 말입니다. 저는 그 점 때문에 부교님 또한 이 사건의 진실을 알고 싶은 사람들 중의 한 분이 아닐까, 하고 조심스레 생각해 보았습니다."

"허허허, 이거 나를 치켜세우는 척하면서 발을 빼지 못하게 만드는 것 같소이다."

"설마요. 저희는 그저 부교님의 호의를 믿고, 오늘 감히 부교님의 시간을 이렇게 뺏는 무례를 범하고 있습니다. 부디 혜량해 주시길 바라며, 몇 가지만 여쭙겠습니다."

명준은 다시 다다미 바닥에 엄지와 검지를 짚고 깊이 머리 숙이는 예를 취했다. 바쇼도 덩달아 따라했다. 이렇게까지 나오니, 후쿠다로선 간곡하게라도 거절할 면목이 서지 않는 모양이다. 다시 한바탕 웃곤 자자 딱딱한 격식은 됐습니다, 마음대로 시간을 뺏어도 좋으니 뭐든 물어보세요, 하고 호방하게 덧붙인다. 물론 사양할 명준이 아니다.

"사건의 정황에 대해선 대략 들었습니다. 다만 재차 확인하고자 하는 마음에서 여쭙습니다만, 그날 참상의 와중에서 살아남은 자가 네 사람 정도라고 들었습니다."

"그렇긴 한데, 둘은 치료받다가 곧 죽었어요. 나머지 두 명만 목숨을 간신히 부지할 수 있었는데, 하수인들 중에서 낯익은 놈을 보았다는 결정적인 증언이 나온 덕분에 그 녀석을 잡아들이고 철저히 신문해 나머지 여덟 명도 포박할 수 있었지요."

"도륙의 현장이라면 조원들이 혼비백산했었을 텐데도 누구인지 지목할 수 있었다는 게 실상 놀랍군요."

"배우였던 거요."

"그 얘기는 바쇼 군에게 이미 들었습니다."

"확실히 운이 좋았지요. 잡고 보니, 예전에는 이 일대에서 꽤나 유명했던 배우였는데 지금은 극단에서도 쫓겨난 퇴물이었다오. 족쳐 봤더니, 그 녀석 죄책감을 느끼고 있었던지 자기도 피해자라며 울고불고 난리도 아니었어요. 무사 차림의 세 사람을 우연찮게 술집에서 알게 되어 제의를 받았을 뿐이라나."

"무사 차림이라……."

명준은 나직이 중얼거렸다. 후쿠다 부교는 계속했다.

"그저 인신매매를 일삼는 시라쓰카지에 일침을 가하기 위해 사람들이 필요하다고 역설해 그저 사찰에 난입해 공갈하는 것으로만 알았다나요. 이런 참극까지 일으킬 줄은 꿈에도 몰랐다며 자기는 그저 동원된 주제이고 칼 한 번 휘두르지 않았고, 다만 이 일을 주모한 자가 인원을 열 명 가까이 모아주면 따로 수고비를 더 두둑하게 쳐준다는 말에 나머지 여덟 명도 술집이나 도박장에서 면식을 익힌 자들로 골라 소개한 것뿐이니 사정을 봐달라고 어찌나 탄원하던지 곤란할 정도였다오. 아무튼 그 녀석이 진술한 대로 나머지 여덟 명의 소재지를 파악할 수 있었고, 깡그리 포박할 수 있었지요. 물론 주모자들의 행방은 안타깝게도 오리무중이었어요. 필시 오사카를 바람처럼 떴겠지요."

"그 주모자들의 정체가 무엇이든 간에 일단 참으로 놀라운 일이 아닙니까, 부교님?"

"뭐가 말이오?"

"주모자들은 배우를 민얼굴로 놔두어 동원시켰던 잡배들도 아예 일망타진할 수 있게 만들었으니까요. 무사의 신원이 하타모토로 알려짐으로써 막부는 잡배들을 처형하는 선에서 이 사건을 유야무야 처리할 수밖에 없었으니 실로 범인들은 배우의 민얼굴 하나로 일석이조一石二鳥의 효과를 단번에 얻었던 겁니다. 보통 교묘한 자들이 아닙니다."

"허허허……."

이 대목에서 후쿠다 부교가 어이없는 듯한 웃음소리를 냈지만 한순간 적을 목전에 둔 무사의 눈빛을 번득였다. 하지만 그건 한순간에 지나지 않았다. 다시 선한 눈빛으로 돌아가더니 목소리를 낮추어 마치 자조하듯 중얼거렸다.

"듣고 보니 뭔가 그럴듯하군요. 귀하의 말대로라면 나는 물론이고 막부도 놈들의 예상대로 놀아난 꼴이 되는 게 아니오?"

"그런데 여기서 범인의 노림수에는 반드시 하나의 조건이 따라 붙습니다."

"어허, 그것이 또 무엇이란 말이오?"

"바로 야마나카 님의 신원을 확인시켜줄 수 있는 자가 필히 있어야 된다는 점이지요. 그래야 도당의 현장에서 살해된 무사가 낭인浪人 따위가 아니라 쇼군가의 하타모토였다는 게 막부로 알려지지 않겠습니까?"

이 대목에서 갑자기 후쿠다 부교의 얼굴이 확 달아올랐다. 거짓말처럼 눈빛이 돌변해 마치 물어뜯을 듯 명준을 노려보기도 하는데 눈초리가 여간 사납지 않았다. 듣기에 따라선 네가 공범자 아니냐 하는 미묘한 어감이 살짝 묻어 있으니 화기애애한 분위기가 순식간에 달아나고도 남을 일이다. 부교 앞에서 무례도 이런 무례가 없다.

바쇼도 놀라운 기색을 감추지 못했다. 다른 건 몰라도 부교의 접점에 대해선 미처 생각지도 못했다는 기색이다.

그러나 잠깐의 사이를 두고 후쿠다가 다시 평온한 표정을 되찾았다. 양 소매통에 양손을 엇질러 집어넣고 턱을 끌어당기며 명준을 부드럽게 바라보는 여유까지 보인다. 좀 전에 난폭한 눈초리를 보였다는 게 믿어지지 않을 정도다. 부교 정도의 인물이 순간순간 이런 표정의 변화를 보일 수 있다는 것도 놀라운 일이다.

"말에 가시가 있는 것 같습니다. 결과적으로 내가 무슨 공범자 역할을 했다는 걸로 들리는데, 내가 잘못 들은 게 아니라면 이거 민망스러울 수밖에 없네요."

다시 상냥한 말투다. 한순간 칼날 같았던 분위기를 수습하기에 충분하다. 네 이놈 하고 호통을 쳐도 부교 입장에서는 시원찮을 판국일 텐데 그런 낌새는 전혀 없다. 명준은 일단 앉음새부터 고치고 정중히 고개를 숙이며 부교의 말을 받았다.

"설마요. 불쾌하게 들리셨다면 송구합니다. 다만 보통의 경우라면 도당의 현장에서 무사 차림새의 시신이 발견된다 하더라도 으레 길거리를 떠도는 낭인 정도로 여기기 십상입니다. 그런데 부교님께선 다르셨습니다. 판에 박은 듯한 대응 대신 용의주도하게도 무사의 시신에 대해 그것도 불에 반쯤 탄 시신이었다고도 하는데, 에도 성의 신원 확인을 신속히 요청하셨습니다. 그 연유를 여쭤보고 싶었을 따름입니다."

"허허, 귀하는 사람을 목전에 놓고도 용의주도하다는 입에 발린 소리를 참 잘도 하시는군."

"송구합니다, 부교님."

"그거야 뭐, 용의주도라고 할 것까지도 없어요. 부교로서의 당연한 대응이오. 일단 이번 사건은 전례가 없을 정도로 규모가 너무 컸소. 피살자에 무사도 섞여 있었어요. 뭔가 심상치 않았지. 명색이 나는 부교요. 나만의 감이란 게 있지 않겠어요? 아, 이 피살자는 보통의 무사가 아니구나, 하는 느낌이 이상하게도 꼬리를 물고 일어나더란 말이오. 그래서 근거는 없지만 만에 하나라는 것도 있기 때문에 혹시나 하며 신원 확인을 요구했는데 알고 보니 하타모토라 나로서도 매우 경악했소이다."

"근거가 없다라…… 그래도 혹여 어디에선가 면식이 있었던 무사 분은 아니었습니까?"

"그건 아니오."

후쿠다는 일말의 망설임도 없이 그 부분에선 단호히 대답했다. 그리고 소매통에서 두 손을 꺼내 자신의 양쪽 무릎에 올려놓고 허리를 곧추세워 자세를 바로잡더니 한결 누그러진 말투로 말을 이었다.

"박명준 씨, 뒤집어 놓고 생각해 보면, 솔직히 귀하의 말을 차마 부정할 수는 없구려. 만약 에도 성에 신원 확인을 요구하지 않았다면 범인들의 구미에 맞게끔 사건이 이렇게 종결되지는 않았을 테니까. 그런 면에서 귀하의 지적은 사리에 맞아요."

"그거는 부교님 탓이 아닙니다."

"아니요, 사실상 무엇이 어찌 됐든 간에 사건은 허무하게 끝나 버렸어요. 내 딴에는 철저한 수사를 기한다고 했던 것이…… 그 탓에 피살자가 하타모토라는 것이 밝혀진 것까진 좋았는데 막부가 수사에 개입해 오물을 흙속에 묻듯 덮어버린 꼴이 되었으니, 이 점을 범인들이 노렸다고 하더라도 그런 빌미를 내가 제공한 셈이라 욕먹어도 변명의 여지가 없는 일이오. 솔직히 이렇게 사건이 마무리된 상황은 나로서도 찜찜하기가 이를 데 없소."

말을 하다 보니 마음이 흔들렸을까. 부교의 표정이 자식의 앞날을 염려하는 부모의 얼굴처럼 진지하다. 진심이 우러나지 않는다면 좀체 지을 수 없는 좋은 표정 같다고 명준은 느꼈다.

"하면……."

반면, 쾌활한 표정이 얼굴의 특징이던 바쇼가 심각한 기색을 여지없이 드러낸 채 끼어들었다. 얼굴이 워낙 엄정해 보여 명준은 그 와중에도 미소를 지을 뻔했는데, 모르는 사람이 보면 유학자 하야시 라잔林羅山의 권위만 등에 업고 눈에 힘주고 다니는 제자의 면상인 줄 알겠다. 눈에 힘주고 다니면 공허할 뿐인데 다행히 바쇼는 관학官學의 위엄 따윈 발로 차 버린 서생답게 부교 눈앞에서 결론 내듯 똑 부러지는 소리를 했다.

"하면 야마나카 사효에노스케님이 제거되면 누가 이득을 얻을 수 있는지 범위를 좁혀 수사를 해나가야 범인들의 윤곽을 그나마 잡을 수 있지 않을까 싶습니다."

"옳은 얘기일세. 그런 방향으로 실마리를 풀어야 한다고 나도 생각하네. 핵심은 범행 동기야!"

"허나 하수인들을 모두 처형해 버린 지금, 이제 와서 주모자들의 정체나 범행 동기를 밝힐 만한 단서를 과연 어디에서 찾을 수 있다는 거요? 늦었어요, 늦었어……."

부교가 고개를 가로저으며 말했다. 명준이 다시 검지를 얼굴 가까이에 세우며 또박또박 말을 이었다.

"지당하신 말씀입니다만, 아직 하나가 있습니다."

"그게 뭐요?"

"오야분의 딸이 가지고 있었다는 책입니다!"

명준은 얼굴 가까이 세운 검지를 좌우로 몇 차례 흔들며 자신만만히 대답했다. 부교가 명준의 검지 끝에 시선을 집중하며 책…… 하며 말끝을 흐렸다.

"사람이 죽어가는 현장에서 그 소녀는 책을 그것도 파손된 풍속소설을 소중하게 품에 지니고 있었습니다. 허나 그 책이 어디 소녀가 소중히 간직할 만한 종류의 책입니까? 이치가 그러하다면 여기엔 뭔가 까닭이 있지 않을 수 없습니다."

"허나 그 점이 사건과 무슨 연관이 있겠어요? 겨우 소설책입니다. 게다가 소녀라고 해도 책을 좋아하는 취향이 독특할 수도 있지 않겠어요?"

말은 그렇게 해도 후쿠다 부교는 명준의 말을 곱씹어 보는 듯 정색해진 표정이었다. 바쇼는 묵연히 경청하고 있다. 명준이 계속했다.

"그야 물론입니다. 또 사건과 연관이 있는지 없는지 지금 상황에선 판단을 내릴 수도 없습니다. 다만 부교님께서도 뭔가가 있겠다 싶어 그 책을 조사하셨던 거고, 뜻밖에도 막부에 의해 판금되었다는 것까지 알아내셨습니다. 저는 이거야말로 큰 단서가 아닐 수 없다고 생각합니다. 거기에다 시라쓰카지는 흥행업에도 관여한 도당입니다. 조사해 볼 가치는 충분하다고 판단합니다만."

"하면 어떻게 조사하겠다는 거요?"

"일단 오야분의 딸을 만나게 해 주십시오."

"응?"

"왜 파손된 책을 가지고 있었는지, 오야분이 이 책 출간에 간여했는지, 무엇보다 이 책의 찢겨져 나간 부분이 어떤 내용이었는지 그녀가 조금이라도 알고 있어 얘기해 준다면 사건의 실마리를 풀어나가는데 크게 도움이 될 것 같습니다."

"물론 사건과 연관이 있다면 귀하의 말은 백 번 옳아요. 그러나 그깟 소설책이 사건과 어떤 접점을 가지겠소? 아무리 생각해도 헛발질 같은데……."

"헛발질이라도 그 나름 유익한 효과는 있는 법입니다."

"으음."

그렇게 신음 비슷한 소리를 입에 문 후쿠다 부교의 얼굴에는 곤혹스러운 기색이 파발마처럼 빠르게 스쳐갔다. 그러나 명준의 말이 과하다고 받아들이진 않은 모양이었다. 골몰히 생각하는 표정이더니 마침내 좋아요, 하고 입을 열었다.

"박명준 씨, 그 소녀의 이름은 오하루お春라고 하는데, 지금은 많이

안정되긴 했다오. 허나 사건이 워낙 참혹해 구명되었던 당시에는 거의 넋이 나가 있었어요. 하기야 무리도 아니지. 눈앞에서 아비를 비롯해 사람들이 죽어 나갔으니 얼마나 충격이 컸겠소? 거의 매일 밤 악몽에 시달리는지 경기를 일으킬 정도였지요. 근 한 달을 그럽디다. 지금도 사건에 대해선 일절 입을 열지 않소."

"그래도 책은 순순히 부교님께 양도한 모양입니다."

"응?"

"사람들이 죽어 나가는 현장에서도 그 책을 지켰던 소녀가 부교님께는 순순히 넘겨주었으니 하는 말입니다만."

"아니, 그거야 뭐······."

"염려 마십시오. 제가 하물며 소녀를 윽박지르며 심문하겠습니까? 그러나저러나 부교님의 배려 넘치는 마음씨에는 다시 한 번 놀라지 않을 수 없습니다."

"그건 또 무슨 말이요?"

"사건이 종결된 지 꽤 시간이 흘렀는데도 부교님께선 그 오하루라는 소녀를 보호하고 계시니 말입니다."

"솔직히 불쌍해서 말이요. 보호자도 없고 아직 충격에서 완전히 벗어난 것도 아닌데 그냥 거리로 내칠 수야 없는 노릇 아니요? 개인적으로 나도 여동생이 하나 있는데 아무래도 오하루를 보면 걔 생각이 나서 남의 일 같지가 않더라고요. 뭐, 그래서 별채에서 지내게 했소. 하긴 그렇다 하더라도 언제까지고 여기에 데리고 있을 수는 없고 나중에 완전히 회복되면 시중의 괜찮은 상가에 견습 일꾼으로라도 소개해 줄 작정이라오."

그러곤 장지문 너머를 향해 손뼉 치자 문이 살짝 열렸다. 대기하고 있었던 주겐이 복도에서 부복하자 별채로 가서 오하루를 데려오라고 후쿠다가 지시했다. 허나 안심이 되지 않는지 한 번 더 명준에게 사건 당일의 기억이 되살아나는 질문은 삼가 달라며 다짐을 놓기도 했다.

이윽고 복도 저편에서 마룻바닥을 스치듯 다가오는 발소리가 들리더니 곧 문이 열리고 시라쓰카지 오야분의 딸 오하루가 들어왔다. 고개를 숙이고 있어 얼굴은 들여다 볼 수 없지만 일단 키는 열다섯 소녀라고 보이지 않을 정도로 컸다. 뭐라고 할까, 틀어 올린 머리 모양의 시마다마게島田髷가 국화꽃 문양이 우아하게 장식된 고소데小袖와 잘 어우러져 매우 성숙해 보였다. 무가 풍의 차림이라 우치가게打掛고소데 위에 또 하나의 화려하면서도 긴 고소데를 겹쳐 입는 형태를 하고 외출이라도 하면 누가 봐도 무가의 처녀라고 볼 것 같았다. 옷차림에도 신경 쓸 만큼 부교는 소녀에게 각별한 셈이다. 이렇게까지 챙기는데 나중에 상가로 견습생 하라며 취직시킬 것 같진 않다.

그런데 소녀는 우아한 차림 못지않게 동작 하나하나가 조신스러웠다. 부교 맞은편에 앉아 있는 명준과 바쇼로부터 조금 떨어진 곳에 걸음을 옮겨 무릎을 가지런히 모아 앉더니 좌중을 향해 깊이 인사하고 고개를 숙인 채 양손을 포개 무릎에 올려놓았다. 공손하고 단정할 뿐만 아니라 지극히 단아한 몸놀림이었다. 마치 무가의 여식 같았다. 도저히 불량도당의 딸이라 생각되어지지 않을 만큼 행동거지 하나하나가 몸에 배인 듯 예를 갖추고 있었다. 명준은 물끄러미 바라보고 말았다. 어찌된 게 오늘은 놀라운 일투성이람.

명준은 잠시 목청을 가다듬고 후쿠다 부교를 향해 머리를 까딱거리고 오하루를 향해 돌아앉았다. 부교의 얼굴에 뭔가 근심이 어려 있는 것도 같았다. 명준은 바쇼를 곁눈질하곤 소녀를 이리저리 살펴보았다. 여전히 소녀는 얼굴을 숙인 채였다. 바쇼 또한 모처럼 긴장감 가득한 표정을 보이고 있다.

"오하루 씨."

명준이 천천히 입을 열었다.

"나는 조선 사람 박명준이라고 합니다. 한 번 만나고 싶었습니다. 그래서 부교님께 부탁을 드려 간신히 승낙을 얻어 이렇게 마주 보게 되었으니 무척 기쁩니다."

"……."

물론 오하루는 얼굴을 숙인 채 대답하지 않았다.

"히데요시 모노가타리라는 책을 아시지요? 나도 읽어 보았습니다. 안타깝게도 후반 부분은 찢겨져 있어 결말이 상당히 궁금했습니다. 읽다보니 그만 빠져들었거든요. 그런데 이런 생각이 들었습니다. 다른 사람은 어떨지 모르지만, 나는 책을 특히 이야기책이라면 즐겁기 위해 읽으려 합니다. 내가 미처 상상하지 못했던 거, 경험하지 못했던 것을 작가에 의해 알게 되면 참으로 신선하고 재미있으니까요. 그래서 책을 읽을 땐 정말 즐겁습니다. 물론 그건 소설을 쓰는 저자도 마찬가지일 겁니다. 하나의 이야기를 만드는 과정도 그렇고, 책을 발간해 사람들에게 읽혀지게 하는 것도 누가 뭐라 해도 정말 멋진 일이 아닐 수 없으니까요. 나 같은 장사꾼은 이야기책의 필자들이 아주 부러울 수밖에 없어요……."

"……."

"책이 읽혀진다는 건 역시 독자들과 소통된다는 의미이잖아요? 그래서 이야기를 만드는 그 과정이 어렵고 힘들어도 필자는 결국 소통의 정경을 소망하면서 견딘다고 생각해요. 소통하는 즐거움을 위해 감수한다는 것이지요. 그런데, 그런데 말입니다, 오하루 씨."

여기서 명준은 잠깐 말을 멈추고 약간 숨을 골랐다. 말을 하다 보니, 정말로 가슴이 화로 덥혀지듯 뜨거워지고 있다. 그러고 보면 그 책의 책장을 넘길 때마다 가슴에 저며 들었던 감정이기도 했다. 안타깝고 슬프고 아프기까지 했다. 그런 감정을 느낄 때마다 명준은 책의 저자를 상상하곤 했다. 그런데 어찌된 일일까. 지금 눈앞의 소녀가 혹여 책의 저자가 아닐까 하는 황당한 느낌이 한순간 불쑥 치민다. 허허, 하고 하마터면 실소할 뻔했다. 말도 안 되는, 있을 수 없는 일이다. 열다섯 살짜리 소녀가 쓸 수 있는 책은 아니다. 너무 무거운 주제를 열다섯 살이 짊어질 순 없다. 그건 너무 가혹한 일이다. 명준은 소녀를 똑바로 보면서 다시 몸가짐을 바로 한 채 계속했다. 오하루의 무릎에 단정히 놓인 두 손이 조금씩 떨리고 있는 듯이 보인 것도 그때쯤이었다.

"그런데 이 책 히데요시 모노가타리를 읽으면서 문득 엉뚱한 생각이 들었어요. 보통의 저자들이 글을 쓰면서 즐거운 것처럼 이 책의 필자도 쓰면서 과연 즐거웠을까? 오하루 씨는 어땠는지 모르겠는데, 나는 참으로 이상하게도 작가는 즐겁지 않았을 것이라는 생각이 책을 읽는 내내 엄습해 왔거든요. 책을 덮고 곰곰이 생각해 보니 책에서 언급된 린이란 인물이 마치 작가의 모습처럼 연상될 정도로 인상적이라 그런지, 저자도 린처럼 무엇인가에 고통 받고 슬프지는 않았을까…… 아무런 근거도 없이 그런 감정이 가슴을 저미는데 심지어 찢겨진 부분까지 다 읽고 책장을 덮었을 때에는 린이 책 밖으로 걸어 나오는 것 같은 환시를 그 순간 나는 소스라치게 보고 말았답니다. 손에 잡힐 것처럼 가까운 거리에 린 같은 무엇인가가 서 있는 것 같은, 지금도 두 눈에는 생생하도록……."

책 밖으로 걸어 나오는 린을 언급한 순간부터 미동도 전혀 하지 않았던 소녀 오하루가 고개를 번쩍 들고 명준을 지그시 보았다. 어이없게도 명준은 움찔했고 가슴이 그만 철렁거렸다. 선연하도록 까만 소녀의 눈동자에 눈물이 젖어들고 있는 것이다. 명준의 시선과 오하루의 시선이 처음으로 부딪쳤다.

오하루는 하얀 피부였다. 크고 까만 눈동자, 가지런한 콧날, 여린 입술선 마치 미인도를 누군가 정성껏 그린 듯한 이목구비였지만 그런 만큼 어딘가 현실의 소녀 같지 않은 미묘한 분위기가 짙게 흘렀다. 그 미묘한 분위기가 구체적으로 무엇인지 명준은 아직 알 수가 없었다. 무언가 그림 같다, 에마키 같은 천수각의 느낌이라 하면 과할까. 그래도 너무 고귀해 보이는 불화와 같은 분위기를 소녀 앞에서 명준은 속절없이 느끼고 말았다.

소녀의 까만 눈동자에 눈물이 고여 든다. 고인 물은 샘이 되어 하얀 뺨으로 결국 흘러내려 이제 어떤 말을 꺼내야 할지 명준은 그저 난감했다. 아니, 난감함 그 이상의 무엇을, 처음 보는 소녀의 소리 없는 눈물 앞에서, 앳된 청년처럼 돌연 어떤 기시감 같은 것도 정신 없이 보고 말았다. 정말이지 무엇 때문인지 딱 꼬집어 말할 수는 없지만 자신이 어린 시절을 지냈던 교토의 푸른 정경이 아련히 다가오는, 손을 뻗으면 닿을 것 같은, 그러나 닿지 않는 그리움 같은 기분이 영문 없이 머리에서 발끝까지 내달리기 시작했다.

무엇인가 간절히 얘기하고 싶은 듯 소녀는 명준을 바라보며 그러나 끝내 어떤 말도 건네지 않으면서 그저 눈물을 흘렸다. 명준은 물론이고 바쇼도 당황했으며 후쿠다 부교는 안절부절못하는 기색이었다. 이윽고 부교가 바깥의 주겐을 불러 오하루를 별채로 데려가라고 명령했다. 주겐 둘이 들어오더니 오하루를 부축해 일으킨다. 오하루는 여전히 아무 말도 없이, 입 밖으로 어떤 소리 하나 내지 않은 채 눈물을 흘리며 주겐이 이끄는 대로 걸음을 옮긴다. 그러므로 소녀의 침묵은 우물 속처럼 깊고 샘처럼 투명한 눈물 같았다. 그래서 소녀는 여전히 실제적으로 보이지 않는, 저 멀리 있는 그림 같았다. 천수각처럼.

소녀가 나가고 난 뒤에도 한동안 오히로마에는 침묵이 가파르게 고였다. 세 사람은 저마다 입을 굳게 다문 채 소녀의 침묵 속에 잠겨 있었다. 먼저 빠져나온 건 후쿠다 부교였다. 그는 지친 듯이 왼고개를 치면서 무겁게 입을 열었다.

"보다시피 오하루는 아직 안정이 된 게 아니오. 하면 그 아이를 통해 책에 대해 어떤 정보도 얻지 못한다면 앞으로 어떻게 사건을 조사할 참이오?"

"부교님……."

명준은 잠시 심호흡을 하곤 부교에게 시선을 건넸다. 소녀가 남긴 침묵의 여운에 빠져 있는지 바쇼는 아직도 멍한 얼굴이었다.

"사건 당일 살아남은 두 사람의 근황은 어떻습니까?"

생뚱맞은 질문 같았던지 후쿠다 부교가 눈을 끔뻑거리며 고개를 갸웃거렸다. 그렇다고 묻는 말에 대답을 하지 않을 수야 없는 노릇이다.

"하나는 아직 상처가 낫지 않아 제집에서 요양 중이고 다른 하나는 완전히 멀쩡해져서 시덴노지四天王寺 뒤편의 데라다야寺田屋라는 여관에서 잡일을 거들며 생활하고 있는 중이라오. 혹시 모를 사태를 대비해 우리 부교소의 도신들이 종종 녀석의 주변을 살피곤 합니다."

"만나게 해 주시겠습니까? 여러 가지로 묻고 싶은 게 있습니다."

"그렇다면 주겐에게 지시해 안내하라고 일러두지요. 녀석이 알고 있는 여러 사정을 확실하고도 마음껏 청취하시지요."

"감사합니다. 그럼 하나만 더 신세를 지겠습니다."

"그 전에 어떤 식으로 사건을 조사할지 아직 얘기하지 않았는데요, 궁금하네요."

"오하루 씨에게 협조를 얻지 못한 이상, 처음부터 하나하나 해보려고 합니다. 이런 식으로요."

"허어, 처음부터라? 하면 피해자나 가해자를 하나하나 다 조사해 볼 의향입니까?"

부교가 심드렁히 혼잣말했는데 명준은 천연덕스레 대꾸한다.

"예, 그러니 색출되어 처형되었던 자들에 대한 인적사항을 혹여 얻을 수 있겠습니까? 인상착의를 그린 그림도 남아 있으면 잠시 빌렸으면 합니다."

"아니, 아홉 명 다 말입니까?"

2막 부교와 소녀를 만나다

부교가 놀라운지 눈을 부릅떠 명준을 보았다. 명준이 조용히 미소 지었다.

"부탁드립니다, 부교님."

"허허, 이해가 되지 않네요. 죽은 자들 주변을 뒤져봐야 무슨 소용이 있다고…… 그게 무슨 실마리를 잡는 일이라도 된다는 겁니까?"

"송구합니다. 허나 처음부터 하나하나 해 볼 수밖에 없습니다. 헛발질이라 하더라도 그 나름의 효과는 얻을 수 있습니다. 지켜봐 주시지요."

"음."

명준이 그렇게까지 말하자, 잠시 생각했던 부교가 이윽고 기왕에 편의를 봐준다 했으니 좋아요, 하고 시원스레 승낙했다. 명준은 바닥에 양손을 짚고 정중히 허리를 숙이며 고마움을 표했다. 두 사람을 번갈아보던 바쇼은 부교의 허락을 받아낸 명준을 향해 무릎에 놓은 왼손의 엄지를 슬그머니 세워 보이기도 했다.

이제 용무가 다 끝난 분위기라 후쿠다 부교도 슬슬 바깥의 주겐을 호출할 기미를 보이는데, 명준은 깜빡한 표정을 짓더니 아참, 결례가 되지 않는다면 부교님의 출신지가 어디인지 물어봐도 괜찮겠습니까? 하고 말했다. 예상 밖의 질문이라 부교가 약간 멍한 기색으로 조금은 언짢은 기운이 웅크린 어조로 대답했다.

"하마마쓰입니다만, 왜 이것도 사건에 연관이 있는 겁니까?"

"아, 아닙니다, 다만 정원을 꾸미는 감각이 뛰어나서요."

"정원?"

되묻던 후쿠다가 사람 참 싱겁군, 하는 표정을 보이더니 바깥의 주겐을 불러 데라다야로 두 사람을 안내하라고 지시했다. 그리고 양손을 소매통에 넣으며 느긋한 태도로 어떻게 수사를 하는지 기대하고 있겠어요, 하고 덧붙였다. 명준과 바쇼는 깊숙이 머리를 숙여 인사를 하고는 주겐을 따라 방에서 나왔다. 본채 정원을 지나 출입구 정원으로 들어섰을 때 마침 곱게 손질된 참꽃창포와 수련꽃 곁의 연못을 멀리 날아온 새 한 마리가 빙빙 돌기 시작했다. 연못으로 낙하한 햇살은 그야말로 보석처럼 반사되고 있었다.

어느새 햇살이 뉘엿뉘엿 기울어 가고 있었다. 시텐노지를 중심에 두고 좌우로 병졸처럼 정연히 늘어선 마치야 거리는 호객 행위의 장사치와 수북이 쌓여 있는 상품들을 비교 탐문하는 참배객들로 어수선산란했다. 고개만 들면 보이는 오사카성의 천수각만이 석양을 받으며 여전히 홀로 고결했다.

후쿠다 부교의 분부를 받은 주겐의 뒤를 따라가면서도 바쇼가 온전히 평상심을 되찾았던지 평소처럼 여기저기를 공연히 기웃거리는 바람에 자꾸 뒤처졌다. 주겐이 몇 번이나 뒤돌아보며 눈살을 찌푸렸지만 바쇼는 명준에게 때때로 떠들며 늑장을 부린다. 그때마다 명준은 주겐에게 미안하다는 의미로 목례를 가볍게 했다. 주겐은 혀를 끌끌 차면서도 바쇼와의 거리를 고려해 가며 부지런히 발길을 놀리는 것이 여간 성실하지 않았다.

이윽고 시텐노지 왼쪽으로 꺾어져 안으로 들어가는 길목에 주겐이 총총 앞장섰는데, 사건 현장에서 살아남은 시라쓰카지의 일당 토스케東助라는 이름의 사내가 잡일을 거든다는 여관 데라다야가 보였다. 그제야 바쇼가 잡담을 멈추고 제법 날카로운 눈빛으로 여관을 일별했다. 그 모습이 어찌 보면 시골에서 막 상경한 서생이 바가지를 뜯기지 않으려고 경계하는 태도 같기도 해서 명준은 살갑게 어깨를 한 번 쳐 주었다.

여관 주인은 미리 기별을 받았는지 굽실대며 명준 일행을 2층의 객실로 안내했다. 한숨 돌릴 만한 시간이 지나자, 떨떠름한 표정이 얼굴에 잔뜩 묻어 있는 토스케라는 녀석이 데라다야의 문양이 장식된 겉옷 핫피法被와 모모히키를 입고 어기적어기적 나타났다. 토스케는 제법 튼실한 체구에다 얼굴의 광대뼈 또한 유난히 도드라져 꽤나 예민한 인상을 풍겼는데, 여관에서 잡일을 하는 게 아니라 기도木戸를 본다고 하면 제격이려니 싶었다. 그러나 주겐과 나란히 있는 명준과 바쇼를 보고는 사건 당일의 악몽을 떠올렸는지 인상과는 달리 겁쟁이처럼 거의 죽상만 지었다. 그런데다가 주겐의 눈치만 연방 살피면서 명준이 뭐라고 묻는 말에는 중구난방 뇌까렸고 쓸데없는 일은 한심스럽게도 길게 늘어놓기 일쑤였다. 그 바람에 바쇼가 짜증이 나 혀를 찼다.

그러다 제 말에 취했는지 토스케가 엉뚱하게도 오야분과 어떻게 만났는지에 대해 술 덤벙 물 덤벙 식으로 설명할 즈음, 명준은 얼굴 앞으로 검지를 세우며 단호한 어조로 말을 잘라 버렸다.

"토스케 씨, 충분히 알아들었어요. 끝으로 이거 하나만 더 물어보고 끝내겠어요. 당신은 습격 사실을 알리려 오야분의 방으로 갔다고 했습니다."

"예, 그랬습지요."

뒷머리를 긁적거리며 토스케가 퉁명스레 대꾸했다. 자신의 말이 무시당했다는 기분인지 눈초리도 치켜 올라갔다. 어이가 없어진 바쇼가 눈을 부라리며 노려본다. 명준의 오른쪽에 앉은 주겐은 세 사람 모두에게 관심도 없는 듯 마냥 무심해 보였다.

"자세히 말해 주겠습니까?"

"그건 뭐 자세하고 간에……."

주겐을 힐끔 곁눈질하며 토스케가 말끝을 흐렸다.

"그때 당신들이 습격 사실을 알렸을 때, 오야분과 무사님이 방에서 복도로 나왔지요?"

"예."

"그 무사님에 대해선 그 전부터 낯이 익은 분이었습니까?"

"오야분과 함께 있던 그 무사라는 사람, 우리 같은 졸개 따윈 상대도 해 주지 않았지만, 나대는 꼴이 기고만장해 재수 없었어요. 그러니 잘 알지는 못하지. 오야분을 따라 에도로 갈 때마다 요시와라吉原 어귀의 찻집에서도 보긴 했는데 색을 엄청 밝힌다는 소문이 그곳에서도 자자하더라고요."

"유곽 요시와라 말입니까?"

"그렇소."

야마나카 사효에노스케는 불량 도당과 연계된 게 거의 분명해지는 증언이라 명준은 잠깐 곁눈질로 바쇼를 보았다. 바쇼는 이미 각오를 했던지 크게 실망하는 기색은 아니었다.

"복도로 나온 오야분이나 무사님이 뭔가 눈에 띄는 행동을 하지는 않았나요? 이를테면 두 사람이 언쟁을 했다거나, 곧바로 칼을 뽑고 범인들 쪽으로 뛰어갔다거나, 혹은 방에 들어가 숨었다거나……."
"글쎄요…… 십여 명이 넘는 놈들이 괴성을 지르며 밀려와…… 간이 콩알만 해져서 제대로 뭔가를 주의 깊게 보기엔 경황도 없고……."
검지로 미간을 짚으며 토스케가 기억을 떠올리려 짐짓 애쓰는 듯했는데, 뭔가가 생각났던지 손바닥으로 무릎을 쳤다.
"아, 그렇지!"
"음?"
"그래, 그래, 생각났어요. 장지문 너머 봤지만, 거, 무사님이 그 와중에도 무슨 책을 품속에 넣어 챙기더라고. 뭔 놈의 책이 그리도 소중한 건지 그 와중에도 내가 잠깐은 의아하긴 했지요."
"책을?"
명준은 잠시 바쇼와 마주보았다. 바쇼의 안색이 제법 엄숙해지고 있다. 그런 바쇼에게 고개를 끄덕거려 주곤 명준이 다시 입을 열었다.
"오야분에겐 따님 오하루 말고 다른 가족도 있습니까?"
"아, 예……."
여기선 왠지 토스케가 꽁무니를 슬그머니 내리는 기척이라, 눈치 빠르게 명준은 태도를 바꿔 엄한 어조로 쐐기를 박았다.
"토스케 씨, 염려마세요. 알고 있는 모든 걸 말해줘도 됩니다. 오히려 협조하지 않으면 부교님께서 가만있지 않을 겁니다. 부교님께서도 협조하라고 단단히 일렀을 텐데, 이거 엄포가 아닙니다. 그분이 사람은 좋아 보이는데, 원래 그런 분은 한 번 화가 나면 물불을 안 가려요. 알죠?"
"뭐, 그거야……."

"혹시 혼자였습니까?"

"아, 예……."

토스케가 공연히 주젠의 눈치도 보고 어깨도 움츠리는 걸로 보아 뭔가 꺼림한 것이 있는 듯싶다. 허나 명준의 말이 가지는 무게가 만만찮아, 답답하리만치 우물쭈물하다가 종내 말을 토해냈다. 한번 뱉어 놓으니까 토스케는 있는 말 없는 말 다 끄집어내 지껄였다.

"본래부터 우리 오야분은 홀몸이라고요. 솔직히 남색男色을 즐겼던 유형이지요."

"남색?"

"예, 오하루는 오야분의 양녀입니다요."

"양녀라……."

"왜 그 여자애를 양녀로 받아들였는지 내막이야 자세히 모르지만, 여하튼 작년 정월부터 그 애가 들어왔어요. 침고일 만큼 예쁘더라고. 근데 벙어리도 아닐 텐데 어찌된 게 걔는 지금껏 말 한마디도 하지 않더라니까. 그저 넋 나간 듯 먼 산만 바라보고, 혹시 바보가 아닌가 싶을 정도였어요."

"그럼 어디서 데려 왔답디까?"

"요시와라라고 하더만요."

"유곽에서 데려왔다는 겁니까?"

"그렇다니까. 속사정이야 나 같은 놈이 알 수는 없지만, 빤하잖소. 사업차 거래하는 치들과 자주 들락거렸다가, 거기서 걔가 마음에 들었던지 양녀로 받아들인 것 같은데, 아무튼 가족이 졸지에 생겨서 그런지 오야분이 엄청 귀여워하더라니까. 늘 끼고 살았수. 밤에도.

뭐, 남색을 즐겼던 오야분이라 설마하니 그 짓을 할 리는 없었을 거지만."

"밤에도 같이 잤단 말입니까?"

"그게 대수요? 딸아이가 됐으니 데리고 잘 수도 있는 거지 뭐. 아니, 우리 오야분이 일껏 음심이 동해 걔와 교접했다 칩시다, 하기야 오야분이 언제까지 남색만 할 것도 아니고, 헤헤, 그게 크게 대수로운 일도 아니잖우? 등급 높은 유녀의 시중을 들던 아이라서 밤 기술도 죽여줄지 누가 알겠어요? 우리 오야분이 거기에 녹아나서 큰돈 주고 데려왔을지도 모르지. 다 거기에 상응하는 거라고. 누가 뭐라 할 수 있겠어요? 헤헤, 나도 에도로 가면 꼭 상급의 유녀들을 품어볼 거요!"

"유녀가 당신을 제대로 상대해 줄지는 모르겠군요."

"뭐요?"

"요시와라의 유녀들은 기개가 무척 높거든요. 그러니 교양머리라곤 발톱의 때만큼도 없는 당신을 기꺼이 환영해 줄지가 의문이라는 얘기요. 찬물 한 사발이라도 들이켜서 정신 차리는 게 이로울 겁니다."

"뭐, 뭐라고요? 당신 지금 뭐라고 하는 거야?"

어안이 벙벙해진 토스케가 입에 거품을 물었지만 개의치 않고 명준은 찬바람이 휙 나도록 일어나서 방을 나가버렸다. 오하루를 아무렇게나 취급해 은근히 화가 치밀었던 바쇼도 토스케를 향해 눈을 희번덕희번덕 째리고 뒤따랐다. 토스케 혼자만 벼락 맞은 난봉꾼처럼 펄쩍펄쩍 뛰었는데, 무심히 자리만 지켰던 주겐이 갑자기 에잇

꼴같잖은 녀석 하며 뒤통수를 냅다 갈겨 주었다.

여관을 나온 명준은 고개를 들어 허공을 찬찬히 응시했다. 낙일에 빠진 오사카 성의 천수각이 선연히 붉었다. 명준의 얼굴에도 짙은 음영이 서려졌다. 뜻밖에 알게 된 사실이 명준의 마음에 못내 걸리고 있었다.

유곽에 있다가 불량도당의 양녀로 입적한 소녀…… 이제야 왜 예의범절이 발랐는지 그 이유를 알 것만 같았다. 요시와라에서 철저히 교육받았을 것이 틀림없었다. 명준은 요시와라가 어떤 곳인지 익히 알고 있었다. 마음이 편하지 않았다. 이제 겨우 열다섯 살인데, 그간 어떻게 살아왔을까…… 필시 부초와 같았을 것이다.

갑자기 기시감이 시야에 또 천수각처럼 부유해 왔다. 한 순간 명준은 아, 하고 탄식을 쏟았다. 소녀는 그 옛날 교토에서 만났던 그 어린 여자아이와 닮아 보였던 것이다. 아아, 그렇구나. 처연한 느낌이 낙숫물처럼 가슴에 떨어진다.

서편하늘 끝으로 날아가려는 새떼가 비련의 미소 같은 천수각을 스쳐가고 있었다.

곁으로 조용히 다가오는 바쇼에게 명준은 어딘가 젖은 어조로 말했다.

"바쇼군."

"예."

"역시 의혹의 핵심은 오하루 씨가 가지고 있었던 책이네."

"히데요시의……?"

"그래, 히데요시……."

석양의 빛은 선혈 같았다. 이글거리는 불꽃같았다. 석양과 함께 천수각도 선혈에 휩싸여 이글거리며 타오르는 것 같았다. 명준은 하릴없이 천수각을 한동안 올려다보았다.

3막 산발머리를 통해 윤곽를 좁히다

오사카 3대 시장의 하나인 자코바초雜候場町 어시장魚市場은 나카노시마 일대처럼 인파로 혼잡하기 이를 데 없었고 그 너머 번화한 우쓰보 혼마치靭本町도 행인들로 적잖이 복잡했다. 혼마치의 대로 끝자락에는 몇 군데의 공동주택인 나가야도 있는데, 그중 이카스리 신사坐摩神社로 빠지는 남쪽 길목에 자리 잡은 나가야 하나는 그 근방과 비교해도 위화감이 들 정도로 낡아빠져 보여 궁상스러웠다. 목조 가옥들 곳곳은 땜질한 판자로 궁태를 드러냈고 길바닥은 진창인 곳도 더러 있었다. 사실 여기를 구성하고 있는 주민들은 거개 멜대 행상으로 생선을 파는 보테후리棒手振り이거나 자코바 시장에서 날품을 파는 하루살이 신세들이 주종이긴 했다. 물론 날품도 팔지 않고 빈둥거리는 건달이나 술꾼들도 몇몇은 얹혀사는 모양이었다. 당연히 빈한해 보이는 사람들이 먹을거리라도 찾는 듯 여기저기 어슬렁거리다가, 낯선 이가 나타나면 핏발 선 눈으로 희번덕거리기도 해 함부로 쏘다닐 만한 곳은 아니었다. 부교소 도신의 길잡이인 오캇피키岡っ引き들이 그래서 눈에 칼을 세우고 때때로 살피는 것도 크게 무리는 아니었다. 그러나 명준은 전혀 위축되는 기색 없이, 도톤보리가와道頓堀川의 소우

에몬초宗右衛門町에서 사가지고 온 화과자和菓子 보퉁이를 들고 여기저기를 탐문하고 있었다.

그러다 가난하다고 신심信心조차 옹색할쏘냐 하듯 아이 형상의 조그마한 지장보살상이 놓인 좁은 골목으로 들어섰는데, 마침 개구쟁이들 서너 명이 무사 시늉을 낸답시고 기합을 내지르며 막대기를 들고 명준 앞으로 마구발방 뛰어왔다. 허허, 이 녀석들 조심하지 않으면 넘어지겠다, 하며 명준이 옆으로 비켜줬지만, 뒤에서 오던 아낙은 양손에 광주리를 들고 있어 피하느라 크게 비틀댔다. 그녀의 쇳소리가 골목길에 종소리처럼 진동했다. 아이들이 아낙을 향해 짓궂게 혀를 내밀며 메롱 하곤 모퉁이에 웅크리고 있던 고양이한테 헛발질하며 달아났다. 고양이가 갈기를 세우더니, 이내 담벼락을 타고 지붕으로 날래게 올라갔다. 어귀에는 벌써부터 취한 취객이 모로 누워 떡따는 소리로 노래를 불러댔다. 아낙이 명준을 앞질러 가며, 저런 놈도 짝귀처럼 붙들려가야 돼, 하며 투덜거렸는데 그 와중에 명준과 시선이 잠깐 스쳐지자 무안해졌는지 뺨이 벌겋게 달아올랐다.

또 한 무리의 아이들이 왁자지껄하며 골목길로 뛰어들었다. 이번에는 명준이 손을 들어 아이들을 불러 모았다. 아이들이 숨을 헐떡대며 무슨 일이냐고 물었다. 몇몇은 심히 아니꼽다는 듯 명준의 위아래를 건달처럼 째리다가 화과자 보퉁이에는 호기심 어린 눈빛으로 바라보기도 했다. 그 모양새가 귀여워 명준은 잠시 실소하곤 품에서 얼굴이 그려진 종이 하나를 꺼내 이 사람이 누군지 알겠니? 하며 아이들에게 보여주었다. 왜 웃어, 별 싱거운 아저씨 다 보겠네, 하던 아이들이 그림이라 금세 집중하더니 곧 자신만만하게 한마디

씩 쏟아냈다.

"이게 뭐야? 아저씨, 이 사람 찾는 거예요?"

"되게 못 그렸지만 누군지는 금방 알겠다."

"응, 맞아, 이거 짝귀 놈이지?"

"맞아, 맞아, 이 녀석 부교소로 끌려갔잖아."

"울 아버지가 그러는데, 큰 죄를 지어 참수 당했대!"

유심히 듣던 명준이 종이를 접어 다시 품에 넣었다. 좀 전의 아낙도 짝귀라고 무심코 했던 소리가 새삼 상기되었다. 명준은 부드러운 시선으로 아이들을 둘러보며 말했다.

"너희들, 이 그림의 아저씨가 누군지 잘 알고 있구나. 짝귀라고 불렀나 보지?"

"예, 아주 험악한 아저씨였어요!"

아이들이 이구동성으로 대답했다. 그리고 덧붙이는 말도 하나같았다.

"그럼요, 심심하면 우리들한테 행패부리고요, 동네 누나들도 마구 괴롭혔다고요!"

"맞아, 맞아, 그래서 부교소로 끌려갔대요."

"아주 나쁜 아저씨였구나?"

"예, 근데 그 아저씨는 왜요?"

"너희들 이 아저씨의 가족이 어디에 살고 있는지 아니? 이 동네에 있다던데."

"가족이요? 에이 그 아저씨는요, 가족한테도 버림받은 놈이래요."

"그럼요. 혼자 살던 놈이에요. 이딴 놈한테 가족이 있을 리가 없잖아요."

"그래, 그렇구나. 그건 몰랐다. 고맙구나, 너희들. 사례로 이걸 줄 테니까, 화과자다. 웬만하면 동네 아이들 다 불러서 나눠 먹어라."

"우와! 예!"

명준이 한목소리로 대답하는 아이들의 머리를 일일이 쓰다듬고 화과자 보퉁이를 건넸다. 건네받자마자 환호성을 지르며 아이들이 골목을 우르르 빠져나간다. 구김살 없는 녀석들의 모습이 우중충한 나가야에 내리쬐는 햇빛처럼 경쾌하고 밝다. 명준은 절로 미소를 띠며 골목을 느릿느릿 나오는데 마침 맞은편에서 바쇼가 힘없이 터덜터덜 걸어오고 있었다. 여러 가지로 머릿속이 복잡한 표정인데, 나가야 들목에 있는 우물가에서 빨래를 하며 수다를 떨던 처자들이 훤칠한 바쇼를 보며 목소리를 낮추어 뭐라고 속삭거린다. 그런 처자들을 의식했는지 바쇼가 공연히 휘파람을 불고 건달처럼 어깨를 좌우로 흔드는 모습이 영락없이 그 또래의 청년들답다. 그러다 명준을 발견하곤 단숨에 뛰어왔다. 명준은 가볍게 손을 흔들어 주었다. 명준 앞에서 서자마자 삼촌한테 넋두리하는 조카처럼 바쇼가 입을 여는데 여전히 신통찮은 표정도 감추지 못한다.

"제가 돌아다닌 쪽은 한결같습니다. 어제도 그랬지만 오늘도 마찬가지인데요. 참수된 놈들은 하나같이 가족이나 연고자가 전무한 것 같아요. 다들 이름을 얘기하면 손을 내저으며 악귀라고 몸서리를 치더라고요, 그것 참······."

"여기 짝귀란 인물도 마찬가지야. 조금 전에 아이들에게 짝귀의 인상착의를 그린 그림을 보여주었더니 첫눈에 알아보더군. 그럴 정도로 불한당이었던 거지."

"헤, 그것 참, 어떻게 된 게 참수된 놈들은 약속이나 한 듯 이웃들에게 악질이라고 손가락질을 받았네요."

"그렇군. 자네 말마따나 약속이나 한 듯 하나같이 평가가 같네. 거기에다 하나같이 홀몸들이었네."

"그것 참, 뭔가 절묘하다는 느낌이 듭니다."

"그래. 마을의 골칫덩어리에다가 홀몸. 그 말인즉슨, 만약 그들이 누명을 썼다 해도 누구하나 구명을 부교소로 청원하지 않았을 거란 얘기야."

"그러고 보면, 부교소에 이의를 제기한 건이 단 하나도 없었다고 했어요."

"그게 의미하는 바가 무엇이겠나?"

"아!"

"그들이 갑자기 사라져도 누구 하나 아쉽거나 슬프지 않다는 얘기이지. 도리어 동네의 골칫덩어리 하나가 제거되었으니까 모르긴 몰라도 환영할 사람들이 적지 않았을 테지. 당연히 습격사건에 연루되었던지 혹은 아니든 간에 앓던 이가 빠진 격인데, 우리가 그들에 대해 사건 당일의 행적에 대해 묻는다고 동네사람들이 최소한의 사실이라도 말할 리가 만무했던 거야. 긁어 부스럼을 만들고 싶진 않았을 테니까."

"이거, 앞뒤가 척척 맞는 게 아무리 생각해도 뭔가 있는 듯싶어요. 이상해요⋯⋯."

고개를 끄덕거리며 명준이 걸음을 천천히 옮기며 허공에 시선을 던졌다. 바쇼가 보폭을 맞추며 따라온다. 서너 마리의 까마귀가 먹이를 찾는 듯 허공을 배회하고 있었다. 울음소리가 음산했다.

"자네 말마따나 이상하긴 하지. 퇴물 배우가 아무리 나락으로 빠졌다 하나 어떻게 하나같이 홀몸으로 지내는 잡배들만 추려낼 수 있었을까? 우연으로 보기엔 너무 지나치다고 할까……."

"역시 석연치 않네요. 불한당이라는 건 납득이 갑니다. 돈이면 무슨 짓이든 할 놈들일 테니까요. 허나 하나같이 홀몸이란 건……."

"불한당이라 해도 의문은 가시지 않아."

"예?"

"바쇼 군, 그 사건에 도대체 몇 명이나 죽었던가? 부교 말마따나 주모자가 단 세 명이고 동원된 인력이 시정의 잡배에 지나지 않는데 시라쓰카지의 조원들을 그렇게까지 살육할 수 있을까? 주모자들이 아무리 검술이 뛰어난다 하더라도 단 세 명이라면 상황은 달라지지. 그런데 생존자인 토스케는 십여 명이나 밀려들었다고 진술했네. 만약에 부교 말대로 주모자들이 여덟 명을 배우의 소개로 모아서 공격에 동원시켰다고 치세. 그런 사람들이 과연 무사들처럼 행동할 수 있을까? 아무리 막돼먹은 시정잡배라 해도 사람의 목이 떨어지는 참혹한 살육 앞에선 오금이 저려 꽁무니를 빼거나 차라리 어딘가로 숨어버리는 게 당연하지 않겠나? 훈련받은 어지간한 무사가 아니라면, 이런 일을 끝까지 함께할 건달이란 거의 없다고 봐도 틀리지 않다는 거네."

"하면 나머지 여덟 명도 주모자들 같은 무사?"

"그렇게 보는 것이 합당하지."

"이런! 저는 도무지 종잡을 수가 없는데요, 이치가 그렇다면 이건 부교가……."

목덜미에 찬물이 끼얹어진 것 같은 표정으로 바쇼가 말을 이어 가려는데 명준이 검지를 입가에 세워 쉿 하며 가로막았다. 그리고 뒤를 돌아다보는 바람에 바쇼의 시선도 명준을 따랐다. 낯선 사내 하나가 눈을 두리번두리번 굴리며 따라오고 있었다. 산발한 머리에다 술에 취한 벌건 얼굴, 다리도 절었다.

"바쇼군, 잠시만 걸음을 멈추게나. 손님이 뒤따라오는군."

"예?"

"짝귀가 불한당이라 하나, 불한당에게도 친구 하나쯤은 있기 마련이지. 물론 지극히 궁색한 형편일 테고. 그래서 나는 아이들에게 화과자를 주고 기다렸네. 아이들에게 비싼 화과자를 주며 짝귀에 대해 수소문하고 다니는 경우란 사실 흔치 않지. 친구가 있다면 혹시 뭐라도 생길까봐 반드시 접근하지 않겠는가?"

"그러면?"

명준은 빙긋 웃곤 뒤돌아서서 산발머리 쪽으로 발걸음을 성큼성큼 내딛었다. 따라오던 산발머리가 깜짝 놀라 멈춰 섰다. 산발머리가 불안한 기색을 감추지 못하고 벌벌 떨며 주변을 자꾸 곁눈질한다. 그런 그의 곁에 가서 명준이 입을 열었다. 바쇼도 단걸음에 다가왔다.

"경계하지 않아도 됩니다. 나는 부교소와는 일절 연관도 없는 장사꾼에 불과합니다."

"쳇, 그, 그런 건 한눈에도 알겠어. 근데 당신 오늘 아침부터 짝귀에 대해 캐묻고 다녔지?"

"그렇습니다."

"왜, 왜 그런 거지?"

산발머리가 다리를 절룩거리며 명준에게 바짝 고개를 들이밀었다. 혹시나 싶었던지 바쇼가 눈을 부라리며 산발머리를 떠다밀 기색을 보여 명준은 염려하지 말라는 의미로 고개를 두어 번 가로저었다. 그리고 산발머리를 보며 다시 입을 열었다.

"나는 사소한 것이든 무엇이든 간에 의문이 있으면 꼭 짚어봐야 직성이 풀리는 편이라 결례를 무릅쓰고 아침나절부터 동네 곳곳을 돌아다녀 봤습니다."

"흥, 짝귀에 대해 무슨 의문? 그렇게 대단한 놈도 아닌데, 무슨 꿍꿍이야?"

얼굴을 들이민 채 침 튀기는 산발머리는 입 냄새도 심했다. 그 바람에 바쇼가 두 걸음 뒤로 물러나며 낯을 찡그렸지만, 명준은 내색조차 하지 않은 채 품에서 은색 보자기로 싼 작은 1문짜리 동전이 상당히 든 꾸러미를 내밀었다. 산발머리만이 아니라 바쇼의 눈도 휘둥그레졌다.

"이거면 한동안은 술과 밥을 사 먹을 수 있을 겁니다."

"다, 당신, 이거, 나, 나에게 주는 거여?"

금방이라도 달려들 듯 몸을 비틀며 산발머리가 입에 거품까지 물자, 명준은 이번엔 엄격한 목소리로 말을 이었다.

"당신의 대답 여하에 따라서."

"뭐, 뭐가 알고 싶은 건데, 사, 사람 감질 맛나게 하지 말고 줄 거면 얼른 줘, 당장!"

"짝귀가 시라쓰카지의 습격사건에 연루되어 참수당한 거 말입니다."

"뭐? 그, 그거는……."

돈 냄새를 맡고 광분해 보였던 산발머리가 순간적으로 얼어붙었다. 명준이 괜찮다는 의미로 주변을 슬쩍 살피곤 산발머리의 손에 동전 꾸러미를 쥐어주었다. 이게 꿈이냐 생시냐 했던지 산발머리가 깡마른 손을 마구 떨어 자칫 바닥으로 떨어뜨릴 뻔했으나 명준은 왼손바닥을 펼쳐 꾸러미를 받쳐주었.

마침 아낙 몇몇이 광주리를 들고 지나가다가 산발머리를 경멸 어린 시선으로 째렸으나, 구걸하고 있는 것으로 판단했던지 코웃음 쳤다. 큰길로 빠지는 길목에선 행상과 날품팔이로 보이는 사내가 생선을 가지고 줄곧 흥정하고 있었다. 까마귀들이 널담 위에서 생선을 노려보며 시끄럽게 울어댔다. 여전히 곡소리처럼 스산한 울음이었다.

"걱정 마세요. 주위에 수상한 사람은 보이지 않아요."

"다, 당신 정체가 정말 뭐, 뭐여?"

"다시 말씀드리지요. 부교소에서 나오지 않았어요. 짝귀는 누명을 쓰고 죽은 거지요?"

"뭐야, 당신 이미 아, 알고 있잖우?"

"분명히 확인하려고 해요."

"다, 당연하지. 짝귀가 습격에 가담했다는 게 말이나 돼. 더구나 시라쓰카지 같은 무시무시한 곳에? 흥, 녀석은 기껏 처자나 희롱할 줄 알았지, 칼싸움이라니 가당치도 않아! 부교소 놈들이 미친 듯 마구잡이로······."

"부교소 놈들이 미친 듯 잡아들였다? 당신은 어떻게 그 점을 확신하지요?"

명준이 말허리를 자르며 단호히 묻자, 산발머리가 볼멘소리로 대꾸했다.

"시라쓰카지 참살사건은 오사카 온 천지에 소문이 났던 거라고! 나도 다음날 소문 듣고 금방 알았지. 제기랄, 사건 당일 밤에 말이야, 나하고 짝귀는 니시센바의 에비스^{惠比須} 신사에 숨어들어가 은전을 훔치려 했단 말이야! 물론 실패했지만, 생각해봐, 짝귀가 몸이 둘도 아닌데 그날 밤에 또 시라쓰카지 습격이라니······ 그게 말이나 돼?"

"그럼 당신은 어째서 그 사실을 부교소에 고하지 않았나요?"

"흥!"

어느 정도 진정이 됐던지 산발머리가 명준의 손을 뿌리치고 동전을 싼 꾸러미를 양손으로 겹쳐 잡았다. 그리고 슬금슬금 뒷걸음질 치기 시작했다.

"내가 미쳤어? 그 사실을 어떻게 말해! 서슬이 퍼런 부교소 놈들이 다짜고짜 잡아가는데, 아, 그날 짝귀는 나하고 신사에 도둑질하러 갔어요, 하고 말할 수 있겠어? 아니, 나도 잡혀 갈까봐 솔직히 무서워서 보름간은 여기 떠나 잠적해 있었다고!"

기가 막혔던지 바쇼는 입도 다물지 못하고 아연해 있다. 명준은 잠자코 고개를 끄덕거리며 바쇼에게 시선을 보냈다. 이제 됐지, 하고 소리치며 산발머리가 도망치듯 후다닥 뛰어간다. 다리를 절룩거리는데도 범인 쫓는 오캇피키처럼 빠르다.

명준은 뒷짐을 지고 발걸음을 천천히 뗐다. 바쇼가 곁에 붙어 마치 따지듯 묻는다.

 "명준 님, 저 자식의 말이 사실이라면?"
 "그래, 배우나 짝귀나 모두 희생양이 됐다는 의미이지."
 "하면 부교는 퇴물배우와는 상관없이 짝귀를 비롯해 잡음이 생기지 않을 시정잡배 여덟 명을 골라내 후환이 없게끔 모조리 처형했다는 게 아닙니까? 이, 이건 버, 범인과 공범이라는 얘, 얘, 얘기 잖습니까?"

 흥분했던지 말까지 더듬는다.
 "공범인지 아닌지는 아직 알 수 없네."
 "예?"
 "사건을 하루라도 빨리 종결시키고 싶은 막부의 묵인이나 지시가 내려졌을 수도 있겠지."
 "으음, 하면 당장이라도 부교를 찾아가자고요! 진위 여부를 확실히 들어야겠습니다. 막부가 이런 식으로 공범 여부를 따지지 말고 아홉 명을 찾아내 처형하여 사건을 종결시키라고 했던지, 혹은 독단적으로 잡음이 일지 않을 희생양들을 찾아내 사건을 덮었다면 왜 그랬는지? 혹여 범인과 공범일 수도 있으니……."
 "바쇼 군! 우린 그를 결박은커녕 취조할 권한도 없네. 자넨 서생이고 나는 장사치에 불과할 뿐이야. 서두르지 말게, 침착하게나."
 "그럼 막부에 투서해서, 조사할 수 있게끔 움직이게 만들자고요. 방금 저 자식을 증인으로 내세우면 되지 않을까요?"
 "저자의 반응을 보지 않았나? 아니 설사 나서 주었다 하더라도 과연 얼마만큼의 신빙성을 입증할 수 있을까…… 하수인이라고 덮어씌운 인물들이 모두 처형되어 버린 상황에서 말이야."

"그럼 어떻게 해야……."

답답하고 속상한지 바쇼가 주먹으로 자신의 가슴을 서너 번 두들겼다. 일정한 보폭으로 걸음을 내딛는 명준의 표정만 변함이 없었다.

행상과 흥정하던 날품팔이 일군처럼 보이는 사내가 뜻밖에도 명준과 바쇼의 뒷모습을 예의 주시하기 시작한다. 행상이 슬슬 질리는 기색으로 이보슈 살 거요, 안 살 거요, 라고 재촉해도 사내는 느긋하게 눈앞에서 멀어져 가는 두 사람만 응시했다. 조선의 두모포 왜관에서도 뒤를 따랐던 바로 그 사내였다.

명준은 산보하듯 느리게 걸어가며 말을 이었다.

"바쇼 군, 우리가 부교의 주위를 세밀히 수사하기에는 벽차. 물론 사건의 뒤처리를 보면, 혐의에서 그가 자유로운 건 분명히 아닐세. 범인 아니면 피해자와도 뭔가 접점이 있지 않을까 싶네."

"피해자? 사효에노스케님 말입니까?"

"그래, 우선 범인들과 공범의 관계라고 가정해 보면 이 점이 마음에 걸려."

"뭡니까?"

"생각해 보게, 사건에 가담하지도 않은 시정잡배들을 추려내 모조리 극형에 처할 정도의 대담하고 냉철한 부교가 어째서 오야분의 양녀 오하루 씨를 데리고 있는 것일까? 자네에게는 현장의 유류품이나 다름없는 히데요시 이야기라는 풍속소설마저 친절히 제공까지 하고 말일세."

"음……."

"부교임에도 우리에게 정보도 주고 생존자도 만날 수 있게 한 조치로 보아선 범인들과 연관되어 있다고 보긴 어렵네. 우리를 상대해 주는 걸로 판단하자면 막부의 조치에 순순히 수긍하고 있는 것 같지도 않아. 그렇다면 개인적으로 사효에노스케님과 어떤 접점을 가지고 있을지도 모를 일이야. 그게 구체적으로 어떤 접점이냐에 따라 사건의 양상이 달라질 수도 있을 거야."

"하지만 부교를 취조할 힘도 가지지 못한 우리로서는 그 점을 밝혀낼 방도가 없잖아요……."

바쇼가 다소 맥 빠진 소리로 중얼거렸다. 힘내라고 명준이 그의 어깨를 가볍게 한번 쳐주었다.

"벌써부터 의기소침해서야 되겠는가, 바쇼 군."

"예……."

"사건의 윤곽은 분명히 좁혀지고 있어. 지금만 해도 우린 적지 않은 성과를 거둔 것일세."

"예."

"이제부터가 시작이라고 보면 되겠네. 에도로 가세나. 일각이라도 아끼려면 내일 당장 떠나야 하네."

"내일이요?"

"그래, 에도에 도착하면 우선 이 사건을 인계받아 종료시킨 막부의 관료도 만나보고, 책의 작가와 화가부터 찾아보자고. 역시 그 책을 파헤치는 게 지름길인 것 같아."

"그렇긴 하지만 이거 뭔가 송구스러워서……."

"송구스러울 것 없네. 여행 경비를 청구한다고 했잖은가. 좀 전의 경비도 청구될 거야."

"예? 아니, 그건 명준 님이 너무 통 크게 느시는 바람에……."

"하하하."

모처럼 소리 내어 웃곤 명준은 고개를 들어 허공을 바라보았다. 역시 저 멀리 솟아 있는 오사카 성의 천수각이 보인다. 하늘 또한 명료하게 느껴질 만큼 새파랗다. 바쇼는 이것저것 생각하는 기색으로 명준의 곁을 따른다. 걷다보니 나가야를 벗어난다. 마치야 대로로 통하는 길목으로 들어서면서 명준은 다시 입을 열었다.

"참, 부교에게 도움 받을 일이 있네."

"예?"

"오늘 일몰 경에 좀 뵈었으면 하는데, 서둘러 인편을 넣어주게."

"왜요?"

"왜요라니? 여하튼 부교는 혐의에서 자유롭지 않잖은가. 체포할 힘이야 없지만 심문 정도야 해 보세나."

의미를 몰라 바쇼가 멀뚱거린다. 명준은 미소를 지으며 말을 이었다.

"하치겐야八軒屋 나루터에 위치한 후나야도船宿인 우미토야宇三人屋로 불러주게. 내가 주인장에게 몇 번 신세를 졌는데, 요리를 아주 잘하시는 분이야. 부교도 어쩌면 알 만한 곳이 아닌가 싶네. 거기는 정통 교토 요리도 드물게 맛볼 수 있으니까."

"교토 요리……?"

명준의 미소가 의미심장하게 느껴졌던지 바쇼가 품에 손을 넣고

3막 산발머리틀 통해 윤곽을 좁히다 115

지그시 쳐다본다.

덴마바시天滿橋 인근의 하치겐야는 각종 선박과 인부들로 와글와글했다. 그뿐만 아니라 후시미伏見를 오가는 선박이 발착發着하는 곳답게 배에서 내리거나 올라타는 승객들도 꽤 많았다. 그 승객들을 호객하려는 여관의 종업원들도 여기저기에서 목소리를 높여 그 일대는 아주 왁자지껄했다.

우미토야 또한 선박 운송업과 여관을 겸하고 있는 후나야도라 승객들 호객에 종업원들이 여념이 없었는데, 후쿠다 부교가 수행원도 없이 혼자 나타난 건 석양이 길게 거리에 드리워지고 있을 즈음이었다. 그는 붉은 빛을 받으며 몇 번이나 들락거린 사람처럼 우미토야를 쉽게 찾아냈는데 막상 안으로 들어가기는 껄끄러웠던지 입구 앞에서 소심한 사내처럼 머뭇거렸다. 그러나 종업원이 냉큼 달려와서 넙죽 절하고 앞장서자 곧 자세를 바로잡더니 등 뒤로 멀리 낙일의 그림자에 잠긴 선박을 보고는 안으로 성큼성큼 들어갔다. 뱃사람들의 영차 하는 소리가 수행원처럼 그의 뒤를 쫓았다.

2층 객실로 후쿠다는 안내되었는데, 명준과 바쇼가 이미 착석해 있었다. 후쿠다를 보자마자 명준과 바쇼는 주군을 모시는 가신家臣처럼 예를 다해 인사했다. 후쿠다가 의례적으로 고개를 끄덕거리며 도코노마가 설치된 상석에 앉았다.

"오시라고 해서 송구합니다, 부교님."

납작 엎드려 머리를 숙인 채 명준이 말했다.

"아니, 불러줘서 오히려 고맙지요. 자자, 격식 차리지 말고 편하게

들 앉아요."

 여전히 부교의 권위를 오사카 만(彎)에 내버린 듯 온화한 어조로 후쿠다가 말했다.

 "천만의 말씀입니다. 부교님은 일개 서생인 바쇼 군이나 장사치에 불과한 저하곤 격이 다릅니다. 그런데도 친절히 대해 주셨고 여러 가지 호의를 베풀어주셨습니다. 이렇게 누추한 곳으로 몸소 왕림도 해 주셨고요. 보통 분들과는 가히 인품이 다르십니다. 하여 보답이 될는지 자신할 순 없지만 감히 식사를 대접하려 합니다. 부디, 천천히 즐겨주시길 소망합니다."

 "허허, 여전히 귀하는 입에 발린 소리를 참으로 잘도 하시는구려."

 "송구합니다, 부교님."

 그제야 명준은 고개를 들고 후쿠다를 보며 환하게 미소 지은 후, 장지문 너머를 향해 가볍게 손뼉을 쳤다. 곧 미닫이문이 조용히 열리고 곱게 단장한 여종업원이 음식을 나르기 시작한다. 전체(前菜) 요리로 먼저 나온 건 토란과 버섯 등인데 실로 먹음직스럽게 각각의 쟁반에 담겨 후쿠다의 눈길을 끌더니, 맑고 깨끗한 청주의 향은 코끝을 만족시켰는지 얼굴에 흡족함이 그대로 드러난다. 바쇼도 진수성찬 앞의 아이처럼 군침을 삼키는 기색이다. 명준은 무릎걸음으로 후쿠다의 술상 앞으로 가서 술을 따라주면서 부디 사양하지 말고 천천히 즐겨달라는 말까지 덧붙였다.

 후쿠다는 정말로 사양하지 않고 진미를 즐기는 미식가처럼 접시를 비워 나간다. 경쟁이라도 하듯 바쇼도 책상다리를 한 채 쟁반을 싹싹 해치워 갈 즈음, 다시 장지문이 열리고 종업원들이 소금으로

간을 한 스마시지루澄まし汁 맑은 국를 내왔는데, 그 깨끗한 맛에 후쿠다는 놀라운 표정도 감추지 못한다. 뒤이어 도미찜과 구이 등 여러 종류의 요리가 하나같이 자수처럼 아름답게 꾸며져 들어왔다. 후쿠다가 흥에 겨워 명준을 보며 말문을 연다.

"허허, 후나야도에선 요즘 이렇게 정식을 즐기시나? 아주 격조 높고 품위 있는 요리들 아니오? 조닌들의 입맛이 아주 세련되어졌구면. 교토의 공가들이 즐겨도 손색이 없겠소이다."

"바로 보셨습니다."

"응?"

"부교님에 걸맞게 교토식으로 차려달라고 주인장에게 특별히 당부를 했답니다."

"허허, 뭐, 그렇게 교토식으로 하지 않아도 되는데. 내가 그런 것에 열중하는 성격도 아니고."

여전히 미소를 입가에 띤 채 명준은 복도에서 대기하고 있던 종업원에게 눈짓했다. 종업원이 머리를 숙이곤 뒷걸음질로 물러갔다.

다시 방 안에 들어온 종업원이 후쿠다의 상에 정갈한 밥그릇을 놓았다. 새하얀 쌀밥이었다. 후쿠다가 유심히 보더니, 고개를 들어 명준을 향해 탄성을 질렀다.

"아니, 이건 고와메시强飯가 아닌가?"

"역시 아시는군요. 헤이안 시대 때부터 황실이나 공가에서 이따금 드셨다는 쌀밥이지요. 하지만 시루에서 찐 밥이기 때문에 찰기가 없어 단단할 뿐이지요. 말 그대로."

"이, 이것도 나를 위해 준비시켰단 말이오?"

"예, 부교님."

"허허, 도대체 오사카에서 고와메시를 알고 있는 요리사가 있었다니…… 이거 놀라울 따름이오."

"여기 주인이 교 요리京料理교토 요리를 말함에 대해 잘 압니다. 사정상 오사카로 이주해 후나야도를 운영하고 있습니다만."

"허허, 놀라운 일이로군."

"그나저나 부교님은 역시 교 출신이시군요?"

"응? 뭔 말이오? 저번에 하마마쓰라고 얘기했을 텐데."

어쩐 일인지, 후쿠다의 얼굴에 잠깐이나마 당혹스러운 빛이 스쳐 갔다. 뭔 말인가 싶어 바쇼가 입을 우물거리면서 귀를 세운다.

"송구하오나 추리를 해 보았습니다. 들어주시겠습니까?"

명준은 말했다.

"못 들어줄 것도 없겠지. 무슨 추리인지는 모르겠으나 흥미롭구려."

후쿠다가 제법 허세를 부리는 듯했으나 한 가닥 불안의 빛을 눈에서 완전히 몰아내지는 못했다.

"황송한 말씀이십니다. 그저 심심풀이에 지나지 않으니 책망하진 말아 주십시오."

"그럽시다."

후쿠다가 태연자약하게 보이려는지, 고와메시를 한 입 덜어 먹기도 했다.

"어제, 오늘 저와 바쇼 군은 이곳저곳을 수소문하다가 주목할 만한 특징을 하나 발견해 냈습니다. 배우가 주동자 세 명에게 소개했다는 인물들은 하나 같이 이웃으로부터 지탄이나 원성을 받았더군요."

"당연하잖소. 그런 작자들이니 습격에 가담하지 않았겠어요?"

"과연. 허나 호기심이 일었던 건 그들 모두가 정식으로 검을 잡아본 적이 없는 무뢰배였다는 겁니다. 세 명의 주동자가 아무리 검술 실력이 뛰어나다 하나, 상대는 시라쓰카지. 이른바 협객을 자처하는, 응당 실전에도 나름대로 적응된 집단이지요. 바보가 아닌 이상 단 세 명이 검술 훈련도 받지 않은 작자들을 데리고 습격을 감행할 수가 있었을까, 필시 무리였겠지요."

"그래도 실제로 그러지 않았소?"

후쿠다의 어조가 점점 힐난조로 변했다.

"심심풀이 추리에 다름 아닙니다. 결례를 범했다면 용서해 주시기를."

"으음."

"물론 저는 부교님께서 막부가 압력을 가했다고 해서, 사건에 전혀 상관없는 무뢰배들을 추려내 사건을 종결시켰다곤 감히 상상도 할 수 없습니다. 왜냐하면 부교님은 막부의 압력을 불쾌해 하셨기에 바쇼 군이 개인적으로 사건을 추적하는 걸 제지는커녕 성심껏 도와주셨습니다. 강직하시지 않으면 결코 감당하실 수 없는 일이지요. 그러니 성품상 압력에 의해 상관없는 무뢰배들을 극형에 처할 리는 없다고 판단한 겁니다."

"무슨 말이 하고 싶은 겁니까, 당신은?"

정곡을 찔려서일까, 빈정대는 어조가 아닌데도 후쿠다가 슬슬 짜증을 내기 시작했다. 바쇼는 침을 삼키며 경청하고 있었다. 명준은 반듯하게 앉은 자세, 그대로 말을 굴곡 없이 이어갔다.

"모처럼 교 요리가 나왔습니다. 즐기시면서 들어주십시오."

"으음."

"부교님의 사택에 갔을 때 놀란 점이 많습니다만 무엇보다 인상에 남았던 것은 정원의 모습이었습니다. 거기엔 교토 공가의 심미안이 오롯이 녹아들어 있었거든요. 저는 어린 시절을 주나곤 가문에서 지내봤기 때문에 그 정도 안목은 다행히 가지고 있습니다. 그래서 자신 있게 말할 수 있습니다. 에도의 하타모토 출신이 가꾸기엔 너무나 격조 높은 정원이라고요. 그러면 당연히 의문이 드는 법이지요. 혹시나 부교님께선 교토의 공가 가문 출신이 아닐까, 하고요."

"허허, 기가 막힌 비약이로군. 겨우 정원의 양식 하나로 내 출신지를 점 치고 있는 게요? 내가 사람을 잘못 봤나? 너무 허무맹랑한 소리를 지껄이고 있어 이거 화도 나지 않소이다."

"부교님, 피살된 사효에노스케님은 출신지가 하마마쓰라고 합니다. 부교님과 같지요. 그런데 그 부인께선 교토 출신이랍니다. 뭐, 이런 경우는 사실 무리도 아니지요, 야마나카 가문이 막부의 의전과 전례를 맡은 고우케를 담당하고 있으니까요. 교토는 누가 뭐라 해도 무사들이 감히 범접하기 힘든 전통의 전례와 의식의 본고장입니다. 아내가 교 출신이라면 덴소伝奏조정의 칙사접대나 공가와의 교류에 있어서 한결 쉬워지는 법이니까요."

"도대체 무슨 뚱딴지같은 소리만 늘어놓고 있는 게요?"

"뚱딴지같은 소리는 아닙니다. 물론 심심풀이 추리이긴 합니다만. 요컨대 인상적인 정원을 보고 난 후, 저는 이번 사건에 있어서 혹여 부교님과 사효에노스케님 사이에 어떤 접점 같은 것은 없을까, 하고 솔직히 생각해 보았습니다. 당연히 첫 번째로 떠오른 건 출신지가 같다는 겁니다. 뭐, 쇼군 가문의 직신들이라 동향(同鄕)인 점은 크게 놀랄 일도 사실 아닙니다. 그런데 사효에노스케님의 부인과 부교님이 동향이라면 어떨까요? 뭔가 상상의 여지가 많아지게 되지 않습니까? 실로 흥미로운 접점이 되는 셈이지요. 그러니 사저의 정원에 펼쳐진 교토식 심미안. 제가 어찌 가만히 넘어갈 수가 있었겠습니까?"

"허허허……."

"그래서 그 점을 확인하고 싶어서 오늘 여기로 초대한 것입니다."

"점점 궤변을…… 불쾌하군요."

"참으로 송구하게도 저의 상상이 들어맞는 것 같습니다. 부교님은 강직하실 뿐만 아니라 사건의 처리를 보더라도 매사 꼼꼼하신 게 틀림없습니다. 그런 분이라면 오사카 곳곳이 안마당처럼 훤하실 텐데, 응당 이곳 주인의 출신도 애당초 꿰차고 계셨을지도 모릅니다. 저의 초대를 거절하지 않고 오신 것도 교토의 정서를 다시금 느껴보시려는 의식이 알게 모르게 작용하셨는지도 모르지요. 그리고 고와메시를 한눈에 알아보셨습니다. 공가가문 출신이 아니고서야 어림없는 일이지요. 그렇다면 부교님과 사효에노스케님 사이에는 동향이란 점 말고도 교토 공가가문이라는 묘한 접점이 드디어 생기게 된 것입니다! 어찌 제가……."

"그만하시오, 출신 가문을 밝히기 위해 오늘 나를 불러 고와메시를 대접했단 말이오? 감히 나를 어떻게 보고, 이런 가당치 않은 일은 처음이오!"

더는 못 참겠다는 듯 붉으락푸르락해진 후쿠다가 버럭 역정을 냈다. 금방이라도 상을 걷어찰 듯 보였다. 그러나 명준의 표정과 태도는 전혀 흐트러짐이 없었다. 침착히 후쿠다를 응시하고 있을 따름이었다.

칼날 같은 긴장이 사정없이 객실을 내려쳤다. 당황한 건 바쇼였다. 두 사람을 번갈아 보며 어쩔 줄 몰라 하다가 문득 분위기를 상쇄할 수 있는 묘안이 떠오른 듯, 느닷없이 목소리를 깔며 와카 한 수를 읊조렸다.

> 황혼이 어둑어둑한데 목을 길게 빼고,
> 어찌 이 꽃이 유가오인 줄 아는가?

그 바람에 자리를 박차고 일어날 것 같은 후쿠다가 일순 움찔했다. 바쇼가 싱글벙글하며 후쿠다에게 보란 듯 깊이 목례했다. 명준도 가만히 웃었다. 혼자 성냈던 후쿠다의 표정에 민망해진 기색이 스치더니 곧 평정을 되찾았다.

"와하하하!"

마침내 후쿠다는 손바닥으로 무릎을 치며 한바탕 웃었다.

"바쇼 군, 그건 겐지源氏의 와카로군요?"

"예."

후쿠다의 물음에 바쇼가 활기차게 대답하고 명준을 향해 치기 어린 눈짓을 보내기도 했다.

"밤나팔꽃을 유가오夕顏라고…… 보통 박명미인을 의미하는데……."

"예."

"으하하하, 겐지모노가타리源氏物語헤이안 시대 무라사키 시키부가 지은 세계 최초의 장편소설에서 겐지가 신분을 숨기고 비밀리에 여인네에게 수작을 붙이다 자신을 알아보자 읊조렸던 그 와카를 지금 이 자리에서 천연덕스레 읊조린 바쇼 군의 재치가 여간 아니외다!"

"그걸 알아보시는 부교님의 소양 역시 뛰어나십니다."

대답은 명준이 대신 했다. 후쿠다가 명준과 바쇼를 둘러보며 비로소 유쾌하게 말을 이었다.

"이거 내가 못 당하겠는 걸…… 엉뚱하지만 겐지의 와카는 절묘한 은유가 되었구려! 하하하, 이 자리에서 요리로 출신지를 점쳐 본들 겐지의 유가오 이상이 되겠냐는 바쇼 군의 기지로 인해 화를 낸 부끄러움이 이만저만이 아니게 되었구려."

"과연 부교님은 배포 또한 유하십니다. 결례를 범해 대단히 죄송합니다."

명준이 깍듯이 머리를 숙이며 말하자, 후쿠다가 도리어 손사래를 쳤다. 상체마저 명준 쪽으로 바투 당기며 말을 이었다.

"결례라고 할 것도 없소이다. 좋아요, 좋아. 자, 그래, 맞아요. 나는 교토 출신입니다. 후쿠다 가문에 양자로 들어간 경우이지요. 허나 그렇다고 한들 그게 사건과 무슨 상관이겠소? 동향이라는 건 놀랄 일도 아니오. 그저 우연일 뿐이지."

"동향이란 걸 알았으니 우연인지 필연인지는 앞으로 조사를 해보아야겠지요."

"그래요? 허허허, 좋아요, 좋아! 그렇다면 앞으로 나를 어떻게 야마나카 사효에노스케님과 엮을지 무척이나 기대가 되는군요, 기대가……."

"기대해 주시니 몸 둘 바를 모르겠습니다."

"자, 다른 본론도 있습니까? 이런 장을 마련한 귀하라면 내가 거절하지 못할 다른 요구사항도 있지 싶은데."

"여전히 송구합니다만, 실은 여쭙고 싶은 것 하나, 부탁 하나가 있습니다."

"어디 들어보지요."

"먼저, 야마나카 사효에노스케님의 시신을 확인한 막부의 하타모토는 누구신지요?"

"구보다 토시토모久保田敏朝라고 합니다."

"구보다 토시토모? 고부신小普請조정으로부터 관직을 받지 못한 하타모토인가 보군요? 그분 혼자입니까?"

"그야 수행원들이 있긴 했지만. 담당은 그분 혼자요."

"그분만 내려오셨다? 조금 이상하군요. 사건의 현장이 시라쓰카지라는 걸 막부에 보고하지 않으셨습니까?"

"물론 보고했지요."

"하면 그간 사효에노스케님을 감찰했던 메스케目付가 왜 동행하지 않았을까요? 부정을 포착했다면 시라쓰카지도 응당 그분의 시선에 들어왔을 텐데 누구보다도 시신의 정체가 궁금한 건 그분이 아니었겠습니까?"

"에도에서의 내막은 내가 알기 힘들지요."

"하긴 그렇겠군요. 하면, 당시 시신은 어디에 안치되어 있었는지요?"

"센코지千光寺였소."

"유서 깊은 사찰이로군요."

"시신이 평범한 무사 같지 않아 신경을 썼지요."

"오사카로 내려온 구보다 님이 시신을 확인할 즈음이라면 시신의 상태가 좋지는 않았겠습니다."

"그야 당연하잖소. 비위가 약한 사람이라면 시신을 검안하기가 여간 힘들지 않았을 게요. 역겨운 냄새로 인해."

"알겠습니다. 하면 그 구보다 님께 소개서 한 장을 써 주시겠습니까?"

"응?"

"실은 내일 바쇼 군과 함께 에도로 가려 합니다. 사효에노스케님 주변과 책에 대해 탐문할 작정인데, 보시다시피 저와 바쇼 군은 일개 범인凡人에 지나지 않습니다. 윗분들을 만나 뵙기가 그리 쉽겠습니까? 마침 오사카로 내려왔던 구보다 님도 하타모토라고 하니, 소개서 한 장만 써 주시면 그분을 접견하기가 그리 어렵지는 않을 듯싶습니다. 진상을 밝히려는 걸음이니 부디 헤아려 주시기를 앙망합니다."

"역시나."

"예?"

"탁월하군요! 이야말로 내가 거부하지 못할 요구! 교토 출신임을 밝혀내 나와 야마나카 가문과의 접점이 드러나게 되었는데, 아니, 아니, 오사카 마치부교인 내가 사건에 연관되어 있다는 정황을 당신이 간곡히 표명한 마당에, 소개서 정도도 써 주지 않는다면 내가 더욱 의심을 받을 수밖에 없는 처지가 되는 게 아니오?"

"과찬이십니다."

"이걸 노리고 교 요리로 나를 압박했다? 이거야 말로 꼼짝없이 당한 꼴이 아닌가. 하하하, 좋아요, 좋아, 써 주리다. 어디 마음껏 조사해 보시구려."

"감사합니다, 부교님."

"와하하하!"

후쿠다가 다시 박장대소했다. 내면의 초조함을 감추려는 과도한 웃음 같았지만, 좌중의 분위기는 더없이 부드러워졌다. 바쇼는 명준에게 엄지를 들어 올리며 혀를 내둘렀다. 명준은 별다른 반응 없이 유유한 태도로 젓가락을 집어 들었다.

"조만간 오사카로 다시 오겠지요?"

웃음을 멈춘 후쿠다가 기습하듯 냉정히 물었다.

"물론입니다."

명준은 나직이 대답했다.

"내 기대하고 있겠어요!"

후쿠다의 눈빛이 한순간 살벌해진다. 그러자 명준이 젓가락을 상에 놓고, 쐐기를 박듯 검지를 다시 세우며 또박또박 말해 주었다.

"반드시 기대에 부응토록 하겠습니다!"

한편 그 시각, 후쿠다 사택의 별채 대청에서 오야분의 양녀 오하루는 우두커니 서 있었다. 후원은 두터운 어둠에 묻혀 있었으나 오하루의 시선은 뭐라도 본 듯 내내 한 곳만 향해 있었다. 하지만 계속서 있는 것도 힘들어 보일 만치, 축 처진 몸은 생기 한 조각도, 아니 생기란 생기는 모두 빠져 나간 것 같았다.

하얀 얼굴 또한 어떤 표정이라고 할 만한 게 보이지 않았다. 겁

많은 옹춘마니가 심야에 봤다면 귀신 소동이라도 일으킬 성싶은 모습이었다. 이윽고 올빼미의 울음이 들리는가 싶었는데, 오하루가 흐느적거리는 느낌의 미묘한 음성으로 중얼거렸다.

"노가제野風 언니……."

오하루는 노가제라는 이름을 애절히 부르기 시작했다.

별채 주변을 경호하던 주겐 하나가 눈을 흉흉히 빛내며 소녀를 곁눈질하다가 슬며시 뒷문으로 나갔다. 별채 바깥으로 그가 나오자 밤눈이 귀신처럼 밝은지 손초롱도 들지 않은 사내가 서둘러 다가왔다. 주겐이 주변을 경계하며 서찰을 사내에게 불쑥 건넸다.

"심상치 않아, 주군께 빨리 전해주게."

"알았어."

서찰을 품에 집어넣고 사내가 신속히 사라졌다. 주겐은 미간을 잔뜩 찌푸리며 사내가 사라진 어둠 속을 바라보았다. 밤하늘로 별빛이 화선지 위의 먹물처럼 번져가고 있을 때였다.

【 4막 에도로 가다 】

하나!

하앗―

둘!

야앗―

거리를 오가는 행인들이 한 번쯤 관심 어린 눈빛으로 일별할 만큼, 기합소리가 고부쇼講武所 바깥까지 들린다. 고부쇼는 작년 봄쯤에 쇼군이 가신들의 무예 수련을 위해 가문 차원에서 설립한 도장이다. 그래서 외관의 규모부터가 여느 가문이나 혹은 개인들이 운영하는 도장과는 비교를 불허한다. 웅장하게 보이는 모습에 걸맞게 밖에까지 넘나드는 기합소리 또한 안의 상황을 능히 상상할 수 있게끔 박진감이 넘친다. 그런 곳 현관 앞에서도 바쇼는 기죽지 않고 기세등등하다. 쇼군이 에도에서 근무하고 있는 전국 각 번의 무사들에게도 문호를 열어놓아 누구든 자유롭게 수련할 수 있게 만들었다고 열변까지 토한다. 그뿐만 아니라 상사람들도 의욕만 있으면 견학이 가능하다며 이 점만 보더라도 쇼군이 상당히 개혁적이지 않느냐고 주장하는 표정에도 열정이 자못 그득하다. 마치 자기가 시행시킨 것처럼 뜨거운 태도다. 허나 사실을 말하면 그런 반응은 의외다.

물론 말이야 맞다. 그건 도장이 위치해 있는 곳도 봐도 짐작할 만하다. 시정의 냄새가 듬뿍 넘치는, 간다 마쓰리神田祭り로 유명한 신사 간다묘진神田明神 대로에서 간다 아이오이초神田相生町로 연결되는 마치야 입구 쪽에 도장이 떡하니 있으니, 그만큼 쇼군이 시정을 중시 여긴다는 것을 두루두루 은유한 셈이다.

다만 바쇼가 서생이라면 위축될 법도 하련만, 혈기 넘치는 생도生徒들의 기세에 자극받아 적잖이 흥분한 모습은 어딘가 어색하다. 역시 쇼군 가문 출신이라 그런가 싶기도 하고, 재기 발랄한 감수성 때문이지 싶기도 하다.

그 연유가 무엇이든 간에 모처럼 떠드는 바쇼의 말에는 귀를 기울이는 게 도리다. 듣고 있으면 사건을 깜빡할 정도로 즐겁다. 거기에다 생도들 구령이나 바쇼의 말을 뒤따르는 것처럼 고부쇼 지붕 위의 참새들도 귀가 따갑도록 지저귀고 있으니 오전의 풍경으로는 더 이상 바랄 게 없다.

문득 평온한 기분이 들어 명준은 우람한 기와지붕의 용마루 위를 거니는 어른 손아귀만한 참새들을 잠시 올려다보았다. 참새 너머 에도의 하늘은 옹달샘처럼 맑다. 거리 또한 활기가 바람처럼 휩쓸고 다녀, 에도는 오사카 이상의 약동감躍動感이 넘쳐흐르는 것 같다. 하긴 당연하다. 막부 아래 다이묘大名들이 다스리는 번藩이 천하에 270여 곳이 넘는다. 그들을 2년에 한 번 꼴로 상경시켜 체재하게 만드는 참근교대參勤交代 덕분에 에도는 언제 어느 때나 무사들로 득시글거린다. 오사카가 조닌의 도시라면 에도는 명명백백 무사들의 도시다.

4막 에도로 가다 131

그 많은 무사들이 소비해야 할 생필품만 해도 어마어마한 것이다. 응당 그것을 노린 조닌들도 바글바글하다. 그러니 인구수부터 에도는 천하의 모든 도시를 압도해 버린다. 그야말로 역동적이지 않을 수 없는 것이다.

그런 상념으로 명준이 젖어드는데, 이윽고 소개서를 들고 안으로 들어갔던 생도가 현관으로 나왔다. 바쇼가 오른손을 머리 위로 올려 흔들며 격의 없는 이를 대하듯 호들갑을 떨었다.

"오, 어떻게 됐어요, 만나 주신대요?"

"으흠."

그게 촐싹거리는 걸로 느껴졌던지 바쇼보다 나이가 한참 아래로 보이는 생도가 생뚱맞게도 중늙은이 같은 헛기침을 했다. 뭐가 불만인지 안으로 들어오라는 어조도 퉁명스러웠다. 얼굴은 여자 아이처럼 예쁘장한데 성격은 무뚝뚝한가 보다. 무안을 당한 바쇼가 뒷머리를 긁적거리자 명준이 그의 어깨를 살갑게 한번 쳐주었다.

생도를 따라 두 사람이 고부쇼 안으로 발길을 들여 놓았다. 실내는 바깥에서 상상했던 것 이상으로 장대했다. 쇼군의 기관답게 도쿠가와 가문의 문양이 입구에서부터 화려하게 장식되어 있었고, 정교히 그려진 무사의 그림이 마치 살아 움직이는 것처럼 박력이 넘쳤다. 오른손으로는 검을 들고 왼손이 하늘을 향한 부리부리한 눈빛의 무사. 시선을 고정시킬 정도로 인상적이라 유심히 봤더니 무사의 뒤로 간다묘진 신사도 그려져 있다. 하면 간다묘진이 신으로 받드는, 교토 천황에 반기를 들었던 다이라노 마사카도^{平將門}헤이안 시대의 무사로 조정에 반기를 들어 간토 지방에서 스스로 신황이라 일컬었다가 틀림없다. 역시 쇼군의 배포와 성향이 여간 아니라는 점을 다시 한 번 명준은 실감했다.

귀를 관통시키는 우렁찬 기합소리가 쉴 새 없이 터져 나오는 도장에선 부사범의 선창에 따라 머리띠를 질끈 동여맨 생도들이 땀을 뻘뻘 흘리며 목도를 힘차게 휘두르고 있었다. 기합소리가 가히 쩌렁쩌렁하다. 시원스레 넓은 도장에 정연히 열을 맞춘 생도들의 일사불란한 모습에서 쇼군의 위엄이 다시금 겹쳐졌는데, 다만 연령으로 보건대 막부 직신들의 자제들로만 구성되어 있는 듯싶었다. 번의 무사들이나 견학 삼아 구경하는 조닌의 모습은 전혀 보이지 않았다.

도장을 지나 소접견실로 따라가면서 명준은 새삼 십년 전의 어린 쇼군이 눈에 아른거려 왔다. 들떠 보이는 바쇼는 여기저기 구경하느라 정신이 없다. 바쇼를 잠시 곁눈질했던 명준은 앞장선 생도에게 말을 걸었다.

"여기는 주로 어떤 분들을 가르치시나요? 아무래도 하타모토 분들이 주로 수련하시리라 생각되는데……."

"그렇소. 고부쇼는 하타모토 분들이나 그 자제분들을 대상으로 해요."

바쇼의 말과는 다르다. 여하튼 생도는 뭔가 마뜩찮은지 뒤도 돌아보지 않고 대답했다.

"대단한 기백이군요. 도장의 기개가 전염되듯 스며들어 오네요."

"당연하지요. 구보다 사범님 덕분이오. 올 봄부터 사범으로 부임하셨는데, 그때부터 도장의 기강이 더욱 공고해졌고 수련 또한 한층 엄격해졌소."

"그럼 그 전에는 좀 늘어져 있었다는 말씀이군요."

4막 에도로 가다

"뭐요?"

"그나저나 구보다 사범님께선 하타모토나 그 자제분들을 가르치실 정도라면 확실히 공인받은 실력자이겠군요?"

"그야 당연하지. 다이사류^{大捨流} 검술 인증서를 받으셨소."

"과연."

그제야 생도가 뒤를 돌아보며 왜 그런 걸 물어보냐는 당돌한 표정을 감추지 않았다. 눈빛이 훈계하려는 무사처럼 엄숙하다. 바쇼가 되바라지게 어깨를 으쓱하며 불쑥 끼어들었다.

"올 초부터 고부쇼 문호도 개방됐다는 소문이 있던데요? 우에사마의 분부라던가."

"오, 우에사마께서? 그야말로 파격이 아니던가?"

"근데 아닌 것 같네요. 도장에서 수련하는 분들 면면을 보아하니 거의 막부 관계자들 같은데. 이거 분부가 허언이었나요……."

"흠, 흠!"

명준과 바쇼가 천연덕스레 주고받는 말에 생도가 오른손을 말아 입가에 대고 헛기침을 또 해댔다. 우에사마를 거론하다니 뭐 이런 황당한 작자들이 있나 싶었던지 귓불까지 벌게졌다. 명준은 조용히 웃었다.

소접견실에 구보다가 엄정히 정좌해 있었다. 그의 등 뒤로 두 자루의 검이 거치대^{据置臺}에 걸려 있었고, 휘황한 갑주가 놓여 있었다. 명준과 바쇼가 다다미 바닥에 양손을 짚고 납작 엎드려 정중히 예를 갖췄지만, 구보다는 눈길만 한번 줬을 뿐 후쿠다의 소개서만 몇 번이고 들여다보며 고개를 갸웃거렸다. 완고한 인상의 사내였다. 삼십대

초반 정도로 보였다. 생도가 허리를 반으로 꺾곤 물러났다.

구보다가 입을 열 때까지 명준과 바쇼는 묵연히 양 무릎을 붙이고 앉아 있었다. 문득 구보다 너머의 벽면 좌우에 나란히 걸려 있는 족자의 그림이 또 눈길을 끌어 명준은 유심히 바라보았다. 도쿠가와 이에야스德川家康의 천하통일을 도왔던 16명의 무사를 그린 십육신장도十六神將圖와 미야모도 무사시宮本武藏의 이치조사一乘寺 소나무 숲 아래의 대결을 그린 그림이었다. 특히 이치조사 소나무 숲의 대결 그림은 양손에 검을 든 무사시와 수백 명의 무사들 모습이 세밀하면서도 참으로 역동적으로 표현되어 금방이라도 당시의 거친 숨결이 쏟아져 들릴 것만 같았다. 명준은 바쇼에게 눈짓해 그림을 감상하라며 고갯짓했다. 소리 없이 입 모양으로 실감나는 그림이야…… 하고 말하자, 바쇼도 말없이 웃으며 흔쾌히 동의한다는 듯 고개를 크게 끄덕거렸다.

"이해가 안 되는군!"

마침내 구보다가 카랑카랑하게 말했다. 소개서를 손바닥으로 치면서 불쾌감을 여지없이 드러냈다.

"후쿠다 마치부교가 무슨 연유로 이런 소개장을 써서 너희들을 만나달라고 부탁을 한 건지 도무지 알 수가 없어! 하타모토가 어중이떠중이들을 만나 줄 만큼 만만하고 한가한 줄 아나? 흥, 나중에 단단히 따져야겠어!"

명준과 바쇼는 서로 눈을 맞추고 쓰게 웃었다. 명준은 잠시 심호흡을 하곤 입을 열었다. 도장의 기합 소리가 여기까지 들려온다.

"송구합니다, 사범님. 하지만 저희들 형편을 가엾게 여겨주신 후쿠다 부교님께서 헤아려 주셨으니, 부디 사범님께서도 인정을 베풀어주시기를 앙망합니다."

"하나마나한 소리를 하는군. 겨우 소개장 하나 달랑 든 자네들을 일단 만나준 것만으로도 나는 인정을 크게 베풀었음이야."

권위를 과시하듯 구보다는 계속 큰소리로 지껄였다. 명준과 바쇼의 행색을 살피는 눈길부터 날품을 파는 일꾼을 보듯 곱지 않았다. 그러다 바쇼의 얼굴에서 시선이 멈추더니 잠깐 눈을 부릅떴다. 그야 무리도 아니다. 구보다가 아무리 말단 하타모토라 하더라도 일단은 쇼군의 직속 무사다. 먼발치에서나마 쇼군을 알현한 적은 있었을 것이다. 그러니 현 쇼군과 쌍둥이인 바쇼를 보고 놀라지 않으면, 그게 오히려 이상할 일이다. 구보다의 반응을 내심 즐기면서도 바쇼는 시치미를 뚝 뗐다. 명준은 턱짓으로 바쇼를 가리키며 구보다에게 말했다.

"저희 바쇼 군이 누군가와 많이 닮은 모양이지요? 사범님께서 낯이 익다는 표정이십니다. 하기야 세상에는 판박이 같은 사람 두셋은 있다고들 하지 않습니까?"

"음, 그, 그래도 별일이군. 저렇게 닮을 수 있나……."

"사범님, 저희가 결례를 무릅쓰고 찾아 뵌 것은……."

"아, 그래. 소개장에 적혀 있는 걸 보니 대충 알겠다만, 그게 비위를 거스르게 한다 이 말이야!"

"어이쿠, 죄송합니다."

"야마나카 사효에노스케님 사건은 이미 끝났다! 너희들이 도대체 누구인데, 무슨 권한으로 끝난 일을 파헤치고 있는 거야?"

"예? 허허 무슨 말씀을…… 사범님, 저희들은 일개 범인凡人에 지나지 않습니다. 저는 장사꾼이며, 바쇼 군은 서생에 불과하지요. 그런데 사건을 파헤치다니요? 그토록 주제넘은 일을 저희들이 감히 감당할 수가 있겠습니까? 그저 야마나카 님 가문에 신세를 많이 져 그것을 혹시 갚을 길이 없을까 싶어, 그분의 오명을 혹시라도 씻을 수 있는 기회가 만분지일萬分之一이라도 있다면 하고……."

"이런! 시건방지구나! 함부로 오명이라니? 사건을 공식적으로 종결시킨 것은 막부다. 감히 막부의 처사에 이의를 제기하겠다는 것이냐? 물러가라, 더 이상 혓바닥을 놀리면 내 용서치 않으리라!"

구보다가 서슬이 시퍼렇게 다다미 바닥을 치며 명준의 말을 잘랐다. 바쇼가 짐짓 움찔하는 척했고, 명준은 미동도 전혀 하지 않았다. 엄포가 먹히지 않는다고 느꼈던지 구보다가 인상을 심하게 구기며 명준을 이글이글 노려보았다.

"사범님께서 뜻밖에도 역정을 내시니 저희는 마냥 송구스럽습니다."

"어허, 뻔뻔스럽게도 말이 많구나. 물러가라 했거늘."

"그럼 하나만 여쭙고 물러가겠습니다."

검지를 세우며 끈질기게 말을 이어가는 명준에게 구보다가 아예 일갈했다.

"물러가라고 했다. 너희들을 상대할 짬이 없어!"

"사범님께선 오사카로 가셔서 사효에노스케님의 시신을 정확히 확인하셨습니까? 당시 시신은 센코지千光寺에 안치되어 있었습니다. 그런데 제가 알아본 바에 의하면 사범님께선 시신을 제대로 확인도 하지 않고 에도의 유가족에게 기별을 넣었습니다. 시신을 인도하라고요."

"뭐, 뭣이?"

넘겨짚은 것이 먹혔다. 더 이상 상대하지 않겠다는 듯 일어서려던 구보다의 얼굴이 일순 저녁놀처럼 타올랐던 것이다. 어이가 없고 기가 막혀 버렸던지 구보다는 잠깐 거친 숨마저 몰아쉬더니 목에 핏대를 세우며 거세게 윽박질렀다.

"바보 같은 놈! 무슨 헛소리를 하는 거야? 더 이상 주둥이를 놀리면 가만두지 않겠다!"

"센코지의 승려가 이 점을 증언했습니다. 아무리 시신의 상태가 역겨워도, 불에 반쯤 타다 만 시신이라 하더라도, 막부로부터 받은 소임을 완수하기 위해선 얼굴부터 발끝까지 철저하게 검시해야 옳습니다. 그런데, 사범님은 그렇게 하지 않고 유가족에게 그 책무를 떠넘긴 셈입니다!"

구보다의 호통을 명준은 조금도 겁내지 않았다. 오히려 일침 놓듯 쐐기를 단단히 박을 따름이었다. 그제야 구보다가 당황하는 기색이 역력해졌다. 엉덩이를 다다미 바닥에 다시 붙이며 그는 자신의 치명적 실수를 여지없이 지적한 명준을 정신없이 바라보았다. 바쇼 역시 명준의 노련함에 눈을 끔뻑거리며 경탄하고 있었다.

"자, 자, 잠깐! 무, 무슨 말을 하는 게야? 오사카에서 시신을 검안하진 않았지만, 시라쓰카지가 침탈되었다기에 상급 무사의 시신이라면 응당 그곳과 연관이 있는 사효에노스케님이라고 생각하는 건 당연하지 않나? 굳이 확인할 필요가 뭐 있어? 게다가 시신이 틀리면 유가족이 인도했겠어?"

눈에 띄게 기세가 수그러진 구보다가 변명처럼 말했다.

"기가 막힙니다, 사범님! 설령 그렇다 하더라도, 검시하는 절차를 빼먹을 수는 없는 노릇입니다. 이제 사범님의 직무태만은 재론의 여지가 없게 되는 것이지요. 생각해 보십시오, 막부에서 왜 사범님을 오사카로 내려 보냈습니까? 무엇보다도 시신을 정확히 검안, 확인하라는 것이 아니었습니까? 이것을 사범님께선 무엄하게도 방기하셨던 거지요."

구보다가 이를 악물었다. 하지만 자신이 하타모토라는 걸 곧 상기한 모양이었다. 언감생심焉敢生心, 상대는 장사꾼과 서생 나부랭이일 뿐이었다. 아무리 난다 긴다 하더라도 칼자루는 어디까지나 자신이 쥐고 있는 것이라 판단한 듯싶었다. 손을 휘휘 내젓는 구보다의 언성이 다시금 자신만만 높아졌다.

"시끄럽다, 썩 물러가거라! 정녕 혼이 나봐야 정신을 차리겠느냐?"

"사범님, 저기 미야모도 무사시의 이치조사 소나무 숲 아래의 대결을 다룬 그림 말입니다. 그러고 보면 미야모도 무사시님이 타계하신 지 벌써 이십 년이나 된 것 같습니다. 격세지감이네요. 그분의 활약을 다룬 그림이 고부쇼에 걸려 있다니……."

"뭐?"

갑자기 명준이 화제를 능숙히 바꾸었다. 어안이 벙벙해진 구보다가 뒤의 그림을 한 번 쳐다보았다. 도장의 기합 소리는 더 이상 들리지 않았다.

"저는 저 그림이야말로 현 우에사마의 개혁적 성향을 주저 없이 보여주는 게 아닌가 싶습니다만."

"거, 무슨 뜬금없는 수작이야?"

"바쇼 군이 아까 말하더군요. 고부쇼의 문호를 우에사마께서 개방시켰다는 소문이 있다고요. 과연 그렇다면 이 점이야말로 우에사마의 개혁 성향을 입증하고 있는 건 아닐까, 라고 생각했습니다. 고리타분한 신분체계로는 모든 건 정체될 수밖에 없다, 그런 신념이 쇼군 가문의 무술기관마저 밑바닥부터 바꾸려던 게 아니었을까? 때문에 저기 저 그림의 주인공 미야모도 무사시…… 사실 그분의 이도류二刀流는 막부의 공식 검술 유파가 아닙니다. 그런데도 소접견실에 저 그림, 교토의 요시오카吉岡 도장을 격파한 전설의 싸움인, 저 그림을 걸어 놓았습니다. 자, 여기서 조금만 유의 깊게 생각해 보면, 전례에 없던 일이란 걸 파악하실 수가 있을 겁니다. 즉 변화에 대한 젊은 우에사마의 열망이 얼마나 강렬한지를 여지없이 입증시키는 사례라는 겁니다. 같은 맥락입니다만……."

"도, 도대체 무슨 헛소리를 이리도 집요히 해대는 것인가?"

"사범님은 막부가 공식으로 지정한 신가게류新陰流 검술의 인증서를 받으신 분이 아닙니다. 분파의 하나인 다이사류이지요. 그런데도 고부쇼의 사범으로 부임하셨습니다. 아주 놀라운 일입니다. 왜? 사범님은 신가게류가 아닌, 다이사류의 실력자이기 때문이지요. 요컨대 우에사마께서 개혁적이 아니라면, 다이사류의 사범님은 이곳으로 부임할 수가 절대로 없었을 겁니다! 이해가 되십니까, 사범님?"

"뭐, 뭐야?"

"사범님은 우에사마의 뜻을 받들지 않고 이곳을 야속하게도 일반 무사들에게도 개방하지 않았습니다. 아까 어중이떠중이들이란 표현으로 미루어보건대, 사범님은 신분의 위계에 집착하시는 분 같습니다. 허나 젊은 우에사마께선 신분의 위계는커녕 어중이떠중이들도 막부의 앞날을 위해 필요하다 싶으면 적재적소 기용하시고 계십니다. 그래서 사범님 또한 여기 사범이 되신 게 아니겠습니까? 그런데, 어쩌지요? 사범님은 고루하게 신분만 강조할 뿐, 보기 좋게 우에사마의 기대에 전혀 부응하지 않으셨네요. 게다가 사효에노스케님 사건도 안일하게 취급하여 결과적으로 막부의 공명정대한 행보에 먹칠을 거리낌 없이 하셨고요. 아하, 우에사마께서 이를 아신다면 사범님은 과연 어떻게 될까요? 아, 그렇지. 우에사마께 사범님의 행각을 소상히 적어 투서하는 방법이 있겠군."

"자네, 거, 무, 무슨 망발을?"

명준의 끝말이 비수처럼 구보다의 머리를 관통한 모양이었다. 하기야 틀린 말은 하나도 없다. 투서가 들어가면 골치 아파진다. 원래 쇼군은 원칙에 입각해 정무를 보신다고 하지 않는가. 게다가 그렇지 않아도 신가계류 녀석들이 자신을 눈엣가시처럼 본다는데, 자칫하면 길바닥에 나앉게 될지도 모를 일이다. 그런 생각에 눈앞이 아찔해졌는지 구보다가 다다미 바닥을 손으로 짚으려다 헛짚곤 어깨를 휘청했다. 붉어졌던 얼굴마저 새하얗게 변해 있었다. 구보다의 전전긍긍하는 모양새가 가관이라 바쇼가 한바탕 껄껄 웃었다. 어느 안전이라고 하며 구보다가 질책할 엄두도 내지 못했다.

이번엔 바쇼가 여유롭게 말을 받았다.

"사범님, 뭐든지 첫걸음이 중요하다고 생각합니다. 예컨대 천하의 후지산富士山을 올라가려고 해도 말이지요, 후지산을 한 번도 올라가지 않으면 바보라고 하는 속언도 있잖아요? 하면 천하의 후지산을 올라가려면 그 누구라도 첫걸음을 반드시 떼지 않으면 안 되는 거랍니다. 마찬가지 이치이지요. 우에사마께선 현재 개혁을 의미하는 후지산에 올라가기 위해 첫걸음을 과감히 내딛은 것이라고 생각해요. 춘추 이십대의 기상, 아니 푸르디푸른 소년의 기상으로 거침없이, 그래요, 소년처럼 산을 정복해 나간다 이 말씀이지요."

"소년과 후지산이라, 좋은 비유로군. 가히 개혁과 연결되는군."

"아하, 명준 님, 그러고 보니 어찌 시가 나오지 않을 수 있겠습니까?"

명준과 바쇼가 구보다를 가운데 두고 여유작작하게 주거니 받거니 했다. 속절없이 구보다가 벌벌 떨었다. 바쇼가 여봐란듯이 낭랑히 읊조렸다.

> 소년의 봄은 아쉽게도 멈추게 할 수 없으니,
> 3월의 20일 정도도 되지 않는다.

"어때요? 사범님, 이 상황에 절묘하게 들어맞는 경구 같지요? 사고로모 모노가타리狹衣物語에 인용된 백거이白居易의 시구입니다만. 사범님께서도 아실는지 모르겠지만 사고로모 모노가타리는 헤이안 시대에 나온 책이지요. 그러고 보면, 헤이안 또한 지금의 에도를 뺨칠 만큼 역동의 시절이 아니었겠습니까? 껄껄껄!"

바쇼가 자신의 신분을 후지산 기슭에 잠깐 버리고 왔는지 팔짱을 끼며 사정없이 쏘아붙였다. 뒤이어, 명준은 무릎걸음으로 구보다 가까이 다가갔다. 거기에다 상체마저 바투 당기며 입을 열자, 궁지에 몰린 구보다가 정신을 못 차리고 뒤로 몸을 젖혔다. 상황 역전이었다.

"사범님, 빠져나갈 길을 하나만 일러드리지요. 대답 여하에 따라서 직무 유기의 책임을 조금이라도 줄일 수 있을 겁니다."

"뭐, 뭐지?"

명준을 올려다보는 구보다의 눈빛이 민망스러울 정도로 간절하다.

"냉철히 생각해 보니까, 누군가가 오사카의 그 시신이 사효에노스케님이라고 슬며시 언질을 주었을 것 같군요. 사범님이 매사 대충대충 넘어가는 태도에다 비위가 약하다 하더라도 유래 없이 큰 사건이라면, 아무리 정황상 사효에노스케님 같다 하더라도 최소한 시신을 한 번이라도 살폈을 겁니다. 그런데 그렇지 않았다는 것은 공신력 있는 누군가의 한마디가 오사카에 내려가는 동안 머릿속에 내내 남아 있었다고 볼 수도 있겠지요. 어때요, 실제로 그렇지 않았습니까? 만약 실제로 그렇다면 나중에 누군가가 심문해 오더라도 분명히 변명이 될 수 있답니다."

"그, 그래, 그렇지, 바로 그거야."

구보다의 간절한 눈빛이 그제야 형형해진다. 자기 신분을 완전히 망각한 듯 구보다는 명준의 밀고 당기는 화술과 태도에 사정없이 휘둘리고 있다. 명준은 소리 없이 미소 지었다.

"역시 실제로 그랬군요? 누굽니까? 당연히 사효에노스케님을 조사한 분입니까?"

"아니, 미즈노 나가쓰가사교 나오타다水野中務卿直但 간조부교勘定奉行라네."

"간조부교?"

명준이 고개를 갸웃하며 바쇼에게 고개를 돌렸다. 바쇼도 의외라는 표정으로 어깨를 으쓱했다. 명준은 말했다.

"바쇼 군, 간조부교라면 막부의 재정을 담당하는 직책이기도 하지?"

"예, 명준님. 허나 이상하네요. 보통 하타모토들을 통솔하는 건 와카도시요리若年寄이고, 비행을 감찰하는 건 메스케目付들입니다. 사효에노스케님을 눈여겨보고 감사勘査에 들어갔던 건 당연히 메스케일 텐데."

명준이 다시 구보다를 바라보며 물었다.

"사효에노스케님을 담당해 조사한 메스케는 누구지요?"

"아니, 그, 그건……."

"우에사마께 투서 쓸까요?"

그러곤 명준은 바쇼에게 곁눈질하며 엄포를 놓는다.

"여보게, 이런 분이 천하의 고부쇼 사범이라니…… 가당찮은 일일세. 오사카에서의 직무 태만이나 여기의 일을 가감 없이 적어 우에사마께 투서해야겠네. 개혁적 우에사마이시라면 투서라 하여 하찮게 여겨 방관하시지는 않을 게야."

"아무렴요."

구보다가 조금 머뭇거리는 기색을 보이자, 단칼로 나무를 자르듯 명준이 매몰차게 벌떡 일어섰다. 찬바람이 일어날 만큼 차가운 기색이다. 그 바람에 기겁한 구보다가 허겁지겁 명준의 다리라도 붙잡을 듯 구르다시피 밀착해 왔다. 그의 이마에선 식은땀이 한 방울 흘러내렸다. 바쇼가 혀를 끌끌 차고 있었다.

"이봐, 이봐, 내가 얘기를 안 한다고 했던가? 왜 그리 성격이 급해? 얼, 얼굴은 진중하게 생겼으면서……."

하지만 구보다는 차마 명준의 다리를 붙들지 못하고 손만 꼼지락거렸다.

"사범님, 저는 사범님을 도와주려고 하는 겁니다. 그런데 제 성의를 무색하도록 만들었어요. 망설이는 기척을 브이시다니, 이거 서운합니다. 좀 전에 말했지요? 직무 태만을 그나마 덜 수 있는 기회를 붙잡는 건 사범님의 대답 여부에 달려 있다고요. 하면 아는 건 뭐든지 말씀해 주셔야지요, 사범님."

"미, 미안해. 류조지 요시카즈水野義計 메스케야…… 내, 내가 알기론 그가 사효에노스케님의 치부를 샅샅이 조사하신 것 같아."

"메스케답게 주변 평판도 좋은 분입니까?"

"그, 그럼, 매사 꼼꼼하시고 일처리가 엄격하다는 평가를 받고 계시다네. 로주님의 신임이 두텁다고 하던데."

"그런데 그런 분이 정작 사범님이 오사카로 내려갈 때는 코빼기도 비치지 않고, 아무 연관도 없는 미즈노 간조부교님이 홀연 나타나서 오사카의 시신은 사효에노스케님이 틀림없다고 언질을 주었단 말입니까?"

"그, 그렇지."

쩔쩔매는 구보다를 내려다보던 명준이 다시 자리에 털썩 앉았다. 구보다가 가슴을 쓸어내리며 안도의 한숨을 내쉬었다.

"허허, 그것 참, 납득하기 어려운 정황이군요. 그간 부정을 조사한 메스케야말로 시라쓰카지 사건이 터졌다고 하면 그 누구보다도 관심을 드러내 로주에게 자청해서라도 본인이 시신을 확인하려 했을 텐데."

"그, 그런 속사정이야 나, 나는 모르지…… 다만 오사카로 가기 전날 간조부교님께서 여기로 친히 찾아오셔서 그간 독자적으로 감찰하고 있었다, 터무니없게도 사효에노스케가 근신 중임에도 자택에 없는 걸 두 눈으로 직접 확인했다, 오사카에서 피살된 이는 십중팔구 사효에노스케가 분명하다며 시신 인도를 비롯해 사건 종결을 매우 서둘러야 된다고 당부를 하, 하셨을 뿐이야. 간조부교라 하면 막부의 중책, 그런 거물께서 말씀하셨으니 그, 그 시신은 굳이 내가 확인하지 않더라도……."

"흐음. 근신 처분을 받게 한 메스케는 막상 사범님 앞에 얼굴도 내밀지 않고, 거물인 간조부교가 여기까지 방문할 정도로 은밀히 움직였다…… 실로 흥미로운 상황이로군."

손바닥에 턱을 괴며 명준이 나직이 중얼거리다가 다시 구보다를 향해 말했다.

"사범님, 거물인 간조부교를 만나 뵈어야겠습니다. 소개장을 좀 써주실까요?"

"하, 하지만…… 이미 돌아가셨어. 벌써 두 달 가까이나 되었는걸. 요시와라_{吉原}에서 유녀와 동침 끝에 복상사_{腹上死}하셨다고……."

"복상사? 그거 정말입니까?"

간조부교가 돌연 죽었다는 것도 여간 얼떨떨하지 않은데, 그것도 요시와라라고 하니 명준은 머리칼이 쭈뼛거릴 만큼 놀라고 말았다. 망연히 구보다를 보다가 바쇼를 곁눈질했는데, 그는 놀라운 기색보다는 꽤나 표정이 굳어 있다.

"그, 그럼, 요시와라가 어딘가, 유곽이 아닌가? 그런 곳에서 유녀 따위를 끼고 간조부교님께서 돌아가셨으니 만큼, 사카이 다다키요酒井忠淸 로주老中께서 친히 조사하시곤 천하에 낯 뜨거운 일이라며 병사 처리로 일단락 시키셨지만……."

"허허허……."

뭔가 어이없는 느낌이라 명준은 허탈하게 웃고 말았는데 바쇼는 여전히 심각한 얼굴로 복상사라고 이거야 원…… 하며 혼잣말했다. 구보다는 엉덩이에 쥐라도 났는지 자꾸 들썩거렸다. 더 이상 일각도 함께 있고 싶지 않은 듯 온몸이 비비꼬이는 모양이었다. 그러나 명준은 쉽게 놓아주지 않았다.

"간조부교라면 막부의 재정 담당, 공금 운용을 쥐락펴락하는 입장이 아니던가. 그런 인물이 요시와라에서 비명횡사……."

명준은 바쇼에게 말했다.

"그러게요, 깜짝 놀랐습니다. 이런 일이 벌어졌다면 호사가들이 가만있지 않았을 텐데, 시중엔 그런 소문이 돌았던 기미도 없었어요."

바쇼가 고개마저 갸웃하며 대답했다.

"로주가 함구령을 엄히 내렸다면 그럴 수도 있겠지."

"하기야 요시와라 측 처지에서도 막부 고위 인사의 복상사 소문은 실로 난처하지 않을 수 없었을 테니까요."

"여, 여보게들 이제 됐소? 나, 나는 오줌이 마려워 변, 변소에라도 가야겠는데, 저기……."

바쇼와 대화를 주고받았던 명준은 구보다의 말을 무시하고 정색한 표정으로 말을 이었다. 마무리처럼 검지를 얼굴 가까이에 세우는 것도 잊지 않았다.

"사범님, 부탁을 들어주셔야겠습니다."

"뭐, 뭔데?"

"에도 마치부교를 만날 수 있게끔 소개장을 써 주십시오. 간조부교에 대한 여러 정황을 여쭤 보아야겠습니다."

"아니, 그거는…… 내, 내 위치라는 것도 있고 해서……."

"사범님, 한 번 더 말씀드릴까요?"

"아, 알았어!"

명준의 싸늘한 표정 앞에 그만 소름이 돋은 구보다가 지필묵紙筆墨부터 허둥지둥 챙겼다. 그리고 진땀마저 흘리며 꼼꼼히 써내려갔다.

반 시각 후, 명준과 바쇼는 소개서 한 통을 챙겨들고, 구보다에게 정중히 인사하곤 접견실을 태연자약 나갔다. 혼자 남은 구보다는 거의 울상이었다. 양팔을 부들부들 떨며 씩씩대기도 했다. 급기야 폭발한 듯 바깥에 대고 한바탕 부르짖었다.

"여봐라, 게 아무도 없느냐? 소금, 소금을 빨리 가져와라, 소금!"

에도 성江戶城 외호外濠에 설치된 스키야바시數寄屋橋 우측으로 미나미南부교소가 위치해 있다. 다리 맞은편은 스키야초數寄屋町이며 그 너머로 유라쿠초有樂町가 있는데 거리에는 온통 무사들만 보인다. 역시 쇼군이 거주하는 성의 인근이라 그런지 공무를 보는 무사 차림도 많고 다이묘의 수행원인 듯한 무사들도 거닐고 있다. 길바닥은 공가의 정원처럼 청결하고 무사들은 거의 기품 넘치는 차림새라 웅장하면서도 장엄해 보이는 성과도 절로 어우러져 장사치나 서생의 볼품없는 모양새론 입도 벙긋하기 어려운 분위기였다. 그런데도 바쇼는 어깨를 활짝 펴고 힘차게 발걸음을 내딛으며 활보했다. 이 근방에 익숙한 발놀림이다. 그 뒤를 명준은 말없이 따라가며 이따금 거리의 풍경을 음미하곤 했다. 에도를 많이 찾는다고 해도 이렇게 성 주변을 왕래하는 건 역시 흔치 않은 일이라 모처럼 좋은 구경거리가 눈앞에 펼쳐진 셈이었다.

부교소 현관에 두 사람이 도착했을 때는 하오 미未시 경이었다. 구보다 사범의 소개장이 먹혔던지 마치부교와의 면회가 쉽게 허락되었다. 이하라 단조다이히쓰 에이다로井原彈正大弼榮多朗라는 이름의 부교는 두 사람을 집무실에서 맞이했는데, 올곧은 경륜의 사내 같았다. 머리칼은 희끗희끗, 이마의 주름도 굵고 얼굴엔 광대뼈가 나왔지만 눈빛만은 청년처럼 생생했다.

거기에다 마음씨 좋은 영감의 표정으로 집무실에서 명준과 바쇼를 맞이하는데 그 태도 또한 엄격하지 않고 너그러웠다. 고부쇼의 구보다처럼 바쇼를 볼 때는 잠시 멈칫거리기도 했지만, 크게 내색은 하지 않고 신기해하는 낯빛만 조금 비쳤다. 그리고 소개장을 몇 번이고 읽어보곤 도리어 흥미가 넘치는 기색으로 마주앉은 명준과 바쇼에게 질문부터 먼저 했다. 구보다와는 완전히 딴판이었다.

"이거 참, 시라쓰카지 사건의 진상을 알고 싶어 하는 겁니까? 허나 그건 오사카에서 발생한 건이라 내가 무슨 도움이 될지는 크게 자신하지 못하겠군요."

말투 또한 정중해 명준이 깊이 머리부터 숙였다. 그러고 보면 에도나 오사카나 부교들 인품 하나만큼은 똑 부러지게 갖춰 놓은 셈이다. 바쇼도 구보다에게 질렸던 참인지 한층 호감 어린 기색으로 이하라를 바라보았다.

"부교님, 참으로 황공합니다만 사효에노스케님 부인께서 그저 진실을 알고 싶어 하시니, 그간 받았던 은혜를 갚고자 조력을 다하려는 마음뿐입니다. 해량해 주셔서 깊이 감사드립니다."

명준은 말했다.

"음, 그나저나 놀라운 일이군요. 거, 구보다 님이 소개장을 다 써 주시다니, 그분 역시 사건의 진상을 마음속으로는 밝혀내고 싶었던 모양이군요? 내가 구보다 님을 그간 잘못 봤나……."

이하라가 내심 감복하는 안색이다.

"아, 예."

오전 나절의 구보다를 떠올리곤 명준과 바쇼는 쓴웃음부터 머금었다.

"뭐, 좋습니다. 나 역시 그 사건이 뭔가 개운치가 않았거든요. 말이 나온 김에 내 꾸밈없이 말씀드리겠는데, 오사카에서 발생한 시라쓰카지 사건은 뭔가 냄새가 많이 납니다. 일단 무엇인가가 복잡하게 얽혀 있는 거 같아요."

이하라가 관자놀이를 긁적거리며 중얼거리다시피 말했다.

명준은 물었다.

"어떤 면에서 그렇게 느끼셨는지요?"

"뭐, 그저 감입니다만, 그렇다고 에도의 마치부교인 내가 월권행위를 할 수 있는 입장도 아니라 오사카를 다녀오신 구보다 님을 만나

이것저것 꼬치꼬치 캐물어봤습니다. 헌데 구미 간의 세력 싸움에 희생된 것이라 딱 잘라 말해서…… 요령부득이더군요. 물론 내가 오사카마치부교 입장이라면 결코 이런 식으로 사건을 끝내지는 않았겠지만, 여하튼 많이 아쉬웠어요."

"역시 히데요시 모노가타리라는 책이 마음에 걸리셨던 모양입니다."

"어허, 제대로 짚으셨네요. 예, 그 책이 예사롭지 않았다오."

"하지만 판금조치를 내리신 게 부교님이 아니신지요?"

"그렇지, 내 관할이라 판금조치를 내릴 수밖에 없었어요."

"내릴 수밖에 없었다는 건?"

"예, 그게 말이지요……."

이 대목에서 이하라가 고개를 주억거리다가 주위를 두어 번 둘러보았다. 혹시나 있을지도 모를 듣는 귀를 우려하는 기색이었다. 허나 여기에 엿듣는 귀가 있을 수 없다. 이하라가 공연히 입맛을 한 번 다시고 넌지시 말을 이었다.

"나는 솔직히 막부 내의 부정축재 건에 대해 잘 몰라요. 야마나카 사효에노스케님이 결백한지 부정에 연루되었는지도 자신할 순 없어요. 하지만 그가 히데요시 모노가타리 출간에 관여하고 있었던 건 분명해요. 책에 대한 제보가 들어와 발매 직전의 제본소를 급습해 책을 회수하고 출판업자를 체포하여 가혹하게 추궁을 해 보니까, 뜻밖에도 오사카의 시라쓰카지가 배후임이 드러났는데, 필시 출판을 통해 자신들의 영역을 에도로까지 확대하려는 의도였겠지요. 그 와중에 야마나카 님이 구미의 오야분과 어울렸다는 사실도 드러났거든요. 심지어 오야분, 업자와 함께 요시와라까지 들락거렸다더군."

"요시와라……"

다시 거론된 요시와라 때문에 명준은 절로 오야분의 딸 오하루를 떠올리고 말았다. 오하루는 사건 현장에서 아이를 지키는 어미처럼 책을 소중히 가지고 있었다, 오야분은 그곳에서 오하루를 양녀로 데려왔다, 피살자 야마나카도 그곳을 이용했다…… 하면 요시와라에는 뭔가가 상상 이상의 그 무엇이 도사리고 있다 해도 근거 없는 예단만은 아니지 않을까. 명준은 미간을 구기며 잠시 동안 생각에 잠겼다가, 다시 입을 열었다.

"부교님. 외람되지만 책에 대한 제보는 미즈노 간조부교님이 혹여 먼저 하신 게 아닙니까?"

"어?"

이하라 부교가 차디찬 물이 목덜미에 쏟아진 것처럼 놀라 눈을 휘둥그레 떴다. 명준을 정신없이 바라보기도 했다. 놀라기는 바쇼도 마찬가지다. 눈을 몇 번이나 깜빡거린다.

"아니, 어떻게 알았소?"

"아까 뵈었던 구보다 님이 증언하더군요. 오사카로 시신을 확인하러 가기 전, 미즈노 간조부교님이 몸소 찾아와 그간 야마나카 님을 독자적으로 감찰하고 있었다고 했답니다. 굳이 그걸 구보다 님께 언급했다는 건, 하타모토를 감찰하는 메스케들도 파악하지 못한 뭔가 특별한 정황을 그분이 알아냈다는 반증이 아닐까요? 그것이 어쩌면 책일지도 모른다는 생각이 들고, 만약 그런 형편이라면 간조부교가 일을 은밀히 추진하기 위해서라도 부교님께 직접 지시할 수 있지 않았을까 하고 예측해 본 겁니다."

"어허, 탁월한 혜안이로군."

"책에는 분명히 간조부교가 나설 만큼 뭔가가 있습니다. 그렇지 않다면 간조부교가 기껏 풍속소설에 불과한 책 판금에 서둘러 앞장 설 리가 있겠습니까?"

"하긴 그래요, 그래. 나로서도 납득하기가 어려웠소. 이런 일에 간조부교가 나서는 게 이례적이거든요. 하지만 그분이 심지어 로주님의 직인이 찍힌 명령서까지 가져왔다오. 미풍양속을 어지럽히는 책을 일각이라도 빨리 압수 조치하라며……."

"그랬군요."

"아무튼 나로서는 판금 조치를 취했으니 일단 출판업자도 체포는 했지만 여죄가 따로 있는 것도 아니고 책 판금만으로도 재기 불능의 손해를 입었던 참이라 곧 방면해 버렸지요. 사실 형평성이란 게 있지 않겠어요? 미풍양속 운운하기엔 다른 책들도 버젓이 시중에 나도는 판국이라, 계속 업자를 붙잡아 놓을 순 없었다오. 시라쓰카지의 오야분에 대해선 요주의 인물이라 낙인찍고, 오사카 쪽에서 시찰이 붙었다고만 들었어요. 야마나카 사효에노스케님도 근신에 들어간 것이 그즈음이었지."

"그러던 와중에 지난 2월에 사건이 터진 셈이로군요."

"그렇게 되지요."

"압수한 책은 어떻게 되었습니까? 혹시 읽어 보셨나요?"

"그게, 어쩐 일인지 곧 불태우라는 명령이 떨어져 모두 분서焚書되었지요. 나 역시 미처 읽어보지 못했답니다. 이 점에 대해선 공식적으로 내가 책임자 격인데 무척 속상하오."

4막 에도로 가다

"그런데 그 미즈노 간조부교가 요시와라에서 횡사하셨다고 들었습니다만."

"어? 그 얘기를 구보다 님이 한 모양이군. 허허, 민망스러운 일인데…… 말이 빠르네, 뭐 발 없는 말이 원래 천리를 간다니까. 아무튼 그게 복상사라…… 사내로서야 최고의 죽음이었겠지만, 막부의 재정을 담당한 간조부교라면 세상 사람들에게 면박을 당해도 지당할 최후였지요. 마누라도 아닌, 요시와라의 유녀遊女 배 위였으니…… 말끝마다 언필칭 검소와 청백리 운운했으니 만큼, 지탄받아도 변명의 여지가 없었어요."

"하면 정말로 미즈노 간조부교의 사인이 복상사였습니까? 검시는 해 보셨는지요?"

"아, 그게…… 창피한 일이지만……."

이하라가 열없게 뒷머리를 긁적거리자, 명준으로선 쓰게 웃을 수밖에 없었다. 이런 일은 막부의 위엄과 권위를 위해서라도 덮어버릴 수밖에 없기 마련이다. 전면적인 조사를 포기해야 하는 그의 곤란했던 처지가 충분히 헤아려진다.

"하긴 간조부교의 복상사였으니, 필시 로주께서 직접 나섰겠군요? 물론 철저히 함구령도 떨어졌을 테고."

"그렇지요, 허나 에도의 마치부교로선 세상 사람들에게 면목 없는 일이었소. 반성하고 있어요."

"부교님, 뭔가 절묘하다는 생각이 들지 않으십니까? 일단 야마나카 님은 시라쓰카지 현장에서 피살자로 발견됐고 간조부교는 엉뚱하게도 요시와라 유곽에서 급사하셨습니다. 경위가 어찌됐든 상황이 이러다 보니, 진상을 파헤치기는커녕 막부로서는 울며 겨자 먹기로 사건을 둘 다 유야무야 종결시켜 버릴 수밖에 없었습니다. 어쩐지 솜씨 좋은 누군가가 이렇게 만들어 놓은 것도 같습니다. 마치 잘 짜인 이야기책처럼 말입니다."

"음, 그러고 보면 이게 과연 우연의 일치인지는 장담하지 못하겠군요."

"하면 요시와라에 그 해답이 있을 듯싶습니다."

"예?"

"지금까지 정황으로 정리해 보면……."

명준은 허리를 꼿꼿이 세우며 바쇼와 이하라 부교를 번갈아보며 예의 엄지를 세운 채 또박또박 말했다. 이하라는 초면이지만 명준에게 매우 흥미진진해진 듯 팔짱을 끼고 상체를 좌우로 흔들며 경청한다. 이미 사건에 푹 빠진 것처럼 보인다. 바쇼도 나름대로 되돌아보는 양 손을 꼽으며 뭔가를 골몰히 생각하고 있다.

"야마나카 사효에노스케님은 시라쓰카지의 오야분과 히데요시 모노가타리 출간에 관여했습니다. 하타모토의 비리를 감찰하는 류조지 메스케가 그를 조사했고 이와 별도로 미즈노 간조부교도 독자적으로 야마나카 님을 감시했다는 사실이 포착되었습니다. 그리고 책은 판금되고 야마나카 님은 피살되었으며 간조부교도 돌연 죽었습니다. 이와 같은 일련의 상황으로 유추하면 그 안의 내막은 뭔가 심상치 않은 게 있는 듯싶습니다. 왜 하타모토 정도 되는 무사가 책 출간에 신경을 곤두섰는지, 왜 간조부교가 책 판금에 앞장섰는지? 당사자들이 다 세상을 뜬 상황에서는 알 길이 없을 듯 보입니다만,

사실 여기에 대한 의문을 그나마 풀어줄 수 있는, 실마리라도 잡을 수 있는 곳은 간조부교가 이 세상의 마지막 날을 보낸 요시와라라고 생각됩니다."

"오오, 듣고 보니……."

이하라가 크게 고개를 끄떡거리며 자신의 무릎을 손바닥으로 한 번 쳤다. 바쇼도 동의한다는 듯 진지한 표정이다.

"부교님께서도 책이 어떤 식으로든 간에 사건의 핵심이 된 게 아닌가, 라고 판단하시게 되었을 겁니다. 그래서 구태여 구보다 님을 따로 만나 오사카 사정에 대해 탐문하시지 않았나 싶습니다만."

"당신은 남의 속도 훤히 들여다보는 점쟁이 같구려. 역시 방심할 수 없는 인물이군. 맞아요, 맞아. 솔직히 나 또한 진상을 알고 싶은 사람 중의 하나요. 더 정직히 말하면 비밀리에 사효에노스케님 주변을 뒤져보기도 했었다오."

"하면 류조지 메스케에 대해서도 알아보셨습니까?"

"허어, 당신의 촉수는 그에게도 향해 있었던가요?"

"지금 사효에노스케님 주변을 뒤졌다고 하셨으니까 드린 말씀입니다."

"그럼 당신이 류조지 메스케를 주의 깊게 보는 까닭은?"

"애초 시라쓰카지 사건이 터졌을 때 처음부터 사효에노스케님을 감찰했던 메스케라면 자진해서라도 오사카로 내려가 시신을 확인했을 텐데 그러지 않았다는 점이 도무지 이해가 되지 않습니다."

"그거는 그럴 수밖에 없지. 그러니까 사건이 터지기 일주일 전쯤에 막부의 허가를 얻어 요양차 고야산高野山으로 갔다오. 지병이 도졌다. 거기가 그 옛날 구카이空海 대사大師가 수행했던 곳이 아니오? 불법으로 허약한 심신을 추슬러보려는 것이겠지."

"하면 지금은 성으로 돌아와 있습니까?"

명준은 미간을 좁히며 다급히 물었다. 이하라가 양 소매통에 양손을 엇질러 넣으며 고개를 가로저었다.

"내가 그와 매일 얼굴을 맞대야 하는 입장도 아니고, 성 내에 근무하고 있는 것도 아니니 그것까지는 알 수가 없구려."

"폐를 끼쳐 송구스럽습니다만, 혹시 알아봐 주실 수 있겠습니까?"

"허어, 류조지 메스케를 만나겠다고요? 설마하니 하타모토들도 뜨악해하는 메스케를 붙잡고 사정 청취라도 하겠다는 거요?"

"예."

너무도 천연덕스레 대답이 나온 바람에 이하라가 잠깐 움찔하고 명준을 멀거니 보더니 이내 파안대소했다. 정말이지 모처럼 즐거워 어쩔 줄 모르겠다는 태도다. 바쇼도 명준을 곁눈질하며 혀를 내두르며 엄지를 세워 흔든다.

"와하하하, 당신은 정말로 배짱 한번 두둑하구려!"

"송구합니다, 부교님."

"아니, 아니외다! 모처럼 유쾌해졌소이다. 좋아, 좋아요! 이런 뚝심을 가지고 사건을 파헤쳐보겠다는 사람을 내 모른 척할 수야 없지. 좋소. 내가 류조지 메스케와의 면담을 중재해 드리지. 그 외 또 도와줄 일이 있소? 기왕에 도와주겠다고 한 참이니, 아예 발 벗고 나서주겠소이다!"

"하면 부교님, 류조지 메스케의 초상을 그린 그림 하나를 부탁드려도 괜찮겠습니까?"

"초상을? 뭐, 그거야 어렵지 않소. 우리 도신이 부리는 오캇피키 중에 하나가 인물을 보지 않고도 설명하는 대로 기막히게 그리는 자가 하나 있거든요. 근데 초상화를 가지고 어디 탐문할 데라도 있단 말이오?"

"만에 하나라는 것이 있으니 요시와라에서 탐문해 보려 합니다."

"어허? 그것 참…… 간부조교 예도 있으니 징검다리도 두들겨 보겠다는 겁니까?"

"그렇습니다. 간조부교의 사례도 있으니 헛수고는 아닐 겁니다."

"그럼 지금부터 요시와라를 조사해 볼 생각인가요?"

"예, 간조부교와 마지막 밤을 보냈던 유녀를 만나서 사정 청취할 생각입니다."

"그 유녀라면 노가제라고 하는데……."

"노가제……?"

"지금 요시와라에선 최고로 평가받는 유녀요. 최고 등급이라 일컬어지는 다유** 중의 하나이지. 간조부교의 최후를 지켜보는 데에 있어서 손색이 없는 거물이긴 하지요. 허허허."

"하면 노가제라는 분의 과거에 대해 소상히 알고 싶습니다. 번거롭고 민폐를 끼치는 일이긴 하나, 저에게 그녀의 정보를 제공해 주시지 않으시겠습니까? 사정 청취하기 전에 그녀에 대해 되도록 많이 알고 시작한다면 큰 도움이 될 것 같습니다."

"그렇긴 하겠군, 좋아요. 신속히 그녀의 과거를 캐보지요."

"예. 하면 그러는 동안 저희는 일단 체포되었던 출판업자를 우선 찾아가 이것저것 알아보려 합니다. 그 자의 소재지도 알려주시기 바랍니다."

"일각이라도 아끼겠다는 말이로군요? 과연 철두철미하군. 그럼, 당신들이 출판업자를 만날 동안, 우리는 노가제의 과거를 조사하여 보고서를 작성, 요시와라 초입에 있는 반쇼番所에 맡기겠소. 그뿐만 아니라 미리 노가제와의 연회를 주선해 드릴 테니 자연스레 접근해 보시구려. 아무리 그녀가 요시와라 최고라 하나, 설마하니 나의 압력을 거부하지는 못하겠지요. 그럼, 출판업자를 심문한 뒤에 요시와라로 가서 먼저 반쇼를 찾아주시구려."

"다시 한 번 감사드립니다, 큰 도움이 되겠습니다."

"천만에요, 내가 쉬이 할 수 있는 일이외다. 그러나저러나 출판업자를 만난다 하더라도 그 책의 작가 및 화공이 누군지는 알기 힘들 겁니다. 그 작자도 모르는 눈치던데. 아무튼 히데요시 모노가타리, 참으로 요란한 책이 아니었겠소?"

"어떤 의미론 과연 그렇겠군요."

고개를 끄덕거리며 명준은 노가제라는 이름을 중얼거렸다. 문득 오하루도 시야에 번개처럼 스쳐간다. 그러고 보면 소녀의 눈물이 종내 낙뢰의 흔적처럼 가슴에 남아 있는 것 같다. 요시와라에 있다가 오야분에게 입적되었다면 노가제와 면식이 있을지도 모를 일이다. 하면 그곳엔 과연 어떤 접점들이 놓여 있을까……

바쇼 또한 오전과는 달리 와카에 대한 재담은커녕 갑자기 묵연한 채 사건의 정황에 참척해 있었다.

한편 그 시각. 부교소 바깥에선 명준과 바쇼를 구보다에게 안내했던 통명스러웠던 생도가 무척 긴장한 안색으로 스키야바시 입구에서 서성거렸다. 해자 저편에서 까마귀 서너 마리가 퍼드덕 날아오르자, 등 뒤에서 검이 내려쳐진 듯 생도가 민감하게 몸을 웅크렸다.

생도가 안절부절못하는 기색인데, 어느 번저藩邸에도에 둔 번의 저택의 가로家老다이묘의 중신라도 되는 양 가미시모裃무사의 예복를 쫙 빼입은 사내가 생도의 곁을 유유자적 지나갔다. 왜관에서부터 오사카까지 갖가지 복장으로 변복해 명준과 바쇼를 감시하다시피 지켜봤던 사내였다.

5막 여자, 노래하다

에도는 크게 야마노테山の手와 시타마치下町로 나뉜다. 무가 저택들이 밀집한 일대가 야마노테라면, 시타마치는 조닌을 비롯한 상사람들의 공간이다. 그러니 두 지역의 분위기는 사뭇 다르다. 야마노테가 목에 힘주는 무사들이 엄숙한 거조로 오고 가는 곳이라면 시타마치는 가벼운 발걸음으로 상가를 기웃거리는 행인부터 시작해 행상들의 호객 소리와 여염집 아녀자들의 수다까지 가세하면 부산할 정도다. 그야말로 활력이 넘치는 거리이다 보니, 바쇼는 묘하게도 시타마치 일대만 들어서면 생기가 흘러 익살꾼 장사치처럼 걸쭉한 농담도 평소보다 더 남발하곤 한다. 혼조本所 요코가와초橫川町로 들어설 때부터 입을 쉬지 않고 놀리다가 센토錢湯공중목욕탕 사가노유嵯峨野湯의 탈의실에서는 소풍 나온 꼬마처럼 까불거린다. 명준이 옷을 벗어 차곡차곡 접고 있는데 공연히 곁눈질하며 야살까지 떨었다.

"이거, 나잇살도 없나 봅니다? 아랫배도 전혀 나오지 않은 게, 젊은 제가 무색해지는데요. 도모에 님이 걱정하시겠습니다."

"이런, 허허허."

"젊은 처자들이 여전히 추파 던지지요?"

"이 사람아, 자네야말로 여자처럼 피부가 참 고우니 그간 추파 받느라고 정신이 없었겠네그려."

명준 또한 스스럼없이 능청떨어 주었다.

"그거 칭찬입니까, 비꼬는 겁니까?"

"어허, 반반일세."

"아니, 대장부를 지향하는 저에게 여자처럼 곱다고요? 제가 겐지인 줄 아시나……."

바쇼가 짐짓 토심吐心해졌다는 양, 입을 비죽대고 눈까지 흘긴다. 예의 익살꾼 같은 치기 어린 모습이라 명준도 잠깐 웃었다. 물론 바쇼가 지나치게 쾌활한 척을 한다는 건 모르지 않았다. 사실을 말하면, 바쇼의 속마음 정도는 웬만큼 짐작하고 있다. 아무리 사건의 진상을 밝혀내기 위해 뛰어들었다지만, 사효에노스케의 결백을 믿고 싶은 마음이야 꽤나 간절했을 게다. 그러나 조사할수록 부패 관리일 공산은 컸고 막부의 실태 또한 적나라하게 드러나는 형상이니 상심도 이만저만이 아니었으리라. 더 이상 파고드는 게 싫어질 수도 있을 터였다. 그런 심경을 상쇄라도 하겠다는 등 짐짓 명랑하게 떠들기 일쑤였지만 시타마치 일대의 마을을 돌아다닐 때만큼은 상사람들의 평범한 일상이 마음에 쏙 들어오는지 정말로 들뜬 모습을 보인다. 다행이지 싶다. 바쇼가 여러 가지로 실망해 의기소침해 있으면 뭐라 위로의 말을 건네기도 겸연쩍었는데, 기운을 차리고 있으니 차라리 고마운 일이다. 하기야 이런 태도 또한 바쇼의 속 깊은 배려일지도 모르겠다. 명준은 피붙이를 대하듯 바쇼의 어깨를 살갑게 한 번 쳐 주었다. 그런 명준의 마음을 익히 안다는 양 바쇼가 무거운 짐을 덜어낸 듯한 홀가분한 웃음을 연신 지어 보인다.

  수건으로 하복부를 약간 가리며 명준은 탈의실 건너 휴식을 취하는 공간을 바라보았다. 욕객(浴客)들이 두 패로 나뉘어 웃고 떠들고 있었다. 한쪽은 예닐곱 명이 빙 둘러 앉아 속살거리며 내기 바둑판을 구경하느라 나무꾼이 도낏자루 썩는 줄도 모르는 분위기였고, 다른 쪽은 벌써부터 술잔을 주고받으며 잡담에 여념이 없었다. 마냥 평화로운 모습이었다. 여기에는 살인이니 음모니 진상이니 하는 칙칙한 낱말들이 끼어들 여지가 없어 보였다. 눈앞의 소소한 행복을 보고 있노라니 공연히 만감이 교차해 오기도 했다. 바쇼 또한 여기저기를 두리번거리며 사람들 사이를 누볐다가 다시 명준의 곁으로 다가왔다.

  "명준 님, 출판업자처럼 생긴 녀석은 여기엔 보이지 않습니다. 그럼 목욕장(沐浴場) 안에는 있을까요?"

  "공방(工房)의 직원이 이 시각이면 버릇처럼 목욕한다고 일렀으니 있겠지. 또 없으면 어떤가. 엎어지면 쉬어간다고, 차제에 목욕 삼매경에 빠져보면 우리 또한 심신이 개운해지지 않겠나?"

  "목욕 삼매경이라…… 이런 때에 태평스럽기는요."

  "그래, 좀 태평스러워지면 좋지. 가끔은 그럴 필요가 있네, 바쇼 군."

  "가끔은 그럴 필요가 있다…… 현자(賢者) 같은 말씀이십니다."

  "말에 가시가 있구먼. 허허허."

  "하기야 아무리 가혹한 현실 앞이라도 숨을 돌릴 때는 있어야겠지요."

  "물론일세. 갈 길은 먼데 벌써부터 지칠 수야 없지. 따라오게."

명준과 바쇼는 '평안의 탕平安の湯'이란 글자가 적힌 발을 젖히고 목욕장 안으로 들어가는데, 대청의 내기 바둑판에 생기 가득한 탄성이 한꺼번에 쏟아졌다. 대마가 잡혀 승패가 결정된 모양이었다.

목욕장 안은 뜨거운 열기가 물씬 밀려오고, 수증기가 안개처럼 가득해 시계가 금방 확보되진 못했다. 명준은 눈에 힘을 주고 천천히 둘러보았다. 폐점 시간이 임박해서인지 욕객들이 요행히 많지는 않았다.

수건으로 몸의 때를 열심히 밀고 있는 이가 서너 명, 두어 명은 탕조湯槽에 들어가 느긋하게 몸을 담그고 있었다. 뚱뚱한 몸집에다 얼굴은 곰보 자국으로 얽어져 있는 사내가 가장자리에서 노래를 흥얼거리는 게 명준의 눈에 들어왔다. 부교가 말한 인상착의 그대로다. 바쇼가 아, 하며 손짓했다. 명준과 바쇼가 서로 마주보며 고개를 끄덕끄덕 하곤 탕조로 들어가 곰보 쪽으로 가까이 자리 잡았다. 물의 온도가 적당했다.

곰보가 눈을 번쩍 뜨고 일별했다. 사람도 별로 없고 탕 안도 넓은데 왜 이리 밀착하느냐, 라는 불쾌한 기색이 역력했다. 명준은 눈인사부터 건넸다. 음, 하며 곰보가 시선을 돌리며 외면했다.

"저기, 다렌誰 씨이지요?"

손바닥으로 얼굴에 물을 묻힌 뒤 명준은 입을 열었다. 생판 처음 보는 이가 자기의 이름을 들먹이자 곰보가 울컥, 눈을 부라리고 거칠게 뇌까렸다.

"누구쇼? 내 이름을 어떻게 아쇼?"

"다렌 씨가 운영하는 공방에 들렀습니다. 여기에 있을 거라고 하더군요."

"이런 싸가지 없는 것들, 하여튼 주둥아리 싼 건 알아줘야 한다니까."

"하하, 그들을 책하지 말아 주십시오. 간곡히 부탁드려 그들로선 마지못해 대답해 준 것뿐입니다."

"흥, 근데 왜 나를 찾소? 부교소에서 나왔우?"

"어이쿠, 천만의 말씀입니다."

부교소라는 말이 나오자, 탕에 있던 다른 욕객이 깜짝 놀라는 기색을 보이더니 슬며시 일어나 나갔다. 호리호리한 그의 등은 어울리지 않게도 원숭이 문신이 볼품없이 새겨져 있어, 바쇼가 신기한 듯 바라보며 웃음을 참느라 그런지 입술을 질끈 깨물었다.

명준은 느긋하게 말을 이었다.

"저는 장사치이고, 이 청년은 서생입니다. 저희가 무례함을 감수하고 다렌 씨를 찾아뵌 것은 저번에 출간되려던 책에 관해……."

"아아, 관둡시다. 여긴 목욕탕이외다. 책 운운하기 이전에 목욕이 뭔지 알고나 있는 게 순서가 아니겠소?"

곰보가 손사래 치며 명준의 말을 막았다. 일단 부교소의 도신이 아닌 것으로 판단했는지 곰보는 적이 안심하는 기색이었다.

"목욕의 공덕에 대해 말하는 것인지요?"

"공덕? 경전에나 나오는 것 같은 그런 어려운 말은 모르겠고, 딱 잘라 말해, 목욕이란 일체의 잡념을 때와 함께 씻어내는 고귀한 일이오! 따라서 욕장 안에서 돈벌이에 대해 미주알고주알 하는 건 목욕에 대한 모욕이 아닐 수 없다오! 내 신조외다. 왜 불만 있우?"

"과연, 훌륭합니다."

"으흠, 훌륭할 것까지야……. 음, 요컨대 책을 써서 장사하고 싶으면 나중에 찾아오란 말이오. 지금은 목욕에 전념할 때요! 목욕 중엔 나는 해탈에 도달한 승려나 마찬가지. 로주가 와도 상대해 주지 않소이다, 으흠!"

훈계하듯 쏘아붙이곤 곰보가 우쭐해 하자, 어이없어진 바쇼는 혀를 내둘렀다. 그래도 명준은 공손한 태도와 부드러운 어조를 잃지 않았다.

"과연 목욕의 본보기를 보여주는군요. 말씀대로입니다. 속세의 온갖 번뇌를 씻어내는 목욕이야말로 해탈로 이르게 하는 첩경일 수도 있지요. 하여 부처도 중생들에게 목욕의 공덕을 가르치신 게 아닙니까? 일례로 옛날부터 도다이지東大寺는 심신을 깨끗이 해야 예불을 드릴 수 있다 하여, 승려들뿐만 아니라 시주施主들에게도 목욕을 권유했고, 이를 시욕施浴이라 하며, 사원 안에 대형 욕장을 개방시키기도 했지요. 이른바 온실의 가르침溫室敎이란 거지요."

"어허, 이 사람, 보기보단 꽤 아는군. 말솜씨도 청산유수로구먼."

"일구난설一口難說이긴 하지만 감히 드리는 말씀입니다. 다렌 씨는 목욕 중엔 해탈한 승려나 진배없다 했어요. 그렇다면 중생의 갈등과 고뇌를 목욕 중에 모른 척해서야 어찌 이치에 맞겠습니까?"

"으잉?"

"야마나카 사효에노스케님을 잊지 않았지요?"

이미 끝난 사건이라 여겼는데 이게 뭔 일인가 싶었던지 곰보는 화들짝하며 놀란 토끼눈으로 명준을 뚫어져라 바라보았다.

"다, 당신들 누구야?"

"부교소에서 나오지 않았다고 미리 말씀드렸습니다만."

"이봐, 난 그분 때문에 거의 망하기 일보직전이 되어버렸다고요, 정체가 뭔지 모르겠지만 날 그만 괴롭히쇼! 이미 부교소에서 실컷 당했거든!"

"의심이 많으시군요. 정체는 진작 말씀드렸습니다. 저희는 야마나카 가문에 고용되어 일했던 인연이 있고, 그때 은혜도 많이 입었던 사람들입니다. 하여 은혜를 갚고자 야마나카 님의 누명에 대해 조사하기 위해 미력하나마 이렇게 나섰답니다."

"누명? 으음, 그, 그래서 내가 뭘 해줘야 된다 말이요?"

누명 운운에 곰보의 태도가 한결 누그러졌다.

"제 질문에 대답만 해 주시면 됩니다."

"질문이 뭔데 그래요?"

"히데요시 모노가타리의 출판업자가 다렌 씨이지요?"

"그건 부교소에서도 이미 밝혔소만."

"당신은 시라쓰카지의 오야분과는 출판에 있어선 동업자의 관계였나요?"

"마, 그런 셈인데."

"그럼 오야분과 야마나카 님과는 어떤 관계였습니까?"

"아, 그 두 사람, 연인이었소. 오야분이 워낙 남색을 즐겼으니까."

"예?"

"헤헤, 정색하긴. 농담이오, 농담. 동업자인 듯했소만."

"동업자라? 야마나카 님이 어떤 분인지나 알고나 하는 소리입니까?"

곰보의 말이 종작없이 나대자, 골이 났던지 바쇼가 따지듯 물었다. 곰보가 성깔 부리듯 쏘아붙였다.

"무사님이라는 건 진작 알고 있어요. 아니 왜 정색하시는 거유? 그것 참……."

명준은 바쇼에게 눈짓하고 곰보에게 결례를 범했다며 사과했다. 바쇼가 입을 비죽거렸다.

몇몇 욕객은 호기심이 발동했는지 살그머니 측시側視하고 있었다. 곰보가 공연히 탕의 물로 얼굴을 한 번 적셨다. 콧방귀도 뀌었다.

"다렌 씨는 야마나카님이 하타모토였다는 걸 혹여 알고 있었습니까?"

"하타모토였다는 거야 부교소에 끌려간 이후에 알게 되긴 했지만, 그분은 처음 뵐 때부터 느꼈는데 아주 훌륭한 분 같았우. 그야말로 범상치가 않았지. 우리 같은 놈들도 정말이지 사람대접을 해 주더란 말이야! 그야말로 상사람도 극진히 예우해 주는 하타모토의 귀감이라 할 만하지."

곰보의 말을 유심히 들으며 명준은 입을 열었다.

"다렌 씨는 그분을 상당히 좋게 보시는군요? 막부에선 부패인사로 낙인찍은 모양입니다만."

"흥, 그거 막부가 덤터기 씌운 거요!"

곰보가 딱 잘라 말한다.

"허어!"

"난 알아, 안다고! 사람이란 며칠만 같이 일해 봐도 그 됨됨이를 알 수 있는 존재란 말이야!"

"그렇군요. 하면 히데요시 모노가타리는 세 분이 합심을 해서 제작에 들어갔나 봅니다. 알아본 바로는 야마나카 님 또한 책 제작에 전력을 다하셨다는데…… 대단히 중요한 작업이었던 모양입니다."

슬쩍 넘겨짚어 봤는데, 곰보가 열정적으로 말을 이어간다.

"말할 필요도 없어요. 정말로 그분은 열심이었소. 생각해 보쇼, 책을 귀중히 여기는 사람치고 악한이 있습디까? 오야분과 관계를 맺고 있다 해서 편견을 가지고 부패관리로 단정 지을 수야 없잖소. 까놓고 말해서, 도당을 이뤘다고 무조건 범죄자 집단은 아니잖소? 무사들만 활개 치는 세상에서 우리 같은 족속들이야 뭉치지 않으면 어떻게 살아남겠소? 따져보면 오야분도 결코 악당은 아니란 말이외다!"

"오야분과 아까 동업자라 했는데, 그건 당신이 구미의 일원이란 소리인가요?"

"흥, 내가 수하라기보다는, 오야분에게 책 제작비 일부를 제공받고, 오사카 도매권은 넘겨주고, 뭐 그런……."

"출판에 있어선 공생 관계였군요."

"그렇소, 알고 지낸지가 벌써 5년째란 말이오. 응당 야마나카 님도 오야분 소개였지. 아무튼 그분은 다른 치들과는 달리 전혀 거들먹거리지 않았소. 우리 같은 사람에게도 진심으로 대했지. 그래서 구미의 오야분도 그분을 성심껏 모셨던 게 아닌가 싶소. 사실 이 책을 만들자고 제일 먼저 제의했던 건 그분이었소. 아주 열의가 넘쳐 보였어요. 이 세상에 진실을 알리는 성스러운 작업이라고 누누이 언설하시면서, 흥행보다는 후대에 길이 남을 만한 책을 만들자, 라며

……. 나는 그 열정에 그만 감동해 버렸다우! 한마디로 그분과 나의 관계는 그래, 죽이 잘 맞았다고 할까."

"이 세상에 진실을 알리는 성스러운 작업이라…… 그래도 풍속소설이 아니었습니까?"

"흥, 읽어보고 나서 그런 소리 하는 거요?"

"죄송합니다, 그럼 다렌 씨는 읽어보셨나 보군요?"

"아니, 난 글을 몇 줄만 읽어도 잠이 마구 몰려오는 체질이라……."

출판업자 주제에 한심하다는 양 바쇼가 혀를 끌끌 찼다. 곰보가 못마땅한 기색으로 바쇼를 다시 째렸다. 명준은 헛기침을 한 번 하곤 말을 이었다.

"그럼 원고와 삽화는?"

"작가와 화공은 그분이 직접 선정하였소. 내 공방에서 작업한 게 아니라, 다른 곳에서 이루어졌는데, 어딘지는 모르오."

"그랬군요. 그럼 작가와 화공을 만난 적은 없나요?"

"작가는 모르겠고, 화공은 몇 번 보았우. 삽화와 원고를 젊은 화공이 몇 부분씩 나누어서 가지고 왔거든. 작업 속도가 좀 느렸소. 야마나카 님도 답답했는지 서두르자고 독려했지만, 화공 녀석이 히데요시의 성애 장면을 현실감 있게 묘사하려면 유곽이 가장 적격이라며 요시와라로 틀어박혀 버려서 다른 책들보단 곱절이나 시일이 걸렸던 거지. 손해가 막심하다니까."

"요시와라?"

명준의 눈이 순간 빛났다.

"흔한 일이외다. 삽화를 그리는 화공이나 작가들이 영감을 얻는다고 요시와라 단골인 건 공공연한 비밀인데, 뭐."

"다렌 씨, 그 화공의 이름을 알 수 있습니까?"

"아니, 나도 모르오. 이름도 얘기해 주지 않는 매우 까다로운 녀석이었는데, 그러고 보면 이 바닥에서 굴러먹는 놈은 아닌 듯싶고, 혹은 신인 같기도 하고, 이상한 건 야마나카 님이 화공을 바꾸지 않은 점이지. 내가 교체하자고 몇 번이나 말씀드렸는데도 그대로 가자는 거요. 지금도 납득이 안 돼. 그 정도 그림 솜씨야 이 바닥에선 기본인데도 말이오! 음, 아무튼 그 화공 녀석을 만나고 싶으면 요시와라로 가보쇼! 어쩌면 지금도 거기에 틀어박혀 있을지 모르니까. 저 청년마냥 얼굴이 여자처럼 곱상해서 유녀들이 환장한다니까. 기둥서방이 제격인 게지. 아무튼 여자들 심사란 알 도리가 없다니까, 제기랄!"

"뭐요?"

곰보가 바쇼를 향해 공연히 손가락질하며 비아냥댔다. 아무래도 바쇼의 허여멀쑥한 생김새와 자기를 무시하는 것 같은 태도에 비위가 상해 있었던 모양이다. 졸지에 기둥서방 격으로 비유되어 버린 바쇼가 탕의 물을 튀기며 일어설 만치 발끈했다. 그러자 명준이 짐짓 엄한 형색으로 바쇼에게 고갯짓하고 엄지를 세웠다. 바쇼는 투덜대며 탕 속에 몸을 다시 담갔다.

"잠시만요, 다렌 씨의 말마따나 수긍하기 힘들군요. 야마나카 님은 어째서 화공을 바꾸지 않았을까요? 작업의 진척이 느리다면 응당 바꾸는 게 당연한 반응. 그런데도 바꾸지 않았다? 이유는 물어보았습니까, 다렌 씨?"

"몰라. 발간을 매우 서둘렀는데도 연유 따윈 말하지 않았우."

"특별한 것도 아닌, 평범한 수준의 밑그림 솜씨였는데도 그대로 강행하였다면, 달리 말해 그 화공이 꼭 있어야만 되는 상황이었겠군요?"

"응?"

"그렇지 않습니까? 이를테면 작가가 별다른 솜씨도 아닌 그 화공을 천하없어도 필요로 한 경우였거나, 화공이 직접 글을 썼다거나, 이런 조건이 아니라면 작업을 서둘렀던 야마나카 님이 요시와라에 틀어박혔던 그 화공을 교체하지 않을 하등의 이유란 없습니다."

"오, 그래, 듣고 보니……."

그제야 곰보가 엄지와 중지를 마주대어 소리를 내며, 당시 어떤 상태였는지 제법 분별이 간다는 표정을 지었다.

그런 곰보를 가소롭다는 듯 조소하던 바쇼도 마음에 걸리는 부분이 있나 보다. 별안간 미간을 좁히더니 곰보의 말을 낚아채듯 끼어들었다.

"가만, 가만, 이거 요시와라가 또 접점이 되었네요!"

"그래, 바쇼 군. 또 요시와라로군. 이번의 접점은 화공이로군."

명준은 바쇼와 곰보를 차례차례 갈마보며 힘주어 말했다.

"접점이라고?"

무슨 뚱딴지같은 소리냐며 곰보가 마뜩찮아 하자, 명준이 상체를 들이밀며 말을 이었다. 찔끔한 곰보가 어깨를 젖혔다.

"다렌 씨, 혹시 미즈노 간조부교가 어떻게 죽었는지 아십니까?"

"미즈노? 그 망할 놈의 간조부교 말이오? 그거야 요시와라에서 뒈진 거 아니우?"

"아시는군요. 막부에서 비밀로 붙여 일체의 발설도 금했다고 하던데."

"흥, 그런 거 아무리 함구령을 내려 봐야 소용없지. 발 없는 말이 원래 천리 가는 것이잖소. 알 만한 사람은 다 알고 있는 일이라우. 가히 천벌을 받은 게지."

"천벌?"

"그렇잖소, 정작 부패한 간조부교가 우리 야마나카 님에게 공금횡령의 혐의를 덤터기 씌우고 부하들을 시켜 무자비하게 습격한 게 아니겠소? 죄 없는 사람을 함정에 빠뜨리고 심지어 살해했으니 그렇게 죽어도 싸지 싸!"

"허어, 왜 그렇게 생각합니까?"

"당연하잖소, 그놈의 간조부교가 뜬금없이 책을 판금했단 말이오! 야마나카 님이 이를 갑니다. 필시 그 책에 무언가 얽히거나 비밀이 있었겠지. 내 이제야 얘긴데, 잠이 오더라도 읽어볼 걸 그랬소. 뭐 지나간 일이니 아무리 후회해 봤자 소용없는 일이긴 하지만······. 아무튼 내 어림짐작으로는 간조부교가 범인인 거 같아! 그밖에 다른 진범이 누가 있겠어? 맞아, 틀림없이 이거라니까."

"일면 그럴듯합니다. 하면 그 비밀이 무엇인가, 이것이 문제로군요?"

"그렇지, 바로 그거라니까요! 자, 들어보쇼, 내가 생각하는 비밀이란 이런 게 아닐까 하는데······."

명준이 짐짓 동의하는 기색을 보이니까, 역시 자기의 추정이 옳았다며 득의만만해진 곰보가 입에 거품 물고 신나게 떠들었다. 어쭙잖은 추리를 침 튀기며 잘도 떠벌리는구먼, 하고 바쇼가 눈꼴시다는 듯 시선을 돌리면서도 비밀이라…… 하고 중얼거렸다.

"죄송합니다만, 다렌 씨, 하나만 더 물어보겠습니다."

"응?"

말이 잘리는 바람에 곰보의 얼굴이 졸지에 붉으락푸르락해졌다. 또 무시당했다고 느낀 모양이었다.

"아까 오야분이 남색을 즐겼다고 했지요?"

"그렇소만."

"사건 현장에서 살아남은 오야분의 수하 하나도 그런 증언을 했습니다. 다렌 씨와 일치하지요. 그러므로 이건 틀림없는 사실이군요."

"그게 뭐 어때서요?"

"오야분이 작년 정월 요시와라에서 한 명의 소녀를 양녀로 입적시켰습니다. 혹시 이 일을 알고 있습니까? 5년이나 돈독한 관계를 유지하신 분이니 모를 리는 없을 듯싶은데요."

"아, 그야 물론이오."

"그 소녀는 필시 다유 정도 되는 유녀의 시중을 들었겠지요? 혹시 아십니까?"

"내가 모를 리가 있겠소? 노가제라는 다유의 여동생이었소!"

"노가제?"

명준과 바쇼는 눈을 크게 뜨고 동시에 서로 마주볼 수밖에 없었다. 간조부교와 마지막으로 동침한 유녀가 바로 노가제라고 했다. 그런데 오야분의 양녀인 소녀 오하루가 바로 노가제의 여동생이라니……! 하면, 이 우연은 몇 겹으로 꼬이고 얽혀 있는 필연이라 해도 거의 틀린 말은 아닐 것 같다.

두 사람의 심상치 않은 반응에 곰보가 어안이 벙벙한 기색이다.

노가제와 오하루가 자매라는 놀라운 사실 앞에서 이것저것 갖가지 생각이 뒤엉켜 버려 명준은 잠시 숨을 골랐다. 얼떨떨하고 뭔가 멍한 느낌, 마치 머릿속이 안개처럼 뿌옇게 되어 버린 기분이 들어 말문도 이어가지 못했다. 다만 턱없게도 두 사람이 자매라는 사실에 연민이 가슴으로 물결치고 있을 따름이었다. 자매, 언니는 요시와라의 다유이며, 여동생은 불량도당 두목의 양녀. 어떤 곡절인지 알 수야 없지만, 그간 얼마나 서럽게 살아왔을지, 자매의 삶이 어렵지 않게 눈앞으로 그려지는 듯도 싶었다. 그리고 그 처연해진 마음이 오사카에서 오하루를 처음 보았을 때 시야에 고이 머물러버린 비애의 기시감으로 다시 나타나기 시작했다. 아득한 옛날 교토의 광경, 오하루를 닮았던 그 어린 여자아이…… 그러했다. 그 어린 여자아이가 오하루를 닮았다. 정말로 느닷없이…….

교토, 도자기를 납품하려는 아비를 따라 차야^{茶屋}^{찻집을 말함}가 밀집한 시조도리^{四條通} 거리의 한 가게에 들렀을 때가 마치 어제 일처럼 눈앞을 스쳐간다.

그 시절 아비는 무라사키 가문에 의탁했을 뿐만 아니라, 도공으로서도 각광을 받았기에 생활이 궁핍하지는 않았다.

그날…… 명준은 찻집 안까지 따라 들어가지는 않았다. 찻집의 담벼락 양지 바른 곳에 한 여자이가 쪼그리고 앉아 꾸벅꾸벅 졸고 있는 게 열 살 먹은 명준의 마음에 걸렸기 때문이었다.

일곱 살이나 여덟 살쯤 되었을까. 여자 아이는 제법 말쑥한 옷차림이었는데 조막만 해 보이는 얼굴은 까칠했으며 버짐까지 피어 있었다. 왜 걔가 그렇게 신경이 쓰였는지 명준으르선 자기의 속마음을 알다가도 모를 노릇이었지만 무엇에라도 홀린 듯 그 애의 곁으로 다가가 똑같이 쪼그리고 앉아 버렸다. 그리고 말을 걸었다.

"얘."

"응?"

"졸리면 방에 들어가서 자. 여기서 이러고 있으면 감기 든다, 너. 아직 추워."

"오빤 누구야?"

여자 아이가 부르튼 손으로 눈을 비비며 물었다. 눈꺼풀이 몇 번이나 끔벅거리더니 동그랗게 떠졌다. 꽤 큰 눈이었다.

"나? 명준이라고 해."

명준은 아끼순이라는 일본식보다 굳이 조선 이름을 댔다.

"명준? 괴상한 이름이네."

"이상해?"

"아니."

아이가 배시시 웃었다. 하지만 웃음마저 어쩐 일인지 병약해 보였다. 아이가 말했다.

"오빤 조선 사람이구나?"

"이름만 듣고도 알 수 있어?"

"응, 예전에 부모님과 함께 살 때 이웃에 조선 사람이 있었거든. 참 좋은 사람들이었어. 맛난 것도 자주 주곤 했어."

"그랬구나……."

"오빤 부모님 다 계셔?"

"응? 으응……."

"좋겠다. 난 두 분 다 돌아가셨어. 오빤 맛난 밥도 세 끼 다 먹을 수 있겠네. 와, 좋겠다!"

여자 아이는 함박웃음을 보이며 자기 일처럼 좋아해 주었다. 열 살 먹은 명준의 마음이 이상하리만치 감읍되어졌다. 그래서 명준은 우물우물 말을 받았다.

"그럼, 너 여기엔 누구랑 있어?"

"우리 언니랑."

"언니?"

"응, 엄마처럼 되게 좋아."

"그런데 왜 바깥에 있어? 방에 들어가."

"안 돼!"

아이가 야무지게 목청껏 소리쳤다. 어디서 이런 힘이 나오는지 명준은 깜짝 놀랐다. 어리둥절해진 명준을 향해 여자 아이가 강단진 목소리로 턱없이 다그쳤다. 일곱 여덟 살 먹은 아이 같지 않았다.

"울 언니가 지금 손님이랑 같이 방에 있단 말이야! 내가 들어가면 안 돼!"

"……."

"그러면 주인아줌마한테 되게 야단맞아. 울 언니가 슬퍼해."

아이의 큰 눈에 눈물이 그렁그렁해졌다. 금방이라도 펑펑 쏟아질 것 같아 명준은 아차 싶었다. 어떻게 하든 화제를 돌리려 하다가 명준은 나중에 먹으려고 옷소매에 깊숙이 넣어두었던 아루헤이[有平] 사탕이 생각나서 꺼내들었다. 아들처럼 귀여워해 주는 무라사키 어른이 주신 비싼 사탕이었지만 아깝다는 생각은 들지 않았다.
"이거 먹을래?"
"정말?"
아이가 까무러치지 않을까 염려될 정도로 펄쩍 뛰며 사탕을 덥석 잡았다. 너무 좋아하는 모습이라 명준도 기뻤다. 기뻤지만 그만큼 마음은 쓰라렸다. 명준은 아이의 손을 잡고 일어났다. 아이는 정말 오빠의 손을 잡는 것 같았다. 아이의 손은 차갑고, 차가웠다.
"너 점심은 먹었니?"
"아니, 오빠는?"
"으응? 나도 안 먹었어."
먹었지만 거짓말했다.
"요 앞에 단팥죽 먹으러 가자. 울 아버지가 좀 있으면 나오시거든. 사 주실 거야! 너는 언니를 걱정해 주는 착한 아이이니까."
"정말! 와아!"
아이는 깡충깡충 뛰었다. 명준도 덩달아 뛰었다. 그러나 아이의 손은 따뜻해지지 않았다. 아이의 손 같지 않았다.
아이 손의 감촉은 그날 이후에도 명준에게 오랫동안 남아 있었다. 어쩌면 지금 이 순간에도 명준의 손바닥에는 그때 그 아이의 감촉이 어제처럼 남아 있었을지도 모를 일이었다.

추억의 끝자락을 더듬으며 명준은 그만 탕 속에서 자신의 손바닥을 지그시 내려다보는데, 종업원이 안으로 쭈뼛쭈뼛 들어와 눈치를 살피며 말했다. 다른 욕객들은 진작 자리를 뜨고 없었다.

"손님 여러분, 입욕 시간 끝났는데요."

그때서야 벌써 그렇게 됐나, 하며 벌떡 일어선 바쇼의 하복부를 흥이 깨진 곰보가 무심코 바라보다 눈을 똥그랗게 뜨기도 했다. 바쇼가 으쓱하며 수건으로 아랫배를 가렸다. 명준은 종업원의 기척도 느끼지 못한 채 자신의 손바닥을 줄곧 내려다보고 있었다.

황혼 무렵부터 홍등가 요시와라는 에도의 시중市中을 압도하는, 유녀의 화려한 몸치장처럼 변신하기 시작한다. 먼저 대형 출입문 너머 쭉 뻗은 통행로 좌우의 아게야揚屋들이 봉화처럼 붉은 등을 일제히 점화하면서 존재감을 드러내는데, 어둠이 짙어져 갈수록 등불 또한 요염하게 타올라, 만개한 벚꽃처럼 너울너울 어마어마한 유곽 일대를 휘돌아 가는 것이다. 불빛조차도 고혹해 요시와라는 이때쯤이면 이미 별세계가 되어 버린다. 그리고 불빛이 핏빛처럼 진해질수록 침향沈香에 취한 유객遊客들의 발길도 벚꽃을 쫓는 것 마냥 쇄도해져 가기 일쑤다. 그리고 요시와라 거리의 중심이랄 수 있는 나카노초中之町로 어린 하녀를 대동한 다유太夫의 아려한 자태가 외현外現 하면, 일시에 넘성거리는 유객들로 바깥세상과 등진 요시와라는 매혹의 자태에 정점을 찍어 버린다. 그런 곳이 요시와라다.

형형색색의 기모노로 곱게 단장한 유녀들의 교태가 거리로 선연히 넘쳐나는 가운데 명준은 홀로 의연한 채 막부의 초소 앞에서 부교소가 남긴 노가제의 보고서를 읽고 있었다. 맞은편에는 요시와라가 자치적으로 꾸리는 자경단의 집회소가 있었다. 바쇼는 요시와라에 처음 발길을 했는지, 보고서는 안중에도 없이 유객들처럼 정신 못 차렸다.

  호화로운 외양에 감탄하거나, 바람처럼 나타난 유객들을 이리저리 훑어보다가도, 때마침 여자 아이들의 시중을 받으며 아게야로 향하는 유녀의 행렬에는 넋 나간 듯 구경했다. 보고서를 정독한 다음 품에 넣고 명준은 그런 바쇼의 등을 툭 쳤다. 바쇼가 스스러웠는지 낯을 붉혔다.

  "의외네, 여긴 난생 첨인가 보군?"

  "예? 아, 예. 실은 에도에 이런 장관이 있었다니 놀랍네요. 응, 가만, 아니, 그럼 명준님은 자주 다니셨다는 말씀인가요?"

  명준의 가벼운 말에 바쇼가 뒷머리를 긁적거리며 의뭉을 떨었다. 그 모습에 명준은 농담을 덧붙였다.

  "여긴 아사쿠사淺草 뒤편이 아닌가? 도모에 씨의 가게가 아사쿠사에 있으니, 응당 이곳에도 주의를 기울였다네. 나야 관심이 가면 어떻게 하든 알아보려는 습성이 있지 않는가."

  "그래도 놀라운데요, 명준 님이 유녀의 몸을 사고파는 유곽에도 마음이 끌렸을 줄이야……. 이거 도모에 님한테 고자질합니다, 하하하!"

  "자네에게 그만 약점이 잡혔구먼."

  "아까 욕장에서 여자 같다고 하셨으니, 이젠 피장파장입니다."

  "그건 그러네. 근데 바쇼 군."

  "예."

  "여기를 그저 돈으로 창기娼妓의 몸을 사는 곳으로만 파악하면 그녀들 입장에선 좀 억울한 감도 있겠지."

"예?"

"말할 필요도 없이 여긴 막부가 공인한 유곽일세. 정문 초소에는 이렇게 부교소에서 파견한 도신들이 검문과 경비를 맡을 정도이네. 물론 거기에만 의존하진 않고 유곽 스스로 꾸린 자경단의 초소도 저렇게 있지 않나? 그만큼 요시와라에는 나름대로의 질서가 있다는 것이지. 게다가 유녀들의 긍지 또한 높네. 돈이 없으면 유객의 취급도 받지 못하지만 돈만으로도 유녀를 무한정 소유할 수도 없다는 얘기야. 막부가 용인하지 않은 사창私娼이 에도에서 점차 기승을 부리는 걸 보면 앞으로 어떻게 변할지는 모르겠지만 말일세."

"오, 그 말씀은 유녀들이 손님을 거절할 수도 있다는 겁니까?"

"물론이지. 유녀들의 자긍심에 비추어 생각해 봐도 그건 무리도 아니지. 자, 보게나. 여기는 바깥세상의 위계를 감히 거부한 곳이네. 살펴보게. 여기서 검을 차고 함부로 활보하는 무사 유객이 있는가?"

"응? 그러고 보니……."

바쇼가 새삼 목을 길게 빼고 왕래하는 유객들을 낱낱이 넘실거렸다. 아게야 어귀를 들락거리는 무사 행색의 사내들 허리에는 과연 대도大刀가 보이지 않았다. 바쇼가 경탄을 금치 못하자, 명준이 말을 이었다.

"모르긴 몰라도 참근교대로 에도에 머물고 있는 다이묘나 쇼군의 하타모토들을 비롯해 막부의 고위 관리들도 심심치 않게 드나들 것이로세. 그래도 이 안에선 그들 역시 조닌과 별반 다르지 않네. 유녀들 앞에선 그 어떤 신분이라도 똑같은 유객이란 의미이지. 물론 재력에 따라 차이가 나지만, 유녀들은 적어도 풍류를 즐길 줄 아는 소양의 유객들을 선호하는 건 분명하지. 그러니 상사람의 처지에선 모두가 평등할 수 있는 여기가 하나의 도원경桃源境일 수도 있지."

"헤에, 그것 참, 유녀들 앞에서는 신분도 소용없다……."

"유녀들이라고 무조건 하찮게 봤다간 큰코다친다는 얘기야. 사창과는 달리 여기는 말일세, 일단 교육도 엄격히 시키거든. 글은 기본이고 와카, 노래, 춤 또한 필히 배우며 악기 연주, 그림도 그리게끔 유녀들의 소양을 쌓아 가게 한다네. 그런 육영의 결과에다 유객의 평가까지 참고해 만들어진 것이 바로 등급이지."

"악기 연주에다 그림까지라……."

"유녀들 중 최고 등급이 바로 다유라네. 그 다음이 고시格子, 하급이 하시端라고 불리네. 요컨대 간조부교와 동침할 정도라면 요시와라 최고의 다유가 될 수밖에 없겠지. 다유들은 아무 손님하고나 동침하지 않을 정도이니까. 그래서인지 몇몇 다유들 뒤에는 일부이긴 하겠지만, 심지어 막부의 고위급 인사들이 포진해 있다는 소문도 있네."

"이런 썩었군요! 다유들 뒷바라지에 막부의 돈이 흥청망청 쏟아진다는 얘기잖아요?"

"막부가 준 봉록에서 나가는 돈일 테니, 일면 틀린 표현은 아니로군."

"하, 이거! 공공연한 비밀인데 저만 모르고 있었어요!"

"그렇군, 요시와라에 처음 온 자네만 이런 소문을 몰랐네그려."

이 대목에서 명준은 낯을 찌푸리는 바쇼를 유심히 보았다.

"명준 님, 그렇다면 아까 다렌이라는 업자가 횡설수설했던 게 뜬구름 잡는 것만은 아니겠습니다. 다유에게 돈을 처바르는 간조부교

5막 여자, 노래하다 183

가 자신의 공금횡령을 사효에노스케님에게 뒤집어씌우고 진상이 드러날 것을 우려하여 살해까지 획책했을 가능성이 매우 크잖습니까? 어쩌면 그 책도 간조부교의 부정축재를 은유하여 세상에 폭로하려 했던 것일 수도 있지 않겠어요? 그렇게 생각하면 우선 앞뒤가 맞게 되잖아요?"

"그렇긴 하네. 다유와 동침하기 위해선 돈이 상상 이상으로 지출될 수도 있어. 합방에 이르는 과정도 꽤나 까다롭거든. 자, 보게. 저기 저 가게들 말일세. 아게야라 부르는데, 간단히 말해 연회를 즐기는 곳이라 다유의 규방閨房이 있는 기원妓院과는 다르네. 즉 유객들은 아게야에서 먼저 연회를 열고 자신이 지명한 다유를 맞아들여, 탐색 끝에 서로 간에 조건이 맞으면 다유의 침방 격인 기원으로 행차할 수 있게 되는 것이지."

"그러면 아게야는 유객과 다유와의 합방을 위한 맞선 장소나 다름 없네요?"

"엉뚱한 표현이지만 그런 셈이지."

"이거, 연회비용에다 동침까지 하려면 정말 엄청난 경비가 들겠네. 저로선 엄두도 안 나네요."

"허나 아까도 말했지만 다유에게는 돈만이 합방의 조건은 아니야. 아까 다유의 행렬을 보았겠지만······."

"예, 붉게 치장한 소녀들을 앞장세우고 화려하기 짝이 없는 기모노를 입고 하늘하늘 걷는 걸 보니······ 눈이 다 부시더군요. 무슨 천상의 선녀 같아······."

"그래, 앞장세운 소녀들을 후리소데 신조振袖新造라 하는데, 바로 다유가 점찍어 키우는 경우가 적잖지. 다시 말해 어떤 후리소데 신조를 키우느냐에 따라 다유의 격이 달라 보일 수도 있으니, 자존감의 표상이 아닐 수 없는 거지. 그런 자부심으로 후리소데 신조에게 긍지를 심어주기 위해서라도 유객이 마음에 들지 않으면 아게야에서 정중히 거절하게 되는 것이라네.

"그렇겠군요."

"여하튼 교양머리 없는 유객이 아무리 돈과 직책을 내세워 구애를 하더라도 다유의 마음이 움직이지 않으면 그걸로 끝인 게지."

"아무리 그렇다 하더라도 돈 앞에 과연 그럴 수 있을까요?"

"글쎄 요시와라 최고로 평가받는다는 다유 노가제가 횡령과 부정 축재로 돈을 제 아무리 물 쓰듯 쓴다 하더라도, 이미 비리에 감염된 간조부교가 넉넉한 성품의 풍류객처럼 기백이 넘치고 인정에 후할 수 있겠나? 그런 자라면 과연 노가제를 감동시킬 수 있겠나 말일세."

"그, 글쎄요……."

일리 있는 말이라 여겼던지 바쇼가 자신감 없이 말을 흐렸다. 명준은 바쇼의 어깨를 곰살궂게 다독거려 주었다.

"우리가 이제 그녀를 만나보면 알 수 있겠지. 과연 돈만 밝히는 다유인지, 아닌지."

"그런데 말씀대로라면 그 다유를 우리 같은 처지에는 만나기도 힘든 거 아닌가요?"

"염려 말게. 아까 이하라 부교가 인편을 넣어준다고 하지 않았나?"

"아!"

"간조부교가 노가제라는 다유와 동침 끝에 죽었네. 이것도 보통 사건이 아닐세. 아무리 쉬쉬했지만 아까 다렌이라는 업자마저 알고 있었네. 세간에 소문이 퍼졌다는 반증이지. 자, 보게. 히데요시 모노가타리를 판금했던 배후는 간조부교였네. 책의 화공이 요시와라에 틀어박혀 그림을 그렸다는 증언도 나왔네. 그런데 간조부교가 공교롭게도 여기서 죽었거든. 더욱이 오야분의 딸이 바로 간조부교의 최후를 지켰던 노가제의 여동생이야. 그런데도 요시와라라는 곳이 과연 우연에 지나지 않을까? 하여 나는 이 대목에서부터 상상하네. 노가제에겐 뭔가가 있다, 라고 말이야. 그걸 감안해 보면 우리를 대할 그녀의 자세야말로 곧바로 사건에 연루된 비중을 가늠해 볼 수 있는 하나의 잣대가 아닐까 싶네."

"간조부교의 죽음에 그녀가 어떤 식으로든 얽혀 있다면, 뒤가 켕겨서라도 우리를 만나주지 않을 수 없다는 말씀인가요?"

"그렇지."

"참, 보고서에는 어떻게 적혀 있었나요? 아무리 그녀가 접점이 되었다지만, 저로선 명준 님이 그렇게까지 집중하는지 좀체 이해가 되지 않습니다만."

"나중에 알게 될 것일세."

"이거 참, 머리가 지끈거리네……."

고개를 갸웃하며 바쇼가 연루된 인물들을 손가락으로 꼽아 보는데, 때마침 부교소의 도신이 요시와라에서 접수와 안내 역할인 카케마와시掛廻를 데리고 왔다.

카케마와시는 앳된 청년이었는데, 명준과 바쇼를 보자말자 넙죽 인사했다. 이하라 부교의 입김이 여간 아님을 실감케 할 만큼 그는 쩔쩔맸고 도신의 태도도 지극히 정중했다. 안내하겠다며 카케마와시가 앞섰다. 명준과 바쇼는 도신에게 목례하곤 그의 뒤를 따랐다. 드디어 요시와라의 길거리를 가득 메운 유객들의 속으로 섞이게 되자 바쇼가 설레어졌는지 한마디를 덧붙였다.

"경비가 만만치 않겠는데요."

"내가 내겠네."

"오호, 명준 님께서?"

"단 청구는 후일 자네 앞으로 하겠네."

"예? 으흠, 아, 여기선 밤하늘의 별도 잘 보이네. 붉은 등 마냥 흐드러졌군요. 그렇지요, 명준 님?"

바쇼가 익살떨듯 짐짓 딴전을 부렸다. 벌써 취한 유객 몇몇이 희희낙락하며 갈지자걸음으로 스쳐갔다.

번화하게 줄 지어 있는 아게야들 중 카케마와시는 '다마야^{玉屋}'란 상호가 걸린 곳으로 명준과 바쇼를 데려다 주었다. 유객들과 유녀로 보이는 여자들이 끊임없이 들락거리고, 객실의 노랫소리와 웃음소리가 간드러지게 문 밖까지 넘나들 정도로 성업 중인 곳이었다.

출입구 봉당에서 명준은 잠시 옷매무새를 고치다가, 문득 등 뒤의 시선을 느껴 고개를 급히 돌렸다. 그러자 다마야 맞은편 찻집 부근에서 젊은 청년이 얼굴을 휙 숙이고 부리나케 종종걸음을 쳤다.

순간적이긴 하지만, 등불 아래라서 청년의 얼굴은 다행히 포착할 수 있었다. 낯익은 청년이었다. 청년은 유객들 속으로 파묻힌 채 거리 저편으로 황망히 사라졌다. 누군지를 간파한 명준은 심호흡하곤 안으로 걸음을 옮겼다. 막상 아게야로 들어가려니까 긴장이 몰려왔던지 바쇼의 표정은 금방 굳어버렸다.

　명준과 바쇼가 입장하자, 아니나 다를까 주인여자도 연신 굽실거리며 맞이했다. 대청 너머 복도에서 술상을 나르는 여 종업원들의 맵시 있는 모습과 객실마다 배어나오는 향료(香料) 또한 명준과 바쇼의 오감을 주저 없이 자극시켜 나갔다. 그런데도 명준은 객실로 금세 들어가지 않고 일단 주인여자부터 붙들었다. 이것저것을 물어보면서 품에서 그림도 꺼내 보여 주었다.

　뜻밖에도 주인여자가 대뜸 알아본다. 뒤이어 나온 말도 놀라워 명준은 되묻고 말았다.

　"아니, 류조지 님도 옛날부터 여기 단골이었단 말입니까?"

　간조부교와 더불어 야마나카를 감찰했던 류조지 메스케가 오야분과 어울려 왔다는 것이었다. 주인여자는 제 치부라도 들킨 듯 설설기었다.

　"류조지 님이 막부의 높은 분인 줄은 알고 있었습니까?"

　"예, 그거야…… 손님이 어떤 분이든 저희가 거절할 입장은 못 되고 해서. 해량하여 주세요."

　"그럼 시라쓰카지의 오야분과 류조지 님이 어떤 관계인 거 같습디까?"

　"그거야 두 분이 돈독해 보였지요. 글쎄, 정말 저희들은 술만 판 죄밖에 없다니까요. 통촉해 주세요!"

　주인여자는 지레짐작으로 명준을 부교소의 변복한 비밀 관리라 여겼던지 진땀 빼며 안절부절못했다. 더욱이 말썽이 나면 매상이 떨어질 거라 간주해 발을 동동 굴리면서도 자신의 견해까지 앞뒤 가리지 않고 덧붙여 주었다. 덕택에 명준은 보다 많은 사실을 속속들이 알아낼 수 있었다.

"야마나카 님은 어땠어요?"

"그분은 나중에 두 분과 합류했어요."

"나중에? 하면 처음엔 두 사람이 그리고 나중에 야마나카 님이 가세해 여기를 들락거렸다는 얘기로군요?"

"예, 손님. 오야분이야 여기 십년 단골이었고요, 우리 노가제의 후원자이기도 했답니다. 그래서 여동생을 그분한테 양녀로 보낼 수 있었지만요."

"노가제 자매의 관계는 어땠어요?"

"노가제는 제 동생을 끔찍이도 위했어요. 어찌나 사이가 좋던지 주변에서 시샘할 정도였다니까요."

"그런데도 곁에 두지 않고 양녀로 보냈다고요?"

"그거야 유녀로 키우고 싶지 않아서 그런 게 아니겠어요? 후리소데 신조도 시키지 않았으니까요. 사실, 그래도 저로선 선뜻 이해하기 힘들었지만, 하기야 노가제의 동생도 가만 보면 여기와는 어울리지 않는 성격이었어요. 말도 없고 좀 음침한 분위기랄까. 아, 양녀로 가던 날, 그 동생 정말 하늘이 무너지는 것처럼 슬피 울더라고요. 언니하고 그렇게 떨어지기 싫었나 봐요. 덕분에 그날만큼은 요시와라 전체가 눈물바다가 되긴 했지만요. 여기가 이래보여도 정이 얼마나 깊은 곳인데요."

"……"

그렇다면 울며불며 매달리는 동생을 노가제는 매정하게도 떼어냈다는 얘기가 된다. 동생의 장래를 위해…… 그렇게 간단한 이유만은 아닌 듯싶다.

"아무튼 야마나카님은 오야분의 주선으로 노가제를 만났고요, 열렬하게 구애를 해 반년 만에 합방할 수 있었답니다. 노가제가 그간 어찌나 도도하게 굴었던지, 지금은요, 그 구애 과정이 여기 요시와라의 전설이 되었다고요. 정말 야마나카 님은 멋졌어요. 잘 생기기도 했고. 인품도 고결하시고. 제가 조금만 젊었더라도 노가제한테 양보하는 게 아닌데, 어머 제가 주책을 부렸네요……."

뜻밖의 사실들이 두서없이 나오고 있었다. 무엇보다 놀라운 건 야마나카 사효에노스케를 감찰했다는 류조지가 자신의 신분도 잊고 불량 도당의 오야분과 어울렸다는 증언이었다. 거기에다 야마나카가 나중에 그들 무리에 가세했다는 건 류조지가 끌어들였다는 의미로도 귀결되므로 기막히는 전개이고 정황이었다. 하면 야마나카를 류조지가 감찰했다는 건 무엇을 의미하는가? 그 답은 쉽게 유추된다. 이를테면 하타모토를 감찰하는 다른 메스케가 야마나카를 조사하기 시작했다 하더라도 류조지라면 무마시켜 줘야 그들 간의 도리일 텐데, 그러지 않았다는 것은 배신했다는 반증에 다름 아닐 것이다. 어쩌면 막부로부터 자신의 행각이 발각나기 일보직전에 자기만 살아남으려 야마나카를 팔았을지도 모르겠다.

"작년 하반기에 야마나카 님이 여기서 만난 화공이 있습니까?"
"화공? 그런 사람을 만난 적은 없는 것 같은데요."
"없다고요?"
"예, 아, 다만 석달 정도 노가제가 야마나카 님과 함께 침방에서

하루 종일 뭔가를 하는 것 같긴 했는데, 뭐 그림을 그렸는지도 모르지요. 여하튼, 그때는 생판 보지 못한 젊은 무사가 들락거리면서 무슨 종이 뭉치를 들고 나가긴 했어요."

"……."

"노가제가 글이나 그림에 조예가 깊었으니 야마나카 님과 함께 시가를 논했을 수도 있겠지요. 아무렴 다들 쑥덕거리는 것처럼 하루 종일 사랑만 설마하니 나누었겠어요? 호호호."

"……."

주인여자는 야마나카와 노가제의 관계에 대해 더 주저리주저리 뇌까렸다. 한 순간이지만 명준은 이미 전율을 느껴 버렸다.

그 즈음부터 바쇼도 입을 다물지 못하고 있었다. 머릿속이 복잡한 모양이다. 명준은 간조부교에 대해서도 집중적으로 물어 보았다. 그러나 예상외였다. 주인여자는 몇 번이나 간조부교에 대해서만큼은 일절 모르는 눈치였다.

"노가제 씨와 동침했다가 돌아가신 분이 아닙니까? 그런데 모른다고요?"

"복상사한 분이 간조부교라는 굉장히 높은 분이란 말은 얼핏 들었지만, 제가 만나뵌 적은 없어요. 여기에는 정말이지 단 한 번도 오지 않은 게 틀림없어요!"

"단 한 번도 오지 않았다고요?"

"예, 손님. 다유 정도 되는 유녀와 합방하려면 반드시 아게야를 거치는 게 요시와라의 법도라고요. 노가제는요 다른 아게야는 상대도 안 하거든요. 꼭 여기만 지정해서 노가제의 남자들은 제가 모를

5막 여자, 노래하다

수가 없지요. 그러니 그 분과의 관계는 제가 다 서운해지네요. 노가제가 그럴 줄은 몰랐어요. 참 난감하네요."

"……."

"노가제가 어쩌자고 그런 분을 규방으로 직접 불렀을까? 실은요, 저도 지금껏 그 이유가 궁금했어요. 걔가 한마디도 벙긋하지 않아 내막 같은 건 전혀 모른다고요! 아, 그럼 다른 사람을 불러줄까요. 혹시나 속사정을 아는 이가 있으려나."

"그래주세요."

주인여자는 노가제의 신상에 대해 잘 아는 나이든 퇴기들과 어린 소녀들도 먼저 자진하여 호출, 명준의 사정 청취에 협력케 해 주었다. 바쇼는 신경이 곤두선 기색으로 경청했다.

그로부터 한 시각 동안이나 명준은 바쇼를 데리고 아게야를 누비며 심지어 노가제의 규방이 있는 기원에 대해서까지 철저히 조사하곤 연회가 열릴 객실로 들어갔다…….

한편 명준에게 들켰다고 생각해 허둥지둥 꽁무니를 뺐던 청년이 다시금 다마야 언저리로 슬금슬금 접근해 왔다. 바로 고부쇼의 그 생도였다.

그는 매우 불안한 기색으로 다마야 근방을 떠나지 않고 서성거렸다.

객실은 바야흐로 연회가 무르익어갔다.

비파琵琶의 현을 여 악사가 타면, 무희들의 춤이 하느작하느작 객실로 은연히 돌아가고 있었다. 상석에 명준과 바쇼가 나란히 착석해 그녀들의 춤을 감상했다. 후리소데 신조라 불리는 어린 소녀들이 명준과 바쇼의 뒤로 얌전히 앉아 있었으나 다유 노가제는 아직 보이지 않았다. 퇴기退妓인 반토 신조番頭新造들은 술시중을 들고 있었다.

사정 청취에서 새로운 사실을 알게 되어 여간 심각하지 않았던 바쇼가 술이 몇 순배 오고 가자, 기분이 서서히 상승되었는지 연회의 분위기로 차츰 젖어 들어갔다. 무희들의 춤이 한 차례 끝날 때에는 자리에서 벌떡 일어나, 언제 심각했냐는 듯 노래를 한바탕 구성지게 부르기도 하였다.

  아, 추하도다 똑똑한 척하며 술을 마다하는 사람을 들여다보면,
  진정 원숭이를 닮은 듯하구나.

그런 바쇼의 흥을 돋워 주려는지 후리소데 신조들이 까르르대고, 반토 신조들은 익숙히 어깨를 들썩댔으며 악사의 비파는 애간장을 여지없이 녹일 만치 감미롭게 흘렀다. 명준은 이따금 바쇼에게 미소 지어 주었으나, 말없이 술잔만 기울였다. 반토 신조 중 하나는 명준의 잔에 술이 빌 때마다 얼른 따라 주었다.

연회의 분위기가 한창 절정으로 도달할 즈음, 장자문이 조용히 열리고 다유 노가제가 마침내 나타났다.

좌중이 일순 잠잠해지고 시선들이 그녀에게로 집중되었다. 신명 난 척했던 바쇼가 눈을 휘둥그레 떴을 만치, 명준 또한 주의를 돌리지 못할 만큼 그녀는 미인화처럼 아름다웠다.

메이레키 화제 때 유행했다는 가쓰야마勝山머리 뒷부분에서 머리칼을 묶어 원으로 만든 다음 비녀를 꽂는 스타일 머리 모양은 다른 유녀들과 달리 복고적인 기품의

분위기로 새하얀 얼굴과 어울렸으며, 곱게 그린 것 같은 눈썹 아래의 눈은 애잔히 젖은 듯 보일 정도로 눈망울은 선연했다. 쭉 뻗은 콧대와 도톰한 입술은 붉었으며 고른 이가 살짝 비쳤다. 몸에 걸친 꽃문양의 기모노는 상당한 고가高價가 아닌가 싶었으며, 세련되고 기품 있는 거조로 사뿐사뿐 내딛는 걸음걸이마저 자태와 절묘하게 어우러져 마냥 도도히 보였다.

후리소데 신조만이 아니라 반토 신조 및 악사들도 그녀에게 예를 정중히 다했다. 요시와라 최고라 일컬어지는 다유답게 극진한 대접을 받는 것 같았다. 마치 홀린 듯 정신없이 쳐다보는 바쇼에게 그녀는 은근히 미소 지어 주곤 명준의 곁으로 다가와 앉았다. 그리고 고개를 깊숙이 숙이며 인사했다.

"노가제랍니다. 잘 부탁드리겠어요."

해맑은 목소리였다. 취해 보이는 바쇼가 먼저 나섰다.

"저야말로. 마쓰오 바쇼라 합니다."

"박명준이라 합니다. 한 잔 받으시겠어요?"

"……."

명준이라고 이름을 밝혔는데도 노가제는 별반 내색 없이 고개만 까닥거렸다.

명준은 잔을 내밀었다. 그녀가 받았다. 명준은 술을 따랐다. 그녀가 거리낌 없이 한 모금 마셨다. 그 순간 악사는 다시 비파의 현을 탔다. 대기했던 무희들도 일어나 춤사위를 흥취 나게 펼쳤다. 바쇼도 덩달아 덩실대더니 자리에서 일어나 무희들과 합류하여 한판 멋들어지게 추기 시작했다. 물론 와카도 잊지 않는다.

무뚝뚝하게 잘난 척하기보다 술 마시고서
취해 우는 것이 훨씬 나은 일이로다

어중간하게 사람으로 사느니 술병이라도 됐으면
좋았을 걸 술에 젖을 수 있도록

  좌중에서 탄성과 웃음이 넉넉히 일었다. 얼큰하게 취한 김에 바쇼가 생뚱맞은 호기를 부리는 게 아님을 명준은 충분히 헤아리고 있었다. 그래서 유연한 표정을 잃지 않고 속 깊은 바쇼를 지그시 바라보았다. 노가제가 주변의 시선도 개의치 않고 아이처럼 수럭수럭 웃다가 명준에게 말을 걸었다.
  "저 분 참 재미있네요."
  "예, 쾌활한 청년입니다. 그래서 저도 좋아하지요."
  "쾌활한 청년만은 아닌 것 같은데요."
  "예?"
  "기품이 있어요. 저분의 와카와 춤사위 하나하나에 공가 같은 기품이 고스란히 묻어 있는데요. 그냥 서생 같지만은 않네요. 아닌가요?"
  "글쎄요. 허나 아무려면 어떻습니까?"
  "그러게요. 그래도 호기심이 샘솟는데요. 당신에게도요."
  "저에게도 말입니까?"
  "당연하지요."
  노가제가 스스로 잔에 술을 따르고 쭉 들이켰다. 말을 이었다.
  "부교님께서 연락을 해 왔었답니다. 게다가 여기서도 당신은 한바탕 사람들에게 심문했다지요? 저에 대해서도 많이 알아보았다고 하더군요. 그런데도 당신들에게 흥미가 일지 않는다면 그게 오히려 이상한 일이겠지요?"

"먼저 거론해 주시다니 송구하군요."

"하지만 저는 이 자리에 다유로서 나왔답니다. 그저 오늘밤은 당신도 연회를 즐겨주시길 바랄 뿐이에요."

"그야 즐길 수만 있다면요."

"호호호."

가지런한 이가 활짝 보일 정도로 노가제가 크게 웃었다. 선머슴 같은 행동이라 좌중의 시선이 쏜살같이 이동 되었다. 춤을 추다 말고 바쇼도 멈칫했다. 한순간 머뭇거렸던 무희들이 다시금 손발을 부드러이 움직이며 좌흥을 지속시켰다. 노가제가 얼굴을 돌려 명준을 빤히 바라보았다. 명준은 시선을 피하지 않았다.

"저의 경망한 웃음소리에도 당신은 단엄침중端嚴沈重하시네요. 역시 흥미롭네요, 당신은."

"요시와라 최고의 다유인 당신이 흥미롭다니, 매우 영광입니다."

"경직된 표정도 풀지 않으면서, 잘도 그런 말씀을 하시네요. 호호호, 요컨대 즐길 수 있을 때 즐긴다는 거, 아무리 생각해도 멋진 일이지요. 어차피 삶이란 불변이 아니고 가변이니까. 해서 드리는 말이랍니다. 저에 대해 무엇을 알고 싶어 하든, 과거이든, 지금이든 혹은 내일의 일이든 모든 건 유동적이 아닐 수 없으니까요."

"허나 저는 불변의 진실을 하나 알고 싶을 따름이랍니다."

"호호호! 재미있는 분이셔라!"

노가제는 손으로 입가도 가리지 않고 또 홍소했다. 그리고 걱실대는 사내처럼 술잔도 명준에게 불쑥 내밀었다. 명준이 술을 천천히 부어 주었다. 노가제는 망설임 없이 단숨에 마셔 버렸다. 눈을 짓궂게 깜빡거리더니 다시 입을 열었다.

> 꽃과 같이 이 세상 변하지 않는다면
> 지나온 과거는 다시 돌아오련만.

노가제가 이번에는 잔을 명준에게 건네 술을 따르면서 말했다.
"고킨와카슈古今和歌集헤이안 시대의 와카모음집에 실려 있는 와카랍니다. 작자 미상이고요. 어때요, 이 와카처럼 오늘밤 대미를 장식해 볼까요?"
"글쎄요, 일단 답가를 보내드리지요."
명준은 그녀를 뚫어지게 바라보면서도 천연히 와카를 낭송했다.

> 꽃도 미모도 벌써 시들었구나, 허망하게도 세파에 찌들었네
> 인고의 세월 속에

"역시 재미있으셔! 좋아요, 오늘밤 저의 규방으로 당신을 모시지요!"
안색 한번 바뀌지 않은 채 노가제가 그렇게 말했다. 그러나 명준을 응시하는 눈빛만은 이상하게도 호젓했다.
요시와라 최고의 다유가 초면의 명준을 규방으로 모시겠다는 말이 꽤나 파격이었는지 좌중은 일순 정지되었다. 바쇼는 물론이고 무희나 악사도 입을 쩍 벌리며 춤과 연주는커녕 노가제를 바라보느라 인형처럼 꼼짝도 하지 못했다.

6막 여자, 사랑을 말하다

명준은 노가제의 규방을 유심히 눈여겨보았다. 다다미 6조의 방. 국화를 꽂은 수반水盤이 도코노마에 장식되었고, 뒤돌아보는 미인을 그린 족자 한 폭이 벽에 곱게 걸려 있을 뿐, 꾸밈새는 별다르지 않았다. 흡사 여염집 규수의 방 같았다.

 눈에 띄는 건 도코노마 옆의 벽에 설치된 지가이다나違い棚두 장의 판자를 아 래위로 어긋나게 댄 선반로 진열된 종류가 다른 서너 권의 책이었는데, 시중에서 인기 높은 소설과 불교설화집, 와카집이었다. 책 옆에는 지필묵이 가지런히 놓여 있었다. 요시와라 다유의 방이라 하기엔 도무지 믿기 어려울 만큼, 의외로 서생의 방처럼 검소했다.

 거기에다 유녀의 규방과는 전혀 어울리지 않는 소박한 불단이 벽장 오른편에 자리 잡고 있었다. 특히 불상 바로 앞에 신위도 모셔져 있어, 위화감도 보통 위화감이 아니라서 명준은 눈을 가늘게 뜨고 한층 주의 깊게 바라보지 않을 수 없었다. 그러자 노가제가 명준의 어깨를 허물없는 친구 마냥 가볍게 치며 입을 열었다.

 "천하일색이라 일컬어지는 다유의 처소에서 술상마저 거들떠보지도 않고 탐색하듯 방의 불상만 넋 잃듯 바라보니…… 아주 무례하시네요."

"그렇군요, 무례를 범했습니다."

명준은 의례적으로 고개를 숙이며 말했다. 노가제가 또 선머슴처럼 소리 내어 웃었다.

"호호호, 저를 무시한 점을 시원시원 인정하시네요, 사내답게."

"하지만 제가 노가제 님을 곁에 두고 어떻게 시이불견視而不見할 수 있겠습니까?"

"호호호, 역시 재미있는 분이셔. 기분 좋은 말씀만 하시네요."

"다만 호기심을 억누를 수가 없답니다."

"호기심?"

"여기는 천하일색 다유의 방이 아닙니까? 그런데 어째서 불단이 모셔져 있을까, 어색하지 않을 수가 없답니다. 모르긴 몰라도 불단이 장식된 다유의 방은 여기 빼곤 한군데도 없을 겁니다. 이곳은 여염집이 아니니까, 그렇지 않습니까?"

"신앙심이 깊을 뿐이랍니다. 그게 무슨 대수라고……."

"신앙심이 깊다? 물론 그렇겠지요. 불단이 소중히 모셔진 것만 보아도 능히 짐작할 수 있답니다. 그래서 저기엔 대단히 큰 의미가 내포되어 있는 것 같습니다. 아, 실례가 아니라면 누구의 위패를 모셨는지 물어봐도 될까요?"

노가제에게 머뭇거리는 기색이 스쳐갔다.

"아버지예요."

"부친이셨군요. 그러면 가만있을 수가 없네요. 합장 드려도 되겠습니까?"

"……."

노가제는 순식간에 정색한 태도를 보였으나 입을 열지 않았다. 그러나 명준은 자리에서 일어나 불단 앞으로 갔다. 명준의 눈에 위패의 이름이 보였다.

林朝日

명준은 두 손을 모으고 머리 숙여 공손히 합장했다. 눈도 감고 한동안 고개를 들지 않았다. 노가제는 술상만 내려다보고 있었다.
 합장을 끝내고 명준은 다시 자리로 가서 앉았다. 노가제가 아무 말 없이 명준의 잔에 술을 따랐다. 명준은 쭉 들이켰다. 말했다.
 "실례를 범해 송구합니다."
 "제 아버지께 인사한 셈인데, 실례라고 할 것도 없겠지요."
 노가제의 어조가 웬일인지 젖어 있는 것처럼 들렸다. 태도도 다마야의 객실 때나 조금 전과는 달리 확실히 다소곳했다. 명준은 처음으로 동요하는 기색을 내비친 그녀를 물끄러미 보았다.
 "사후의 이름인 계명戒名입니까?"
 "아니요. 생전의 아버지 이름 그대로예요."
 "생전의 이름 그대로인가요? 저 한자는 조선말로 임조일이라 합니다."
 "……."
 노가제의 표정에는 돌연 상중의 소녀 같은 비창悲愴의 기운이 흘러갔다. 명준은 계속 말했다.
 "노가제 님, 먼저 만나 주신 것에 대해 감사의 말씀을 드립니다.

사실 오늘밤 저는 유객으로서 이 자리에 앉은 게 아닙니다. 도신이나 오캇피키의 입장이지요. 이 점 이해해 주시길 소망합니다."

"도신이라…… 기분 좋은 말씀만 하시다가 이젠 안면 바꾸기로 한 모양이지요? 지루하겠군요."

"예, 지루할 뿐만 아니라 방안의 공기가 무겁기도 할 겁니다."

"그런 분위기를 좋아하지 않아요."

"죄송합니다. 그러나 당신도 방안의 공기가 무거울 거라고 예상하지 않았습니까?"

"……."

"솔직히 당신은 저를 만나주지 않아도 상관없었습니다. 이하라 부교님께서 사정 청취에 협력해 달라는 기별을 보냈겠지만, 강제할 수 있는 근거 따윈 없으니까요. 게다가 저는 그저 장사꾼에 불과하니까요. 따라서 거절하면 그만이지요. 당신은 요시와라 최고라 평가받는 다유, 하루가 멀다 하고 구애하는 손님들로 몸이 둘이라도 모자랄 분이지요. 응당 거절할 명분이야 널렸지요. 그런데도 당신은 저를 만나주었습니다. 참으로 고마운 일입니다."

"그런 화제 재미없어요."

노가제가 명준을 똑바로 바라보며 퉁명스레 말했다. 스스로 북돋웠는지 기운찬 태도도 보였다. 눈꺼풀 한번 깜박거리지 않는 눈에도 도발적 빛이 번득이는 것 같았다. 그 점이 명준의 부담을 오히려 덜어 주었다. 명준은 밝게 웃으며 말을 이었다.

"당신의 방에서 재미없는 얘기를 하게 되어 죄송합니다. 그러나 지루함을 꾹 참고 들어 주시겠습니까?"

"무엇 때문에요?"

"이 방에서 바로 간조부교께서 숨을 거두었기 때문입니다."

"역시 지루하네요. 그만두고 싶은 마음이 없으면 제가 이 방을 나갈까요?"

"아니, 그런 결례를 범할 수야 없지요. 조금만 더 참아 주십시오."

"돌아가신 간조부교에 대해서라면 지겹도록 언설해 왔다고요. 그는 단지 제 배 위에서 타계하신 것뿐이랍니다. 그것도 죄가 되나요?"

"정녕 그렇다면 죄가 될 리가 없겠지요."

"거 봐요, 그런데 무슨 얘기를 또 하겠다는 거예요?"

"상상…… 그간 보고 들은 것을 바탕으로 저는 뭔가를 상상하고 있습니다. 그 상상을 당신께 말씀드리고 싶을 뿐입니다."

"그러다 날 새겠네요."

"송구합니다, 노가제 님. 그럼, 상상의 나래를 한 번 펼쳐 보겠습니다. 우선 당신은 제가 간조부교 죽음의 의혹을 풀기 위해 여기에 온 것을 알고 있습니다. 그러나 상관하지 않고 다마야에서 당신에 대해 정탐까지 했던 저를 다른 방도 아닌, 이 방으로 기꺼이 초대해 주었습니다. 그리고 아버님의 위패를 제 눈에 자연스레 띄게 했습니다. 그렇다면 당신이 저를 만나준 까닭이 바로 여기에 있지 않을까, 뭐 그런 상상을 일단 하게 되었던 겁니다."

"탁월하기는커녕 허무맹랑한 몽상이로군요."

"예, 그런 점도 없지 않아 있겠습니다. 그러고 보면 저는 쓸데없는 상상력으로 세월을 낚는 경우가 많았답니다. 이 습관은 하루바삐 고쳐야 할 것 같습니다. 여하튼 당신이 재미없다며 지루하지 않기만을 앙망합니다. 자, 여하튼 이런 상상력이라도 나올 수 있는 건 역시 당신에 대해 자세히 조사했기 때문이기도 합니다."

"헛수고를 했네요. 저는 그냥 조실부모하여 어릴 적부터 여기로 들어온 유녀에 불과하답니다. 조사했다면 벌써 알고 있겠지만."

"예, 맞습니다. 당신은 칠 년 전에 여기로 왔더군요. 당시 열다섯 살, 혼자가 아니라 여덟 살 먹은 여동생을 데리고 있었습니다. 조실부모한 당신 자매를 누군가가 여기로 팔아넘겼겠지요? 열다섯 살…… 사실 요시와라의 유녀로 길러지기에는 비교적 늦은 편이었습니다. 게다가 강단진 성격이었으니까요. 그러나 다행스럽게도 사리나紗理奈라는 다유의 눈에 들어, 그녀의 후리소데 신조가 될 수 있었습니다. 그렇지요?"

"……"

"그런 다음, 당신은 칠 년 만에 성장을 거듭하여, 거짓말처럼 현재 요시와라 최고의 다유가 되어 있습니다. 스물둘의 나이, 그야말로 정점이지요. 참, 그리고 보니. 당신의 여동생은 이제 열다섯 살이 되었군요. 당신이 요시와라에 처음 들어올 때와 같은 나이가 되었네요."

"이것 보세요, 동생은 간조부교의 죽음과 아무런 상관이 없잖아요! 그런데도 왜 동생을 자꾸 언급하시는 거예요?"

"죄송합니다."

"말 참 얄밉게도 하는군요."

"그런데 무슨 연유 때문인지는 모르겠지만, 당신은 작년 정월 초순경에 여동생을 양녀로 보냈습니다. 주위의 말에 의하면 그토록 아겼던 동생이라는데, 이별의 아픔을 감수하고서라도 요시와라에서 냉정히 내보낸 것이지요. 여동생은 떨어지지 않겠다며 야단법석이었다고 하더군요. 요시와라를 나갈 때까지 줄곧 울었다며 이를 지켜본 많은 사람들이 도리어 훌쩍거릴 정도였다고 들었습니다. 그래서 저는 또 상상했습니다. 왜 이렇게 매몰찼을까? 어째서 떨어지기 싫어하는 동생을 양녀로 보냈을까?"

"동생마저…… 유녀로 키우고 싶지 않았던 것뿐이에요. 여기에 있으면 어쩔 수 없이 유녀가 되어야 하니까. 걔의 행복을 위해서!"

"누구나 그렇게 생각했을 겁니다."

명준은 노가제에게 시선을 고정시킨 채 검지를 올리며 말을 이었다. 그녀의 얼굴은 차츰 창백해져 간다.

"그러나 그 부분에서 한 가지 의문이 듭니다. 애지중지하는 여동생을 양녀로 보낼 만큼 요시와라의 단골인 불량 도당의 오야분을 신뢰하고 있었던 건가, 하고 말입니다."

"……."

"노가제 님도 오야분의 정체를 모를 리는 없었겠지요. 그렇다면 무사 가문도 아니고, 조닌 집안도 아닌, 불량 도당의 우두머리에게 당신은 여동생을 양녀로 보냈던 겁니다. 보통의 여자처럼 성장시키고 싶었다면 하다못해 가게의 견습 점원으로 보내는 게 오히려 마땅할 텐데, 솔직히 저로선 납득이 가지 않습니다만."

"……."

명준은 잠시 말을 끊고 노가제의 반응을 살폈다. 어느새 핏기 없어진 안색에다 태도 또한 침정해 보였지만 명준을 쏘아보는 그녀의 눈빛만은 추상같았다.

명준은 그녀의 시선을 피하지 않았다. 기원의 정원에 올빼미가 내려앉았는지 울음소리가 그녀의 규방 안까지 구슬피 들려왔다. 무언가를 애절히 부르는 것도 같아 그제야 명준은 그녀에게서 얼굴을 돌려 장지문을 한 번 바라보았다.

"당신은 삼 년 전에 다유가 되었더군요. 다마야는 당신을 성원한 아게야였고, 당신은 의리를 지키기 위해 거기서만 유객을 맞이했으며, 공교롭게도 오야분 가네모토金本는 그곳의 십년 단골이었습니다. 그는 에도로 올 때마다 요시와라에 들러 다마야에서 유녀들을 맞이하여 성대히 연회를 열곤 했으니 어린 하녀는 물론이고 퇴기까지 모르는 이가 없었습니다. 덕분에 당신이 후리소데 신조 시절 모셨던 사리나 다유의 후원자가 바로 오야분이었다는 것까지 알아냈습니다. 사실이 이와 같다면, 처음부터 당신을 쭉 지켜봐왔던 오야분으로서는 따로 마음에 두었을지도 모릅니다. 당신이 뛰어난 재모才貌의 소유자이니 만큼, 장래에 다유로서 톡톡히 이름값을 하리라고 능히 예측했겠지요."

"……."

"저는 아까 다마야에서 이것저것 조사했습니다. 미즈노 간조부교, 류조지 메스케 그리고 야마나카 사효에노스케님……. 주인여자는 류조지와 야마나카에 대해선 잘 알았을 뿐만 아니라, 류조지가 오야분의 주선으로 사리나 다유를 첩으로 삼은 것도 물어보기 전에 친절히도 얘기해 주더군요. 그만큼 오야분과 류조지는 여기서 돈을 흥청 흥청 썼다는 반증이겠지요. 하면 오야분이야 그럴 수 있다 쳐도, 그럼 류조지는 메스케에 불과한데 어디서 돈이 충당되기에 다유 정도의 여자를 첩으로 삼을 수가 있었을까요? 거기에다 류조지는 나이가 마흔 둘, 오야분이 당년 예순이니, 두 사람이 신분이나 나이로 보아 벗이 될 수는 없겠지요. 역시 부정축재와 뇌물공여가 그들 사이에 끼어 있었을 겁니다. 그리고 여기에 야마나카 님이 합류한 겁니다. 서른일곱의 야마나카 님이 자신을 감시하는 직책인 메스케 류조지와 어우러져 요시와라로 번번이 출입한 것입니다."

"그만해요, 자꾸 관련 없는 사람들을 언급하니 신경질이 나기 시작하네요! 도대체 무슨 말이 하고 싶기에 이리 빙빙 돌리지요? 당장 거두절미하고 본론부터 말해요!"

노가제의 언성이 급작스레 높아졌다. 명준은 여전히 여유로운 태도를 보이기 위해 목소리에도 신경을 썼다.

구우우— 구우우— 올빼미의 울음은 계속 들려왔다.

"불쾌했다면 사과드리지요. 그러나 얘기는 이어가겠습니다. 야마나카 님은 당신에게 첫눈에 반했다고 다마야의 주인여자가 진술해 주더군요. 그야말로 열렬한 구애가 이틀에 한번 꼴로 이어졌다며 꽤나 감동해 하더군요. 자그마치 반년이란 시일이 걸려 합방했으니, 그녀의 호들갑도 무리는 아닙니다. 하여, 모르긴 몰라도 다른 유객들과는 달리 한결같은 그의 애정 공세에 당신의 마음도 점차 봄눈 녹듯 움직였을 거라 봅니다. 사실, 마음을 일단 열어놓게 되면, 사랑하는 사람과는 무엇이든 공유하게 되는 게 인지상정이 아니겠습니까? 응당 불단에 모셔진 부친의 사연도 토로되었음이 분명하고요."

"……"

뜻밖에도, 분연했던 그녀가 갑자기 명준의 시선을 외면하곤 다다미 바닥으로 눈길을 떨어뜨렸다.

어떤 아련한 잔상이 눈앞에 갑자기 아른거렸을까, 무릎에 놓인 두 손마저 애처로이 떨리고 있었다. 명준은 잠깐이나마 망설이지 않을 수 없었다. 그러고 보면, 인고의 세월을 살아왔을 그녀가 못내 숨기고 싶을 그 무엇에 대해 이렇게까지 계속 추궁한다는 게 정말 가혹하지 않을까 싶었다.

하지만…… 명준은 숨결을 가다듬었다. 마음을 다잡았다. 진상을 밝혀내는 것만이 그녀에게도 버팀목이 되어줄 것이라 믿었다. 아니 그렇게 믿기로 했다. 명준은 다시 입을 열었다.

"제 상상력은 이 대목에서부터 정점에 들어갑니다. 여동생을 오야분에게 보낼 수 있었던 이유는 사랑하는 사람 야마나카 님이 권유했기 때문이 아닐까…… 비록 불량 도당의 두목이지만 야마나카 님이 믿을 수 있다고 추천했기에 여동생을 겨우 보낼 수 있었던 건 아니었을까……."

"……."

"오야분은 살해당했습니다. 범행 현장에서 동생은 간신히 살아남았습니다. 그야말로 오사카에서 외톨이가 되어 버린 겁니다. 현재 오사카마치부교의 저택에 의탁되어 있는 형편입니다. 그렇다면 양부가 살해당한 지금, 그토록 아꼈던 동생이라면 당연히 여기로 불러와야 되지 않았을까요? 그러나 당신은 데려오지 않았습니다. 어째서? 왜? 그래서 저는 이 부분에서 거침없이 상상을 해 보았습니다. 동생을 다시 불러오지 못하는 이유는 간조부교의 죽음과 뭔가 얽혀 있기 때문이 아닐까, 라고…….”

"이제 그만 해요!"

"노가제 님, 류조지와 야마나카 님이야 요시와라에서 널리 알려져 있었습니다만, 미즈노 간조부교만큼은 아무도 몰랐습니다. 이것이 얘기하는 바는 무엇일까요? 예, 그분은 막부의 재정과 공금을 담당하는 간조부교답게 요시와라만큼은 발길하지 않았다는 점을 의미합니다. 간조부교의 청백리를 입증하는 사례가 된 것이지요. 솔직히 저는 간조부교가 여기서 죽었다는 말을 듣곤 당연히 출입이 잦았을 것이라고 지레 짐작했었습니다. 허나 보기 좋게 아니었습니다. 그렇다면 이게 어떻게 된 노릇일까요? 누구라도 당신에게 구애를 하기 위해선 아게야인 다마야를 먼저 거쳐야 합니다. 그게 여기의 법도이니까요. 이치가 이와 같은데도 간조부교는 여기를 거치지 않고 곧바로 당신을 만났던 겁니다! 그리고 공교롭게도 이 방에서 숨을 거두고 말았던 것입니다!"

"다마야를 거치지 않았다는 점이 내가 미즈노 간조부교를 따로 불러 독살했다는 물증이라도 된다는 얘기인가요?"

"아니요. 독살했다는 물증은 되지 않습니다. 이미 간조부교의 시신은 화장되어 버렸으니까요. 이제 와서 사인을 조사해 볼 도리란 없지요. 그러므로 당신이 자백이라도 하지 않는 이상, 그 어디에서도 독살이란 증거를 찾아낼 수야 없습니다. 그러나저러나 당신은 간조부교의 사인이 독살이란 것을 마치 알고나 있는 것처럼 자연스레 말씀해 주셨군요. 저는 결코 독살이란 표현을 미리 사용한 적이 없습니다."

"……."

구우우— 구우—

짝을 잃었을까, 장지문을 건너오는 올빼미의 울음이 아릴만치 쓸쓸했다. 명준은 잠시 숨을 몰아쉬며, 고개를 돌려 장지문을 또 쳐다보았다. 어쩐지 올빼미의 울음마저 서러운 그녀 삶을 곡진히 다독이는 듯해, 명준은 마주앉아 있는 것도 실상 괴로워졌다. 그녀의 잿빛 절망이 이미 그녀 자신의 말로 굴절 되어 속절없이 드러나 버렸기 때문이었다. 그래서 명준은 이를 악물어야 했다. 아무리 안타까워도 침착히 그녀 곁에 앉아 있어야만 했다. 그래야만 그녀의 절망을 한 조각이라도 나누며 결련結連할 수 있을 것만 같았다. 그녀로선 지금 이 순간, 필사적으로 무엇인가 은유하고 있는 듯했다.

하기야 처절凄切한 삶 앞에서 상대相對란 가식이 아닐까. 사정 청취란 건 도리어 암유暗喩에 지나지 않을지도 몰랐다. 그건 오직 하나가 되어야 할 싸움일 성싶었다. 아니 호흡이 길고 긴 싸움이다, 싸움인 것이다. 처절히 살아온 만큼. 그렇게 명준은 스스로를 다시금 다그쳤다.

그때 장지문 밖의 복도에 한 사내가 쪼그리고 앉아 안의 동정을 살피고 있었다. 고부쇼의 그 생도였다.

독살이란 말을 엿들었을 땐 생도는 어깨를 부르르 떨었고 아랫입술을 깨물며 허리의 검을 만지작거렸다. 마침내 눈에 살기가 번득이면서 그는 검의 날밑을 조용히 올렸다. 그러나 복도 저 편에서 인기척이 들리자, 당혹해 하다가 그는 허겁지겁 반대편으로 달아났다. 바쇼가 상기된 얼굴로 성큼성큼 걸어오고 있었다.

바쇼는 생도에 대해선 꿈에도 눈치 채지 못했던지 장지문 앞에 서서, 바로 안의 의향을 물었다.
"명준 님, 저 바쇼입니다! 지금 들어가도 됩니까?"
"괜찮네."
바쇼의 어조가 조금은 격앙된 것을 알아차린 명준은 그녀에게 양해를 구하려 목례해 주었다. 고개를 떨어뜨리고 있는 그녀는 가타부타 말을 하지 않았다.
바쇼가 즉시 들어와 그녀에게 예를 차리고는 명준의 맞은편에 털썩 앉았다. 그리고 숨 돌릴 틈도 없이 명준 님, 하며 말문을 열었으나 명준은 손짓으로 제지시켰다. 명준에게 입때껏 기를 펴고 당당히 맞서왔던 그녀가 점차 지쳐 보이기 시작했다. 그녀의 분위기가 가라앉아 버려 명준은 또 머뭇머뭇 했지만 다시 힘주어 말했다.
"노가제 님, 저는 아까 다마야에서 나와 여기로 올 때, 바쇼 군에게 이하라 마치부교의 사택에 먼저 들러 낮에 류조지와의 면담을 알선해 달라는 부탁이 어찌 되었는지 알아보라고 당부시켰습니다. 하여 제가 당신의 방에 있을 동안, 바쇼는 이하라 마치부교의 사택에 늦은 시각인데도 결례를 무릅쓰고 다녀왔을 겁니다."
"……."
그녀는 아무런 대꾸도 하지 않았다. 명준은 바쇼를 보며 물었다.
"바쇼 군, 어떻게 되었나?"
"저, 그게 고야산에서 아직 돌아오지 않은 모양입니다. 아니 성에서 귀가조치하라는 인편을 고야산에 넣었는데 류조지 님이 이미 고야산을 빠져나간 뒤라는 겁니다. 그런데 에도로는 돌아오지 않았어요."

"자취를 감췄다는 얘기로군."

"그런 셈이지요……. 로주가 기막혀 하며 은밀히 내사內査에 들어간 것 같다고 하더군요. 더욱이 기가 막힌 건 쇼군껜 아직 류조지의 실종에 대한 보고조차 올라가지 않았답니다. 요행히 이하라님이 메스케 중에 친분 있는 자가 마침 있어 이 귀중한 정보를 캐낼 수 있었다고 하니…… 정말이지 에도 성의 기강이 이 정도로 해이해져 있을 줄이야, 쇼군께서 만약 이를 아신다면 이만저만 분통이 터지시는 게 아니겠습니다!"

이렇게 성을 내며 흥분하는 바쇼의 모습은 거의 드문 편이라 명준은 진정하라며 고개를 서너 번 끄덕거려 주었다. 문득 십년 전의 어린 쇼군이 시야에 떠오르기도 했다. 명준은 바쇼의 심정을 고려해 어조를 한층 부드럽게 했다.

"행방이 묘연하다…… 그렇다면 류조지가 시라쓰카지의 습격을 지휘했다고 볼 수도 있으려나……."

"십중팔구 그렇지 않을까 싶습니다만."

명준은 다시 시선을 그녀에게 향하고, 흩어진 파편을 주워 모아 정돈하듯 검지를 올리며 말을 이어나갔다. 그녀는 묵연해 있을 뿐이었다.

"노가제 님, 우리 바쇼 군만 한 나이의 무사들이 요시와라를 제집 드나들듯 흥청망청하고 있는 막부의 관료들 존재에 대해 알았다면, 기개가 넘치는 이라면 그 누구라도 분개하지 않을 수 없었을 겁니다. 젊은 그들의 오감엔 부패의 광경과 냄새란 못내 감내하기가 힘든 법이니까요. 보십시오, 바쇼 군은 무사가 아닌데도 분기를 억누르지 못하고 있지 않습니까? 하물며 바쇼 군과 동년배이신 에도 성의 쇼군이시라면 더할 나위가 없겠지요. 예, 쇼군은 정체된 현상을 극히 싫어하시고 매사 진취적으로 움직이시려는 개혁적 인물 같습니다. 그런 쇼군이시라면 막료의 부패를 용납할 리가 없을 뿐만 아니라, 관행이라 하여 슬며시 눈감아주실 리도 없을 듯합니다. 사리가 그렇다면 쇼군께선 이미 내부적으론 막료들의 요시와라 출입에 대해 엄정히 금지하고도 남았을 겁니다. 그렇다면 시라쓰카지와 어울려 다유마저 첩으로 삼은 류조지 메스케도 애당초 감찰의 대상으로 떠오르지 않았을까요? 그럼, 낌새를 알아차린 그가 빠져나갈 수 있는 방법으론 뭐가 있을까? 물론 저라면 출입을 딱 끊고 과오를 고백, 이후부턴 은인자중하겠지요. 그게 아니라면 쇼군의 하타모토 하나를 구슬려 자기의 편으로 만들려 하지 않았을까. 지금껏 정황으로 미루어 보건대, 야마나카 님을 만일의 사태에 대비한 하나의 포석으로 삼았을 듯싶습니다. 그리고 예상대로 야마나카 님은 처자가 있음에도 불구하고 당신에게 정신없이 이끌려 요시와라의 단골이 되고 말았습니다……."

이제야 사건의 진상이 백일하에 드러나기 시작했다고 과신한 바쇼가 끼어들어 당차게 토로했다.

"막부의 감찰이 세차게 조여들어 오자, 류조지가 나머지 두 사람과 머리를 맞대 뭔가 공작하려 했으나, 이를 간조부교가 눈치 채자, 류조지는 교활하게도 한 발을 빼서 하타모토들을 감찰하는 척 하며 비리의 정보를 간조부교에게 제공해 야마나카 님을 근신시키게 만들었다. 이런 뒤통수에 분기탱천한 야마나카 님이 혹여 자신의 비리마저 불어버릴 것을 염려하여, 류조지 메스케가 오사카의 시라쓰카지 본거지로 야마나카님을 불러들인 다음 전격적으로 급습, 모조리 해치운 게 아니겠습니까? 이러면 사건 당일 야마나카 님이 왜 오사카에 있었는지를 비롯해, 모든 의문이 일거에 풀려버리게 되는데요!"

명준은 침착하라는 의미로 감정이 북받친 바쇼에게 검지를 약간 흔들어 주었다.

"그럴 공산도 굉장히 크지. 다만 한 가지 오사카의 후쿠다 마치부교와 류조지와의 결탁結託이 어떤 형태였을까?"

"오야분을 통해 연결되지 않았을까요?"

"글쎄, 과연 부패가 연결지점일까? 어쨌든 여기에 대해 납득할 수 있을만한 연유를 찾아야 하네."

이 즈음해서, 장고長考를 깨뜨리고 그녀가 마침내 입을 열었다.

"어쭙잖은 추리놀음…… 꼴불견이네요. 이제 그만 해요, 더 이상 봐주기도 역겹다고요!"

"뭐요?"

반격처럼 잘라 말하는 그녀의 경멸에 찬 어조가 가뜩이나 격정에 빠져 있었던 바쇼를 한층 더 울컥하게 만들었다. 명준은 서글픈 미소를 띠며 사납게 일그러진 바쇼를 향해 고개를 가로저었다. 명준은 조용히 말했다.

"죄송합니다. 저희들의 어수룩한 대화가 듣기에 영 거북했나 봅니다. 양해하여 주시기를."

"의뭉스러운 소리는 제발 그만해요! 더 이상 이런 화제로 질질 끌려가지 않겠어요. 간조부교의 죽음에 당신들은 내가 개입되어 있는 걸로 의심하는 모양인데, 나는 단지 그의 품에 안겼을 뿐이라고요! 솔직히 그의 인품에 내가 반했던 것뿐이라고! 그래서 다마야 같은 곳도 거치지 않았어요."

"이봐요, 노가제 님, 그 말을 지금 믿으라는 겁니까?"

바쇼가 씩씩대며 되받아쳤다. 이번엔 명준이 엄격한 얼굴로 바쇼를 바라보며 고갯짓했다. 좀처럼 진정이 되지 않았던지 바쇼가 숨을 급하게 몰아쉬었다. 사건에 연루된 인물들을 차례대로 만나왔지만 바쇼가 지금처럼 흥분하기는 처음이라 명준으로서도 조심시키지 않을 수 없었다.

"인품에 반했다……."

명준은 중얼거렸다. 양미간도 모으며 지가이다나에 진열된 책 중 불교설화집으로 시선을 주며, 다시 말을 이었다.

"저 책…… 니혼료이키日本靈異記헤이안시대에 간행된 불교 설화집 필사본이로군요. 시중에서 좀체 구하기 힘든 책인데, 용케 습득했습니다."

"저건, 미, 미즈노 간조부교가 선물해 주었어요."

"간조부교가? 의미심장하군요."

"……."

"저 책, 니혼료이키의 여러 설화 중에는 출가하지 않고 부처를 모시는 우바새優婆塞가 절의 길상천녀吉祥天女 상을 범한다는 얘기가 있습니다. 길상천녀와 같은 여인을 만나 사랑을 나누고 싶다는 우바새의 기원이 지극 정성이라 길상천녀가 그의 꿈으로 발현, 교접을 하여, 다음날 길상천녀 상에 물증처럼 우바새의 흔적이 남아 있었다, 이런 내용인데, 사필귀정이나 인과응보 같은 케케묵은 교훈으로 그 이야기를 함부로 재단할 수야 없지요. 이처럼 남녀 간의 사랑이란 건 한마디로 정의하기도 어렵고, 어떠한 금기나 위계도 소용없게 되는 경우가 많지요. 남녀 간의 애욕이란 건 이처럼 복잡한 셈입니다. 꿈속일망정 우바새가 길상선녀를 교합할 수 있듯이 말입니다. 그렇다면 이런 책을 선물한 간조부교의 속마음은 과연 무엇이었을까요…… 더욱이 야마나카의 연인인 당신에게 말이지요."

"……."

"제 상상의 결론을 이제 맺겠습니다. 저는 히데요시 모노가타리를 읽어 보았습니다. 그러나 제가 입수한 책은 종반 부분이 찢겨져 있었습니다."

"종반 부분?"

"결말이 굉장히 궁금할 정도로 흥미로운 내용이었습니다. 특히 히데요시 주변 인물에 대한 묘사, 린과 이에야스의 만남, 거기다 백만 대공세 대책회의 같은 장면은 가히 압권이었습니다. 작가는 당시에 대해 통찰하고 있었다 해도 과언이 아닐 정도입니다. 이런 내용을 쓸 수 있는 작가는 사실 흔치 않을 겁니다. 응당 일반 통속소설을 쓰는 작가는 분명코 아니겠지요. 저는 책을 읽으며 내내 작가를 알고 싶어 안달이 날 정도였습니다."

"웬 뜬금없는 소리를?"

"지금까지 조사한 바에 의하면, 야마나카 님, 류조지 그리고 오야분이 히데요시 모노가타리를 제작했다는 건 이미 증명되었습니다. 놀랍게도 미즈노 간조부교가 그 책을 판금토록 조치를 했다는 것도요. 물론 그 배후론 로주가 있을 겁니다. 종반 부분이 찢겨져 결말을 알 순 없지만 린이 등장한 부분부터 심상치 않은 내용인 것으로 감안해 보면, 필시 도쿠가와 오고쇼님께 상당히 불리한 내용이 적혀 있었던 게 아닌가 싶습니다. 그것도 상상의 산물이 아니라 실제로 일어났던 일이 아닐까, 라고 짐작됩니다. 그렇다고 가정할 때 야마나카 님과 오야분, 류조지가 이 책을 제작한 동기는 자신들의 신변을 보호하기 위해서, 라고 할 수 있겠습니다. 즉 이 책으로 막부와 협상을 하려 했던 게 아니었을까, 제 상상력의 대미입니다."

노가제의 눈에 눈물이 글썽거렸다. 하지만 명준을 쏘아보는 눈빛만큼은 강렬했다. 바쇼는 아, 하고 탄성을 지르며 명준과 노가제를 번갈아 보며 경악에 가까운 표정을 감추지 못했다. 명준은 비로소 품에서 책을 꺼내 들었다. 노가제가 얼굴을 숙여 버렸다. 바쇼는 침을 삼켰다. 명준은 미리 접어 두었던 부분을 펼쳤.

"몇 부분만 읽어드리지요. 제가 압권이라고 느꼈던 부분이지요."

— 좋아, 복안 이것에 내 자네에게 우선 묻고 싶은 게 있네. 사랑하는 사람을 찾기 위해 한번 배반했던 일본에 다시 왔다고 했는데, 그동안 자네는 여기서 무엇을 보고 느꼈는가?

— 소인은 잃을 것과 지킬 것이 무엇인지 재차 확인할 수 있었습니다.

마치 깎아 놓은 듯 부복해 있는 린은 차갑게 느껴질 만치 차분히 대답했다.

— 잃을 것과 지킬 것이라? 흐음, 하면 내가 잃을 것과 지킬 것, 자네가 잃을 것과 지킬 것, 바로 이것을 의미하는가?

— 비상사태 하에서 제가 잃을 것과 지킬 것, 나이다이진님께서

지킬 것과 잃을 것의 구분은 의미가 없다고 생각합니다.
— 허어?
— 전화에 시달렸던 사람들이 그동안 잃었던 것, 그간 지키려 했던 것, 바로 이 의미를 나이다이진님께서 아시지 못한다면 천하의 도구가와 님이 아니겠지요.
— 허어, 나를 걸고넘어질 생각인가? 뭐, 좋네. 그럼 이제부터 무엇을 하겠는가?
— 사랑하는 사람을 만나겠습니다.
— 그런 다음은?
— 그 사람을 지켜야지요.
— 그 다음, 천하가 자네를 만나자고 한다면 어찌할 텐가?
— 그 사람을 지킬 수만 있다면 그 무엇이라도…….
— 그 무엇이라도 하겠다 이 말인가? 하면 지킨다는 것은 네게 무엇인가?

히데요시가 턱수염을 일없이 몇 번 쓸어내리더니, 갑자기 정색하고는 종내 본론으로 들어갔다.
— 나이다이진과 다이나곤에겐 이미 언질을 주었던 바와 같이 나 도요토미 히데요시는 올 하계대공세를 대대적으로 적들에게 퍼부으려 하오. 명나라 원정을 기필코 성공시키려 함은 하늘의 뜻, 천황폐하께서도 윤허하신 일이외다. 따라서 여기에 대해선 어떠한 재론의 여지도 없을 것이오! 총공격 개시는 10월로 잡았소!
오른손의 쥘부채로 왼 손바닥을 탁 치며 히데요시가 엄정히 말을 마쳤다. 추호의 반론도 용서하지 않겠다는 추상같은 기운이 뻗쳐 나와, 도시이에는 물론이거니와 언제나 능글능글했던 이에야스마저도 고개를 숙이며 예, 전하고 동시에 대답할 수밖에 없었다. 가히 대단한 위엄이었다. 미쓰나리의 얼굴에 회심의 미소가 스쳐갔다.

히데요시가 다시 표정을 부드럽게 하면서 쥘부채로 자신의 어깨를 몇 번 토닥댔다.

— 토쿠가와 가문과 마에다 가문이 이번 대공세의 선봉에 서 주어야겠소! 최소 20만의 병력을 각각 동원해 주었으면 하오!

— 전하 외람되오나…….

얼굴이 졸지에 새파랗게 질려버린 도시이에가 떨리는 어조로 의견을 개진하려 하자, 히데요시가 이번에는 쥘부채로 다다미 바닥을 탕 치며 서슬 퍼렇게 말을 잘라 버렸다. 여태껏 이에야스 면전에서 도시이에에게 그토록 강경한 태도를 보였던 적이 없었던 지라, 어지간한 미쓰나리마저 움찔했다.

"대단하지 않습니까? 이 책의 작가는 여간 아닙니다. 그럼 도대체 이런 책을 집필할 수 있는 작가는 누굴까? 혹시 야마나카 본인일까? 그러나 문인도 아닌 무사가 이런 글을 쓸 수 있을까? 그런데 다마야의 주인여자 진술 중에 대단히 흥미로운 증언도 하나 있었습니다."

> 예, 아, 다만 석달 정도 노가제가 야마나카 님과 함께 침방에서 하루 종일 뭔가를 하는 것 같긴 했는데, 뭐 그림을 그렸는지도 모르지요. 여하튼, 그때는 생판 보지 못한 젊은 무사가 들락거리면서 무슨 종이 뭉치를 들고 나가긴 했어요.

"노가제 님, 당신은 여동생을 양녀로 보낸 이후 침소에서 한동안 두문불출했습니다. 야마나카 님도 이따금 틀어박혔다고 했습니다. 당신은 글과 그림에 능합니다. 출판업자의 증언에 따르면 화공이 요시와라에 틀어박혔다지만, 주인여자는 전혀 모르는 일이라고 하더군요. 자, 그렇다면 지금까지의 정보로도 바로 당신이 히데요시 모노가타리의 작가일지도 모른다는 추측 정도는 할 수 있습니다. 아니 정황상 당신이 작가일 가능성이 가장 농후합니다. 물론 여자인 당신이 당시의 일에 대해 그렇게까지 통찰할 수 있다는 게 선뜻 믿긴 어렵지만, 당시 인물에 대한 이력이나 묘사는 야마나카 님이 충분히 보강 해 줄 수 있는 일입니다. 그러면 가능하지요. 따라서 핵심인 이야기는 당신이 만들어냈거나, 아니 그보다는 누군가에게 세세히 들어왔던 건 아니었을까? 이를테면 책의 린은 당신 부친의 한자와 같습니다. 뭔가 연관이 있는 건 아닐까……."

"……."

"책을 판금했던 미즈노 간조부교가 니혼료이키를 선물했던 이유는 바로 책의 작가인 당신에게 자신의 마음을 간곡히 은유하기 위한 게 아니었을까, 연민의 마음으로……."

"……."

그녀는 다시 침묵했다. 옳거나 그러거나 뭐든 간에 의사 표시를 하지 않았다. 그저 떨리는 손으로 술잔을 들고 입으로 가져갔을 따름이었다. 그리고 힘겹게 술잔을 들이키는 그녀의 작은 모습은 깊은 회한을 안간힘으로 술과 함께 들이마시려는 듯 보였다. 하지만 술은 그녀의 입술 가장자리로 흘러내렸다. 화려한 기모노가 술로 적셔졌다. 충격 속에서 허우적거리는지 바쇼는 아무 말도 못하고 그녀만 멀거니 바라보고 있었다.

"종반 부분이 파손된 책을 여동생이 혈육처럼 지키려 했던 것은 바로 작가인 당신에 대한 애정의 표현일 수도 있다고 생각합니다. 자, 나의 상상은 여기까지 나갔습니다. 이제 대답은 당신이 해주셔야 합니다. 당신이 히데요시 모노가타리의 작가이지요?"

"이제 그만해!"

그녀는 술잔을 다다미 바닥으로 툭 떨어뜨리며 명준을 다시금 똑바로 바라보았다. 비련의 빛이 스쳐가는 새하얀 얼굴, 그러나 눈물이 그렁한 눈은 인내로 다진 결연한 기운으로 넘쳤다.

참고 또 참아 감내할 수 있는 힘, 그건 유녀가 아니라 어미의 눈빛 같았다. 일순간에 명준은 자신도 모르게 멈칫대지 않을 수 없었다. 어미로서의 각오, 그녀는 죽음을 이미 껴안고 있다…… 명준의 뇌리에 쏜살같이 파고든 깨달음이었다. 그렇다면 이대로 물러설 수 없었다. 명준도 세차게 소리쳤다.

"노가제 님, 바쇼 군의 전언에 의하면 류조지가 행방불명이라고 합니다. 그렇다면 막부는 계속 그의 행방을 추적할 수도 있습니다. 이러한 때 당신이 증언만 해준다면……."

"그만해!"

"노가제 님!"

"나가요!"

구우우— 구우—

마침내 그녀가 부르짖기 시작했다. 오열하기 시작했다. 억지로,

어떻게 하든 내리누르며 견디려 했던 고통의 편린이 한데 뭉쳐 삽시간에 터져 버린 것 같았다. 그래서 오열은 붉디붉은 절규였다. 심연深淵의 끝없는 바닥으로 추락하는 비명이었다.

너무도 붉게, 선연한 핏빛으로 오열은 방을 무섭게 적셔 나갔다……. 바쇼는 당황했고 명준은 더 이상 입을 열 수가 없었다. 올빼미는 여전히 울고 있었다.

"나가, 나가란 말이야!"

"……."

그녀는 양손에 얼굴을 묻고 이따금 나가, 라고만 소리쳤다. 나가, 나가, 나가란 말이야…… 어쩐지 그 말은 상실되어 버린 그녀 자신의 존재 같았다. 찢겨져 나간 책의 부분처럼 그녀 자신의 상망喪亡한 지난날일지도 몰랐다. 그렇다면 명준은 말없이 따라 주어야 했다. 결국 파손된 책을 다시 품에 넣고 명준은 자리에서 일어날 수밖에 없었다. 바쇼가 이대로 물러서도 괜찮겠냐는 시선을 보냈지만 고개만 무겁게 끄덕거려 주었다.

"또 오겠습니다, 노가제 님."

방을 나가면서 한 명준의 말이었다. 바쇼가 아쉬운 한숨을 쉬며 마지못해 명준을 뒤따랐다. 방에 홀로 남은 그녀의 흐느낌은 여전히 지속되었다.

두 사람이 나간 후, 복도 저편의 어둠 속을 뚫고 고부쇼의 그 생도가 다시 방 앞까지 다가왔다. 그녀의 울음이 복도까지 넘어들었지만 생도는 방안으로는 감히 들어갈 엄두도 내지 못했다. 고개만 마냥 떨어뜨린 채 분노와 울분이 북받쳐 오르는지 이를 악물며 온몸마저 부르르 떨기만 했다.

구우우— 구우—

생도는 급기야 결심을 한 것 같았다. 고개를 들고 바깥쪽을 보며 피가 밸만큼 아랫입술을 깨물었다.

"절대로 용서 못해, 죽여 버리겠다······."

생도가 중얼거렸다. 비장한 모습이었다. 눈빛이 매섭게 이글거렸는데, 정말로 죽음을 각오한 것처럼 보였다.

"뼈에 사무칠 만치 후회하게 만들어 죽여 버리겠다!"

허리의 검을 왼손으로 불끈 잡은 생도는 자신의 말처럼 더 이상 주저하지 않았다. 결연한 얼굴로 그녀의 방을 일별하고는 그대로 돌아서서 두 사람을 민첩히 뒤쫓아 나갔다.

밤은 새벽을 향해 깊어만 갔다. 순연한 어둠은 요시와라마저 깊이 품고 있었다.

얼마나 시간이 흘렀는지 그녀는 자각할 수 없었다. 그녀는 비로소 손바닥에서 얼굴을 떼고 넋 놓은 채 방의 천장을 바라보았다. 온몸의 설움이 흥건히 빠져 나와 버린 방에서 그렇게, 그녀는 한동안 혼이 나간 듯 앉아만 있었다······.

그녀가 불현듯 경기하듯 흠칫흠칫 놀라기 시작했다. 그녀의 시선은 별도리 없이 불단으로 향해 버렸다. 불단의 신위가 그녀에게 소리치고 있는 것 같았다. 그녀는 정신없이 불단만 바라보며, 온몸을 웅크리고 두 손으로 귀를 막았다. 그러나 불단의 소리는 그녀의 손을 관통하고 귀마저 절연히 뚫어버리는 것 같았다. 그녀의 눈에서 다시 눈물이 철철 흘러내렸다. 그리고 미친 듯 고함치기 시작했다.
"아버지, 아버지, 이제 더 이상 어떻게 하라고…… 조선의 임금에게도 일본의 막부에게도 버림받은 그 사람을 위해 이제 더 이상 어떻게 하라고, 이제 더 이상……."

말의 조각들이 통곡으로 소용돌이쳐 갔다. 그것은 불단을 향해 서럽게 엄습하고 있었다.

그리고 이때, 장지문이 조용히 열리고 소도를 든 누군가가 방으로 들어왔다.

7막 린, 등장하다

이때 소녀는 여덟 살이었다. 여덟 살 소녀는 무릎을 세우고 등을 구부린 자세로 넋 나간 어른처럼 앉아 있었다. 동굴 같은 움막 안이었고, 바닥은 거적을 깔았으나 외풍이나 밑에서 올라오는 냉기를 막기에는 턱없이 역부족이었다.

 소녀는 꽉 쥐면 부서질 것 같은 작고 여윈 손을 입가로 가져가 입김을 호호 불었고, 시커먼 맨발을 연신 꼼지락댔다. 손과 발이 튼 데다 몸에 걸친 옷도 남루해, 이대로는 뼛속 깊이 파고드는 긴 겨울밤을 움막집 안에선 도저히 버틸 수 없을 것처럼 보였다.

 "언니…… 배고파……."

 소녀는 꺼져가는 촛불처럼 가느다랗게 중얼거렸다. 그런 중얼거림도 힘겨웠던지 소녀의 표정은 한없이 괴로워 보였다. 그런데도 소녀는 어깨를 한층 더 웅크리면서 자꾸 어딘가를 보려고 했다. 앞이 가물가물한지 몇 번이고 눈도 씀벅댔다. 핼쑥한 얼굴에는 식은땀마저 송골송골 맺혀 갔다. 언니를 하염없이 기다리는 듯했지만, 그 전에 금방이라도 쓰러질 것 같았다.

 누군가가 헐레벌떡 들어왔다. 열다섯 살의 노가제였다. 소녀처럼 꾀죄죄한 몰골, 옷엔 땟물이 줄줄 흐를 것도 같았지만, 그 속에 감추어진 육감적인 몸매와 이목구비는 더없이 반듯했다. 숨을 헐떡거리면서도 노가제는 소녀 곁으로 재빨리 다가가 양손에 든 것을 내밀었다. 두 덩이의 주먹밥이었다.

"하루, 배고프지? 여기!"

소녀가 주먹밥을 덥석 받아들긴 했지만, 어쩐 일인지 금방 먹지는 않았다. 노가제만 물끄러미 바라보았다.

"왜? 배고프잖아, 빨리 먹어."

"어, 언니는?"

"나? 아까 먹었어. 그 영감탱이가 수전노이긴 하지만, 나 먹을 것 정도는 주거든! 얼른 먹어!"

"……"

그러나 먹는 대신 소녀는 주먹밥 한 덩이를 노가제에게 도로 내밀었다. 흠칫 놀라는 노가제의 눈에는 하얀 눈물이 그렁그렁해졌다. 그러나 노가제는 단호히 말했다.

"나는 먹었다니까. 어서 먹어!"

"……"

소녀는 고집불통처럼 머리를 설설 가로저었다. 노가제가 아무리 어르고 달래도 소녀는 주먹밥을 내민 손을 끝내 거두지 않았다. 결국 노가제는 주먹밥을 건네받을 수밖에 없었다. 비로소 소녀가 배시시 웃더니, 주먹밥을 정신없이 먹기 시작했다. 한 입 베어 먹은 노가제로서는 종내 목이 메어와 더는 밥을 삼키지 못했다. 아침부터 아무 것도 못 먹었는데도. 눈물만 왈칵 쏟아져 버렸다.

"미안해, 미안해. 맛난 것 먹여주지도 못하고……."

간신히 토로한 노가제의 말이었다.

"언니, 나는 괜찮아."

여전히 소녀는 눈을 끔벅거리며 속삭이듯 말했다. 몇 번이고 괜찮다고만 말했다.

"미안해! 미안해!"

노가제는 그만 소녀를 와락 껴안고 말았다. 참고 참았던 설움이 눈물과 함께 한꺼번에 터져 올라 오열은 한동안 계속 되었다. 품에 안긴 소녀도 눈물을 떨어뜨렸지만, 소리 내어 울다간 언니가 더 슬퍼할까봐 이를 악물고 울음을 삼키고 있는 듯했다.

"하루! 넌 내 여자 동생이야! 그렇지?"

"으응……."

"그래, 그래, 이 언니가 무슨 일이 있어도 널 지켜줄게. 이 언니가 반드시, 반드시 널 지켜 줄 거야!"

노가제는 마치 자신에게 다짐 놓듯 거듭 그렇게 소리쳤다. 노가제의 눈물은 소녀의 등으로 떨어져 길게 흘러내렸다. 소녀는 울음을 참고 또 참았다. 여덟 살짜리 소녀는 언니를 배려해 울음을 악착같이 참고 있었다.

"하루, 우리 이제 에도로 가자!"

노가제는 소녀를 더 힘껏 껴안았다.

"이 지긋지긋한 화전민 부락 따위 우리가 탈출해 버리는 거야! 그 빌어먹을 영감탱이 나는 거들떠보지도 않고 너를 자식으로 달라고 했어. 그러나 두고 봐, 보란 듯이 그 영감한테 꼭 물 먹일 테니까!"

"언니, 나는 언니와 함께라면 그 촌장어른 댁으로 들어갈 수 있어. 촌장어른이 하라는 대로 다 할 수 있어, 괜찮아. 나는 괜찮아."

소녀가 언니를 오히려 달래듯 겨우 말했다. 노가제가 고개를 세차게 흔들며 나무라듯 소리쳤지만 어조는 애절하기 이를 데 없었다.

"미쳤니, 바보야! 그 영감탱이는 남색도 밝히는 지독한 놈이야! 울 아버지가 어떻게 돌아가셨는지 몰라? 그놈이 아버지께 보리를 훔쳤다고 윽박지르며 몽둥이질했단 말이야! 그 바람에 아버지가 돌아가셨다고, 진짜 범인은 에도로 도망칠 경비를 마련하느라 자기 집 보리도 훔친 그 아들 녀석이었어! 우리 아버지는 아무 죄도 없었다고! 그런데도 억울하게 돌아가셨단 말이야! 부락 사람들이 수군대었던 걸 나는 진작 다 들었어! 두고 봐, 두고 봐, 복수할 거야!"

"언니, 무서워……."

"바보, 뭐가 무서워! 너에겐 이 언니가 있어, 이 언니가 지켜준다고 했잖아. 언니를 믿어. 너 우리 할아버지가 어떤 분인지 알지? 그래, 우리 할아버지는 전쟁을 끝내게 한 영웅이었어. 너도 아버지께 다 들었잖니? 할아버지를 생각해서라도 우린 용기를 내야 한다고!"

"언니……."

"성 아래 사시는 오마린お眞鈴 아주머니 있지, 그분이 모레 에도로 가신대. 함께 따라가겠다고 했어. 요시와라로 데려다 달라고 몇 번이고 간청했어. 영감탱이가 자신의 불찰을 씻겠다며 너를 자식으로 데려가겠다는 게 순 입발림이라는 거 그분도 잘 알고 계셨거든. 우리 처지를 불쌍히 여겨서 응낙하셨다고. 배고픈 거 이제 조금만 견뎌. 이 언니가 이제부턴 맛난 거 많이 먹여줄게. 알았지?"

"언니……."

"나는 요시와라로 팔려가는 게 아냐, 내 스스로 너를 데리고 들어가는 거야! 그렇게 해서 나는 요시와라에서 일본 제일의 유녀가 될 거야! 기필코 되고 말 거야! 그런 다음, 우리 집안을 짓밟은 놈들에게 복수할 거야! 아버지 평생의 한을 꼭 풀어드리고 말거야! 반드시, 반드시 복수하고 말거야! 반드시!"

"언니, 언니, 무서워…… 하지 마, 복수 따위 하지 마……."

소녀는 불꽃처럼 뜨거워진 언니의 품안에서 그렇게 소리치려 했다. 그러나 어찌된 일인지, 몇 번이고 몇 번이고 소리쳤지만 말은 입 안에서만 맴돌 뿐 밖으로 나오지 않았다…… 그리고 언니는 그대로 활활 타오르는 불꽃이 되어 버렸다…….

"언니!"

외마디 비명처럼 노가제를 부르며 소녀는 눈을 떴다. 꿈이었다. 베갯머리나 이부자리 그리고 온몸도 땀으로 흠씬 젖어 있었다. 그러고 보면 벌써 며칠째 같은 꿈을 반복하고 있었다.

소녀는 손바닥으로 이마의 땀을 닦으며 숨을 몰아쉬었다. 달빛이 방안을 적시듯 맑은 물처럼 번져 들어오고 있었다. 손으로 어루만지고 싶을 만치 곱디고운 월색이었다. 문득 아버지가 달빛처럼 눈앞에 애잔히 흘러갔다.

아버지는 가만히 웃고 있었다. 보름달이 휘영청 떴을 때 언니와 자신의 손을 잡고 달맞이 구경을 나가곤 했을 때의 표정이었다. 아버지는 그럴 때마다 조선에도 쓰키미月見 같은 풍습이 있다며 쓸쓸히 중얼거리곤 했었다. 그러고는 늘 덧붙였다.

"보름달은 언제 봐도 아름답구나. 세상도 평온하고……. 허나 너희들은 꼭 알아야 한다. 이 평화는 전쟁을 종결시킨 네 할아버지가 있었기 때문에 가능했음을 말이다. 그래서 하는 말이다. 우리가 비록 지금 가난에 찌들어 있지만, 그래도 자부심을 가져야 한다는 거다. 훌륭한 할아버지가 계셨으니까. 물론 지금 세상 사람들은 아무도 이 사실을 알아주지 않는다. 아비는 그게 분하다. 내가 소원이 하나 있다면, 너희들이라도 할아버지의 원통함을 풀어주었으면 하는 거란다. 그래야만 할아버지가 구천을 헤매지 않으시고 성불하실 게 아니냐. 그래그래, 우리 노가제는 예쁘니까 무가에 시집가서 남편을 졸라 막부에 청원하면 되겠구나, 하하하."

그런 아버지는 자부심이 대단했다. 몽둥이 타작을 당하고 자리보전을 했을 때에도 의연함을 잃지 않으려 했다. 숨을 거두기 전에도 나는 괜찮다. 내일이면 일어날 거야, 울긴 왜 울어, 라고 말했다.

상념이 서럽도록 얽혀 들어오자, 소녀의 뺨에는 눈물이 한 방울 흘러내렸다. 가지런히 모은 손등에 눈물이 떨어졌다. 이대로 언니 품에 안겨 여덟 살 때처럼 울고 싶었다. 울음을 삼키려 이를 악물지 않고 속 시원히 소리 내어 울고도 싶었다. 그러나 방에 가득 들어찬 무거운 정적은 부질없는 기원을 억누르기에 충분했다. 현실감 없는, 무언가 초연한 듯한 괴괴한 기운은 방안의 자신을 이미 꿈속의 자신으로 자리매김해 놓은 것 같았다. 소녀는 꿈을 꾸고 난 자신이 속절없이 덧없게 느껴져 버렸다. 슬펐다. 눈물은 그래서 나왔다.

인기척이 났다. 문풍지 너머 무사의 그림자가 꿈속의 아버지처럼 나타났다. 순연한 그림자, 달빛을 막지는 못했다. 달빛은 그림자를 비집고 방안으로 조각조각 쏟아져 내렸다. 꿈같은 빛이었다.
"깼는가?"
목소리의 주인공은 후쿠다였다. 소녀는 대답하지 않았다.
"잠이 오지 않아 여기저기 거닐다가 네 잠꼬대를 들었다. 발걸음이 절로 여기로 향하게 되더구나. 잠꼬대이나마 네 목소리를 듣게 되어 다행이라고 여긴다."
"……."
"네겐 미안한 마음이다. 나는 범인에게 어쩔 수 없이 협력할 수밖에 없었다. 아니, 그건 구차한 내 변명에 지나지 않을지도 모르겠다. 삶이란 숙명처럼 때론 가혹하다고 생각한다. 지금의 내가 그렇다. 이해해 달라고 말하진 않겠지만 선택할 여지조차 없게 되어 버린 내가 속죄의 기회만큼은 어떻게 하든 찾으려 한다는 것만은 네가 알아주었으면 좋겠다는 얘기다. 그저 그런 마음이다."
"……."
"하긴 나는 그래서 바쇼 군에게 파본이나마 그 책을 전해주었을지도 모르겠다. 내 속죄의 기회를 어쩌면 바쇼 군이나 명준 님에게 간절히 걸었을지도…… 하여 나는 믿고 있다. 그들이 조만간 오사카로 되돌아오리란 것을……. 그때서야 나는 편해질 수 있을까……."
꿈속의 아버지처럼 후쿠다 목소리의 울림은 섬세히 문풍지를 넘나들어 소녀의 가슴에 가득 퍼져 나갔다. 그래도 소녀는 입을 열지 않았다. 아니 열 수가 없었다. 그의 비통한 고뇌와 울분이 말과 함께 달빛 속으로 애련히 함몰되었음을 이미 알고 있기 때문이었다.
어쩌면 아득하고 가파른 추억의 악몽이 현실을 돌이킬 수 없는 꿈으로, 불가항력으로 만들어 놓았을지도 모를 일이었다.
 "자거라. 간다."
 후쿠다의 말이 다시 슬픈 꿈처럼 들려왔다. 복도를 지나가는 그의 발소리가 점차 아련해졌다.
 소녀는 더 이상 잠들지 못했다. 더 이상 꿈을, 아니 악몽을 꾸고 싶지 않았다. 일순, 조선인이라 했던 담백한 성품의 명준이 불현듯 머리에 떠올랐다. 그리고 소녀는 이것 하나는 분명히 확신할 수 있었다. 그는 꿈속의 아버지와는 다르리란 것을. 그리하여 너무도 사랑하는 아버지를 그가 성불시켜 줄지도 모른다는 것을.

 요시와라를 벗어났는데도 명준은 줄곧 묵언했다. 귓가에는 아직도 그녀의 오열이 비통히 넘나들고 있는 것 같아, 몇 번이고 고개도 가로 저었다. 연민은 처마에서 떨어지는 빗물처럼 가슴을 적시고 있었다. 물론 냉정히 말한다면 노가제는 처음 보는 여자, 요시와라의 다유에 불과했다. 복잡한 감정에 휘둘리게 될 인과관계 같은 건 엄밀히 말하자면 명준에게는 없었다. 사실 몇 마디 필설로는 표명조차 어려운 감정의 흐름 같은 것이었다. 어쩌면 그런 감정이란 머리로 이해하는 성질의 것이 아닐지도 몰랐다. 기복이 심한 삶에 대한 애련愛憐 이상의 동질감 같은 게 아닐까도 싶었다. 부초처럼 살아왔던 사람과는 하찮은 것 하나라도 나눌 수 있는 동련同輦의 마음…… 그래서 명준은 지금 이 순간, 자신의 시야로 열 살 때 보았던 그 아이의 조막만한 얼굴이 노가제 자매의 눈물과 겹쳐지고 있다는 것을 절실히 느끼지 않을 수 없었다.

하지만 그럴수록 자신은 감정에 사로잡히지 않아야 옳았다. 격정에 치우쳐 진상을 똑바로 밝혀내지 못한다면 비극은 굴절하여 더 큰 아픔으로 잉태될 수도 있을 터였다. 바쇼를 애초에 따라나서지 않았다면 모르되, 어차피 여기까지 온 것이었다. 후회할 일을 되풀이할 수야 없었다. 한 사람, 한 사람의 삶이란 이 세상 그 무엇과도 바꿀 수 없는 소중한 것이었다. 때문에 냉철해져야 했다, 아니, 자신을 위해서라도 한층 더 냉철해져야만 했다, 그렇게 명준은 거듭 다짐하고 있었다.

명준의 시선이 무심코 밤하늘에 닿았다. 달이 초연히 떠 있었다. 총총한 별빛을 아우르며 달은 순정한 광망光芒으로 세상을 유장히 비추어내는 듯 보였다. 금욕의 공간이든, 애욕의 별소別所이든, 차별 없이 보내주는 길상천녀의 온화한 미소 같았다. 그렇다면 요시와라는 꿈속일망정 길상천녀를 범한 우바새가 아닐 수 없었다. 그런 기분이라 명준은 애틋한 시선을 거두어 뒤를 한 번 돌아보았다. 요시와라가 저 멀리 보였다.

저 먼 아게야의 붉은 등이 하나 둘 유수한 달빛에 잠겨 들어가고 있었다. 그래서 몽중夢中 같았다. 이미 우바새가 되어 버려 슬프도록 아련한. 우바새의 지성至誠을 세상의 속설이 감당할 수 없는 것처럼, 누구도 요시와라를 일편一片의 편견으로 잠자코 가두어 놓을 수 없을 것만 같았다…… 명준은 고개를 돌려 다시 앞을 바라보았다. 역시, 마음 한편은 여전히 처연했다.

노가제의 방에서 부득이하게 물러나온 점이 못내 서운했던 바쇼도 간혹 명준의 기색을 살폈으나 입은 굳게 다물고 있었다.

두 사람의 발걸음은 저마다 심중의 무게로 인해 무겁디무거웠다. 먼저 말문을 연 건 서먹한 침묵을 견딜 수 없게 된 명준이었다.

"바쇼군, 우리 뭔가를 놓치고 있는 건 아닐까?"

"예? 무엇을요?"

바쇼가 뜬금없다는 표정으로 나지막하게 입을 열었다.

"왜 류조지가 행방불명일까?"

"무슨 말씀이신지?"

"정황상 로주와 타협을 했다면 행방을 감출 이유가 없지 않은가? 게다가 오사카 사건이 마무리 된 이후에 왜 간조부교까지 살해당했을까? 노가제 님이 동생을 불러오고 있지 않는 이유가 류조지의 행방불명과 어떤 연관 관계일까? 게다가 후쿠다 님의 행적에도 모순이 많네. 일단 시정잡배 여덟 명을 골라낸 건 나가야의 골칫덩어리를 제거하려는 애민의 마음이었다 치더라도, 이건 단도부회單刀赴會처럼 위험한 일이었어. 우리가 내밀히 조사해 보면 당장 거짓으로 들통 날 수 있었어. 그가 바보가 아닌 이상, 왜 이런 여지를 자네에게 내보인 것일까? 그냥 군소도당 중 하나를 일망타진하여 범인들로 얼버무려도 깔끔히 처리되었을 텐데 말일세. 또 하나 노가제 님의 여동생 경우, 무슨 소용가치가 있기에 그녀를 쭉 보호하고 있을까? 여기엔 반드시 곡절이 있을 텐데······."

"명준 님, 그렇기 때문에 우리는 아까 순순히 물러나오지 않아야 했습니다!"

"음?"

입안에만 맴돌던 뭔가를 마침내 후련하게 발설한 사람처럼 바쇼의 눈빛과 어조는 사뭇 맹렬해졌다. 함께 탐문하는 과정에서 처음으로 보이는 대립각의 태도였다.

하지만 바쇼의 혼란한 심경을 익히 짐작할 수 있었던 명준은 쓸데없는 논쟁을 모면하려 그의 시선을 피해 버렸다. 류조지의 실종을 비롯해 막부의 여러 가지 상황에 대해 지금의 바쇼로선 상당히 예민할 수밖에 없을 터였다. 입장을 바꿔 놓고 생각해 보면 그건 당연했다.

"명준 님, 정황상 주범 류조지의 공범은 미도리가 분명합니다. 게다가 명준 님이 그녀가 책의 작가임을 밝혀내지 않았습니까? 하면 노가제는 지금 행방불명인 주범을 대신하여 사건의 진상을 밝혀낼 수 있는 가장 유력한 용의자입니다! 응당 용의자의 신병을 확보하여 자백을 받아내야 되는 겁니다."

"무슨 말인가? 그러면 일단 노가제 님을 부교소로 연행했어야 됐단 말인가?"

"예, 명준 님!"

바쇼가 조금도 주저하는 기색 없이 단호히 대답했다. 물러서지 않았다. 그렇다면 피한다고 능사는 아니었다. 명준도 그의 시선을 똑바로 맞받았다. 달빛이 바쇼의 엄정한 표정을 은은히 비추고 있었다.

"궁지에 몰렸다고 판단한 저 여자가 야반도주라도 하면 어쩝니까? 그러기 전에 우리가 부교소로 넘겨야 했습니다. 이대로 물러나올 계제가 아니었다고요!"

"우리에게 그럴 권한이 없다는 건 자네도 잘 알지 않는가?"

"요시와라엔 막부의 초소도 있으니 힘을 빌릴 수 있지요. 이건 억지가 아닙니다. 유력한 용의자의 신병 확보야말로 우리를 도와준 이하라 마치부교가 정녕 원하는 일이라는 겁니다! 그런데 이게 뭡니까? 용의자를 눈앞에 두고 물러나오다니요?"

"왜 그리 과신하는가, 자네답지 않게? 바쇼군, 진정하게."

"답답해서 그럽니다. 명준 님이야말로 십 년 전 답지 않게 물러터진 대응을 하고 계신 게 아닙니까?"

"그건 아닐세, 바쇼 군."

이러다간 졸지에 갈등의 골이 파여질 것 같아, 명준은 손사래 치며 간곡히 말해 주었으나 씩씩대는 바쇼는 믿음직스럽지 못한 형의 불찰을 질책하는 잘난 아우처럼 도무지 멈추지 않았다.

"명준 님, 지금이라도 늦지 않았어요! 당장 되돌아가서 신병부터 확보하자고요! 내일로 미루었다가 아뿔싸, 하면 어쩌려고요?"

따져보면 틀린 소리가 아니었다. 곤란해진 명준은 딱 부러지게 부정하지 못했다. 오히려 눈이 번쩍 뜨이는 기분도 들었다. 하여 명준의 목소리는 강고하지 못했다.

"신병만 확보한다 해서 전모가 드러나는 건 아니잖은가. 경솔하면 안 되네."

"부교소에서 취조하면 됩니다. 전모를 밝혀낼 수 있어요! 단언컨대 간조부교가 살해 된 지 꽤 시일이 흘렀습니다. 그렇다면 그간 노가제와 류조지는 필경 연락을 주고받았을 겁니다. 그렇지 않다면 오사카 사건이 발생하고 몇 달이 지나서 범행할 리가 없다고요! 노가제가 류조지의 은신처를 알고 있을 가능성이 높지 않습니까?"

"자네 주장도 일리는 있네만, 막부의 외압을 상기하게. 설불리 움직였다간 일을 그르칠 공산도 크네. 오늘은 일단 물러나세. 내일이고 모레고 다시 접촉하면 되네."

"명준 님!"

말은 그러했으나 명준으로서도 그 점은 확신할 순 없었다. 실제 바쇼의 주장이 옳을지도 몰랐다. 간조부교 살해가 오사카 사건의 연장선상에 있다면, 살인 용의자 노가제 신병의 확보는 사건 해결의 고리가 될 수밖에 없는 것이었다. 바쇼로선 이 점을 중시해 전에 없이 강경하게 목소리를 높여 명준의 우유부단함을 질타하고 있는 셈이었다.

물론 명준은 강제적 연행보다 미도리의 심경 변화를 간절히 바라고 있었다. 바쇼의 눈엔 갑갑하게 보일 만했다. 하지만 명준은 설령 부교소로 연행한다 하더라도, 그녀가 묵비할 작정이라면 거의 속수무책일 거라 판단했다. 고문이라도 한다면 모르되, 마음에서 우러나오는 그녀의 자백이 아니라면 연행한다 한들 아무 소용이 없을 터였다. 그녀는 진작 죽음을 각오하고 있을지도 모를 일이었다. 무턱대고 연행하는 게 상책은 아니었다.

그러면서도, 한편으로는 바쇼의 주장처럼 신병 확보에 대한 일말의 미련이나마 떨쳐내진 못했다. 때문에 바쇼를 차분히 설득할 수 있는 여지가 모자랐을지도 몰랐다. 계속 냉철해져야 된다며 자신을 그렇게 독려했는데도 감정에 휘말려 있는 건 아닌지, 명준은 문득 불안해지기도 했다. 게다가 시야에는 여전히 교토의 그 아이가 오래된 그림처럼 잔류해 버려 지워지지 않았다.

사실상 수사란 객관적 시각이 엄숙히 전제되어야 가능한 것이었다. 물론 명준도 이 점을 모르지 않았다. 자신을 거듭 되돌아보며, 노가제 자매에 대한 감정마저 스스로 한 걸음 떨어져서 적시하려는 까닭도 객관적 관점을 견지하기 위해서였다. 그것이 얼마만큼이나 어려운 일인가는 노가제 자매를 만나면서 역력히 깨달을 수 있었지만…… 사람의 감정이란 이렇듯 통제하기가 어려웠다.

그렇기 때문에 명준은 이때까지만 해도 신병 확보에 대한 자신의 치명적 실수를 전연 알아차리지 못하고 있었다.

미로처럼 얽혀 들어오는 상념에다 바쇼와 마찰까지 더해지니 명준은 머리마저 지끈거릴 정도였다. 도저히 이대로는 안 되겠다 싶었던 명준이 걸음을 멈추고 갑자기 크게 기지개를 켰다. 달밤에 웬 기지개? 하며 바쇼가 어이없어 했다. 명준은 바쇼에게 허물없는 친구처럼 가볍게 말해 주었다.

"근데 자네 왜 화를 내는가? 상당히 난처하네. 지금 성났지?"

"예?"

"이래도 되는가? 내 나이가 지금 몇인데?"

"예에? 나이요?"

명준은 달을 감상하며 환하게 웃는 유객처럼 미소를 물고 어깨도 과장되게 으쓱거렸다. 그 바람에 바쇼도 별수 없이 픽 웃음을 흘렸다.

"에이, 아이처럼 그게 뭡니까, 명준 님?"

"어, 웃었네? 그래, 그래, 머리 좀 식히자고."

명준의 나이답지 않은 넉살에 바쇼는 더 이상 따져들기가 어려웠다. 뒷머리를 머쓱히 긁적대며 노가제에 대해서 함구했다. 두 사람 사이의 난기류는 다행히 걷혀 갔다.

누군가가 거침없이 달려오고 있음을 두 사람이 느낀 것은 그때였다. 누구지, 싶었는데, 달빛에 추격자의 얼굴이 드러났다. 고부쇼의 그 생도였다. 야밤에 자신들을 쫓아온 생도. 영문을 몰라 명준과 바쇼는 더욱 소스라치게 놀라지 않을 수 없었다.

두 사람 가까이에서 생도가 헐떡헐떡 멈춰 섰다. 그의 흉흉한 눈빛이 두 사람을 향해 사정없이 번득였다. 땀으로 번들거리는 얼굴의 표정 또한 험악하게 일그러져 적의를 가차 없이 보였다. 워낙 심상치 않은 기세라 명준과 바쇼는 그만 긴장하고 말았다.

생도는 허리의 검을 불끈 잡았다. 곧바로 검이 칼집에서 빠져 나왔다. 일격에 필살하려는지 검이 생도의 얼굴 위로 곧장 올라갔다. 예리한 검선에 달빛이 무섭도록 내려앉았다.

아무리 풋내기처럼 보인다 하나, 그는 막부의 고부쇼에서 기량을 닦고 있는 생도였다. 객기만 부리려 야밤에 검을 뽑아 치켜들 리는 만무했다. 그렇다면 무방비인 두 사람으로선 생도의 적수가 되지 못한다는 건 너무나 확연한 일이었다.

일순 그것을 깨달았는지 바쇼가 어깨를 부르르 떨며 경악했다. 그러나 이내 결심했는지 명준의 앞을 당당히 막아섰다. 방패막이라도 할 각오인 듯했다. 함부로 저항하다간 목이 떨어지기 십상이라 명준에게도 두려운 기색은 속절없이 스쳐갔다. 역시 최선의 방책은 도망뿐이었다.

명준은 슬슬 뒷걸음질 치면서, 바쇼의 어깨를 잡아끌며 재빨리 속삭였다.

"바쇼 군, 어리석은 행동은 하지 말게. 냅다 줄행랑을 놓아야 하네."

"예? 그렇지만……."

"네놈들이 내 손에 응징되어야 할 까닭을 간단히 알려주겠다!"

일격을 칠 수 있는 간격으로 날래게 뛰어들어 검을 휘둘렀다면 명준과 바쇼는 꼼짝없이 당했을 터였다. 그러나 생도는 무엇 때문인지 일장훈시처럼 먼저 장광설을 쏟기 시작했다. 그게 틈이었다.

"뛰어!"

명준은 바쇼의 목덜미를 신호처럼 치곤 뒤돌아 후다닥 뛰었다. 바쇼도 재빨리 따라 뛰었다.

"이, 이 비겁한 놈들!"

아차 싶었던 생도가 크게 부르짖으며 헐레벌떡 쫓아왔다.

심야에 숨이 턱에 차도록 뜀박질하는 추격전이 예고 없이 시작되었다. 어디선가 개가 사납게 짖어댔다. 밤이 깊어 행인은 전혀 보이지 않았다.

명준과 바쇼가 있는 힘을 다해 도망치고, 생도도 거친 숨을 뿜으며 쫓아갔다. 그러나 마치야나 나가야의 사람들은 모두 잠이 들었는지 누구 하나 고개를 내밀지 않았고 거리에는 도움을 청할 만한 사람도 없었다. 심지어 야경꾼도 보이지 않았다. 고즈넉한 장막이 깊은 밤과 맞물려 달빛만 적요하게 흘러갔을 뿐이었다…….

어디를 어떻게 가로지르든 일단은 생도로부터 벗어나는 것이 급선무라 두 사람은 이마도신사(今戶神社) 앞길의 대로를 만나자 일단 눈에 보이는 모퉁이 골목으로 빠졌다가, 급기야 발등에 불이 떨어진 듯 펄쩍 뛰고 말았다. 생도를 따돌린다며 좁은 골목을 몇 번이나 돌다가 그만 막다른 곳으로 와버렸던 것이다.

명준과 바쇼는 부끄럽고 어이가 없어져 서로를 보며 혀를 차고 말았다.

기어이 생도가 막다른 골목에 도착했다. 비 오듯 땀을 흘리며 생도는 고통에 못 이겨 허리를 숙여 왼손을 무릎에 붙이곤 거칠어진 숨을 마구 몰아쉬었다. 지치기로는 명준이나 바쇼도 마찬가지였다. 잠시 동안이나마 세 사람은 헐떡거리며 숨을 골랐다.

이윽고 생도가 다시 검을 양손으로 불끈 쥐고 일격의 자세를 갖췄다.

명준과 바쇼로서는 꼼짝달싹 못할 지경이 아닐 수 없었다. 어차피 빠져나갈 구멍이란 없었다. 이판사판이라 여겼던지 바쇼가 주변을 두리번거렸다. 뭔가 무기가 될 만한 게 없는지 살피는 모양이었다. 하지만 맞서 싸울 만한 건 하나도 없었다. 마냥 깨끗한 골목이었다. 그래도 바쇼가 한 걸음 앞으로 나가며 버럭 소리쳤다. 안간힘을 다한 용기 같았다. 생도가 일순 주춤거리긴 했다.

"너, 고부쇼의 그 생도이지? 너 우리하고 무슨 원한이 있기에 야밤에 이 지랄을 하고 난리냐?"

"뭐, 뭐야? 곧 죽을 놈이 입만 살아서……."

"이봐, 우리를 응징할 이유를 말하겠다며? 도대체 왜 그러는데?"

"닥, 닥쳐라! 네놈만큼은 꼭 사지를 절단 내 주겠다!"

"뭐, 나만큼은? 너 지금 만담 하니?"

"이, 이!"

조롱당했다고 느꼈는지 생도가 바드득 이를 갈며 바쇼와의 간격을 좁혀오기 시작했다. 아랫배에 힘주고 앞으로 나섰던 바쇼도 이 순간만큼은 위험천만이라 여겼는지 슬며시 뒷걸음질 쳤다. 순간의 방심도 허용하지 않을 만큼 위기일발이었다. 그러나 이번에는 명준이 용감히 나섰다.

"여보게, 기어코 우리를 죽이겠다면 그 전에 연유라도 아세. 그래야만 저승길 가더라도 덜 억울하지 않겠나?"

"이것들이 작심했나, 뭔 수작이야? 목숨이라도 구걸하겠다는 것이더냐? 아니, 나는 네놈들을 기필코 응징하겠다."

생도의 입에 거품이 물렸다. 금방이라도 기를 쓰고 달려들 것 같았다. 허나, 그 와중에도 명준은 타이르듯 의연히 말을 이었다. 어디서 이런 의기가 나오는지 역시 백전노장답네 하며 바쇼가 명준을 보면서 새삼 탄복했다.

"기왕에 죽을 몸, 궁금증이라도 풀 수 있다면 그것 또한 저승길의 선물이 될 게 아닌가. 말하지 않을 이유가 없겠지. 자비를 베풀게. 자, 묻겠네. 자네가 히데요시 모노가타리의 원고와 밑그림을 다렌이라는 출판업자에게 가져가곤 했던 운반책 노릇을 맡았지?"

"응?"

생도가 허점을 기습적으로 찔린 듯 움찔하더니 한순간 뒤로 물러섰다. 놀라기는 바쇼도 매한가지였다. 바쇼의 눈은 동그래졌.

"아까 다마야 부근에서 자네를 보았네. 그건 진작 다마야를 알고 있었다는 반증이지. 다시 말해 자네는 우리가 다마야로 가리라고 직감하곤 미행의 부담을 덜기 위해 미리 와서 서성거렸다는 걸 의미해. 아닌가?"

"흥, 시, 시끄럽다!"

"출판업자의 증언에 의하면 몇 번씩 원고를 가져왔던 청년은 자네처럼 잘 생겼다고 하더군. 자네 나이가?"

"열, 열아홉이다."

"그러면 아주 동안童顔이구만. 더 어려 보여."

"구차하게 질질 끌 셈이더냐?"

"아니네. 기왕에 죽을 몸이니 궁금증이나마 풀겠다고 하지 않았는가. 말 못할 게 뭐가 있는가?"

"너, 너구리 같은 놈!"

칼자루를 쥐고 있는 건 생도였지만, 묘한 분위기가 달빛 속으로 번져 들어갔다.

"자네는 야마나카 님 혹은 류조지 님과 어떤 관계인가?"

"나, 나는 류조지의 조카다."

"그랬군. 고부쇼는 류조지 님의 추천으로?"

"그렇다!"

"노가제 님이 쓰는 원고의 비밀을 유지하기 위해 류조지 님은 친척인 자네에게 고부쇼 추천의 대가로 운반책을 시킨 것이로군. 타인보다는 믿을 수 있다고 보았겠지. 하면 류조지 님이 지금 어디 있는지 알고 있는가?"

"그딴 족속들의 행방 따위 내 알바 아냐! 나는 노가제 님만 지키면 돼!"

"노가제 님? 오, 역시 그랬군."

"뭐? 뭐가 말이냐?"

"자네, 노가제 님을 사랑하지? 자네보다 연상이고 유녀인데도."

"유녀? 그딴 게 무슨 상관이야? 나는 무사다! 소중한 사람을 꼭 지켜야할 무사란 말이다! 노가제 님에게 눈물을 흘리게 했다면 네놈들은 피눈물을 쏟아야 할 게다! 나는 결코 네놈들을 용서하지 않아! 노가제 님을 위해서라면 나는 뭐든지 할 수 있어!"

"닥쳐!"

목숨이 경각에 달려 있는 상황인데도 도리어 명준은 추상같이 호통쳤다. 목소리가 쩌렁쩌렁 밤거리를 강타해 나갔다. 이만하면 잠이 깬 주민들도 있을 텐데, 야속하게도 불 꺼진 집들에선 인기척이란 없다.

여하튼 명준의 갑작스런 일갈에 기겁을 한 건 생도였다. 일격의 자세마저 졸지에 엉거주춤해졌다. 그 순간을 놓치지 않고 명준은 삿대질하며 거세게 몰아붙였다.

"바보 같은 놈! 사랑이 어린애 장난인 줄 아나? 네가 정녕 노가제 님을 지키고 싶다면 사건 해결에 협력해야 마땅한 일이거늘! 그녀가 간조부교의 살해에 개입되었다면, 그것을 실토시켜야만, 이후 그녀도 떳떳하게 살아나갈 수 있단 말이다! 왜 이 점을 모른다 말이냐? 기껏 한다는 게 칼을 들고 쫓아오기나 하고, 열아홉이 어디 철부지의 나이더냐, 이 바보 같은 놈아!"

"저 저저……."

명준의 말은 날카로운 비수가 되어 생도의 전신을 찔러댄 모양이었다. 누가 검을 들어 위협하는지 모를 정도로 생도의 얼굴이 새하얗게 질려 버렸다. 명준은 모질도록 생도를 쏘아보며 두 주먹을 불끈 쥐었다.

침착히 살피면, 생도는 실전의 경험이 전혀 없는 것이다. 사람을 진짜로 단 한번이라도 베어보았다면 장광설 따위를 늘어놓거나, 상대의 말을 이렇게 들어줄 리가 만무했다. 그렇다면 젊은 혈기로 날뛰는 셈이니 잘만 대응하면 승산은 있었다. 적에 따라선 때론 맨손도 만반의 태세였다.

물론 생도는 고부쇼에서 검술을 닦고 있는 자였다. 조심해야 되는 건 당연지사. 이 점을 모를 리 없는 바쇼는 명준의 눈치를 살피며 마른 침만 삼켜댔다.

생도가 아이처럼 울먹이기 시작했다. 명색이 검을 든 무사인데 극도로 수모를 당했다고 여긴 듯했다. 이를 악물며 잠시 머뭇거리다가 마침내 발악했다.

"고부쇼의 생도 다니하타 요시히로谷畠吉裕, 네놈들에게 살 떨리는 치욕을 돌려주면서 원통함을 풀고 노가제 님의 앙갚음을 대리하노라!"

여전히 쓸데없는 말로 전의를 표출하면서 생도는 허겁지겁 달려들었다. 명준은 땅바닥의 흙을 집어 생도에게로 뿌려, 눈을 못 뜨고 주춤거리면 육박전으로 과감히 돌입할 작정이었다. 하여 몸을 숙이려는 찰나, 어둠 저 편에서 수리검이 밤공기를 가르며 쏜살같이 날아왔다. 수리검은 생도의 검을 여지없이 관통해 나갔다. 쨍강. 검이 두 동강이 났다.

명준이 허리를 미처 엎드릴 필요도 없을 만치 일순간이었다.

눈 깜박할 사이에 검이 부러지자 생도가 화들짝 놀라며 엉덩방아를 찧었다. 어안이 벙벙했는지 잠시 정신을 못 차렸다. 그러나 생도는 정신을 곧 가다듬고 분연히 일어나며 허리의 소도를 뽑았다.

동시에 검은 복면을 한 닌자忍者가 주택가의 지붕을 타고 내려오는가 싶더니만, 전광석화처럼 몇 바퀴 몸을 돌려 생도의 정면에 사뿐히 착지했다.

질겁하며 생도가 반사적으로 몸을 뒤로 젖혔는데, 닌자가 파고들더니 그대로 어깨 너머로 넘겨버렸다. 생도는 낙법 할 엄두도 내지 못하고 대大 자로 메다 꽂혔다. 그래도 젊은 혈기라 생도는 또다시 벌떡 일어났다. 오른손은 아직도 소도를 꽉 쥐고 있었다. 닌자는 추호도 틈을 주지 않았다. 앞차기가 깨끗이 올라가면서 생도의 턱을 가차 없이 걷어차 버렸다. 생도는 소도를 더 이상 쥐지 못하고 볼품없이 벌렁 자빠졌다. 실신해 버렸다.

생도가 풋내기라 하나, 검을 쓰지도 않고 이처럼 신속히 처리하는 건 전국시대戰國時代의 닌자가 아니라면 실상 드문 편이었다. 여간 아닌 닌자의 실력을 명준과 바쇼는 망연자실한 채 구경할 수밖에 없었다.

깔끔하게 마무리한 닌자는 두 사람에게 가벼이 목례하곤 날래게 담을 타 지붕 위로 올라가더니 어둠 속으로 총총 자취를 감추었다. 워낙 날쌔고 빠르게 진행된 일이라 명준에게는 거의 꿈같았다.

누구지…… 바람처럼 왔다 사라진 닌자를 짐작해 보면서 명준이 허공을 잠시나마 응시했다. 물론 동작은 낯설진 않았다. 그제야 안도의 한숨을 내쉰 바쇼가 흥분한 듯 무용담 좋아하는 아이처럼 닌자에 대해 누구지, 하며 이러쿵저러쿵 호들갑을 떨어댔다. 누군지 내심 짚였지만 명준은 바쇼에게 내색하지 않았다.

바쇼는 만일을 대비해 재빨리 생도의 소도를 주워 챙겼다. 혼절한 생도에게 다가간 명준은 정신 차리라고 뺨을 서너 번 치기도 했다. 생도는 금방 깨어나지 못했다. 명준이 바쇼를 보며 말을 걸었다.

"우리를 도와준 닌자는 그렇다 치고 말일세, 바쇼 군."

"예."

"이 녀석을 어떻게 할 건가?"

"글쎄요, 일단 부교소로 넘기죠, 뭐."

"그것도 한 방법이겠네. 부교소의 옥에서 한 며칠 지내면 차분해지겠지. 이대로 풀어줬다간 제 혈기에 못 이겨 또 천방지축 들이댈 줄도 모르니까."

"그러면 이 녀석은……."

"음, 그저 류조지와 야마나카의 심부름꾼이겠지. 출판업자에겐 스스로 화공이라 자처했을 테고."

"노가제에게 원고를 받아 업자에게 건네주는 과정에서 이 녀석이 그만 사랑에 빠져서 그녀를 추궁한 우리에게 이런 소동을 일으킨 셈이군요?"

"나도 그렇게 생각하네."

"사랑에 눈이 멀어 물불을 가리지 않는 얼빠진 녀석도 다 만나보고, 잠깐이라곤 하지만 그 때문에 내가 간담이 다 서늘해지고…… 이거 참, 기가 막히네요."

"너그러이 봐주게. 누군가를 사모하거나 사무치게 흠모하게 된다면 그럴 수도 있을 터…… 원래 젊음이란 그런 게 아닌가."

명준은 기절해 있는 생도를 다시 내려다보며 씁쓰레하게 중얼거렸다. 달빛이 생도의 얼굴로 가만가만 떨어졌다. 칼을 들고 공격해 왔지만 근본은 착해 보이는 얼굴이었다. 바쇼도 일면 안쓰럽게 느껴졌던지 양손을 허리에 붙이며 허탈한 웃음으로 생도를 일별했다.

얼마간의 시간이 지나자, 생도가 얼굴을 찌푸리며 드디어 깨어났다. 상체를 일으키다가 턱과 허리 부분에 아직도 통증이 오는지 양손으로 문지르며 주위를 연신 두리번거리기도 했다.

생도의 곁에 쪼그려 앉은 명준은 인자한 표정을 잃지 않고 생도의 어깨도 토닥거려주면서 입을 열었다. 바쇼는 소도를 손에 쥔 채 생도를 지켜보며 서 있었다.

"이제 정신이 드나?"

"어, 어떻게 되, 된 일이지……."

말은 그렇게 했지만, 생도는 곧바로 자신이 처해 있는 형편을 처참히 간파한 모양이었다. 표정이 붉으락푸르락해지더니 곧 고개를 푹 숙여 버렸다. 분하면서도 서러웠던지 어깨를 버드나무처럼 떨며 목을 길게 빼고는 한바탕 고함치기도 했다.

"이 이상의 굴욕은 견딜 수 없다! 어서 목을 쳐라!"

"뭐?"

흡사 전국시대의 패장처럼 생도가 나대는 바람에 어이가 없어진 바쇼가 콧방귀를 뀌며 어르고 뺨치는 것처럼 조소했다.

"이거, 야, 전국시대 무장 나셨네, 그려. 이봐, 너 열아홉 살이라며? 그 옛날 에치고越後의 우에스키 겐신上杉謙信은 열아홉 살에 가문을 상속받아 에치고를 다스렸다는데 너는 열아홉에 목숨을 초개처럼 버리겠다 이 말씀이더냐? 이거, 겐신보다도 기개가 높네그려."

"말하지 마라! 얼마나 나를 더 모욕해야 속이 풀리겠나? 나는 이미 졌다. 하면 상대의 명예를 생각해 주는 게 무사도武士道의 정신! 네가 무사의 흉내라도 내보고 싶다면 내가 할복할 수 있게끔 아량을 베풀던지, 아니면 즉시 내 목을 쳐라!"

"어이쿠, 꼴값을 떨어요."

바쇼가 눈을 부라리며 대놓고 빈정거렸다. 명준이 바쇼에게 손짓하곤 생도를 똑바로 바라보며 엄정히 말했다.

"사람으로 태어나 용기를 내 기껏 한다는 짓이 목숨을 내놓겠다는 것인가? 목숨이 그리도 하찮은가? 목숨이란 가볍지 않네. 목숨이란 무겁고 또 무거워 보듬어 안아야 할 최고로 소중한 것이란 말이다!"

생도가 슬그머니 얼굴을 들다가 명준과 눈이 마주치자 오싹했는지 오금도 제대로 못 펴는 것 같았다. 치켜뜬 눈으로 매섭게 쏘아보는 명준의 표정에 칼을 들고 설쳤던 생도로선 사찰의 비사문천毘沙門天을 섬뜩하게 떠올리고도 남았을 터였다.

명준은 바쇼에게 소도를 달라고 하여 받아들곤 별안간 생도의 곁에 콱 꽂아버렸다.

소도가 바로 생도의 눈앞에 꽂혀 있어 마음만 먹으며 뽑아 들어 명준을 푹 찌를 수도 있을 상황이었다. 그러나 그는 어찌할 바를 모르고 겁 많은 소년처럼 와들와들 떨기만 했다. 명준은 조금의 틈도 주지 않고 사정없이 소리쳤다.

"아까 뭐라고 했나? 노가제 님을 사랑한다고 했지? 노가제 님이 한없이 소중한 분이라 했지? 그렇다면 그녀에 대한 마음은 한결같겠지? 그런데 할복하겠다고? 아니면 목을 치라고? 그게 사랑하는 사람을 지키겠다는 자의 태도인가? 목숨을 고작 그 정도로 여기면서 누가 누구를 사랑하며 지킨다 말인가?"

"......"

"좋다, 그게 자네 방식이라면 이걸로 나를 먼저 찔러라! 망설이게 뭐 있나? 사랑하는 사람을 지키겠다면서? 그런 다음 스스로 할복하라!"

"……."

"뭐하나, 찌르지 않고?"

"……."

"뭐하나, 어서 찔러라! 그 다음 할복하라!"

"으흐흑!"

쉬지 않고 몰아치는 명준의 말을 더 이상 견딜 수 없었던지 생도는 급기야 닭똥 같은 눈물을 펑펑 쏟아냈다. 한번 눈물이 터지자, 멈출 수가 없었던 모양이었다. 가련한 패잔병처럼 속절없이 흐느끼다가 어느 순간부터는 주먹으로 땅바닥도 치면서 목 놓아 통곡했다. 그러나 명준은 이번에는 가만히 내버려 두었다. 빈정댔던 바쇼도 조금은 가여웠던지 혀를 몇 번 끌끌 찼다.

이윽고 생도의 흐느낌이 가늘어졌다. 어느 정도 진정이 되어 가자, 명준은 어조를 바꾸어 부드럽게 입을 열었다. 희미하나마 미소도 머금었다.

"자네 다니하타 군이라고 했지?"

"예……."

분기탱천의 기세는 오간데 없이 사라지고 생도는 얌전한 학동처럼 조용히 대답했다. 손등으로 눈물을 훔치는 모습도 그것과 영락없었다. 측은지심이 일었지만 명준은 두 번 다시없을 기회임을 직감하곤 말을 이어 갔다.

"다니하타 군, 누군가를 연모한다는 건 참으로 멋진 일이라고 생각하네. 그 소중한 대상을 목숨 걸고 지키려는 자세 또한 사무라이의 큰 덕목이 아닐 수 없네. 나 역시 남자로서 한 여자를 사랑하고 있으며 목숨 걸고 지키려 노력하고 있네. 젊었을 때 그러지 못했기에 지금이나마 더 이상 후회하지 않으려는 것일세. 그 점에선 자네와 같네."

"……."

"해서 하는 말이네. 다니하타 군도 후회하지 않았으면 좋겠네. 지금 상태에선 할복이란 건 모두를 후회하게 만들 따름이네. 지금 이 순간은 오로지 무엇이 사랑하는 사람을 위한 최선의 행동인지를 깊이 유념해 주기를 바라네. 만약 우리를 자네가 죽였다 하더라도, 그것이 노가제 님을 위한 최고의 방책이었는지를 다시금 생각해 보라는 얘기일세. 무엇이 그녀를 위하는 길인가? 모르겠는가, 다니하타 군?"

"……."

"이대로라면 그녀는 불행해질 뿐일세. 자네가 정녕 염원하는 건 그녀의 행복이 아니었던가? 그녀의 행복을 위해 이 야밤에 우리를 쫓아왔던 게 아니었던가? 그렇다면 이제 다른 방법을 강구해야 하네. 그게 그녀를 향해 목숨 걸었던 다니하타 군 자네의 길일세. 다른 여지란 없어!"

"……."

겹겹이 둘러친 은휘隱諱의 어둠 속을 뚫고 명준의 말은 달빛처럼 선연히 내려갔다. 생도는 아무 말 없이 잠잠했다. 그의 얼굴에 슬픈 음영이 서려 있었다. 어둠은 그의 표정이나마 숨겨주지 못했다.

"나는 미즈노 간조부교의 죽음에 노가제 님이 개입되어 있을 거라 생각하네. 하지만 여기엔 말 못할 곡절이 분명코 있으리라 믿네. 그걸 풀 수 있는 건 히데요시 모노가타리라는 책뿐이네. 그녀가 직접 쓴……"

"……"

"자네가 화공으로 행세하며 출판업자에게 전달한 히데요시 모노가타리의 작가는 그녀가 틀림없어. 맞는가? 대답하게."

"예."

"그럼, 사랑하는 사람의 원고였으니 만큼, 나는 자네가 읽어보았을 거라 생각하지 않을 수 없네."

"예, 읽었습니다. 몇 번이고, 몇 번이고……"

다시 요여腰輿의 눈물이 번민과 회한을 담아 그의 뺨으로 투명하게 흘러내렸다. 좀 전과는 달리 소리 없이 떨어지는 눈물이었다. 그가 비로소 말문을 열기 시작했다.

"원고와 그림을 제게 건넬 때마다 보였던 그녀의 애틋한 모습이 언제나 마음에 걸려 저는 업자에게 전달하기 전에 먼저 읽어보았습니다. 보통의 통속소설이 아니더군요. 그래서 저는 그 이야기에 빠져들고 말았습니다. 마지막 부분을 다 끝마쳤을 때, 원고를 가지러 가자 그녀가 뜻밖에도 술 한 잔 같이 하자 그러더군요. 마침 야마나카 사효에노스케님도 없어서 마주 앉아 술을 마실 수 있었습니다. 하지만 제겐 아무 말도 없이 그녀는 술만 마시며 이따금 눈물을 조용히 흘릴 뿐이었습니다. 저는 석상처럼 앉아만 있다가 안간힘을 내어 그간 궁금했던 점 하나를 그녀에게 물어 보았습니다……."

송구하지만, 저 허락도 없이 이 원고 읽었습니다.
그랬어?
죄송합니다.
아냐.
저, 노가제 님께 정말이지 탄복하고 있습니다. 어떻게 이런 이야기를 만들어낼 수 있는지…… 저도 이런 이야기를 만들고 싶다는 충동이 일었습니다. 평소 어떻게 하면 이런 상상을 할 수 있을까요?
상상이 아냐.
예?
그건 조부의 이야기이지.
조부?
그래, 아버지께 늘 들었던 내 할아버지의 이야기…… 나는 그저 세상 사람들에게 할아버지의 이야기를 알리고 싶었을 뿐인데…… 그런데 사효에노스케님은 다른 생각인가봐……

"그녀는 그렇게 말을 맺곤 다시는 입을 열지 않았습니다. 어찌나 그 모습이 애틋했던지, 그 순간부터 저는 노가제 님만을 생각하게 되었습니다."
"그랬었군. 어느 정도 예상은 했지만 막상 그녀 조부의 일이라니 놀랍기만 하네."
"그 내용을 아십니까?"

"읽었네. 하지만 우리가 읽은 책은 종반 부분이 찢겨져 버려 결말을 모르네. 얘기해 줄 수 있겠나? 결말은 어떻게 되지?"

"히데요시를 척살刺殺했습니다."

"히데요시를? 린이?"

"예."

어떤 둔기로 느닷없이 뒤통수를 맞은 듯해, 아픔보단 머리끝이 찡하고 울리는 아찔함 같은 느낌 속으로 명준은 파묻혔다. 그런 만큼 황당무계했다.

부패 관료인 류조지와 야마나카가 자신들을 감찰하는 막부에 공작하기 위해 서둘러 발간하려 했던 풍속소설 히데요시 모노가타리의 핵심 부분이 죽음의 진상이라니! 그것도 척살이라고?

황당하다 해도 보통 황당한 게 아니었다. 책 속에 큰 비밀이 숨겨져 있으리라고 예상했던 명준으로서도 허를 여지없이 찔리는 기분이 아닐 수 없었다. 설마하니 히데요시 척살일 줄이야, 이런 상상까지는 미처 못 해봤기 때문이었다.

물론 현실적으로 볼 때 그건 가능할 리도 없는, 터무니없고 허황된 한낱 몽상에 지나지 않았다. 어떻게 그런 일이 가능하다 말인가, 절대로 불가능하다. 그런데도 류조지와 야마나카는 이것을 가지고 자신들이 살아남기 위해 막부에게 모종의 협박을 가하려 했다면, 여기에는 에도 막부를 열었던 도쿠가와 이에야스도 기필코 연루되어 있어야 가능한 일이었다. 그런데, 정말 만약이지만 도쿠가와 이에야스가 개입되어 있는 정황이 마냥 황당하지 않고, 그것이 어느 정도 설득력 있는 설정이라면, 정말로 그렇다면야 그 파장이야 말로 실로 엄청나리라 여겨졌다. 게다가 만에 하나 진실이 그렇다면, 이후의 후폭풍은 상상마저 불허할 터였다.

이러니저러니 해도, 도요토미 히데요시의 아들 히데요리秀賴는 도쿠가와 이에야스의 사위였다. 이에야스는 사위를 오사카 전투大坂の陣에도 막부가 대규모 병력을 동원해 오사카 성을 2번에 나누어 공격, 도요토미 가문을 멸망시킨 전쟁을 말한다를 통해 무정하게도 제거해 버린 것이었다. 막부의 기반을 공고히 하려는 의도를 아무리 이해한다 치더라도 사위도 서슴지 않고 해치운 비정한 권력의 화신이란 비판에서 도쿠가와 오고쇼는 절대로 비켜갈 수 없는 처지였다.

그런데다 알고 보니 히데요시의 죽음에도 넝쿨처럼 얽혀 있다고 세간에 나돌게 되면 그간 무던히도 노력해 만들어 놓은 막부의 반석은 창졸간에 금이 갈지도 모를 일이었다. 더욱이 생전에 도요토미 가문의 은혜를 입었던 다이묘들 중 세키가하라 전투関ケ原の戦い 도요토미 가문의 이시다 미쓰나리가 주동이 되어 도쿠가와 가문과 격돌한 전투, 도쿠가와 측이 승리한다에서부터 이시다 미쓰나리石田三成가 미워 도쿠가와 가문 측으로 돌아섰던 경우가 많았으니 만큼, 히데요시 죽음에 도쿠가와가 개입되었다는 비밀을 알게 된다면 그야말로 화산처럼 분노가 폭발하고도 남을 것이다. 소문에 의하면 일부 도자마 다이묘外様大名 처음부터 도쿠가와 가문을 섬긴 것이 아니라 세키가하라 이후부터 도쿠가와 측으로 돌아섰던 다이묘들을 말함들은 오사카 전투에서 도요토미 가문이 멸망하자 도쿠가와에게 속았다며 통곡하면서 땅을 쳤다지 않은가. 그렇지 않아도 도자마 다이묘들이라 하여 설움 받던 그들이다. 이를 악물고 칼을 갈게 되지 않는다고 그 누구도 장담할 순 없다. 일이 그렇게 진행되면 천하는 다시 난세다…… 거기까지

생각이 미친 명준은 그제야 야마나카와 류조지가 책을 서둘러 발간하려 했던 이유를 납득할 수 있었다. 바쇼도 큰 충격이었던지 도무지 믿을 수 없는 허무맹랑한 소리라며 몇 번이고 중얼거렸다. 그간의 정황을 종합해 내린 결론이 명준과 비슷하게 나온 모양이었다.

바쇼는 말의 무게로 인해 속이 탔던지 명준을 망연히 바라보았으며, 명준 역시 심각한 얼굴로 그의 시선을 맞받았다.

잠시 목청을 가다듬고 명준이 다시 생도를 응시하며 입을 열었다.

"다니하타 군, 솔직히 이해가 되지 않네. 한낱 개인인 린이 히데요시를 죽였다는 얘기는 누가 들어도 황당하다고 느낄 게 틀림없네. 도대체 어느 사람이 곧이곧대로 받아들이겠는가? 이런 신통찮고 허황된 얘기를 책으로 만들려 했던 류조지 님이나 야마나카 님의 속셈도 도무지 알 수가 없네. 그런데도 막부가 서둘러 이 책을 판금하다니, 이게 어찌 된 영문인지 정녕 모르겠네."

"아니, 저는 읽고 또 읽으면서 이건 꾸민 얘기가 아니라 진실이라고 확연히 믿게 되었습니다. 노가제 님이 부친에게 어릴 때부터 귀에 못이 박히도록 들었던 얘기를 기록했다고 해서가 아니라, 이를테면 책의 마지막을 장식하는 도쿠가와 오고쇼님 암살미수사건 전모만 하더라도 여간 신빙성 있는 얘기가 아니었습니다."

"오고쇼를 암살하려는 사건이 실제 있었단 말인가?"

명준이 왼고개를 틀자 바쇼가 고개를 끄덕거리며 나섰다. 대단히 진지한 표정으로 바쇼는 수긍했다.

"명준님 실제로 있었습니다. 도요토미 히데요시 다이코 사후, 오고쇼께서 권력을 장악해 나가자, 다이코의 오랜 친구이기도 했던 마에다 도시이에 님께서 장남과 모의하여 자신의 병문안 차 방문할 예정인 오고쇼를 그 자리에서 암살하려 획책했었답니다. 허나 오고쇼께서 암살 따위는 추호도 겁내지 않으시고 전격적으로 방문하시자, 무엇 때문인지 마에다 님께서 심경의 변화를 일으켜 암살 기도를 스스로 포기해 버렸다고 합니다."

바쇼가 설명을 마치자 생도가 덧붙였다.

"마에다 님조차 다이코 전하의 죽음에서 자유롭지 못하다는 겁니다. 그 점을 오고쇼님께서 암살을 당할지도 모르는 그 자리에서 깨우쳐 준 덕분에 마에다 님이 마음을 돌릴 수밖에 없었다는 내용이었습니다."

"이거 원, 대단한 상상이로군, 백만 석의 가가 번加賀藩 시조인 마에다 님마저 다이코 죽음의 진상에 관계된 걸로 하다니⋯⋯."

바쇼가 팔짱을 끼면서 나지막이 중얼거렸다. 마음이 급해진 명준은 생도의 손을 덥석 잡으면서 숨 가쁘게 말했다.

"다니하타 군, 책의 결말을 이야기 해 주게. 하나도 빠짐없이!"

"⋯⋯."

바쇼도 그제야 생도의 우측에 털썩 앉으며 명준의 말을 태평스레 받았다.

"어차피 오늘밤 잠들긴 글렀는데, 이봐, 다니하타, 자리 옮길 것도 없이 여기서 밤을 새자고. 몇 번이고 읽었다면 거의 외웠을 텐데, 어렵지 않지? 자, 나도 부탁해!"

격의 없는 아우 대하듯 바쇼는 생도의 어깨를 툭 건드리기도 했다.

그런 두 사람을 갈마보는 생도의 얼굴은 많이 침착해져 있었다.

눈물도 더 이상 흘리지 않았다.

어느새 달빛이 조락凋落의 창연한 월색으로 젖어들자 막다른 골목, 그곳에는 외줄기 여명이 가뭇가뭇 되살아나기 시작했다. 푸르스름한 새벽은 이제 멀지 않은 것 같았다.

8막 린, 적진에 잠입하다

1598년 1월 10일 후시미 성.

마에다 도시이에는 오랜만에 히데요시와 단 둘이서만 야밤에 술잔을 살갑게 돌렸다. 서로 간에 젊었을 때처럼 마타자, 히데요시라고 부르면서 모처럼 옛 주군 오다 노부나가를 추억하며 화기애애했는데, 자정이 가까워질 시각.

무르익어 가는 화목한 분위기에 별안간 찬물을 끼얹는 듯한 소리를 히데요시가 서슴없이 해 버렸다.

— 이봐, 마타자, 올 하반기에 말이야, 난 대공세를 펼치려고 해.

얼큰하게 취한 도시이에가 옛일을 회상할 때는 친근히 맞장구를 쳐주며 청년처럼 호기를 부렸지만, 대공세라는 말에는 정신이 번쩍 들어 얼른 되묻지 않을 수 없었다. 가뜩이나 전쟁에 회의를 가졌던 도시이에로선 청천벽력 같은 소리였던 것이다.

— 대공세라니? 무슨 말이야?

— 무슨 말이긴? 천하의 히데요시 정도 되는 남자가 겨우 조선의 남부만으로 만족할 것 같은가? 마타자, 자네가 이 히데요시를 그렇게 째째한 인물로 취급한다면 이거 실망이 크네.

― 해서 묻지 않는가? 대공세라니?
― 뭐, 그거야 뻔하지. 백만 정도 동원하려고 해.
히데요시의 얼굴은 안색 한 번 바뀌지 않았다.
― 뭐어, 백, 백만?
백만 군사 출정이라는 어마어마한 계획에 술이 확 깬 도시이에가 급기야 입도 다물지 못했는데, 히데요시는 그것조차 가소롭다는 듯 턱수염을 만지작대며 큭큭 웃기까지 했다.
― 마따자, 자네도 슬슬 준비해 주었으면 좋겠어. 이참에 조선과 명 구경 좀 하고 와. 그 녀석 너구리에게 내가 직접 지시할 예정이야. 자네도 동반 출병 한다 그러면 제 아무리 너구리라도 더 이상 꽁무니를 빼지는 못하겠지. 생각해봐, 그 녀석 이번에도 군사를 한 명도 보내지 않았잖아. 괘심하기 짝이 없어. 아예 이번 대공세의 선봉은 그 녀석이 서게 만들어야지. 녀석은 말이야 이번 전쟁에도 전혀 손해를 입지 않고 있거든. 그러면 더 이상은 곤란하지. 나 다음을 녀석이 능히 넘볼 수가 있거든. 하여 후환을 없애려면 꼭 선봉에 서게 할 수밖에 없어. 귀찮겠지만 자네도 나서주어야겠어. 자, 그건 그렇고 상상해 보게나, 자네와 너구리가 전격 출병하면 명나라가 어디 오금이라도 펴겠어? 큭큭큭!
― 히, 히데요시, 그, 그러나…….
하지만 히데요시가 종잡을 수 없도록 다른 화제로 말꼬리를 돌리는 바람에 도시이에로서는 대공세 문제를 더 이상 언급할 수는 없었다. 다만 등골에 식은땀마저 주르륵 흐르는 걸 살 떨리도록 느끼고 말았다. 술 맛을 즐길 엄두도 나지 않았다.

도시이에는 히데요시를 누구보다도 잘 알고 있었다. 마음만 먹으면 백만 동원이 아니라 그 이상이라도, 그 어떤 희생을 치르고라도 기필코 해내고야 말 위인이란 것을. 더욱이 눈에 넣어도 아프지 않을 히데요리를 위한 아비로서의 포석이라면 두 말하면 잔소리였다. 그러나 단지 그것 때문에 더 이상의 희생을 사람들에게 강요할 수는 없는 일이었다. 이 전쟁에 지치지 않은 사람이 없다고 해도 과언은 아니었다. 자신이 다스리는 지역만 하더라도 히데요시에 대한 원성과 분노가 예사롭지 않았다. 백성들은 말할 것도 없고, 일부 가신들조차 집에서 기르는 개에게 사루라는 히데요시 별명을 지어놓고 걸핏하면 후려 패면서 분노를 삭인다는 얘기를 들은 적도 있었다. 그런데 백만이라고? 그 전에 모반이 터져 모두가 망할 수밖에 없을 터였다. 노망이 아니라면 히데요시의 이런 야욕을 어떻게 받아들여야 한단 말인가! 도시이에는 눈앞이 캄캄할 따름이었다.

1월 20일. 어둑어둑해지는 일몰 경.
겨울비가 전에 없이 우박처럼 내리퍼부었다. 어지간히 바쁜 일이 아니라면 행인들이 통행을 포기할 만치 빗줄기는 가히 굵었다. 그런데도 히젠肥前의 나고야名護屋 성에는 조선에서 끌려온 포로들 수백여 명이 행렬을 이루어 모여들었다. 성의 정문인 오테몬大手門 주변은 그래서 인산인해였다.
원래 비가 한여름의 폭우처럼 쏟아지지 않았다면 조선인들 중 일부는 야숙시키고 오테몬 근처의 마을로 나머지를 집단 수용한 다음, 성의 각 진에 골고루 안배될 계획이었다. 허나 날씨가 날씨인지라

서둘러 성으로 집결하여 각 진에 분산시키라는 마에다 도시이에의 특별 지시가 내려와서 예정이 전례에 없이 바뀌었던 참이었다. 하여 성의 경비 태세가 부랴부랴 강화될 수밖에 없었고, 망대의 조총 발사대인 총안銃眼에는 철포대들이 장대비 속에서도 대기할 만치 물 샐 틈 없이 삼엄해져 버렸다.

때 아닌 우중雨中에 한꺼번에 많은 사람들을 다루려다 보니, 각 진영에서 차출 나온 아시가루足輕 평시에는 잡역에 종사하다 전시에 보병이 되는 무리들이나 감독관도 조선인 포로들과 다를 바 없이 하나같이 물에 빠진 생쥐 꼴이 되고 말았다. 때문에 미처 우의도 걸치지 못한 아시가루들로서는 때 아닌 노역에 허둥지둥, 부아가 치민 몇몇은 걸핏하면 발길질할 정도로 포로들에게 난폭하게 대하는 경우가 많아졌다.

조선인 포로들은 군병만이 아니라 백성들도 수두룩했으며 스스로 투항한 자도 없진 않았다. 하지만 아시가루들이 거의 구별을 두지 않고 거칠게 다루어 대개의 조선인들은 두려워 고개도 제대로 들지 못한 채 갈팡질팡했다.

개중에 몇몇 투항한 이들은 이런 대우가 억울하다며 읍소도 했는데 도리어 빈축을 사거나 매타작을 당하기 일쑤였다. 진창인 바닥에 발길질로 엎어지는 경우도 속출해, 그럴 때마다 통솔하는 감독관이 엄히 제지하느라 애를 먹었다.

히젠의 나고야 성은 사실 조선 출병을 위해 8개월 만에 전격적으로 축성된 성이었다. 병참 기지로서만이 아니라 총사령부의 역할까지 도맡아 도요토미 히데요시가 장기간 거주해 왔던 곳이기도 했다. 따라서 전국 각 다이묘들도 성곽 주변의 숙소를 조성함은 물론이거니와 각자의 구역을 나누어 받아 진을 쳐야만 했다. 대륙 정벌의 동원령을 내린 히데요시의 눈 밖에 나지 않으려면, 권력의 2인자, 3인자로 평가받는 마에다 도시이에와 도쿠가와 이에야스라 하더라도, 이곳에 자리를 잡지 않을 수 없었다.

제각각의 거물들이 결집한 만치, 말단의 아시가루들도 속한 진에 따라 명령을 받아 움직였으며 상대에 따라서는 묘한 적대감마저 은밀히 감돌아, 애초부터 일사불란한 지휘계통은 무리였다. 그런 면에선 전국시대의 영향이 아직도 각 진영에 남아 있었다고 봐도 무방했다. 감독관의 명령이 각 진영의 아시가루들 모두에게 정상적으로 먹혀들지 않았던 연유였다.

이윽고 성의 니노마루二の丸성의 외곽 부분 주변에서 조선인 포로들의 분류작업이 시작되었다. 군병과 백성들로 나누고 사로잡힌 자와 귀순한 자를 구분했다. 그렇게 하여 각 다이묘들의 진영으로 분산 배치될 터였다. 피로인被虜人이라고도 불리는 조선인들은 신분과 종사하는 업에 따라 흩어져 인솔되기 시작했는데, 별안간 소동이 한차례 터지고 말았다. 한 사람이 부당하다고 이의를 심사관에게 격렬히 제기한 것이었다. 그는 능숙한 일본어로 소리치고 있었다.

― 나는 귀순한 사람이다! 나는 분명히 얘기했다. 마에다 다이나곤님께 보고할 기밀이 있으니 천하의 마에다 가문으로 배속해 달라고! 그런 나를 기껏 모리 데루모토毛利輝元 가문으로 넘기다니, 천부당만부당한 조치다. 즉각 시정하라!

그 자리에서 처분을 기다리는 포로들은 물론이거니와 각 진영의 상급 무사인 조시上士들까지 시선이 일제히 그 사내에게로 집중되었다. 훤칠한 용모에다 부름뜬 눈으로 조금도 물러서지 않겠다는 단호한 기개가 장소가 장소인 만큼 돋보이지 않을 수 없었다. 험악하고 살기등등한 그 자리에서 누가 이토록 자기주장을 당당히 전개할 수 있는지 대부분 믿기지 않는다는 기색이었다.

빗줄기는 조금도 약해지지 않고 사람들을 두들기듯 마구발방 떨어지고 있었다. 그 사내는 추호도 거리낌 없었다. 대열에서 이탈해 마치 자신의 기세를 보여주기라도 하듯이 계속적으로 고래고래 소리쳤다. 각 진영의 깃발이 강한 빗발 속에서도 저마다 상대를 압도하겠다는 듯 여기저기에서 펄럭이는 가운데, 어안이 벙벙하거나 망연자실한 아시가루들은 신속히 대응하지 못하고 우왕좌왕했다. 허나 모리 데루모토 진영의 조시 하나가 격노한 채 앞으로 나왔다. 그 사내가 거론한 마에다 도시이에 측 진영에선 아시가루들이 웅성거리기 시작했다.

—네 이놈, 어떤 기밀인지 모르겠지만 우리에게 보고하면 그만인데, 뭐가 어째? 우리 가문이 마에다 가문보다 못할 게 무엇이라 말이냐?

위풍당당한 갑주로 무장한 조시는 먼저 투구를 벗어 땅바닥에 놓았다. 투구 뿔인 구와가타鍬形투구 앞에 장식한 뿔 같은 쇠붙이의 형태가 忠자 모양인걸로 보아도 그 조시가 얼마나 모리 가문에게 충성을 다하는지 충분히 짐작케 했다. 이마와 목에 핏대가 불끈 솟아올라 조시는 금방이라도 그 사내의 목을 벨 것만 같았다. 하지만 그 사내는 맨손이었다. 조시는 검을 잡지 않았다. 대신 쏜살같이 달려들어 멱살을 잡더니 주먹을 연거푸 날렸다. 그 사내의 코에선 피가 터졌다. 그대로 바닥에 힘없이 나동그라졌다.
— 네 이놈, 당장 사죄하지 못하겠느냐?
 조시의 외침이 빗줄기를 가차 없이 뚫었다. 처참히 쓰러져 있는 그 사내도 지지 않고 힘껏 맞받아쳤다. 빗소리와 주위의 웅성거림도 제압할 만치 울림이 컸다. 흡사 출정의 함성 같은 서슬이었다.
— 결례였다면 용서하라. 그러나 나는 모리 가문은 모른다. 나는 오직 마에다 가문으로 배속되고 싶을 뿐이다. 사지를 넘어온 나의 소망이다, 이것이 잘못이란 말인가?
— 네가 정녕 미치지 않고서야 어떻게 우리 가문을 이토록 능멸한다 말인가? 이 자리에서 목을 쳐도 분이 풀리지 않노라!
— 능멸한 적 없다, 나는 오직 마에다 가문······.
 그러나 사내는 더 이상 말을 잇지 못했다. 조시의 발길질이 비처럼 사내에게로 쏟아졌기 때문이었다. 얼굴, 어깨, 허리, 배 등 부위를 가리지 않고 조시는 마구 짓밟았다. 정말로 뼈에 사무칠 정도로 분노한 나머지, 자신의 완고한 성정을 참지 못하고 때려죽이는 것도 불사할 작정인 듯했다. 그 사내의 얼굴은 속절없이 피범벅이 되어갔으며, 온몸을 잔뜩 웅크리고 가혹한 타박打撲을 견디고 있었다.
 주위가 크게 소란스러워졌다. 마에다 진의 동요도 심상치 않았다. 그러나 여기서 마에다 진영이 불쑥 끼어들어 모리의 조시를 제지라도 하면 크나큰 충돌로 이어질 수도 있었다. 서로간의 자존감이 강한 상태에선 극히 민감한 부분이라면 세차게 부딪치기 십상이었다. 이미 빗속에서 모리 진영은 이성을 상실한 상황이었다. 하여 마에다의 조시들은 발끈한 아시가루들을 도리어 만류하느라 소리 없이 움직일 수밖에 없었다.

　모리 가의 조시는 숨을 헐떡거리면서도 그 사내를 짓이기다시피 밟아대는 걸 멈추지 않았다. 사내는 거의 혼절할 지경으로 이르렀다. 하지만 목에 걸려 있는 십자가 목걸이를 양 손으로 불끈 잡으며 안간힘을 다해 아멘이라고도 외쳐댔다. 코와 입에서 왈칵 쏟아져 나오는 선혈이 비에 씻겨 가고 있었다. 그러자 마에다 진영에 있었던 예수회 소속의 포르투갈 선교사 쎄스페데스 신부가 흠칫 놀라더니, 곧 조시에게로 뛰어 나왔다.

　이번에는 사람들의 눈길이 그에게로 쏠렸다. 마에다 가문의 문양이 새겨진 하오리羽織걸옷를 말쑥하게 입은 쎄스페데스는 주위의 눈을 의식해 사방을 두리번거리기도 하였다. 연전에 도요토미 히데요시가 선교사 추방령을 이미 내렸던 후라 드러내놓고 선교하기에는 주변을 의식하지 않을 수 없는 형편이었다. 물론 쎄스페데스는 독실한 기리시탄인 고니시 유키나가 덕분에 조선에도 다녀온 전력이 있었다. 조선의 김해 진영에 초청되어 1년간이나 종군했던 것이다. 그때가 1593년이었다.

　— 뭔가?

　모리의 조시가 쎄스페데스에게 일갈했다. 그러나 산전수전 다 겪은 신부답게 쎄스페데스는 그 사내의 곁에 무릎을 끓고 양 손을 모으며 허공을 향해 드높이 부르짖었다. 그 또한 일본어를 능란히 구사하고 있었다.

　— 오, 할렐루야! 천주여 당신의 아들이 사소한 오해 때문에 이렇듯 핍박을 받고 있나이다. 도와주소서!

― 뭐, 뭐야!

예사롭지 않다고 여겼던지 조시는 자신도 모르게 멈칫댔다. 그 틈을 놓치지 않고 쎄스페데스는 그 사내를 얼른 부축했다. 빗물인지 눈물인지 구분할 순 없지만 쎄스페데스의 눈은 충혈 된 채, 뺨에는 눈물 같은 물이 흘러내렸다. 진심으로 기리시탄을 동정하는 기색이었다.

― 형제여, 기리시탄입니까?

쎄스페데스가 흐느끼듯 말했다.

― 예, 안드레아입니다…….

그 사내는 신음과 함께 힘겹게, 뚝뚝 끊어질듯 말을 이었다.

― 영세를 받았단 말입니까, 형제여?

― 예, 주님의 품에 안겨…….

― 오오, 할레루야! 천주께서 긍휼히 여기사 형제를 이곳으로 인도했나이다! 주여 은총을 여기 형제에게 따뜻하게 내려주소서!

― 이게 뭐하는 짓거리인가?

조시가 다시 나섰으나 확실히 기세는 누그러져 있었다. 뭔가 신앙에 얽힌 사연이 있으리라 지레짐작한 모양이었다. 이번에는 쎄스페데스가 조시에게 간절히 하소연해 왔다.

― 모토야나기本柳 님, 이 사람은 기리시탄입니다. 필시 기리시탄에 크게 억압적이지 않은 마에다 가문으로 귀순하여 그저 신앙생활을 영위하려는 것에 불과할 겁니다. 기밀이니 뭐니 하는 건 이 사람의 허언이며, 결코 모리 가문을 업신여기거나 능멸할 의도 따윈 눈곱만큼도 없었다는 겁니다. 그저 자신의 신앙을 영위하려고 과장 되

게 나댄 것에 불과하니, 부디 오해를 푸시고 자비를 베풀어 굽어 살피십시오!

— 으음…….

조시가 마침내 격정에서 빠져 나온 듯 망설이자, 세스페데스는 성부와 성자와 성령의 이름으로 하며 그 사내를 축원했고, 비로소 마에다 가문의 조시들과 아시가루들이 우르르 몰려나와 두 사람을 벽처럼 호위함으로써 한바탕 소동이 다행히 일단락되어 갔다.

세스페데스는 마에다 가문의 막사로 옮기기 위해 그를 등에 업었다. 그는 이미 기절한 상태였다.

그 자리의 광포한 폭력을 혐오하여 말끔히 씻부시어 내듯 빗줄기가 더욱 드세게 몰아치는 가운데, 세스페데스는 연신 애절히 기도하고 있었다. 다만, 그 와중에도 이상한 건, 정신을 잃은 사내의 표정이 평온해 보인다는 점이었다.

그 사내는 린林이었다.

1월 22일 나고야 성내의 도시이에 집무실.

이틀간 혹독한 심문을 당했던 린은 거의 처참한 몰골이 된 채 도시이에게로 끌려와 부복 당했다. 도시이에 진영에선 세스페데스의 비호에도 불구하고 린을 일단 거짓 투항한 것으로 단정, 모리 가문과의 이간질을 획책하려는 게 아니었나, 하고 의심했으며 조선 측의 간자間者일 가능성에 대해서도 집중 추궁했었다.

물론 린은 간자 혐의를 완강히 부인했으며 중요한 기밀을 보고할 테니 도시이에를 알현할 수 있게 해달라는 요구만 되풀이했다. 이러던 와중에 도시이에가 친히 문초하겠다며 린을 불러들였던 것이다. 주군이 이만한 일에 직접 나서는 건 경우에 없는 일이라며 가신들이 펄쩍 뛰며 극구 만류했으나, 도시이에가 내 앞에서만 기밀을 털어 놓겠다 하니 만나봐야겠다며 밀어붙였다. 물론 여기엔 다른 사정도 있었다.

고니시 유키나가의 서찰을 들고 세스페데스가 방문한 시점은 소동이 일어나기 일주일 전쯤이었다. 서찰에서 유키나가는 이 전쟁을 하루빨리 끝나게 하려면 이젠 도쿠가와 이에야스와 협력할 수밖에 없다는 당위를 명료히 기술했었는데, 말미에 세스페데스가 권유하는 인물이라면 그 누구라도 친히 만나주었으면 좋겠다, 라는 의미심장한 내용이 덧붙여졌던 것이다.

도시이에로선 그것에 대해 세스페데스에게 꼬치꼬치 캐물었지만 돌아오는 대답은 조만간 알 수 있지 않을까요, 라는 애매모호한 것뿐이었다. 그러다 주위의 이목을 순식간에 끌었던 소동이 터져버리자 아하, 싶었다. 하여 린을 자신의 면전에 꿇어 앉혔는데…….

빗속의 소동과는 전혀 어울리지 않게 의외로 린은 단아한 얼굴의 청년이었다. 전쟁이나 모략, 책략 따위와는 거리가 먼, 그저 문약해 보였다. 비록 피멍든 얼굴과 누더기가 된 옷을 걸쳐 추레하기 짝이 없었지만, 제대로 옷을 입히고 무대에 올려 노래를 부르게 하면 적격일 정도로 미소년으로 보일 따름이었다. 그러나 외모의 분위기와는 행동거지가 달라도 너무 달랐다. 대뜸 이 자리에서 가신들을 물리쳐 주신다면 곧바로 기밀을 아뢰겠노라고 당당히 발설해 오기도 했다.

저런 방자한 놈 하며 가신들이 흥분했으나, 도시이에로서는 서찰이 마음에 걸릴 뿐만 아니라, 영문 모를 흥미도 생겨 다들 집무실에서 나가게 했다. 그랬더니 왜 다이나곤님께선 다이코 전하를 치지 않습니까, 일본엔 그렇게 인물이 없습니까, 하고 그가 힐난하듯 따져 묻는 것이었다.

이 자리가 어떤 자리인데, 한마디로 기가 막혔다. 약해빠져 보이는 청년이 아무렇지도 않게 뱉어낸 경천동지의 말. 처음에는 화도 나지 않았다. 하지만 그 말의 무게는 참으로 대단했다. 얼굴이 확 달아올랐고, 피마저 머리끝까지 거꾸로 치솟는 것 같았다. 참담해진 도시이에로서는 검부터 뽑지 않을 수 없었다.

― 네 이놈, 무엄하기가 이루 말할 수가 없구나! 존귀한 전하를 함부로 입에 담는 것도 불경하여 나무라지 않을 수 없거늘, 뭐가 어째? 네 놈이 죽으려고 환장한 게 아니더냐?

― 죽이려 하신다면 그것도 어쩔 수 없는 일, 허나 안타까워서 그럽니다!

― 이, 이놈! 방자한 것도 정도가 있는 법, 당장 목을 치겠노라!

부복한 린의 앞까지 달려가 도시이에는 조금의 주저도 없이 검을 휘둘러보았다. 허공을 가른 칼날이 린의 목 언저리에서 정확히 멈추었다. 그러나 린은 움찔하는 기미도 전혀 없이 부복한 채 도시이에만 결연히 보고 있었다. 눈꺼풀 한번 깜박거리지 않는 눈에서 뿜어나오는 안광이 마주 볼 수 없을 만치 강렬했다. 이미 목숨을 걸고 있는 기운이었다.

이토록 엄청난 소리를 가차 없이 뱉을 수 있는 기상, 도시이에의 간담이 서늘해지고 말았다. 예전 전국시대라면 몰라도 요새 젊은이들 사이에선 찾아보기 힘든 배짱이었다. 무사도 아닌 자가 어디서 이런 힘이 나오는지, 문득 천하를 평정했던 주군 오다 노부나가織田信長가 시야에 아른거려 도시이에의 팔에는 소름이 부끄럽게도 돋고 말았다.

게다가 그의 눈빛을 받아 넘길 담력이 스르르 사라지면서 볼썽사납게 손마저 조금씩 떨리기 시작했다. 탄식하며 도시이에는 별 수 없이 검을 힘없이 내려 버렸다. 바깥에 대고 이 자를 끌고 가라는 엄명 대신 조용히 이렇게 말하기도 했다.

― 네 이놈, 도대체 무엇이 안타깝다 말이더냐?
― 전쟁이 지속되는 게 안타깝다는 것이옵니다.
― 흥, 네 한 몸이나 건사할 걱정이나 해라. 네가 무엇이기에 전쟁 운운하느냐? 같잖다.
― 일개 백성이기에 전쟁의 참상을 몸으로 겪었습니다. 그래서 이놈의 전쟁을 하루 빨리 끝내고 싶은 겁니다.
― 응?
― 소인은 조선 옷을 입고 있지만 원래 고니시 유키나카 님 부대의 아시가루였습니다. 그러다 조선에 항복했지요.
― 흥, 그러했구나.
― 소인은 다행히 조선의 세자 저하인 광해군의 눈에 띌 수 있었습니다.
― 일개 잡병인 네가?
― 물론 거짓말을 했지요. 고니시 님의 측근이라고도 했고 철포대

를 이끄는 상급무사라고도 했습니다.

— 그런 어수룩한 거짓말을 세자가 믿더란 말이냐?

— 철포를 다루는 법을 소인은 알고 있었습니다. 통했지요. 하여 세자의 총애를 받을 수 있었습니다.

— 믿을 수 없다. 거짓말도 그럴듯하게 해라. 누가 믿겠나?

— 소인은 사실을 이야기할 뿐입니다.

— 좋다, 네 말이 사실이라면 더더욱 이상하지 않느냐? 세자의 총애도 받는다면서도 투항한 이유가 뭐란 말이냐?

— 흥정하려고요.

— 응?

— 기밀이 있다고 말씀드렸지요. 세상이 발칵 뒤집힐만한 일입니다.

— 그게 뭐란 말이냐?

— 얼마 전에 세자를 통해 들은 얘기입니다. 명의 천자가 올 하반기에 백만 군세를 동원해 조선에서 일본군을 몰아냄은 물론이거니와 일본 본토로 진입하겠다는 계획을 세웠다고 합니다. 그것을 위해 이미 천자는 샴과 류쿠, 루송呂宋 등지에도 군사와 군량을 징발하겠다는 칙서를 은밀히 내렸다 하옵니다.

— 뭐야, 그럴 리가 있나? 샴과 류쿠는 이미 다이코大閤 전하께 복종하고 있는데 이 무슨 망발인 게야?

— 그들은 늘 비교해 가며 강한 쪽에 붙기 마련입니다!

— 도대체 네가 그런 엄청난 소리를 어떻게 조선의 세자에게 들을 수 있단 말이냐? 혹여 그게 사실이라 하더라도, 조선의 세자가 정신이 나가지 않고서야 그런 기밀을 네게 얘기해 줄 리가 있겠느냐?

― 어떤 여자를 소인께 남긴 게 아닌가 싶습니다. 쥐하는 소인을 고니시 님의 상급무사라고 알고 계시니까요.

― 어떤 여자라고?

린은 도시이에의 시선을 맞받으면서 단호히 말을 이어가고 있었다. 당차고 흐트러짐 없는 기세와 태도, 도저히 거짓말을 하는 것이라곤 여겨지지 않았다. 도시이에는 정신이 아득해지는 기분이었다. 히데요시의 백만 동원이라는 엄청난 말을 들었던 데다, 하물며 명나라까지 백만을 동원하여 일본 본토로 진격해 오겠다니! 만약 일이 정말로 그렇게 흘러간다면 삼국 다 망하는 길밖에 없을 터였다.

― 나로서는 도저히 믿을 수 없는 말이다. 명이 무슨 여력이 있다고…….

― 두고 보시면 아시게 될 것이옵니다.

― 자신만만하구나.

― 예.

― 그렇다면 묻겠다. 네가 생각하는 어떤 여자란 게 뭐냐? 뭐기에 세자가 네게 이런 기밀을 흘렸단 말인가?

― 협상. 협상이 아니겠습니까?

― 뭣이?

― 다이나곤님 大納言 마에다 도시이에의 관직, 조선의 세자는 종전을 염원하고 있습니다. 명의 대공세 또한 크게 반기지 않는 눈치였습니다. 우선 전장 터가 조선 땅이 될 것이기 때문입니다. 세자는 그 무엇보다 백성을 소중히 여기시는 분입니다. 일본 정복보단 백성 안위가 먼저인 겁니다. 거기에다 세자는 조선의 임금으로부터 견제 또한 당하고

있습니다.

— 무슨 뜻인가? 말이 많구나. 변죽을 울리지 말고 구체적으로 말해라.

— 세자는 강경파가 아닙니다. 즉 명의 공세 이전에 일본과 화의를 하고 싶은 겁니다. 대신 임금의 자리를 보장받는다는 조건이지요.

— 그런 만큼 세자의 입지가 위태롭다는 말인가?

— 그렇습니다. 조선은 명의 책봉국. 명의 천자로부터 승인을 받아야 세자 자리가 명분을 얻게 됩니다. 하지만 명은 책봉 승인을 차일피일 미루고 있는 실정이며, 임금에게서 떠난 민심은 세자에게로 쏠리고 있습니다. 그 결과, 위기감을 느낀 임금이 세자를 견제하고 있는 겁니다.

— 음······.

일면 그럴 듯하다고 도시이에는 생각하고 있었다.

— 소인이 고니시 님의 본진으로 투항했을 적에 세자의 의중을 가감 없이 전해드려 보았습니다.

— 유키나가에게? 그래, 그 자가 뭐라 하던가?

— 소인이 판단컨대 고니시 님 역시 종전을 열렬히 염원하셨습니다. 독실한 기리시탄이시니 그 마음이야 더할 바 없었겠지요. 소인에게 나도 그러하다, 라고 말씀하시더군요.

— 으음.

도시이에는 신음 같은 소리를 씹었다. 하긴 전쟁을 애초부터 반대했던 이가 고니시 유키나가다. 강경파인 가토 기요마사加藤清正와는 다르다. 하면 대체 무엇이 어떻게 돌아가고 있는가. 어쩐지 깊은 수

령과 같은 꿈을 꾸고 있는 것 같기도 했다……

 애초 전쟁 재개에 회의적인 유키나가를, 아니 강화 내용을 왜곡하면서까지 명나라와 화의를 이루려 했던 그를 히데요시가 재기용한 점은 도시이에 자신으로서도 그간 선뜻 이해하기 어려웠던 게 사실이었다. 따라서 뭔가 본심을 히데요시가 따로 품고 있지 않을까, 라고 미루어 짐작했었는데…… 지금에 와서 돌이켜 보면 백만 대공세를 위한 연막이 아니었나 싶었다. 그걸 유키나가도 눈치 채고 종전을 어떻게 하든 서두르고 있을지도 모를 일이었다.

 ― 하면 다시 묻겠다. 네가 투항한 건, 조선 세자의 지시였더냐? 우리와 협상을 중재하라는 밀사 자격을 주었더냐?

 ― 아닙니다.

 ― 아니라고?

 ― 예.

 ― 답답하구나. 무슨 뜻인지 하나도 모르겠다.

 ― 다이나곤님, 세자는 영민합니다. 일본은 현재 적국. 적국의 장수와 협상을 시도했다는 점이 드러나기라도 한다면 그날로 사지로 내몰리게 될 것은 명약관화한 일, 명분을 중시하는 조선에서 이건 위험천만한 일이옵니다. 이런 상황 하에서 스스로 발목을 잡힐만한 일을 조선의 세자가 꾸밀 리가 있겠사옵니까?

 ― 하기야 명이 일본 본토 침공을 계획했다면 그걸 조선으로선 거부할 순 없겠지. 하면?

 ― 예, 세자가 소인에게 기밀을 흘린 건 비밀리 협상을 중재하라는 의도가 아니었겠습니까? 소인은 그것이 세자의 여지라고 보옵니다.

— 그렇다면 조선은 명을 떠나 우리의 보호 하에 들어오겠다는 것인가?

— 주종이라기보다는 세자의 복안은 형제국으로서 조선과 일본의 입지를 구축해서 전쟁을 끝내겠다…… 이것이라고 소인은 생각하고 있사옵니다.

— 하지만 전하께서 그것으로 만족하실 리가 없지 않느냐?

— 그래서 다이나곤님과 도쿠가와 이에야스님의 연대가 필요한 게 아니겠습니까?

— 응?

도시이에는 문득 머리칼이 쭈뼛 서는 기분이 들었다. 유키나가도 서찰에서 그것을 강조했던 것이다.

— 소인의 계략은 이렇습니다. 다이나곤님과 도쿠가와 님께서 합심하여 전하를 설득, 아니 설득될 리 없을 테니, 조선이 책봉국이 되겠다며 입공 요청이 들어왔으니 화의를 맺자고 속이셔야지요. 그 증표로써 세자의 아드님을 인질로 내겠다고 하면 됩니다. 만일 협상이 진척을 보인다면 소인이 다시 조선으로 건너가서 세자를 설득하여 일단 인질을 보내도록 만들겠습니다. 그것을 소인이 반드시 이루어내겠습니다.

— …….

도시이에로서는 가슴이 두근거리지 않을 수 없었다. 일면 가능성이 없는 얘기는 아니었다. 천하의 2인자 3인자로 평가받는 자신과 이에야스가 조선의 세자와 내통하여 화의의 조건으로 인질을 데려온다면 아무리 히데요시라도 백만 대공세라는 무모한 작전을 철회

할 수 있지 않을까? 물론 이에야스를 재기할 수 없게 만들겠다는 게 공세의 또 다른 속셈이긴 하지만…… 지금으로서는 그 수밖에 없지 않을까? 정말로 조선의 세자가 내통할 용의만 있다면 시도해 볼 만한 계책이긴 했다. 도시이에는 손가락으로 이마를 긁적거리다가 린을 빤히 바라보았다.

— 잠깐 납득할 수 없는 점이 있다. 네 말대로 설혹 협상이 잘 마무리 되어 조선과 화의를 이룬다고 치자, 하지만 네가 얻을 수 있는 게 없지 않느냐? 네 말대로 하면 너의 존재는 조선에겐 없는 것이나 마찬가지가 아닌가? 보상받을 길이 없을 텐데도 네가 이렇게 나서는 이유가 뭐란 말인가?

— 소인에게 각별한 조선인 정혼자定婚者가 있사옵니다.

— 뭐?

— 허나 이번 전쟁통에 일본으로 끌려가 버렸사옵니다. 소인이 원하는 건 그 정혼자를 찾아 혼약하는 것이옵니다. 단지 그것뿐이옵니다.

— 뭐라? 도대체 지금 그 말을 나보고 믿으라는 게냐?

— 천하의 마에다 다이나곤 도시이에 님이 아니시옵니까? 하면 사내의 진정을 알아보는 안목이 있으시리라 확신합니다. 그래서 마에다 가문으로 가겠다고 했습니다만.

— 그럼, 그게 치밀히 계획된 것이었단 말이더냐? 나를 만나기 위해? 뱃심 한번 좋구나.

— 이렇게 뵙게 되었으니 소인의 심산이 엉터리라고는 할 수야 없겠지요.

— 흥, 네가 무슨 귀신같구나!

하지만 딴에는 맞는 말이었다. 그의 진위야 차치하더라도 분명코 히데요시 다음이라 평가받는 도시이에 자신을 이 자리에서 만나고 있는 것이다. 그리고 목을 칠 수도 있었지만 자신은 끝내 검을 거두고 말았던 것이다. 그의 말에 묘한 설득력이 흘러 넘쳐, 에라 하며 도시이에는 그의 앞에 털썩 앉아 버렸다.

— 귀신이라 하셨습니까, 다이나곤님? 하면 귀신의 소리를 한번 들어보시겠습니까?

— 무슨 뚱딴지같은 소리를?

바로 눈앞에서 빤히 쏘아보는 린과 마주 앉아 있노라니 도시이에는 괜스레 얼굴이 화끈거려졌다. 어디 내놓아도 뒤지지 않을 어연번듯한 몸가짐과 어조. 더욱이 적진이라면 적진, 그런데도 침착하고 능변의 말투를 자유자재로 구사하고 있었다. 그러고 보면 정말이지 귀신같기도 했다. 문득 그의 내력이 도시이에는 궁금해지고 말았다. 도대체 어떻게 살아왔던 녀석이기에……

— 소인은 내일이라도 당장 전쟁이 끝나기를 바랍니다. 사실 그럴 수 있는 가장 최선의 지름길은 다이나곤님께서 다이코 전하를 치시는 것입니다!

— 어허, 또 미친 소리를! 네 이놈, 목숨이 아까우면 말을 가려서 해야 하느니. 네가 목이 두 개, 세 개 달린 귀신이 아니라면 어찌 이리도 천방지축 날뛸 수 있단 말인가?

그러나 도시이에의 서슬은 이미 한풀 꺾인 상태였다. 린은 여전히 또박또박 말을 이어갔다.

— 소인이 드리는 말씀이 틀린 것이옵니까? 이를테면 소인 같은 놈에겐 주인이 없습니다. 그래서 협상의 중재자로 자처할 수 있습니다. 하면 다이나곤님께선 어떻습니까? 예컨대 다이나곤님께선 다이코 전하를 주인으로서 숭상하고 계신 것이옵니까?

— 으음.

— 아니지 않사옵니까? 다이코 전하를 지척에서 가장 냉정히 바라보고 계신 분이 다이나곤님이라 사료되옵니다. 스스로 주인이라 칭할 수 있는 천하의 그릇, 때문에 소인은 망설임 없이 호언장담할 수 있는 것이옵니다. 마에다 다이나곤님이라면 전하를 쳐서 전쟁을 끝마치게 할 수도 있다고 말입니다!

— 여기가 어디라고? 듣기 거북하다. 그만하라.

— 송구하옵니다. 허나 귀신의 소리였사옵니다!

— 으음.

도시이에는 내심 탄복하고 있었다. 시해의 정당성을 내비치면서 자신과 히데요시를 동격으로 은연중 자리매김하는 솜씨가 흡사 정연한 군사(軍師) 같았던 것이다. 어쩐지 말려드는 기분이었지만 도시이에는 기어이 이렇게도 묻고 말았다.

— 너는 천하의 마에다 도시이에를, 이 몸을 전하를 시해할 만치 권력에 눈이 먼 옹졸한 인물로 생각했던 것이더냐? 배반이라면 이를 가는 나를 어찌 보았기에…….

오다 노부나가를 주군으로 모셨던 도시이에에겐 이 말은 대단히 절실한 것이었다. 노부나가가 아케치 휴가노카미 미쓰히데(明智日向守光秀)로부터 배신을 당해 목숨을 잃었기 때문이었다. 린은 힘주어 말했다.

─ 전하를 주인으로 섬기고 사리사욕에 좌지우지 당하는 졸렬한 인물에겐 소인의 얘기는 씨도 먹히지 않을 것이옵니다. 허나 다이나곤님은 주인의 입장에서 향후 정세를 직시하실 수 있는 분, 소인은 이 점을 믿고 토로했을 뿐이옵니다!

─ 어허, 귀신의 소리를 계속할 작정이더냐?

─ 송구하옵니다.

─ 자, 그 화제는 그만두자. 네 조건은?

─ 정혼자를 찾아 주십시오.

─ 그렇다면 협상의 중재자가 되겠다 이 말이지?

─ 예.

─ 난관에 봉착했군. 너의 정혼자를 이 넓은 일본 천지에서 어떻게 찾는다 말인가?

─ 필시 각각의 다이묘들에게 노비로 팔려 갔을 테니, 마에다 가문의 힘이라면 충분히 찾아낼 수 있으리라 믿습니다.

─ 으음.

린은 무릎에 양손을 가지런히 놓고 허리를 꼿꼿하게 펴며 도시이에를 지그시 응시해 왔다. 어떠한 사념이라곤 한 점도 없을 것 같은 그의 해맑은 눈에 물기가 젖어 들었다. 도시이에는 머리가 텅 비는 것처럼 멍해지는 걸 느꼈다. 그의 입에서 거침없이 나오는 말들이 도무지 현실감 있게 들리지 않았던 것이다. 그래서 이렇게 중얼거리고 말았다.

─ 도대체 자네는 누군가? 나는 지금 귀신과 만나고 있는 것인가? 그렇다면 허무할 뿐인데…….

급작스레 공허한 기분이 든 도시이에는 몇 번이고 그렇게 말하고 말았다. 귀신같은 그를 만나고 있다는 자체가 솔직히 실제 같지 않았다. 역시 몽중일 것이다.

그로부터 3개월 후.
도시이에가 킨쥬近習(주군의 측근에서 시중을 들며 신변 보호를 담당한 가신)로 보이는 무사 차림의 사내 하나만 데리고 도쿠가와 이에야스의 처소로 은밀히 찾아 왔다. 이에야스는 과장되게 보일 만치 반색하며 접견실로 윗사람을 모시는 것처럼 맞아들였고, 무슨 이유 때문인지 자기 가신들을 주변에 얼씬도 못하게끔 모조리 내보냈다. 이에야스가 그러거나 말거나, 도시이에는 자못 절도 있는 태도로 위풍당당하게 행동했다.
두 사람이 서로 마주 보며 앉자, 도시이에의 킨쥬는 접견실의 복도에서 얌전히 부복했다. 만약 도시이에가 히데요시 사후의 천하를 독차지할 마음만 있었다면 지금이 절호의 기회가 될 수도 있었다. 킨쥬가 검을 뽑아 달려들면 단신인 이에야스가 당해낼 도리가 없을 터였다. 하지만 이에야스는 그런 상상 따위 꿈에서도 하지 않은 듯 배짱 두둑하게, 찾아준 도시이에를 낯간지럽게 존중해 가며 껄껄대기도 했다.
시시껄렁한 얘기를 주고받으며 도시이에 역시 배포 유하게 웃음을 잃지 않았다. 그러면서도 두 사람의 눈빛은 때때로 상대방을 날카롭게 응시했으며, 그럴 때마다 섬뜩하게 느껴지는 긴장이 검선처럼 번득였다.
그 두 사람. 세상의 호사가들은 도요토미 히데요시 다음의 천하는 그 두 사람 중에 하나가 거머쥘 것이라며 입방정을 떨고 있었다. 물론 그 두 사람 또한 저자거리에 자신들이 회자되는 걸 모를 리 없었다.

세간의 평가대로 두 사람은 그야말로 역전의 용장이었다. 가파른 전국시대의 풍랑을 헤치고 2인자로 서로가 자처해도 부족하지 않을 만치, 시련과 고비를 넘어 여기까지 온 것이었다. 때문에 자신에 대한 자부심 또한 서로 간에 지지 않을 정도로 드높고 드넓었다. 도시이에는 소싯적부터 오다 노부나가를 주군으로 섬기며 히데요시의 일취월장을 숨 가쁘게 지켜보며 시샘과 경쟁심으로 자신을 엄청히 독려, 무시무시한 패권의 각축장에서 밀려나지 않았으며, 이에야스는 세 살 때 생모와 이별하고 여섯 살 때부터 인질 생활을 전전할 정도로 춥디춥게 불우한 어린 시절을 보냈지만 의연히 성장, 오다 노부나가와 동맹 관계도 맺으면서 숱한 위기를 극복하여 천하를 노릴 정도로 급부상해 있었다.

따라서 두 사람 다 히데요시 이후의 천하를 노린다면 언젠가 한번은 격돌할 숙명에 놓여 있었다고 해도 과언이 아니었다.

그러나 서로의 속마음이 어디에 있든 두 사람은 친목을 도모하는 분위기를 한껏 연출했다. 예컨대 이에야스가 차를 대접하며 별 다른 용무가 있는 게 아니라 바둑 두시려고 오셨지요, 라고 너스레를 떨자 도시이에도 능청스레 달포 전 패한 바둑의 설욕전을 하기 위해 기별 없이 왔는데 이심전심이라며 대꾸해 흡사 두 사람이 막역지우처럼 보이기도 했다.

그렇게 하여 이에야스가 친히 바둑판을 가져왔고, 도시이에도 짐짓 승부욕에 불타는 표정으로 의중이야 어떻게 됐든 간에 바둑돌을 만지작댔다. 장지문을 활짝 열어놓은 덕분에 두 사람은 완연한 봄볕을 받으며 바둑을 두기 시작했다. 접견실 너머 정원에선 참새들도 두 사람의 천연덕스러운 기운처럼 종알종알 지껄이고 있었다. 이에야스 가신의 그림자는 티끌만큼도 보이지 않았다.

처음엔 두 사람 다 바둑에 정신이 팔린 듯했다. 한 수 한 수 두는 두 사람의 표정은 사뭇 진지하기 짝이 없었다. 바둑의 초심자처럼 소박한 환희와 탄식이 판의 진행 상황에 따라 교차해 갔다. 그러다가 어느 순간, 이에야스가 속마음을 슬쩍 떠본답시고 지나가는 어투로 조용히 중얼거리는 것이었다.

— 아참, 석 달 전에 말이지요, 여기가 한바탕 떠들썩했잖아요?
— 아, 그 린이라는…… 기리시탄 말입니까?

도시이에도 대수롭지 않다는 듯 바둑판만 내려다보며 느긋한 척 말했다. 이에야스가 예사롭게 말을 이었다.

— 다이나곤님 진영에서 아마도 쭉 보호하고 있을 테지요?
— 제 발로 찾아온 사람을 내칠 만큼 우리는 각박하지 않으니까요.
— 껄껄, 그 덕분에 모리 님 체면이 영 말이 아니게 되었더군요.
— 원, 별 걱정도 다하십니다. 모리 님이 그만한 일로 끙하실 분입니까, 어디.
— 아니, 아닙니다, 그게 어디 보통 일입니까? 각 진영의 조시들이 지켜보는 가운데 일개 변절자가 다이나곤님 가문을 지목하여 기밀을 아뢸 테니 그쪽으로 보내달라고 요청한 것입니다. 필시 목숨을 건 각오가 아니었다면 그 자리에서 어디 그럴 수가 있었겠습니까? 참으로 대단한 자이지요. 하여 나는 그 소동의 전말을 전해 듣고는

바로 다이코 전하를 떠올리지 않을 수 없었어요.

— 전하를요?

— 비교해 보세요, 그 기개가 자못 비슷하지 않습니까? 그 작자는 목이 떨어질지 모르는 형국에서도 자신의 주장을 주변의 눈도 의식하지 않고 강건히 요구했고, 다이코 전하 역시 작년 9월 화의를 위해 내조來朝한 명나라 사절 심유경沈惟敬이 가져온 국서를 그 자리에서 찢고 재출병을 명하지 않았습니까? 천황폐하께서 엄연히 계시는데 명의 황제 따위가 어찌 다이코 히데요시를 일본국왕으로 책봉할 수 있느냐, 말이 안 된다, 방자하기가 이를 데 없어 이를 응징하려 한다는 게 재출병의 명분이 되었으니 하는 말이지요. 기개라면 가히 독보적인 기개인 게지요.

— 오호, 듣고 보니 그렇군요. 허나 기개로 말한다면야, 명의 황제가 나이다이진님內大臣 도쿠가와 이에야스의 관직에게도 무슨 도독첨사都督僉使라 하는 관직을 내렸다는데, 심유경이란 작자 면전에서 귀하가 방귀를 크게 뀌었다면서요? 전하 못지않습니다 그려.

— 껄껄, 뭐, 나는 우습고 같잖을 땐 방귀가 잘 나와서…….

— 그런데 그 자에겐 왜 그리 관심이 많습니까?

— 기밀이 있다면서요? 당연히 궁금할 수밖에.

— 뭐, 별거 아닙니다.

— 흐흐흐, 우리 다이나곤님이 오늘따라 의뭉을 다 떠십니다 그려.

— 의뭉이라? 하하하, 하지만 내가 의뭉을 떤다 한들, 어디 우리 나이다이진님한테 비할 바야 되겠습니까? 수년 전 다이코 전하께서 조선으로 친히 건너가시겠다고 하셨을 때, 그러면 소신도 직접 호위

하며 선봉에 서겠다고 큰소리 떵떵 친 분이 우리 나이다이진님! 천하의 측근들이 천하의 출병을 극구 반대하고 있다는 걸 알고서 내린 호언장담이 아니었습니까? 생색은 생색대로 내고 잇속은 잇속대로 또 다 챙기고, 조선 출정에 귀하의 군대는 단 한 명도 나가지 않았으니까요. 이치가 이와 같다면, 어찌 미련한 내가 우리 나이다이진님을 의뭉스러운 면에서 따라 잡을 수가 있겠냐, 이겁니다.

― 껄껄껄, 우리 다이나곤님의 말에 가시가 제대로 박혀 있습니다그려. 쿡쿡 찔러와 목이 아파요, 껄껄껄.

― 하하하, 이해하시구려. 이 마타자 도시이에! 젊었을 때부터 창의 마타자라 일컬어지며 누구한테나 직설적이었으니까요.

― 어이쿠, 아다마다요, 성정이 불같으신 오다 노부나가 공의 면전에서 차보즈茶坊主승려처럼 머리를 삭발하고 주군의 곁에서 다도를 담당한 인물 주아미拾阿弥를 참했을 만치, 우리 다이나곤님의 화끈한 성품을 하물며 너구리라 일컬어지는 이 이에야스가 모를 리가 있겠습니까?

― 하하하하!

― 껄껄껄!

― 과연. 자타가 공인하는 너구리, 누가 맨 처음 지었는지는 모르겠으되, 나이다이진님에겐 딱 들어맞는 기막힌 표현입니다.

― 껄껄, 칭찬으로 듣겠습니다.

― 여하튼 말이 나왔으니 만큼, 젊은 시절의 마타자가 되어 한 번 찔러 보도록 하지요. 자, 다이코 전하께서 지금 후시미伏見 성에서 은거하시는데도 불구하고, 나이다이진님이 에도로 돌아가지 않고 여기 나고야 성을 주인처럼 지키는 이유가 3개월 전의 그 변절자

때문이 아닌지요? 그게 그토록 신경이 쓰여 지금 나에게 넌지시 물어보고 있는 게 아닙니까?

― 이런이런, 무슨 말씀인지 선뜻 알아듣기 힘듭니다 그려.

― 그 말씀이 오히려 모두 다 간파하고 있다는 걸로 들립니다.

― 어허허, 이거 원, 다이나곤님······.

― 도쿠가와 나이다이진님!

먼저 정색한 건 역시 도시이에였다. 말을 빙빙 돌려가며 상대방의 속내를 유도해 내어 뭔가를 알아보겠다는 짓 같은 건 자신의 성격에는 영 맞지 않았던 차라, 말이 나온 김에 젊은 시절처럼 의기충천해 볼 참이었다. 그러다 보니, 갑자기 뺨이 적잖이 상기되어 올랐고, 한 순간이지만 눈을 부릅뜨기도 했다. 그러나 이에야스는 조금도 티를 내지 않고 여유만만, 여전히 능글능글하게 굴었다.

― 이런 이런, 이번 차례는 마에다 다이나곤님인데 다음 수를 두어야지요? 바둑은 그만 하시게요?

― 나이다이진님, 바둑 따위야 나중에 두어도 괜찮소. 기왕지사 언급했으니, 곧바로 본론으로 들어가리다!

― 어허허, 본론이라?

― 나이다이진님, 단도직입적으로 묻지요. 이번 전쟁을 어떻게 봅니까?

― 전쟁을? 껄껄껄, 그야 주판알 잘 튕기는 우리 다이나곤님과 다를 바 없이 보고 있지요.

― 어허, 서로 간에 속 시원히 얘기합시다. 자꾸 그러면 군던지럽게 느껴질 따름이외다!

─ 어이쿠, 이거 잘못하면 미운 털 박히겠네. 정 그렇다면 내 다이나곤님을 믿고 단 한 마디로 대답해 드리지요. 어렵지 않은 질문, 쓸데없는 전쟁이외다. 답은 이거 하나밖에 없어요.

─ 으음, 쓸데없는 전쟁이라…….

─ 물론 다이코 전하께선 조선 남부를 영유할 전략, 장기전에 돌입하는 전술을 세워 휘하의 장수들에게 주둔 지역 곳곳에 성을 쌓도록 하명하셨지요. 그 바람에 쓸모없는 공방전이나 해가며 전쟁이 형편없이 길어지게 되었어요. 조선이나 명이나 우리나 군비만 아깝도록 줄줄 새고 있는 형편이 되었다, 이겁니다. 그뿐입니까? 인명피해는 또 어떻고. 사정이 이렇다 보면 우리 쪽에서도 전쟁에 대해 염증이 생기기 마련입니다. 그렇다면 그 철두철미하시고 영악하실 정도로 전쟁의 귀신같으신 전하의 지략 치고는 꽤나 엉성하지 않습니까, 지금 상황이란 게?

─ 그건, 지난 달 다이고지(醍醐寺)에서 성대한 꽃놀이를 개최하신 이후부터 전하께선 병환을 핑계로 후시미 성에서 두문불출하고 계시니 그 속마음이야 지금으로선 알 도리가 없지요.

─ 다이나곤님, 서로 간에 속 시원히 얘기하자면서요? 다 알면서 능청을 떠시다니, 이거야말로 귀하답지 않습니다.

─ 음.

─ 전하의 두문불출은 필시 하계 대공세를 염두에 두신 연막작전, 그야말로 적군과 아군의 눈마저 속이는, 전하만의 허허실실 전법, 바로 이거올시다!

─ 하계 대공세……?

확실히 도시이에는 이 대목에서 동요의 기색이 그만 역력해지고 말았다. 너구리라 일컬어지는 이에야스가 그런 도시이에의 반응을 눈여겨보지 않을 리는 없었다. 이에야스가 빙긋 웃었다.

— 전하께선 귀하에겐 벌써 언질을 주었으리라 사료됩니다만. 솔직히 말하면 나 역시 한 달 전 후시미 성으로 호출을 받아 병문안 갔을 때 전하께선 의중을 은근슬쩍 내비치시더군요. 하계 대공세를 말입니다!

— 으음!

— 눈치가 빠른 이라면 충분히 추론할 수 있는 정황. 전하께선 강화의 진위를 눈 감고 아웅 하는 식으로 속여 온 고니시 유키나가를 다시 선봉의 2군으로 내세웠습니다. 왜 그랬을까? 말할 것도 없이 전하의 측근들이 관련되어 있어 유키나가 혼자만을 벌하지 못하고 다시 기용했다는 설명도 가능하겠지요. 허나 그것만 가지곤 해명이 되지 않아요. 달리 말하면 유키나가를 다시 출병토록 한 것은 지금의 전황을 지루한 공방전으로 방치되도록 유도한 고도의 술수라는 것이지요. 아군도 적도 속인 연후에 홀연 폭풍처럼 몰아칠 대공세! 전하의 전략은 바로 여기에 있다 이겁니다!

— ……

— 전하께선 내게 무슨 안부를 묻는 것처럼 느긋이 이러시더군요. 여보게 나이다이진, 하며 덧붙이되, 하계 대공세를 할 계책인데 자네가 선봉에 서 주어야겠네. 이참에 마에다 가문, 우에스기 가문, 모리 가문 등 거물들은 다 전력으로 투입하려고 해. 내가 지금까지는 젊은 장수들만 보냈잖아. 역시 일천한 경험을 가진 젊은이들로선

전쟁이 지루해질 수밖에 없겠어. 이번엔 본격적으로 한판 하려면 역시 거물들이 직접 출병해야겠지. 이를테면 우리 나이다이진님 말이야. 그러면 총력전이 되지 않겠나, 쿡쿡쿡! 이러시며 한동안 웃으시더라 이겁니다. 그런 엄청난 소리를 그도 가벼이 하시다니, 역시나 천하의 전하답더군요. 존경한다니까요.

히데요시의 평소 말투까지 흉내 내며 이에야스가 교묘히 능갈치자, 도시이에의 눈살이 잠시나마 찌푸려졌다.

— 으음, 그럼 천하께선 총 병력 수를 얼마나 예상하고 계시던가요?

— 오, 그것까진 천하께선 귀하에게도 밝히시지 않은 모양이군요. 물론 내게도 구체적으로 하명하시진 않았습니다. 그저 내 짐작으로 최소 오십 만에서 최대 백만 정도가 아닐까 싶습니다만.

— 백, 백만? 그게 어디 가능한 일이라 생각하는 게요?

— 어허허, 가능하지요. 천하께서 하시려고만 한다면. 그렇잖습니까? 일례로 모리 데루모토님은 121만석, 우에스기 가게카쓰上杉景勝님만 해도 120만석의 거대한 영지를 가지고 있습니다. 대략 1만석에 3백여 명을 차출한다고 계산하면 다들 3만 이상은 뽑을 수 있고, 나만 해도 250만석 가깝거든, 8만 이상이야 쉽게 동원시킬 수 있거든요. 그런데 하겠다고 마음먹고 열다섯 살 이상을 대상으로까지 하면, 거기다 천하 모든 다이묘들을 총동원시켜 우리들을 쥐어짜고 또 짜낸다면 그야말로 못할 것도 없지요. 대신 우리는 완전히 거덜 나겠지만······.

— 으음!

— 다음 달 정도, 천하는 다섯 다이로大老 제도를 두려고 합니다.

귀하도 임명되었다는 연락은 진작 받았겠지요?

― 그야 물론이오.

― 귀하와 나, 그리고 모리 데루모토님, 우에스기 가게카쓰님, 우키다 히데이에님宇喜多秀家 이렇게 다섯이 다이로로 임명되는 겁니다. 말할 필요도 없이, 젊은 우키다님을 빼면 다들 막강한 병력을 보유하고 있는 가문들입니다. 어쩌면 세간의 평가대로 천하의 사후, 결심만 한다면 다들 천하를 노릴만한 입지를 가진 다이묘들입니다. 지금 전하의 자제분 히데요리님은 아직 어립니다. 그렇다면 병중인 전하로선 자신의 사후를 지극히 염려하지 않을 수 없겠지요.

― ·······.

― 뭐, 하게 대공세의 명분이야 충분하지요. 우리들이 다이로에 임명된 점에 대해 감사하고 전하의 은혜를 갚기 위하여 총궐기, 군세를 모아 조선 출병으로 직접 나선다, 라고 대대적으로 일본 전역에 선전해 보세요. 벌집 쑤신 듯 전국이 떠들썩해 질게고 어중이떠중이들까지 잡병으로 모여들 겁니다. 정말 오십만 아니라 백만도 가능해져요. 우리는 꼼짝없이 그 흐름에 떠밀려갈 게고, 전하는 바로 이 점을 노리겠지요. 내 솔직히 말씀드릴까요? 전쟁의 승패? 명 정벌? 그딴 건 가식에 불과하다고 봅니다. 모르긴 몰라도 전하의 깊숙한 본심은 우리가 이번 대공세로 군비를 끝 간 데 없이 지출, 완전히 바닥까지 드러나게끔 만들려는 것에 있어요! 그래야만 자신의 사후에도 히데요리님의 장래가 무난해질 수 있다고 본 거지요. 그게 이번 대공세의 본래 목적이라고 나는 판단하고 있습니다! 귀하도 그렇게 생각지 않습니까?

8막 린, 적진에 잠입하다

— …….

도시이에는 옳다거나 그르다거나, 뭐든 간에 단 한 마디도 딱 부러지게 대꾸하지 못하고 있었다. 이에야스가 너무도 얄미울 만치, 아니 무서울 만큼 정곡을 깊이 찔러왔기 때문이었다. 역시나 이에야스는 여간 아니었다. 그렇다면 린에 대해서도 진작 어느 정도 알아차린 건 아닐까 싶었다. 도시이에는 오싹해졌다. 어쩌면 자신이 종전終戰을 위해 유키나가와 은밀히 교통하고 있는 것도 그러면 벌써 감지하고 있었을지도 모를 일이었다.

— 이런이런 갑자기 멍해졌습니다 그려. 무슨 상념이기에 그리도 골몰히……

— 아, 실례.

이에야스가 탐색의 눈길로 불쑥 말해 와서 도시이에는 악몽에서 깬 것처럼 화들짝 놀라고 말았다. 토쿠가와…… 정말로 방심할 수 없는 인물. 도무지 컨하의 어디까지 넘겨짚고 있는지 모르겠다. 아니, 모든 걸 뻔히 다 알고 있다는 듯한 유들유들한 태도가 솔직히 비위에 거슬리고 역겹긴 하다. 하지만 백만 대공세 작전을 중지시키려면 이 순간부터 이에야스와 손을 잡아야만 했다. 만약 백만 대공세가 감행된다면? 이건 상상만 해도 끔찍했다.

— 나이다이진님, 나는 명색이 컨하의 아드님 히데요리님의 후견인입니다. 컨하께서 만약 돌아가신다면 그 이후의 약조 하나를 굳게 해줘야 되겠습니다!

— 약조라니요?

이에야스가 히죽 웃더니 별안간 왼손의 검지를 쓱 하며 입가에 대었다. 무슨 수작인가 싶어 도시이에가 눈을 똥그랗게 떴다. 허리의 와키자시脇差허리에 긴칼과 함께 차는 작은 칼를 오른손으로 뽑은 이에야스가 아무 설명도 없이 머리 바로 위의 천장을 향해 검을 비호같이 날렸다. 와키자시는 천정에 콱 박혔다.

망연해진 도시이에가 고개를 들어 멀거니 올려다보았다. 핏물이 뚝뚝 떨어졌다. 머리칼이 쭈뼛 곤두서는 느낌이라 도시이에는 자기도 모르게 무릎을 세워 허리의 와키자시를 황망히 움켜잡았다. 그러나 이에야스가 다시 태연자약해지면서 손사래를 한 번 쳤다.

— 죽지는 않았을 겁니다. 필시 닌자일 테고, 피 흘리며 달아나겠지요. 쫓으면 뭐합니까?

— 아니, 도대체 언제부터?

— 조금 전부터 기미를 느꼈지요.

— 이럴 수가, 나는 몰랐소.

— 갑자기 상념에 빠졌으니까요. 허나 이제부터 나올 귀하의 말씀은 대단히 중요할 것 같아서. 천정에 닌자가 있으면 귀찮지 않겠어요? 하여 이렇게 쫓아낸 겁니다, 껄껄.

— 으음, 누구의 닌자이기에?

— 뭐 뻔하지요. 이시다 지부노쇼 미쓰나리石田治部小輔三成가 아니겠습니까? 자, 그건 그렇고 하던 얘기나 마저 하지요. 약조라뇨?

아무 일도 아니라는 배포 유한 자세로 이에야스는 여전히 입가에 미소도 물고 있었다. 과연 백전노장다운 뚝심이라 도시이에는 은연중 불안과 초조를 허망한 시기심처럼 머금을 수밖에 없었다. 역시나, 누구든지 히데요시 사후의 천하를 노린다면 꼭 넘어야 할 산이 바로 이에야스인 것이다. 때문에 히데요시 또한 백만 대공세를 통해서라도 그를 완전히 영락시키려 하는 것이다. 히데요시의 초라한 두려움이 새삼 실감 되어 도시이에는 마음이 한 구석이 서늘해졌지만 다시 자리에 앉아 목청을 가다듬고는 말을 이었다.

― 히데요시 전하는 언제 서거하셔도 이상하지 않을 만큼 병환이 위중하시오.

― 글쎄요, 내가 병문안 갔을 때 건강해 보이던 걸요. 대공세를 숨기기 위한 꾀병이라니까 그러시네.

― 아무튼, 전하의 아드님 히데요리님을 지켜주겠소?

― 히데요리님을?

― 전하가 서거하신다 하더라도 아드님이 존재하는 한, 전하는 도요토미 가문의 것이오. 이 질서를 깨뜨리지 않겠다고 약조만 해 주신다면 나는 백만 대공세 저지를 위해 귀하와 전폭적으로 협력하겠소!

― 어허허, 원래 천하란 건 돌고 도는 것인데.

― 만약 도요토미의 천하를 돌리려고 한다면 나를 넘어서야만 할 것이오! 나 역시 천하의 마에다 도시이에라 자부하고 있는 몸! 그런 내가 전하의 아드님만은 지키려 하는 것이오!

― 아아, 아다마다요. 이 너구리 이에야스가 적으로 돌리고 싶지 않은 분이 딱 한 분 있는데, 그게 바로 히데요리님의 후견인 마에다 다이나곤 도시이에님이외다. 내 철썩 같이 약조하리다!

― 좋소! 하면, 이 자리로 린을 부르겠소.

― 오, 그래요? 여기에 있었나요?

― 이미 눈치 챘으면서 또 능청이시구려.

— 껄껄껄, 그야 너구리이니까요.

— 이미 입수했을지도 모르겠지만 린은 엄청난 정보를 들고 나에게 투항해 왔소이다.

— 흐음, 엄청난 정보라……

— 명나라가 전하처럼 백만 대공세를 지금 획책하고 있다는 것이오! 백만과 백만이 부딪칠 수도 있다는 것이며, 그땐 삼국은 모두 망할 수밖에 없어요!

— 뭐요? 백만? 으하하하하! 그거 참, 또 하나의 히데요시 전하가 명에 있다는 소리요? 절묘하구만! 으하하하!

— 이걸 막을 수 있는 복안이 린에게 있다는 거요. 허튼 소리는 아니었소. 조선 세자의 각별한 총애를 받았으니까. 즉 우리와 조선 세자를 연결시킬 줄이 될 수 있다는 것이외다. 세자 역시 명의 대공세를 원치 않는다 하였소이다. 조선 땅에서 명군의 횡포란 것도 우리 군의 일부 잡병들을 능가할 만치 목불인견目不忍見의 지경이라는 겁니다. 린이 말하기를 조선 백성들에게 유행하는 명군은 참빗 일본군은 얼레빗이라는 속요도 있다고 합디다. 겨우 십 수만에도 이런 상태인데 하물며 백만이 조선 땅에 휩쓴다, 가정해 보세요. 그야말로 조선 팔도는 유린, 끝장나겠지요. 이를 조선의 세자가 원치 않는 건 지당한 일.

— 흐음, 그럴듯하군요.

— 이치가 이와 같다면, 조선 세자는 명의 대공세보다는 한시바삐 강화되기를 더 염원할 수밖에 없을 터, 하면 우리가 린을 어떻게 활용하느냐에 따라 앞으로의 행로가 달라질 수도 있다는 겁니다. 단

우리에게 린이 협력하는 대신 내세우는 조건이 있었소. 자기의 정혼자를 신속히 찾아달라는 것이었고, 나는 여기에 응해 지난 3개월간 사방에 수소문하여 겨우 행방을 알아냈어요.

— 허허 그랬나요? 나는 까맣게 모르고 있었소이다그려.

— 등잔 밑이 어둡다고 바로 당신이 요도기미淀君오다 노부나가의 조카로 히데요시의 측실이자 히데요리의 모친한테 보낸 조선인 시녀가 린의 정혼자인 것 같습디다. 본녀本女라는 이름인데, 혹 기억납니까?

— 본녀…… 아하, 그러고 보니…….

이에야스가 여전히 능청 떨듯 대꾸해 왔으나, 도시이에는 내내 정색한 채 복도에 부복해 있는 킨쥬를 그제야 조용히 불러들였다. 과연 킨쥬 차림의 사내는 린이었다.

린은 안으로 들어와 늠름한 몸가짐으로 예를 갖췄다. 이에야스가 호기심어린 표정으로 고개를 빼고 이리저리 린의 면면을 살피며 만면에 미소를 띠웠다.

— 오오, 자네가 몇 달 전에 각 다이묘 진영의 혼을 빼놨던 말썽쟁이 린인가? 어떤 인물인지 그간 보고 싶었네. 자아, 고개를 들어보게.

이에야스가 격의 없이 호들갑 떨어댔으며 린은 허리를 세운 반듯한 태도로 얼굴을 똑바로 들었다. 그런 린에게 도시이에가 몇 번 고개를 끄덕거려 주었다. 린은 도시이에에게 했듯이 그간의 경위를 먼저 일목요연하게 말했다. 하지만 이에야스는 누구나 귀가 솔깃한 첩보였는데도 불구하고 흘려듣는 듯 턱수염을 만지작대며 이죽거리는 등 진지한 구석이라곤 도무지 보여주지 않았다. 그 바람에 몹시 불쾌해진 도시이에가 미간을 찡등그렸다.

린은 이에야스의 심술궂은 태도에 조금도 아랑곳 않는 기색이었다. 악동에게 훈계하는 서생처럼 허튼 데 없는 자세를 견지했다. 그 점이 이에야스의 관심을 진심으로 북돋게 만든 모양이었다. 관자놀이를 긁적거리더니 이에야스가 정혼자 문제에 대해선 이윽고 언급해 왔다.

― 자네의 정혼자 이름이 본녀라고? 내 기억하네만. 우리 쪽에 노비로 할당되었지만, 보아하니 조선 사대부 출신의 규수 같아서 전하의 측실이신 요도기미한테 시녀로 거두어들여 달라 부탁했네만. 아마도 지금 요도 성淀城에서 거하고 있을 것이로세.

― 요도 성 말씀이옵니까? 하면 만남을 알선해 주시겠습니까?

이 대목에선 린도 어쩔 수 없었던 모양이었다. 자신의 정혼자가 유하는 장소까지 구체적으로 거론되자, 처음으로 격하게 흔들리는 모습을 보였다. 냉정을 유지했던 자세도 허물어져 반쯤 일어나기도 했다. 낯빛 또한 상기되어 버렸다. 린의 그런 모습도 이에야스에겐 꽤나 흥미로웠던 듯했다. 도로 앉으라며 손도 가볍게 내저어 주었다. 도시이에 역시 그제야 귀신만은 아니구나 하는 표정으로 린을 지그시 바라보기도 했다.

― 그야 뭐가 어렵겠나? 하지만 자네가 가져온 정보가 만약 사실이라 하더라도, 이건 전하께서 하계 대공세를 펼칠 명분을 하나 더 얻게 되는 경우에 지나지 않아 심히 염려되는구먼. 명이 저렇게 나오니 가일층 백만 대공세를 빨리 퍼부어야 된다며 펄펄 뛸 것이 불 보듯 뻔하네. 이거 원, 나로선 이 점이 영 꺼림칙하구먼.

이에야스가 짐짓 어물쩍거리는 기색을 보이자, 속이 탔던 도시이에가 불쑥 끼어들어 참견했다. 린은 스스로 격앙되려는 감정을 애써 추슬렀는지 침착한 거동과 표정을 되찾아 갔다.
— 그래서 내가 귀하에게 약조를 받아둔 것이 아닙니까?
— 응?
— 귀하와 내가 철석같이 협력한다면 어떻게 하든 간에 백만 대공세를 멈추게 할 수 있단 말이오! 게다가 우리에겐 조선 세자와 내통할 수 있는 린이 있지 않소. 좀 전에 그리 설명했는데 웬 딴청이요?
— 뭐, 그렇다 하더라도 조선 세자의 인질 정도로 전하께서 만족하실지…….

도시이에의 쫓기는 듯한 장담도 흐리며, 이에야스가 탐색의 여운이 매섭게 웅크린 어조로 다시 린에게 말했다.
— 좋아, 그렇다면 복안 이전에 내 자네에게 우선 묻고 싶은 게 있네. 사랑하는 사람을 찾기 위해 한번 배반했던 일본에 다시 왔다고 했는데, 그동안 자네는 여기서 무엇을 보고 느꼈는가?
— 소인은 잃을 것과 지킬 것이 무엇인지 재차 확인할 수 있었습니다.

마치 깎아 놓은 듯 부복해 있는 린은 차갑게 느껴질 만치 차분히 대답했다.
— 잃을 것과 지킬 것이라? 흐음, 하면 내가 잃을 것과 지킬 것, 자네가 잃을 것과 지킬 것, 바로 이것을 의미하는가?
— 비상사태 하에서 제가 잃을 것과 지킬 것, 나이다이진님께서 지킬 것과 잃을 것의 구분은 의미가 없다고 생각합니다.
— 허어?
— 전화에 시달렸던 사람들이 그동안 잃었던 것, 그간 지키려 했던

것, 바로 이 의미를 나이다이진님께서 아시지 못한다면 범인凡人과 다를 게 무엇이 있겠습니까?

— 허어, 나를 걸고 넘어질 생각인가? 뭐, 좋네. 그럼 이제부터 무엇을 하겠는가?

— 사랑하는 사람을 만나겠습니다.

— 그런 다음은?

— 그 사람을 지켜야지요.

— 그 다음, 전하가 자네를 만나자고 한다면 어찌할 텐가?

— 그 사람을 지킬 수만 있다면 그 무엇이라도…….

— 그 무엇이라도 하겠다 이 말인가? 하면 지킨다는 것은 네게 무엇인가?

— …….

이에야스의 태도와 표정은 아까와는 확연히 표변해 있었다. 흡사 전투를 앞둔 본진의 작전회의 때처럼 서릿발 같았다. 하지만 린 또한 온몸으로 맞선다고 여겨질 만치, 이에야스의 엄한 시선도 똑바로 맞받고 있었다.

그런 두 사람을 갈마보면서 도시이에는 진검승부의 숨 가쁜 기운을 그만 뼛속 깊이 느끼고 말았다.

도요토미 히데요시의 최 측근 이시다 미쓰나리는 오사카 성의 관저에서 닌자로부터 은밀한 보고를 받았다. 허여멀쑥한 미쓰나리의 얼굴에 엷은 미소가 서서히 번졌다.

— 두 마리의 너구리가 머리를 맞대고 있다……. 그래 봐야 너구리

가 빠져나갈 구멍은 없지. 누가 대세를 거스를 수가 있겠어, 아무렴…….
  수하의 닌자에게 말했다기보다는 미쓰나리가 혼자 가볍게 중얼거린 말이었다.

9막 백만 대공세가 임박하다

요도 성淀城은 히데요시가 측실 아자이 차차浅井茶々 요도기미의 원이름를 위해 지어준 성이었다. 차차는 오다 노부나가의 누이 오이치お市의 첫째 딸이었다.

오이치는 첫 번째 결혼에 실패하자, 딸들을 데리고 노부나가의 가신 시바다 가쓰이에柴田勝家와 혼인을 맺었다. 이후 천하 패권을 두고 히데요시와 격돌, 분패한 남편과 기다노쇼 성北の庄城에서 동반 자결했다. 허나 그 누구보다도 오이치를 살리려고 내심 안달 냈던 이는 히데요시였다. 오이치를 젊은 시절 한때 불면의 밤을 보낼 만치 연모해 왔기 때문이었다.

아무리 발버둥 쳐도 염원이 허사가 되어 버리자, 적막해진 히데요시는 황량한 마음을 상쇄하기 위해 오이치의 딸 차차에게로 눈독들이고 말았다. 아니, 딸 차차를 통해 어미 오이치를 보았을지도 모르겠다. 그리하여 히데요시의 갈망은 보다 간절해졌고, 차차가 오이치처럼 매혹의 자태를 지니며 성장하자 마침내 측실로 삼아 버렸다.

히데요시의 총애는 남달리 뜨거웠다. 차차가 원하는 것은 무엇이든 통 크게 다 들어주었다. 하여 사람들은 요도성의 차차를 요도기미淀殿라고 불렀다.

히데요시는 그간 자식이 없었다. 정실 기다노만도코로北政所는 물론이거니와 다른 측실들에게도 후사를 보지 못했다. 그러나 요도기미는 달랐다. 비록 첫째 쓰루마쓰鶴松를 병으로 잃었지만 곧 둘째도 출산했다. 바로 히데요리였다. 첫째를 먼저 보낸 실의에 빠졌던 히데요시로서는 둘째 히데요리를 금이야 옥이야 하지 않을 수 없었다. 이 세상 그 무엇과도 바꿀 수 없는 보배, 히데요시에게 둘째 히데요리는 또 다른 자신이었다.

때문에 히데요리의 생모 요도기미는 천하를 쥐락펴락할 만치 기세등등했다. 린의 정혼자 본녀는 그런 요도기미의 시녀가 되어 있었다.

1598년 5월 7일, 요도 성.

쾌청한 날이었다. 하늘은 푸르렀고, 성 곳곳을 한가로이 부유하는 햇살은 눈부셨다. 그 안의 모든 것들은 그 무엇이든 빛났고 싱그러워 보였다. 양지陽地 바른 곳에 앉아 꾸벅꾸벅 졸고 있는, 경비를 선 아시가루마저 유여한 풍광으로 비쳐졌다. 어디서 왔는지 고양이 한 마리가 아시가루 곁을 어슬렁거리며 볕을 즐겼다.

여름날의 햇볕이 성마른 고역이라면 봄볕은 한만한 안위였다. 달콤한 평화로움이었다. 그런 여유로움을 느껴, 이부자리를 걷어버린 본녀는 모처럼 대청에 걸터앉아 평온한 마음으로 잠겨들었다. 그간 육신이 병마에 시달려 시름시름 자리보전해 있었지만 지금과 같은 봄볕이 며칠만 더 계속되면 병석에서 가뿐히 일어날 수 있을 것도 같았다. 햇빛은 시름겨웠던 자신을 위로하듯 곱게 어루만져 주고 있었으니까…….
 봄볕의 비단결 촉감이 새삼 새로워, 살아 있다는 것 자체가 은혜롭다는 생각도 들었다. 그러나 습관처럼 기침이 또 나왔다. 본녀는 손으로 입을 가린 채 어깨를 들썩댈 정도로 고통에 겨워했다. 손바닥에 선혈이 보였다. 그것은 꽃잎처럼 떨어져 왔다. 너무나 선연해 그것은 화공의 물감 같았다.
 눈물이 핑 돌았다. 본녀는 눈을 감았다. 손수건으로 피를 닦았다. 아니, 본녀가 피를 닦으려 했다…… 그러자 붉디붉은 색조가 푸르스름하게 변해 갔다……. 린, 그가 나타났다. 그가 손바닥의 피를 닦아주는 것이었다. 아니 닦아주려는 것처럼 보였다.
 아아, 하고 본녀는 탄식하고 말았다. 만지면 손에 잡힐 것처럼 너무도 선명해서 그는 환영이 아니라 지금 이 순간 선혈의 아픔 같았다. 아픔만큼 실제 같았다. 눈물이 왈칵 쏟아지고 말았다. 양손에 얼굴을 묻었다. 그 안에 린, 그가 있었다. 우린 꼭 만날 수 있다며 격려하듯 은은한 미소를 머금은 채, 조선에서처럼.
 병석에 누운 뒤부터 본녀에게는 그렇게 꿈과 실제가 나란히 공존하고 있었다. 그래서 본녀는 흐느꼈다. 슬펐다. 일껏 평온했던 마음은 어느새 물결의 파문처럼 흐트러져 버렸다…….
 얼마나 시간이 흘렀을까. 본녀는 꿈결처럼 자각할 수 없었다. 단지 눈을 떠 눈앞의 정원에 시선을 주었을 뿐이었다.
 봄볕은 여전히 고왔다. 정원의 조경 또한 아름다웠다. 일일이 공들여 놓은 듯싶은 바닥의 자갈과 세심히 다듬어 세운 것 같은 나무들과 올망졸망한 화단의 꽃은 여기가 요도 성임을 인식케 했고, 몽중이 아니라 실체임을 서럽도록 보여주고 있었다. 그것을 받아들이려, 꿈결로 돌아가지 않으려, 본녀는 하염없이 앞만 바라보았다. 린은 여기에 없다, 없다, 없다…… 그렇게 되뇌고 또 되뇌었다.

그런데 복도에서 인기척이 났다. 고개를 돌린 본녀의 시야에 들뜬 표정으로 다가오는 요도기미가 보였다. 히데요시의 병간호 때문에 후시미 성에 있다가 오랜만에 돌아온 것이었다. 반가웠다. 고열의 헛떡임 마냥 본녀는 미다이도코로御台所장군의 부인을 이르는 말님……하고 불렀다. 낯선 일본으로 끌려와서 처음으로 의지할 수 있게 된 사람이 바로 히데요시의 측실 요도기미였던 것이다.

희대의 풍운아 오다 노부나가의 핏줄이란 우월감 때문에 히데요시마저 경원시할 정도로 자존심이 유달리 강하고 아랫것들에게 얼음장처럼 엄격한 요도기미가 유독 본녀에게만은 봄 햇살처럼 자상했다. 다른 시녀들이 고개를 갸웃하며 시새워할 정도였다.

본녀가 일어서서 인사를 드리려고 했다. 하지만 현기증이 일었던지 힘없이 비틀거렸다. 전보다 더 핏기 없는 병색이 완연한 얼굴에 놀랐던지 요도기미가 한 걸음에 달려와 본녀를 부축하고 자리에 도로 앉히려 했다. 그러나 본녀는 기어코 일어선 채 옷매무시를 다듬곤 머리를 숙여 인사했다.

요도기미가 등 뒤의 시녀 둘을 의식도 하지 않고 본녀를 가만히 껴안아 주었다. 진심으로 공경하고, 진심으로 아끼는 두 사람의 교분은 시녀들을 숙연케 하거나 놀라게 만들었다. 시녀 하나는 눈을 똥그랗게 홉떴다. 요도기미가 본녀를 자리에 앉히고 자신도 마주 앉았다.

— 누워 있지 않고 왜 일어나 있어?
— 날씨가 화창해서요, 미다이도코로님은 건강하신가요? 아아, 도련님은 그새 많이 크셨지요?
— 그럼, 하루하루가 다르게 무럭무럭 자라고 있단다. 그나저나 왜 이리 핼쑥해졌니? 약은 제때 먹고 있어?
— 예.
— 가슴앓이라는 병은 잘 먹고 요양하면 반드시 차도가 있다는구나. 다른 마음먹지 말고 빨리 낫겠다는 생각만 해.
— 예, 미다이도코로님, 도련님께서 장성하시는 모습을 보기 위해서라도 반드시 건강해질게요.
— 그래 그래, 그래야지.
— 도련님을 뵙고 싶네요.
— 감기 기운이 있어 데려오지 못했지만, 다음에 보면 되지.
— 천진난만한 도련님을 뵐 때마다 저도 아이를 가지고 싶다는…… 그런 생각이 들 때가 많았어요.
— …….

그 말이 하얗게 가슴을 적셔왔던지, 요도기미는 자신도 모르게 본녀의 손을 아프도록 꽉 쥐고 말았다. 아무리 병석에 누웠다 하나 이제 스물인데 전에 없이 체념이 황혼녘처럼 쓸쓸히 서려 버린 그녀에게서 그 옛날 어머니를 잃고 동생 둘하고만 살아남게 되었을 때의 자신의 모습이 덧놓여진 것 같았기 때문이었다. 그러므로 요도기미가 쥐고 있는 손은 본녀가 아니라, 그 옛날 서럽게 울었던 자신의 가냘픈 손일지도 몰랐다.

사실, 그땐 요도기미에겐 삶의 희망이란 그 어디에도 보이지 않았을 것이다. 구차하게 생명을 이어가는 것이 부끄럽고 수치스러웠을 것이다. 실지 어머니를 뒤따라가려 몇 번이고 죽으려고도 했었다. 그러나 질긴 게 또한 목숨이라, 동생들의 양손을 잡고 어느 날 한나절을 펑펑 운 다음부터 태도가 바뀌어 버렸다. 필시 마음을 고쳐먹었을 터였다. 이따위 세상이 어머니를 돌아가시게 했다면, 차라리 복수하여 원한을 반드시 풀겠다고 독하게 결심하지 않았을까. 그래서 구역질나는 히데요시의 상판을 견디며 합방할 수 있었을 것이다.

사방이 벽으로 막혀 있는 사람은 모질어야 했다. 적어도 증오라도 입에 피가 배이도록 물고 있어야만, 절망이 겹겹이 둘러싼 삶이라도 버티어 낼 수 있는 법이었다. 요도기미가 그렇게 살아왔다.

요도기미가 본녀를 만난 건 1년 전이었다. 도쿠가와 이에야스가 시비侍婢로 부리라며 본녀를 갑작스레 데려왔던 것이다. 당시 요도기미로서는 웬 수작인가 싶어 별반 내키지 않아 했었다. 이에야스라는 인물 자체를 싫어했거니와 무엇보다 천하를 잡을 야욕을 꽁꽁 숨긴 채 너구리처럼 능청 떠는 것을 역겨워 했다. 이를테면 본녀가 조선인 사대부 출신의 규수이니 시비로 삼는다면 다양한 경험이 필요할 도요토미 가문의 후계자 히데요리님에게도 도움이 되지 않겠냐고 흡사 생각이라도 해주는 것처럼 능갈쳐 오는 경우가 그러했다.

성질 같아선 쌀쌀맞게 됐어요, 하고 거절하고 싶은 마음이야 굴뚝 같았겠지만 차제에 이에야스의 흑심이 뭔지 궁금하여 일단 본녀를 곁에 두어 보기로 결정했으리라. 그렇게 하여 요도기미는 본녀를 맨 처음부터 눈여겨보았다.

요도기미는 물론이거니와 다른 이들에게도 본녀의 됨됨은 여느 시녀들하고는 확실히 다르게 보였다. 조선인 출신이라 더 주눅 들 만도 할 텐데 전혀 아니었다. 매사 정직하고 거침없이 당당했다. 시녀 일을 한 지 달포 정도 지났을 즈음, 요도기미가 조선 사대부 규수는 평소 어떤 교양을 쌓느냐고 슬쩍 물어 보았을 때 본녀의 대꾸란 가히 걸작이었다.

— 미다이도코로님, 저는 명문 사대부 출신이 아닙니다. 그저 여염집의 딸자식이었습니다.

— 뭐? 그럼 네가 이에야스에게 사대부 출신이라 거짓말했더냐?

— 아닙니다.

— 이런, 그 너구리가 뻔뻔스레 나를 잘도 속였구나. 아니, 가만, 혹시 너 너구리의 간자로서 내 동정을 엿보기 위해 여기에 잠입한 것은 아니더냐?

너무도 쉽게 본마음을 드러내는 기색이라 요도기미는 짐짓 분통이 터지는 척 야멸치게 따지자, 본녀는 오히려 재미있다는 듯 건방져 보일 만치 한만히 대답하는 것이었다.

— 미다이도코로님은 교만하신 줄만 알았는데 의외로 소심한 면도 있네요. 제가 염탐을 하면 얼마나 할 것이며 그래가지고 나이다 이진이라는 사람에게 얼마큼의 도움이 될 것이라고 그리도 정색하며 의심하시는지 참 우습네요.

— 뭐, 뭐라?

요도기미가 일부러 눈을 부라리며 분기탱천하는 거조擧措를 보였으나 연기가 서툴렀던지, 본녀의 얼굴에 오히려 미소가 띄워졌다.

그 바람에 요도기미도 한바탕 웃고 말았다. 그 어떤 아랫것에게도 여태껏 느껴보지 못한 청량함 같은 기분이 들었을 터였다. 물론 요도기미는 언제나 눈을 내리깔았고 거기에 아랫것들은 반사적으로 설설 길 뿐이었다. 이렇게 야무지게 말대답해 온 건 본녀 말고는 없었다.

그 뒤부터 요도기미는 주변의 반대도 개의치 않고 히데요리 육아를 비롯해서 뭐든 간에 본녀에게 시중을 들게 했다. 때때로 야심한 시각엔 그녀 혼자만 불러 술이나 과자를 곁들여 한담을 나눌 정도로 주종 관계가 아니라 언니처럼 살뜰히 아껴 주었다. 아마도, 전쟁통에 이국땅으로 끌려온 사고무친의 형편임에도 본녀가 꿋꿋하고 밝게 생활하는 모습에서 히데요시의 측실이 되어 어떻게 하든 악착같이 살아남으려는 요도기미 자신과 겹쳐졌으리라. 하여 본녀와는 속내도 숨김없이 주고받을 수 있었다.

언젠가는 이에야스가 너를 굳이 내 곁에 두도록 조치한 건 어떤 속셈이 있기 때문이 아닐까 하자, 본녀는 내심 뭔가 짚이는지 불안의 여운이 감돈 표정으로 그러고 보면 미천한 제가 일사천리로 미다이도코로님을 모실 수 있게 된 점이 마음에 걸려요, 라고 말끝을 흐리기도 했다. 어떻게 일본으로 끌려오게 되었니, 라고 요도기미가 내쳐 묻는 말에는 김팔곤金八坤이라는 관아의 아전이 일본에 투항하면서 자신을 납치해 넘겼고 일본에 와서는 도쿠가와 이에야스 진영에 할당되었을 뿐만 아니라 일본어 공부까지 반년 정도 철저히 받았다고도 했다.

이에야스가 일본어까지 가르쳤을 정도라면 본녀를 통해 뭔가 꿍

꿍이를 꾸미고 있는 게 틀림없을 듯싶었다. 그게 뭔지 요도기미로서는 혈관이 확장되는 것처럼 궁금해질 수밖에 없었을 테지만, 전모를 까발릴 묘책은 있을 리 만무했다.

그 뒤부터 본녀는 요도기미와 함께 술이라도 마실 땐 조선에 있는 정혼자 얘기를 종종했다. 그럴 때마다 요도기미는 귀를 세워 흥미롭게 경청했다. 히데요시를 사랑하기는커녕 어머니 오이치처럼 혐오했던 요도기미로서는 본녀의 사랑 얘기를 통해 자신의 빈곳을 채우며 동일시했을 성싶었다.

그러다 얘기 말미에 이르면 본녀는 꼭 전쟁이 끝나 조선과 일본의 관계가 회복되면 돌아가 그를 만나고 싶다며 눈물을 보였고, 요도기미 역시 충혈된 눈으로 조선과 화의를 맺으면 반드시 너를 돌려보내 그 사람과 백년가약을 맺게 해 주겠노라며 몇 번이고 다짐하다 끝내 눈물을 비치기 일쑤였다.

그렇게 반년이 지났는데, 본녀는 시름시름 앓기 시작했다. 가슴앓이였다. 그것은 형극의 가시밭길처럼 무섭도록 옥죄어 왔다. 본녀는 날이 갈수록 여위어 갔고 건강이 급격히 나빠져 버렸다……

병석의 본녀는 희망의 축복보다 체념의 저주에 사로잡혀, 삶으로부터 도망치려 했던 기다노쇼 성의 요도기미처럼 속절없이 비애 속으로 무너져 내리고 있었다. 요도 성에 처음 왔을 때의 거동과는 불과 반년 만에 상당한 위화감으로 간극이 벌어져 버렸다. 그것이 요도기미에겐 견딜 수 없이 안타까웠다. 아아, 이럴 줄 알았으면 전황이 어떻게 됐든 간에 조선으로 먼저 보냈을 것을…… 서글프면서도 아픈 회한이 그 옛날 기다노쇼 성의 불기둥처럼 요도기미를 덮쳤을 터였다. 그러나 누구든 기다노쇼 성을 벗어나면 살아갈 수 있기 마련이었다. 분명코 그 실마리는 본녀의 정혼자, 라고 요도기미는 굳게 확신한 듯했다.

요도기미는 아프도록 쥔 본녀의 손을 놓지 않았다. 본녀 또한 어떻게 하든 미소 띤 얼굴로 대하려 해, 두 사람의 상대를 배려하는 그 마음이란 양지의 햇볕처럼 간곡히 서로를 따스하게 비추어 주는 것 같았다.

— 본녀야······.

— 예, 미다이도코로님······.

목이 멘 요도기미가 말을 제대로 잇지 못하자, 본녀가 도리어 벗을 격려하듯 그녀의 손을 가만히 토닥거려 주었다.

— 네 정혼자의 이름이 린이었지?

요도기미가 말했다.

— 예, 미다이도코로님. 기억하고 계시네요.

본녀가 대답했다.

— 일본에 왔다고 하더라······.

— 예?

— 널 만나려 투항해 왔다는구나. 지금 이에야스가 보호하고 있다 하던데······.

— 미, 미다이도코로님, 정, 정말인가요?

— 그래그래······ 그간 내가 뭐라고 했니? 살아 있으면 반드시 만날 수 있을 거라고 하지 않았니? 이게, 이게 된 거야, 본녀야!

— 미, 미다이도코로님······.

9막 백만 대공세가 임박하다

처음엔 본녀는 요도기미의 말이 어떤 의미인지 선뜻 이해를 하지 못했다. 잘못 들었나, 싶었다. 하지만 요도기미는 명백히 그가 일본에 왔다며 또박또박 말해 주었다. 그렇다면…… 그토록 그리워했던 그가 잔설殘雪처럼 사라질 환영과는 다르게 붙잡으면 느껴지는 실상의 전율처럼 여기 일본에 있다는 것이 아닐는지……. 심신이 거세게 요요搖搖해졌으며, 믿을 수 없을 만치 그 말은 귀에서 떠나지 않는다. 요도기미 앞에 앉아 있기가 버거워진다. 말의 충격은 병마처럼 할퀴어 온다. 그래서 본녀는 이 순간도 혹여 비몽사몽이 아닌가 싶었다. 만약 실제가 아니라면, 병마는 더욱 드세게 혼취한 꿈으로 자신을 옭아매어 다시금 나락의 계곡으로 밀어 넣고 있을지도 몰랐다.

불안이 절망을 먹고 신열처럼 솟구쳤다. 눈앞이 여전히 어지러웠다. 전란에서 살아남았던 그가 일본으로 건너왔다……. 정녕 이것이 꿈이라면 빨리 헤어 나오기만을…… 깨어났을 때의 절박한 허망과 죽음보다 깊은 슬픔을 차마 느끼지 않으려 본녀는 안간힘을 썼다. 그런 마음을 헤아린 듯 요도기미는 포개 잡은 손에 더욱 힘을 주었다.

그 손길의 느낌, 자신의 손을 잡고 있는 요도기미를 통해 본녀는 확실히 감응할 수 있었다. 아아, 그렇다면 이건 허무한 꿈이 아니었다. 전율의 실제였다. 정말로 린, 그가 일본에 온 것이다, 일본에…… 그동안의 모든 격정이 눈물 줄기를 타고 급류처럼 흘러내렸다. 고맙고, 서럽고, 애통한 눈물 속에서 본녀는 미다이도코로 님…… 말고는 그 어떤 말도 하지 못했다.

의식이 수평선 너머처럼 아득해졌으며, 그 어떤 어휘라도 물결

속에 잠겨버린 조각배처럼 부서져 내릴 수밖에 없었다. 부서진 조각배는 물결 밑으로 깊이깊이 가라앉았다. 그것이 다시 수면 위로 떠오르기를 기다리듯 요도기미는 고개를 몇 번이고 힘차게 끄덕거려주면서 사무치게 잡은 손을 못내 놓지 않았다.

이윽고 본녀가 간신히 진정되자 요도기미가 차분히 말을 이었다.

— 본녀야 일단 몸을 추스르고 오사카 성으로 가자꾸나.

— ······.

— 하계 대공세 대책회의란 게 오사카 성에서 개최될 모양이라고 하더라. 그때 오사카 성으로 그를 데리고 온다는구나. 그의 등성을 위해서라도 전하의 윤허를 받아 달라 하더구나. 여기로 그냥 데려오면 될 일을 이에야스는 일을 그리도 어렵게 하는구나. 필시 뭔가를 꾸몄을 테지. 하지만 아무려면 어떠냐? 가자, 오사카로 가자. 너의 정혼자를 만날 수 있는데 어딘들 마다하겠니? 그러니 마음 단단히 먹고 몸을 추슬러야 하는 거다!

— 미다이도코로님······.

이에야스의 행보가 마음에 걸린 듯했지만 요도기미는 본녀를 위해서라면 그대로 따르겠다고 작정한 모양이었다. 진심에서 나온 요도기미의 배려에 본녀 역시 미다이도코로님이란 소리밖에 애끓도록 하지 못했다.

그때였다. 이시다 미쓰나리의 목소리가 숨 가쁘게 들려왔다.

— 그건 아니 됩니다!

— 어라, 이시다 지부가 아니더냐?

웬일인가 싶었던지 요도기미가 고개를 돌려 이쪽으로 뛰다시피

다가오는 미쓰나리를 빤히 바라보았다. 미쓰나리의 얼굴은 적의 간계를 간파한 전쟁 때의 장수처럼 무척 상기되어 있었다.

― 그게 무슨 말이냐?

요도기미로선 느닷없이 등장한 미쓰나리에게 적잖이 불쾌해졌겠지만 자신의 측근처럼 진심으로 히데요리를 위하고 있어서 억지로나마 목소리를 낮췄다. 미쓰나리가 부복하며 크게 소리쳤다.

― 요도님! 본녀를 데리고 오사카 성으로 들어가시는 것은 적의 계략에 허망하게 빠져드는 것에 지나지 않습니다. 유념해 주십시오!

― 적이라고?

― 외람되오나, 지금 도련님의 적은 너구리 이에야스가 아니옵니까?

미쓰나리의 큰 목소리에 요도기미가 눈살을 찌푸렸지만 이에야스가 거론되는 바람에 자신의 감정을 통제하는 듯싶었다. 여전히 나직한 어조로 중얼거렸다.

― 이에야스가 적이라…… 동의한다. 하지만 그거하고 우리가 오사카 성으로 들어가는 게 무슨 상관이란 말이냐?

― 본녀를 데리고 요도님께서 오사카 성으로 행차하시도록 공작을 꾸민 너구리의 함정에 빠져서는 결코 아니 된다는 말씀이옵니다!

양손을 마룻바닥에 짚고 미쓰나리는 재론의 여지가 없다는 단정조로 말을 맺곤 고개를 들어 본녀를 힐끗 일별했다. 요도기미는 노기를 억누르는 듯 씩씩댔지만 미쓰나리의 진언을 추찰推察하기 시작했다.

본녀는 흡사 망자의 그것처럼 유난히 하얗디하얀 안색으로 초연히 앉아 있을 뿐이었다.

조선에서의 전황이 교착 상태에 빠진지 오래됐고 각 장수들은 성을 축성해 임지를 다스리듯 주저앉아 있는 가운데 겉으로만 보면 히데요시는 후시미 성에서 칩거할 뿐이라, 이미 명나라 정벌을 포기한 게 아니냐는, 혹은 병환이 위중한 게 확실하다는 풍문만 사람들 사이로 유령처럼 음산히 떠돌고 있을 즈음, 히데요시가 마침내 움직였다.

다섯 다이로와 다섯 부교를 전격 임명하곤, 은밀히 오사카 성으로 들어갔다. 그리고 이에야스와 도시이에에게 오사카 성으로 신속히 등성하라는 밀명을 내렸다.

히데요시의 속내를 전혀 알지 못했던 두 가문의 가신들이야 자기들의 주군이 다이로로 임명된 점에 대해 크게 기뻐하며 흥겨운 잔치로 자축도 마다하지 않았지만 이에야스와 도시이에에겐 드디어 올 것이 왔구나, 하는 것에 지나지 않았다.

그러나 거부할 수 없는 입장, 두 사람은 몇몇 측근을 대동하고는 아무도 모르게 오사카 성으로 6월 25일 입성했다. 하지만 히데요시는 당장 두 사람과 대면하지 않았다.

7월 18일.

천수각 3층의 후미진 자락에 내밀히 마련한 다다미 6조 크기의 방으로 히데요시는 장고 끝에 두 사람을 드디어 불러들였다. 히데요시가 최측근 이시다 미쓰나리와 단 둘이서만 비밀리에 군의軍議를 종종 열곤 했던 곳이었다.

참석한 이는 두 사람 외에 다섯 부교 중의 하나로 임명된 미쓰나리뿐이었다. 히데요시는 접힌 쥘부채를 오른손에 쥐고 습관처럼 왼손을 치며 상좌에 앉아, 역시 오사카 성이 제일 편해 도요토미 가문의 거성으론 안성마춤이야, 라고 싱거운 소리로 말문을 열었으나 도시이에는 경직된 채 묵언했으며 미쓰나리는 이에야스를 곁눈질하며 굳은 표정으로 착석해 있었다. 이에야스만 여유로운 기색으로 히데요시의 건강을 탐색하듯 응시하면서 이따금 맞장구를 쳐 주었다.

히데요시는 이때 당년 62세였다. 병환이 위중하다는 소문이 무색해지리만치 혈색도 비교적 좋았다. 게다가 말문이 일단 열려지자 잡다한 과거 얘기부터 시작해서 급기야 임진년 초기의 승승장구까지 거론해 가며 거침없이 열변을 토해 갔다.

그러는 동안 이에야스는 히데요시 등 뒤의 벽에 걸려 있는 노能가면 음악극의 가면을 지그시 쳐다보았다. 군의를 측근과 은밀히 모사하는 장소라면서도 천하의 평화와 풍요를 염원하기 위한 음악극의 가면이 벽에 장식되어 있어 기묘한 위화감이 풍겨져 히데요시의 별스런 취향도 새삼 실감했던 것이다. 그것도 헤이케 모노가타리平家物語가마쿠라 시대에 제작된 헤이케 가문의 흥망을 다룬 군기문학 중의 늙은 무사 사네모리實盛 가면이었으니 더 말해 무엇 하랴 싶었다.

하기야 히데요시는 무사 집안 출신이 아니었다. 그 열등감이 사네모리 같은 무사를 경외하게 만들었음직했다. 사네모리는 예순이 훨씬 넘은 나이에 수염과 백발을 검게 염색하여 전장에 나서 힘껏 싸우다 장렬히 전사한 사무라이였다. 사네모리의 수급을 취한 적들은 흑발에 당혹해 하다가 물로 씻자 백발이 드러났으므로 모두들 감동의 눈물을 흘렸다는 것은 사네모리 이야기 중의 백미였다.

그러고 보면 노의 많은 이야기 중에서 히데요시는 이 사네모리 편을 특히 좋아했다. 삶의 황혼에 서서 마지막 불꽃을 피워 올리는 비장미를 자기의 것으로 만들고 싶었던 게 아닌지도 모르겠다. 그것이 백만 대공세라는 엄청난 작전을 생각해낸 계기중의 하나였을까…… 이에야스는 자기도 모르게 입가에 쓴웃음을 물었다.

실상 히데요시가 노에 열광하고 탐닉하고 있는 건 천하가 다 아는 일이었다. 조선으로 군사를 출병시켰으면서도 나고야 성에서 은거하다시피 틀어박혀 노를 공부했고 연기자들과 다이묘들을 불러들여 몇 날 며칠이고 노를 공연하며 직접 연기까지 했다. 뿐만이랴, 명나라와 강화 협상을 추진하고 있을 적엔 천황의 어소에서 역시 다이묘들을 불러 모아 함께 노를 공연했다.

천황이 보시는 앞에서 그것도 사흘 동안 스물다섯 곡이나 상연되었으니, 그야말로 광기가 아니라면 설명하기 힘든 노에 대한 집착이었다. 그 중에 열두 곡은 히데요시가 직접 주인공으로 연기했을 정도였다. 그런 열망과 동경이 광란과 같은 집착을 낳았다면, 히데요시는 스스로 사네모리와 같은 최후를 맞이하려는 게 아닐까 싶었다…….

— 어라, 내 말을 듣고 지금 웃는 게요, 나이다이진?
— 아, 예, 전하…….

히데요시가 일수 예리한 눈빛으로 말을 걸어오는 바람에 이에야스가 퍼뜩 상념에서 깨어나 말을 얼버무렸다. 싱글거리며 히데요시가 턱수염을 일없이 몇 번 쓸어내리더니, 갑자기 정색하고는 종내 본론으로 들어갔다.

― 나이다이진과 다이나곤에겐 이미 언질을 주었던 바와 같이 이 몸 도요토미 히데요시는 올 하계대공세를 대대적으로 적들에게 퍼부으려 하오. 명나라 원정을 기필코 성공시키려 함은 하늘의 뜻, 천황폐하께서도 윤허하신 일이외다. 따라서 여기에 대해선 어떠한 재론의 여지도 없을 것이오! 총공격 개시는 10월로 잡았소!

오른손의 쥘부채로 왼 손바닥을 탁 치며 히데요시가 엄청히 말을 마쳤다. 추호의 반론도 용서하지 않겠다는 추상같은 기운이 뻗쳐 나와, 도시이에는 물론이거니와 언제나 능글능글했던 이에야스마저도 고개를 숙이며 예, 천하하고 동시에 대답할 수밖에 없었다. 가히 대단한 위엄이었다. 미쓰나리의 얼굴에 회심의 미소가 스쳐갔다.

히데요시가 다시 표정을 부드럽게 하면서 쥘부채로 자신의 어깨를 몇 번 토닥댔다.

― 도쿠가와 가문과 마에다 가문이 이번 대공세의 선봉에 서 주어야겠소! 최소 20만의 병력을 각각 동원해 주었으면 하오!

― 전하 외람되오나…….

얼굴이 졸지에 새파랗게 질려버린 도시이에가 떨리는 어조로 의견을 개진하려 하자, 히데요시가 이번에는 쥘부채로 다다미 바닥을 탕 치며 서슬 퍼렇게 말을 잘라 버렸다. 여태껏 이에야스 면전에서 도시이에에게 그토록 강경한 태도를 보였던 적이 없었던지라, 어지간한 미쓰나리마저 움찔했다.

― 그대는 천하의 마타자라 일컬어지는 몸! 그 정도 동원해야 얼굴이 서지 않겠는가? 내가 오늘 이 자리에서 그대와 나이다이진을

불러 대공세의 선봉에 서 달라고 하명하는 것은 다른 다이묘들의 본보기로서 하나의 전형이 되어 달라는 게요! 그래야 이번 대공세가 성공할 수 있단 말이오, 왜 이것을 모르는 것인가, 마에다 도시이에!

— 송, 송구하오이다, 전하!

결국 도시이에로선 기어들어가는 소리로 우물쭈물 순종할 수밖에 없었다. 복종의 자세로 예, 라고 대답했던 이에야스도 속이 써서히 타올라 마른침을 꿀꺽 삼키고 말았다. 히데요시가 젊었을 적부터 절친했던 도시이에를 이에야스의 면전에서 신하로 치부하여 몰아붙이는 것은 좀체 볼 수 없는 드문 일이었다. 따라서 이에야스도 불복하면 용서치 않겠다는 강한 압력이나 다름없었다. 결국 히데요시는 우회하여 기선을 장악할 만치 지극히 노련했던 것이다.

이에야스로서는 반격의 기회를 찾지 않으면 꼼짝없이 당할 판국이었다. 이대로 자리가 파한다면 거덜이 나도록 군을 동원할 수밖에 없을 터였다. 한여름인데도, 날씨와는 상관없이 이에야스의 등줄기가 찬 서리를 맞은 것처럼 서늘해졌다.

잠시 숨결을 가다듬고 이에야스가 얼굴을 들며 엄색해진 히데요시를 바라보았다. 그러나 싹 외면하고 히데요시는 시선을 미쓰나리에게 주면서 말을 이었다.

— 지부노쇼, 우에스기 가문의 가로家老_{다이묘의 중신} 나오에 가네쓰구_{直江兼統}에겐 자네가 직접 서장을 써서 명령을 전하라! 우에스기 가게카쓰는 자기의 가로 가네쓰구에겐 껌뻑하는 인물이니 가네쓰구만 마음먹으면 충분히 3진의 역할을 할 수 있을 게다. 개전 초에 잠깐 조선에 왔다 간 것으론 제 소임을 다했다고 여기면 안 되지. 이번엔

전력을 다해 군을 동원시키라고 준엄히 일러줘라!

― 예, 전하!

― 물론 그렇게까지 지시하지 않아도 가네쓰구가 자네 친구이니만큼, 이번 공세에 대해 누구보다도 먼저 이해하고 동참할 것으로 판단한다. 자, 나의 구상은 이러하다. 도쿠가와 가문과 마에다 가문이 대공세의 1진과 2진을 맡고 다섯 다이로 중의 세 번째인 우에스기 가게카쓰 군은 3진, 거기에다 독안룡獨眼龍 다테 에치젠노카미 마사무네伊達越前守政宗까지 전력으로 내세우면 그야말로 위용 가득한 형국이 되리라 본다!

그러자 미쓰나리가 지도를 바닥에 활짝 펴놓으며 자신만만히 말을 받았다.

― 소신의 복안은 이것이옵니다. 우에스기의 3진과 모리의 4진은 바다를 건너 직접 대륙으로 들어가게 하겠습니다. 즉 1, 2진의 조선 출병과 3, 4진의 대륙 상륙을 통해 협공의 방도를 찾아보자는 것이지요. 대륙 상륙을 겪어보지 못한 적으로선 졸지에 뒤통수를 맞은 격으로 전열이 흐트러질 것은 불 보듯 명백합니다!

― 좋다, 백만이라면 충분히 가능하겠지."

무모한 작전인지의 여부를 따질 기미도 없이 확신에 가득 찬 듯 히데요시가 쥘부채로 지도를 가리키며 단숨에 결정하려 했다. 다급해진 도시이에가 다시 나섰다.

― 전하, 대륙 상륙에 잇따를 여러 가지 난관을 염두에 두셔야 하옵니다. 일단 항해 기간이 길뿐만 아니라 명과 조선의 연합함대가…….

― 시도도 하기 전에 딴죽을 걸지 마라, 다이나곤!

― 하오나······.

― 그대로 간다, 다이나곤! 오늘 내가 그대들을 부른 건 이 작전을 성실히 수행하라는 엄명을 내리기 위해서다! 다른 견해는 일절 사양한다! 그대들은 오직 1진, 2진의 역할, 다음 달 여기로 나머지 3명의 다이로를 불러 하계대공세를 공식적으로 확정지을 때, 이 일이 얼마만큼 진척이 되었는지를 그대들을 통해 내외에 과시하려는 것에 불과하다. 이 정도로 철두철미하게 공작해 놓으면 누구든 반대의 소리를 아예 꺼내지도 못할 게 아닌가!

누가 히데요시를 노회하게 보겠는가, 강고한 추진력이 흡사 젊은 날의 오다 노부나가 같아 도시이에로서는 새파랗게 질려버릴 수밖에 없었다. 이토록 강력한 의지의 표명에 과연, 하며 이에야스도 혀를 내둘렀다. 천하의 2인자로 서로 자처하는 두 사람이 출정 준비를 한판 크게 갖춘 상태라면 다른 다이로들이야 언감생심 반박할 수조차 없을 터였다. 그래서 다섯 다이로를 다 불러들이지 않고 일단 언질을 준 두 사람부터 대공세 준비를 구체화시킨 다음, 공식적으로 발표하려는 약은 속셈이 틀림없었다.

― 천하, 외람되오나 잠시만 기다려 주십시오!

― 응?

아랫배에 힘을 주며 이에야스도 마침내 끼어들었다. 그러자 좌중의 시선이 집중되어 왔다. 히데요시는 쥘부채로 손바닥을 가볍게 치며 어디 뭐라고 하나 들어보자, 하는 표정으로 이에야스의 다음 말을 기다렸다. 미쓰나리는 은근히 긴장하는 기색이었다.

― 전하, 8월달의 회합을 위해선 한층 더 치밀한 포석이 지금 이 시점에선 필요할 것으로 사료되옵니다!

이에야스의 말투는 신하의 그것처럼 정중하기 짝이 없었다. 더욱이 대공세에 이의를 제기하는 기색이 아니었던지라 히데요시가 매우 흡족해진 모양이었다. 드러내게 싱글거렸다. 어조도 한결 부드러워졌다.

― 무슨 말인가요, 나이다이진님?
― 스스로 천운을 만들어야 하기 때문이옵니다.
― 천운이라……?

표정이 종잡을 수 없을 정도로 금방금방 변하는 히데요시를 똑바로 응시하며 이에야스가 씩, 하고 웃었다. 그 미소가 기분 나빴던지, 히데요시 보다는 미쓰나리가 양미간을 오히려 조금 구겼다.

― 천운은 스스로 만들어라……우에스기 가게카쓰의 양부養父였던 우에스기 겐신이 다케다 신겐武田信玄과의 결전에 나섰을 때 휘하의 가신들을 독려하는 출정의 변에서 나온 소리라고 합니다. 에치고의 용龍이라 자처했던 그는 투신鬪神이란 불렸을 만큼 전쟁에는 귀신같았던 인물이었지요. 전하께서도 일찍이 부딪쳐 보셨으니 익히 아시겠습니다만.

― 음.
― 그는 또 전투에 임할 시, 적이 내 손안에 있어야 승리할 수 있다며, 이 부분을 특별히 강조했다 합니다.
― 무슨 말씀을 하시려고 이렇게 에둘러 돌고 계시는 겁니까, 나이다이진님?

미쓰나리가 더는 참지 못하고 가시 돋친 말을 서슴지 않았다. 그래도 이에야스는 별반 언짢은 기색 없이 히데요시만 바라보며 계속했다. 도시이에는 침울해진 채 가타부타 아무 말도 없었다.

― 즉, 적의 대응을 의도한 대로 이끌어 내기 위해서라도 곳곳에 포석을 두어 전투로 들어가야 반드시 승리할 수 있다는 의미일 것으로 사료됩니다. 이를테면 내통자를 적 안에 둔다거나 혹은 모략을 꾸며 적들을 꼼짝달싹하지 못하게 만들 수 있는 상황으로…… 따지고 보면 이 자리도 그런 측면이 있지 않나 싶습니다만, 다른 다이로들이 그대로 따르게 할 형국으로 조성되어 나가니까요, 하여 드리는…….

― 나이다이진님!

마치 히데요시를 빗대는 것 같아 불쾌해진 미쓰나리가 이에야스의 말을 딱 잘라버렸다. 이에야스가 허허, 하고 웃으며 시치미를 뚝 뗐다.

― 나이다이진님께서 비유하신 우에스기 겐신님은 가네쓰구에 의하면 무사라면 내가 가야할 길이 오로지 이것밖에는 없다는 확신을 가지고 의롭게 싸워야 한다, 이렇게 종종 웅변하셨다는 겁니다. 자, 그러면 모략이니 뭐니 하는 쓸데없는 화제는 이것으로 마치고 다음 단계로 넘어가지요!

― 아니, 그 전에 전하께 이번 대공세를 기필코 성공시킬 복안 하나만 더 아뢰겠습니다.

― 복안이라뇨?

히데요시는 두 사람의 설전이 재미있었던 듯 흥미진진하게 지켜보며 부채로 가끔 자신의 목덜미를 몇 번씩 토닥댔다.
　— 명나라도 백만 대공세를 감행할 것이라는 첩보를 가지고 투항한 잡병이 하나 있습니다. 그 자는 고니시 가문의 잡병이었으나 조선에 항복, 스스로 철포대를 지휘하는 상급무사라고 조선을 속여 세자의 신임까지 얻었다 합니다. 그런 자가 명의 대공세 기밀을 가지고 다시 우리에게 투항해 온 것입니다. 일면 신빙성 있는 첩보로 파악됩니다.
　— 명나라가 대공세를?
　미쓰나리는 깜짝 놀랐으나 히데요시는 가소롭다는 듯 어깨를 으쓱했다. 전혀 실감도 안 되는지 지나가는 어조로 몇 마디 툭 던지기도 했다.
　— 그거 좋네, 양쪽이 다 총력전이면 목숨 걸고 싸울 만하지, 뭘 그래?
　그러나 그게 사실이라면 미쓰나리로서는 눈앞이 캄캄해지지 않을 수 없었다. 그러나 도저히 믿을 수 없는 일이라, 진위를 가늠하겠다는 듯 이에야스만 정신없이 바라보았다. 이놈의 너구리 영감이 무슨 묘책을 강구하고 있는 게 아닌가 싶었던 모양이었다.
　이에야스는 어흠, 하고 엉뚱하게도 헛기침을 하더니, 미쓰나리에게 보여주듯 어깨를 쫙 펴고 허리를 꼿꼿이 세운 채 말을 이었다.
　— 그 자를 이번 8월 회합에 데리고 오겠습니다.
　— 지금, 무슨 말씀을 하시는 겁니까, 나이다이진님? 한낱 잡병 나부랭이 변절자를 오사카 성으로 데려오시겠다니, 그것도 극히 중요한 자리에, 이거야말로 천부당만부당하신 말씀!

히데요시 면전인데도 미쓰나리가 허튼 수작질은 꿈도 꾸지 말라는 듯 바닥을 손바닥으로 치며 강경히 나왔다. 벌써 미쓰나리도 이에야스와 도시이에가 린을 통해 무언가를 획책하려는 것 정도야 파악하고 있었다. 필시 조선 세자 운운하며 대공세 일시를 늦추려는 계책임이 십중팔구이리라.

이번 전쟁을 통해서도 계속 자신의 힘을 비축시켜 나갔던 너구리라서 어떤 핑계이든 간에 대공세에서 빠지려 할 텐데, 이것을 저지해야만 향후 도요토미 가문을 보존할 수 있을 터였다. 미쓰나리는 이글거리는 눈빛으로 이에야스를 매섭게 노려보았다. 결단코 물러서지 않겠다는 비장한 결의였다.

이에야스도 도발해오는 미쓰나리의 안광을 굳이 피하지 않았다. 여기서 기세가 꺾였다간 그대로 미쓰나리의 노림수에 말려들 것이라고 직감했다.

이에야스는 백만 대공세의 원안이 히데요시에게 나왔다 하더라도 이를 부채질한 건 간교하게도 미쓰나리가 아닌가, 싶기도 했다. 원래 명 정벌에 대해 미쓰나리는 회의적이었다. 문치파였던 것이다. 그런데도 이번 대공세에 대해선 이렇게 능동적으로 설친다면, 도쿠가와 가문을 차제에 아예 조락 시키겠다는 야심이 아니고 무엇이랴.

— 이시다 지부노쇼님, 나의 복안은 이렇습니다.

이에야스는 끓어오르는 감정을 누르고 눌러 담대한 표정으로 일부러 미쓰나리를 언급하면서 침착히 운을 떼었다. 귀공자 같은 미쓰나리의 얼굴이 확 붉어졌다.

— 사실 그동안 저도 그 자를 통해 이것저것 공작해 보았습니다.

조선의 세자에게도 그는 우리와 교통하는 것에 대해 내락을 얻어놓은 상태였던지라 큰 어려움도 없었지요.
— 응, 하면 조선의 세자가 나에게 복속하겠다는 것인가?
히데요시가 흥미 이상의 진지한 관심을 기울이는 기색이었다. 미쓰나리가 히데요시를 힐끗 곁눈질했다.
— 그러하옵니다, 전하! 명군의 만행으로 인해 조선 백성은 도탄에 빠져 있다 하옵니다. 그럼에도 조선의 임금은 명에만 매달린 채 주전의 주장을 굽히지 않을 뿐더러 백성들이 따르는 세자를 시기하여 걸핏하면 양위하겠다고 설치면서 압박을 가하고 있는 실정이라 하옵니다. 세자의 지위마저 위협을 느낄 정도라 그렇다면 임금 자리를 보장해 주는 조건이라면 우리와 내통, 전폭적으로 협력하겠다는 게 그의 의중이라 하옵니다.
— 그래? 실로 그렇다면 조선 세자의 안목이란 제법 출중한 게 아닌가. 그 아바와는 다르군. 그 아비란 왕은 가토가 인질로 잡은 두 왕자를 풀어줬는데도 은혜를 모르고 화의 조건인 인질도 내어놓지 않았다. 이렇게 뒤통수를 밥 먹듯이 치는 배신의 화신 조선 임금 따위보다 그 세자란 녀석이 제법 현실을 제대로 보는구나. 하면 만나볼 필요는 있겠다.
히데요시가 납득하듯 고개를 끄덕거리자 미쓰나리가 펄쩍 뛰며 이에야스의 말을 단번에 일축해 나갔다.
— 나이다이진님께선 총명하신 줄 알았는데, 이제 보니 바보에 지나지 않았군요, 속고 있는 것을 그리 모르시겠습니까? 그 작자가 세자의 총애를 받았다 하나, 우리가 확인할 길이 없는 그자의 일방

적 주장에 불과한 게 아닙니까? 아니, 실제 그렇다 칩시다, 그러나 그 점이 투항의 참, 거짓을 가늠하는 잣대가 될 수 있겠습니까? 더 나아가 만약 그자가 조선 세자의 밀서라도 가지고 있다고 칩시다, 그래도 세자 속마음의 진위 여부를 우리가 판단할 수 있을까요? 절대로 할 수 없습니다. 왜? 근거가 없으니까요. 세자가 이를테면 아들이든 딸이든 간에 자신의 가장 소중한 무엇을 우리에게 인질로 보내지 않는 이상, 믿었다간 저번처럼 뒤통수 맞기 십상입니다. 산전수전 다 겪으신 나이다이진님께서 이 점 모르실리 없으실 텐데도 그자를 신용하시다니, 참으로 이해하기가 어렵습니다. 혹 다른 속내가 있으신 게 아닌지 저로서는 궁금해지지 않을 수 없습니다.

그러더니 히데요시를 향해 머리를 조아리며 미쓰나리가 강력하게 주청했다.

— 전하, 지금은 조선의 세자 따위와 내통할 시점이 아니라 보옵니다. 설령 세자가 내통할 마음이 있다 하더라도 일단 대공세를 가한 이후가 되어야 합니다. 지금처럼 전황이 고착된 상태에선 세자의 마음이란 건 아침 다르고 저녁 달라질 수 있기 마련입니다. 인질이 없는 이상 전적으로 신뢰하여 함께 일을 도모할 수는 없다는 것이옵니다! 무엇보다 우리의 힘을 명백히 과시한 연후라야, 조변석개朝變夕改할 엄두도 내지 못할 게 아니겠습니까? 지금껏 강화를 한답시고 제나라 군주를 속여 온 명의 심유경이나 전하를 현혹한 고니시 셋쓰노카미攝津守를 부디 상기해 주시길 간곡히 아룁니다! 문제는 힘, 힘을 보여주는 것이옵니다!

— ……

분별력이나 지략에 있어서 히데요시와 겨룰 만큼 명석한 미쓰나리라는 평가가 과언이 아니라고 할 정도로 조리 있는 달변에 이에야스도 적잖이 감탄했다. 역시 대단한 자다.

미쓰나리가 도요토미 가문의 수호자로서 가장 든든하다, 라는 생각이 재차 들었던지 히데요시는 한껏 만족한 표정으로 고개를 몇 번이고 끄덕거리고 있었다.

백만 대공세 이전에 조선의 세자와 내통하여 강화를 은밀히 추진할 재가를 얻을 속셈이었던 순진한 도시이에로서는 이에야스를 초조하게 바라보며 전전긍긍할 수밖에 없었다. 스스로 지모에 있어서 타의 추종을 불허한다는 자부심으로 험난한 난세를 헤쳐 왔던 이에야스가 다시 공격의 말문을 열었다.

— 전하, 그 자는 세자로부터 인질을 보내겠다는 언질을 이미 받아 둔 상태라 합니다!

— 뭐?

— 확실합니다. 이번에는 조선 임금의 약조가 아니니 믿으셔도 됩니다. 저 이에야스가 한 치의 거짓도 없이 아룁니다!

— 흐음, 인질을 보내겠다면야······.

— 전하 곰곰이 숙고해 보시기를 간청합니다! 백만 대공세가 가일층 힘을 얻기 위해서라도 천명의 깃발이 내 걸려야 지당하지 않겠습니까? 명 정벌은 하늘을 대신하여, 명의 압제에 시달린 조선과 섬, 루손 등 여타 나라의 백성들을 구원해 주는, 천하의 안녕을 위한 출정의 길임을 만백성들에게 널리 공포公布하셔야 비로소 우리군은 신神의 군대가 된다는 것이옵니다!

이에야스의 말은 자못 거창했다. 미쓰나리가 입술을 질끈 깨물었다.
― 나이다이진님, 도대체 그런 대의명분하고 그 작자를 8월 회합에 참석시키는 것하고 무슨 관계가 있단 말입니까?
― 모르겠습니까? 잘 생각해 보세요, 지부노쇼님. 8월의 회합에서 백만 대공세 공식 결의 이전, 조선과 여타의 나라도 복속, 동참해 있음을 다른 다이로들에게 인식시킬 수만 있다면, 천하의 각 다이묘들은 물론이거니와 교토 공가들까지 총의를 모으게 할 수 있으며, 거국적으로 추진될 수 있습니다. 한결 수월해지는 것이지요. 기왕에 둔 포석, 기반을 더 다지겠다는 데 반대할 이유가 뭐가 있습니까?
― 무슨 풍딴지같은 소리입니까? 도대체 나이다이진님이 말씀하신 총의하고, 그 자하고 무슨 관계가 있다는 겁니까?
― 허허, 지부노쇼님은 아직도 이해를 못하시는군요. 조선은 명 책봉국 중의 중심에 선 나라, 스스로 소중화라 자처하는 국입니다. 그런 조선의 세자가 부왕을 속이고 우리에게 복속해 온다는 것입니다. 더욱이 인질까지 내놓겠다고 합니다. 하면 이거야말로 여타 나라들의 복종의 상징! 8월의 공식 결의의 자리가 더 한층 권위로 빛나지 않겠습니까?
― 흠, 그럼 그 자가 8월 회합에 참석해 내게 무엇을 보여주겠다는 게냐?
― 노能이옵니다!
― 노?
― 그렇습니다. 조선의 세자는 천하를 기쁘게 하기 위해 투항 이전부터 자신이 총애한 린에게 노를 공부시켰다는 것입니다. 이것으로

9막 백만 대공세가 임박하다　333

자신의 마음이 천하게 올바로 전해질 수만 있기만을 바랄 뿐이라 하였사옵니다!

이건 미쓰나리에겐 생각지도 못한 얘기였다. 노, 라면 자다가도 벌떡 일어날 히데요시로선 응당 구미가 동할 수밖에 없어 금방 만흥의 기색으로 돌변하며 눈마저 아이처럼 빛났다. 잠깐 멈칫거렸던 미쓰나리가 말도 안되는 소리를 하느냐며 불끈 나섰으나, 히데요시가 곧 제지시켰다.

— 배우도 아닌데 감히 노를 노래하겠다 이것인가?
— 예, 전하!
— 크크크, 이거야 말로 전례에 없는 일. 이거 재미있겠구먼. 지부노쇼 어떤가, 그렇다면 8월 회합에 참석시키지 뭐. 내 대충 나이다 이진의 복안에 대해 이제야 이해가 되는군. 얘기인즉슨 이런 거지. 8월 회합에서 나의 치세에 경외하던 조선의 세자가 복속의 증표로 밀사에게 노를 노래하게 만들고, 그것은 곧 나에 대한 여러 나라의 송가(頌歌)임을 다른 다이로들에게 인식시켜, 천명의 총의로써 일사분란하게 공세로 나가게끔 만들자는 게 아니겠는가. 과연 조선 세자는 세상의 이치를 제대로 보는구먼. 뒤통수만 일삼는 조선 임금과는 천지 차이야.

— 그러하옵니다, 더욱이 그 자는 세자의 마음을 담아 전하의 생애를 우러러 노래해 보겠다고 호언장담하였사옵니다!
— 그래? 제법인데, 그 자리의 격에 맞는 송가로군.
— 겐신이 입버릇처럼 말한 천운을 스스로 만든다는 것은 이를 두고 하는 말이 아니겠습니까, 전하!

이에야스는 충직한 신하의 예를 다하며 열변을 토했다. 이토록 정중한 어조로 히데요시를 치켜세우는 것 또한 예전 오사카 성 입성 때말고는 처음이라 도시이에로서는 어안이 벙벙했다.

미쓰나리도 지지 않았다. 아니, 질 수 없다는 각오였다. 뭔가 있다고 확신한 참이다.

― 전하, 대의명분은 오직 천황폐하께만 나오는 것이옵니다! 예컨대 조선 세자의 마음이 표현되어야 할 곳도 천황폐하의 어소이옵니다. 천명의 깃발은 폐하께서 내려주시는 것이옵니다, 전하의 치세도 폐하께서 제시기 때문에 교토의 금각사처럼 한결 돋보이시는 게 아니겠사옵니까? 전하는 무로마치 막부의 수장이 아니옵니다. 폐하 조정에서의 다이코 전하임을 깊이 유념하여 주시옵소서!

그제야 히데요시가 미처 생각지도 못한 걸 깨달았는지 과장되게 보일 만치 어깨를 움츠렸다. 이에야스 역시 손바닥으로 무릎을 치고 싶을 정도로 아차 싶었다. 치열한 공방의 끝에서 미쓰나리가 들고 나온 천황은 그야말로 이에야스의 논조를 일거에 허물어 버렸다. 즉 히데요시의 치적을 흠모하여 복속해 온 여러 나라들의 송가는 천황에게 돌려드려야 되고, 그 근거로 히데요시는 막부의 장군이 아니라 교토 조정의 수장 다이코라는 점을 상기시킨 것이었다. 그런데도 천황을 무시하고 송가를 자신이 받는 건 불경하다는 논조…… 이에야스도 거기에 대해선 더 이상 반박의 여지를 펼칠 수가 없었다.

― 하면 8월 회합에서 공식 결의한 후, 10월 총공격 후 천황폐하를 배알하는 자리에서 그 자의 노를 보도록 하면 되겠사옵니다. 이에야스님의 말씀대로 조선 세자의 마음이 설령 한 치의 거짓이 없다

9막 백만 대공세가 임박하다

하더라도, 총공격 후 내통하면 될 일이며, 승전보의 연회도 겸하여 교토에서 그 자의 노를 공연시켜 내외에 천명의 깃발이 펄럭이고 있음을 과시하시면 되옵니다!

— 하기야, 그건 그렇네. 미쓰나리가 잘 깨우쳐 주었어. 자칫하면 8월 회합을 교토 조정의 위상으로 높일 뻔했네 그려. 당장 보지 못하는 게 아쉽지만, 10월에 참았던 만큼 실컷 즐기면 되겠어. 다들 이의 없겠지?

— 황공하옵니다, 전하!

멋쩍은 듯 히데요시가 쥘부채로 허벅지를 탁탁 치며 입맛도 다셨다. 그제야 미쓰나리가 이제야 되었다 싶었던지 안도의 한숨을 길게 내쉬었다. 그에 비례하여 이에야스의 표정은 안쓰러울 만치 굳어지고 있었다. 그러나 거기까지였다. 더 이상은 어떻게 해 볼 도리가 없었다.

사실 히데요시 면전에서 노를 노래할 테니 필히 자리를 만들어 달라며 노 공연의 계책을 건의했던 건 린이었다. 때문에 이에야스로서도 악착같이 맞섰지만 미쓰나리가 이렇게까지 나오리라곤 미처 예상치 못했다. 그때였다. 문이 열리더니 요도기미가 갑자기 나타났다. 히데요시가 반색했고 나머지 세 사람은 예를 갖췄다. 요도기미의 표정이 붉으락푸르락해진 채였다. 노기 띤 어조가 여김없이 그녀의 입에서 터졌다.

— 이시다 지부, 자네는 천황 폐하의 가신인가? 아니면 우리 다이코 전하의 가신인가?

— 요, 요도님, 무슨 말씀이신지?

― 내 밖에서 다 들었어!

― 송, 송구스럽습니다!

주저 없이 미쓰나리를 힐난하며 요도기미가 히데요시의 곁에 앉았다. 히데요시가 무안을 당해 고개를 떨어뜨린 미쓰나리와 앙칼지도록 날 선 요도기미를 갈마보며 속삭거리듯 말했다.

― 요도, 회의 중이라 여자가 나서는 건 좀 그렇네……

― 회의라서 여자가 어떻다는 겁니까? 그런 고리타분한 발상으로 가신을 대하니까 업신여김을 당하잖아요. 정말 체통이 뭔지 모르겠어요?

요도기미는 매섭게 히데요시에게도 쏘아붙였다. 히데요시가 볼썽사납게 찔끔했다.

도시이에는 이건 또 뭔 일인가 싶은 기색이었고, 눈치 빠른 이에야스로선 구원군이 군량을 들고 왔다고 보았던지 포위를 빠져 나온 장수처럼 한시름 놓은 표정이었다. 요도기미의 전격적 출현에 미쓰나리만 안절부절못했다.

― 도쿠가와 님, 그 자가 지금 어디서 노를 연습하고 있나요?

요도기미가 이번엔 이에야스를 일별하곤 대뜸 물었다.

― 아, 예. 저의 보호 하에 모처에서 전하께 보여드릴 노를 준비하고 있습니다.

― 모처라니요? 정확히 어딥니까?

― 아, 예, 하도 자객들이 설치고 뒤숭숭해서 구체적으로 말씀드리지 못하는 점 해량하여 주시길 바랍니다.

미쓰나리를 흘기며 이에야스가 일부러 그렇게 말하자, 아니나 다를까 요도기미가 역정을 냈고 불쾌한 안색으로 미쓰나리는 어금니를 악물었다.

— 도쿠가와 님, 지금 이 자리에서 그 사람이 있는 곳을 비밀로 붙일 이유라도 있나요? 누구를 못 믿기에 그러나요?

— 송구합니다, 요도님. 허나 만사불여튼튼이라 하지 않습니까? 내 따로 요도님께 일러 드리리다. 다만 현재 오사카에 있다는 것만 말씀드리지요. 그나저나 왜 그러시는지?

— 오사카에 있다 말인가요?

— 나고야 성에서 이쪽으로 이동시켰답니다. 허나 요도님께서 왜?

— 그 사람이 바로 내 시녀 본녀의 정혼자입니다!

— 아아, 그렇지, 그렇지, 내 그걸 깜박했구먼.

이에야스는 평소처럼 천연덕스레 대꾸하며 관자놀이를 긁적거렸고, 히데요시가 쥘부채로 자신의 손바닥을 살짝살짝 치며 이건 또 뭔 곡절이여, 하는 호기심이 발동된 얼굴로 이에야스와 요도기미를 번갈아보았다. 미쓰나리가 두 주먹을 불끈 쥐고 있었다. 요도기미가 상체를 바투 당기며 애가 탄 듯 말을 이었다.

— 이에야스님 내 시녀 본녀와 그 사람을 당장 만나게 해줘요!

— 그건 곤란합니다, 요도님.

이에야스가 이번엔 목을 긁적거리며 여유를 부렸다.

— 왜요?

— 그 자는 조선 세자의 밀명을 받고 바다를 건넌 사람이거든요. 하여 자신의 염원 이전에 밀명을 먼저 완수해야 정혼자를 만나겠다고 진작 말했었거든요.

― 본녀는 오래 살지 못해요. 한시가 급해요!
― 이런이런, 안타까운 일입니다.
― 이봐, 이봐, 요도, 도대체 그게 무슨 말이야?

더는 참지 못하고 히데요시가 끼어들었다. 요도기미가 금방이라도 손톱을 세울 기색으로 쌀쌀맞게 히데요시에게 화풀이하듯 말했다.

― 전하, 그 자에게 노를 당장 공연하라 하세요! 10월까지 기다릴 겨를이 없어요!

― 아니, 그러니까, 요도 왜 그러냐고?

― 요도님, 그것은 아니 됩니다! 천황폐하의 어소에서 해야만…….

히데요시와 미쓰나리가 동시에 대꾸했으나 시끄러워요, 하는 한마디로 요도기미가 좌중의 말을 일축해 버렸다. 과연 천하를 쥐락펴락할 만한 기세였다. 히데요시마저 여염집의 공처가처럼 오금도 펴지 못하는 것 같았다. 그 와중에도 히데요시의 엄처시하嚴妻侍下적 측면을 엿보았던지 도시이에가 슬그머니 미소를 입가에 물었다.

요도기미가 히데요시에게 그간의 사정을 간결하게 설명하고는 마치 하명하듯 좌중을 향해 말했다.

― 그럼 이렇게 하면 되겠네요. 그 자의 노를 다섯 다이로의 회합 때 말고 다른 날 공연시키면 되지 않겠어요? 솔직히 나도 그 자의 노 공연을 보고 싶어요. 병석에 있는 우리 본녀에게도 큰 선물이 될 것 같군요.

― 옳거니, 그럴 수가 있었군요. 하기야 다섯 다이로가 착석하는 공식 자리가 아니라면 천황폐하께 불충이 될 리도 없을 테고. 과연 미다이도코로님답습니다. 어허허!

9막 백만 대공세가 임박하다

이에야스가 손바닥으로 무릎을 탁 치며 호들갑을 떨자, 히데요시도 그 정도면 되지 않겠냐는 표정으로 미쓰나리를 쳐다보았다. 주먹 쥔 미쓰나리의 두 손이 부르르 떨리고 있었다. 다된 밤에 코 빠뜨린다더니, 미쓰나리에겐 요도기미의 참견이 꼭 그 짝인 모양이었다. 히데요시가 의아하게 여길 정도로, 표정도 일그러졌고 안색도 금격히 나빠졌다. 누구를 위해서 이렇게까지 하고 있는데…… 그렇게 일렀건만 도와주지는 못할망정 일을 그르치게 하다니…… 그와 같은 말이 상심에 빠진 미쓰나리의 목울대로 치솟았던 것 같았다. 그는 몇 번이고 침을 삼키며 아랫입술만 질끈 깨물고만 있었다.
 ─천하의 주인은 천황이 아니라 우리 도요토미 가문입니다! 무서울 것은 그 어디에도 없어요, 알겠어요, 이시다 지부?
 살얼음 위를 걸어도 당당할 것 같은 서슬로 요도기미는 회의를 마무리하듯 그렇게 소리쳤다.

10 막린, 노(能)를 노래하다

덴노지天王寺는 창건된 지 1천 년이 훨씬 넘는 역사만큼이나, 의구한 옛 영화를 고스란히 보여주듯 고색창연했다. 중문 너머 5층탑은 화려한 색채로 경내를 아울렀으며 본존을 안치한 금당金堂은 고풍스러우면서도 장엄했고, 회랑은 군데군데 붉은 색조를 띤 채 탐욕의 속세와 결연한 경내를 껴안듯 길게 두르고 있었다. 거기에다 햇살처럼 떠도는 잔잔한 목탁 소리가 묘하게 어우러져 절 안의 풍치란 한정 없이 그윽했다. 유수와 같다는 세월도 여기서는 곱게 머물러만 있는 것 같았다.

서서히 햇살이 뉘엿뉘엿해지는데도 날씨는 무더웠다. 덴노지 안은 풍경화의 여백처럼 마냥 한가로웠다. 5층탑 아래에서는 노파 하나가 패나 간절한 표정으로 눈을 감고 무엇인가 기원이라도 하는지 탑 주변을 떠나지 않고 있었다. 낙일을 맞받으며 새 몇 마리도 5층탑 위에서 전생의 미련을 읊조리듯 구슬프게 울어댔다. 삿갓으로 얼굴을 가린 무사가 노파를 힐끗거리며 경내를 가로질러, 경전의 강설이 종종 열리는 강당을 스쳐 지나 의고한 가람伽藍 쪽으로 걸어가는 모습도 보였다.

가람의 객실에서 린은 노를 연습하고 있었다. 상좌에 앉은 승려 덴카이天海는 염주를 만지작거리며 지그시 지켜보았다. 쉬지 않고 춤과 노래를 불렀던지 린의 이마에서는 땀이 연신 흘러내렸고 동작 하나하나는 힘들어 보였으며 목소리는 탁했다. 이따금 양미간이 찌푸려지기도 했다. 덴카이는 그저 묵언했는데, 별안간 눈을 가늘게 뜨더니 소리쳤다.

— 잡념이 너를 짓누르고 있구나. 잠깐 쉬어라.

잠시 머뭇거렸지만 린은 그제야 숨을 몰아쉬곤 덴카이 앞에 마주 앉았다. 얼굴은 땀으로 범벅이었다. 덴카이가 수건을 건넸고 린은 얼굴을 닦았다. 덴카이가 일순 예민하게 린을 쏘아보는가 싶더니만, 다시금 승려다운 넉넉한 표정을 지으면서 말했다.

— 요 며칠간은 그대답지 않다. 필시 마음의 평정을 잃었던 게지. 그래가지고서야 아무리 공들인다 하더라도 다른 이들에게 노의 진면목을 제대로 보여주지는 못할 터…….

— …….

덴카이의 단언을 린은 단호히 부인할 수 없었다. 어쩌면 오래 전부터 마음이란 건 갈가리 찢겨져 버려 애초 평정을 논할 그 무엇도 자신에게 이미 남아쳐 있지 않다는 느낌도 불쑥 들어 쓸쓸한 미소만 입가에 걸렸다.

— 린, 노가 무엇이라고 생각하느냐?

— 모르겠습니다.

— 몰라? 그 말이 맞다. 실은 나도 아직 정확히 뭔지 모르겠다. 다만 내가 해 줄 수 있는 조언이란 원래 신을 찬양하고 신의 공덕을

기리기 위해 노가 공연되었다는 점이다. 예컨대 신이 등장하고, 그 신의 자비를 구하려는 무사들이 출현하는 이유 또한 피비린내 진동하는 전란들을 무수히 겪어 살인귀가 되어버린 자신들이 수라도 같은 현세의 고통이나 사후에도 성불하지 못해 귀신이 되어 구천을 헤매는 무시무시한 업보에서 벗어나기를 애절히 바라는 열망으로써 노를 활용해 왔다는 정도이다. 그래서 옛날부터 무사들은 노에 열광하고 집착해 왔었다. 무로마치 막부室町幕府의 쇼군들이나 지금의 다이코 전하가 그러하지. 무사란 게 뭐냐? 사람을 죽이는 걸 업으로 삼는 자들이다. 파리하나 죽이지 못하는 나 같은 땡추와는 다르지. 그런데도 뒤집어본다면 옛날부터 무사들 중 살인귀가 된 자일수록 노를 통해 극도의 부처를 만나려 했다. 고로 그들에겐 노가 곧 삶이고 죽음이고 신불이 되어 버린 게다. 뭐, 나이다이진의 전폭적인 지원으로 세 끼 밥 넉넉히 먹고 있는 내가 지껄일 말은 아닌 것 같다만.

— ……

덴카이는 느릿느릿 강설이라도 펼치듯 말을 이어갔다. 린은 잠자코 듣기만 했다.

— 일체중생실유불성一切衆生實有佛性이란 가르침이 있다. 사람이라면 누구나 다 불성을 지니고 있다는 게다. 999명을 살해한 악한이라 할지라도 참회하고 수행하면 마지막엔 부처가 될 수도 있다는 얘기인 게지. 따라서 노는 전쟁을 위해 존재하는, 살인귀 무사들의 참회와 속죄, 자신들의 허무와 광기를 노래하여 신불의 자애로 성불을 얻고자 하는, 수동적이면서도 역설의 수행인 게다. 그래서 노를 연기하는 자는 먼저 안락자安樂者가 되어야 한다. 무사를 대신해 연기자

가 신불의 자비를 갈구하는 노래를 불러야 하는데, 그 자신이 마음의 번뇌와 육신의 위험을 없애지 못한다면 어찌 안락의 경지에 올라섰다고 할 수 있겠느냐? 안락하지 못한 연기자가 부르는 노래는 노가 아니다. 누구도 감동시킬 수 없다.

— …….

— 다이코 전하 앞에서 너는 노를 부를 수 있겠느냐? 999명을 살해한 전하는 너의 노와 상응相應하려 할 것이다. 조선 출병의 죄업을 너의 노로 씻어내어 방하放下에 이르고자 하는 발심發心을 얻으려 할지도 모른다. 이는 궁극적으론 무상無相의 경지로 도달하려는, 지극히 전하다운 염원에 의해 너의 노를 보려는 것에 지나지 않는다. 여기엔 어떠한 정치적인 이유도 없다. 나이다이진이나 요도기미가 강권해서도 아니다. 전하가 본래로 돌아가려 했기 때문이다. 조선 침공이 한창일 때도 나고야 성에서 노를 시끌벅적하게 공연했던 연유도 여기에 있다. 그뿐만 아니라, 심지어 천황의 어소에서 전하는 수많은 다이묘들을 데리고 대규모로 노 공연을 직접 하기까지 했다. 정말로 놀라운 일이지. 다른 누구도 그런 히데요시를 이해하지 못했지만 나는 납득했다. 그게 히데요시다운, 히데요시의 성불이며, 그 길이 바로 노라는 것을 알아챘기 때문이다.

— …….

덴카이는 어떠한 존칭도 없이 감히 히데요시라고 언급하며 계속했다. 그런 그를 린은 물끄러미 바라보고 있었다.

— 이치가 이와 같은데도 너는 히데요시 면전에서 안락자가 되어 노를 노래할 수 있겠느냐? 그를 용서할 수 있겠느냐?

— …….
— 얼굴을 보아하니, 용서하지 못할 표정이로구나. 아니, 당장이라도 모든 걸 그만두고 싶어 하는 기색이로다. 아니더냐?
— …….
— 그럼, 그렇게 해라. 누구도 너를 강제할 수 없다. 차라리 정혼자를 데리고 멀리 떠나라. 멀리 떠나버리는 것 또한 너의 노일 수 있느니.
— 아니요, 스님. 떠나지 않겠습니다. 다이코 히데요시 앞에서 노래하겠습니다.

고개를 가만히 저으며 린은 말했다. 덴카이를 향해 모처럼 환하게 웃어주기도 했다. 벌써 갈기갈기 조각나 사라져 버린 자신의 마음에 무슨 번민이나 갈등 따위가 남아 있으랴. 그런데도 예순 두 살의 덴카이는 이렇게 다독거려 주려는, 배려의 마음을 아끼지 않았다. 린으로선 그 점이 고마웠다. 어쩌면 이에야스가 숙소로 여기를 정해준 것은 이런 덴카이를 만나게 해주려는 마음 씀일지도 모를 일이었다.

— 그러하더냐?

덴카이의 얼굴이 불현듯 우울해 보였다. 고개 또한 무겁게 끄덕거리는 것이었다. 린은 머리를 가볍게 숙이며 다시 입을 열었다.

— 스님, 저는 다이코 히데요시가 태산처럼 큰 인물인지 혹은 졸렬한 소인인지 알지 못합니다. 다만 현실의 그는 대륙을 정벌하려 하였고, 조선 침략을 자행해 왔습니다. 그것이 영웅의 야망인지 간웅의 야욕인지는 보는 사람의 입장에 따라 달리 비치겠지요. 그러나 중요한 점은 그 결과 참으로 많은 사람들이 죽었다는 것에 있습니다. 제 정혼자의 아비도 그 중의 하나였습니다. 아비를 잃은 정혼자는

일본으로 끌려갔습니다. 갖은 고초를 다 겪었겠지요. 다이코가 조선을 공격하지만 않았더라도 하루아침에 그들의 삶이 그처럼 바뀌지는 않았을 겁니다…….

— 나무아미타불…….

— 천하를 제패하고, 세상의 질서를 재편하려는 다이코의 야망이 얼마나 위대한지 저 같은 범인은 잘 모르겠습니다. 다만 그런 명분이 천수를 누려야 할 많은 사람들의 삶보다 얼마나 더 값진 것일까, 어느 날 갑자기 자신들의 행복을 뺏기고 말았던 사람들보다 그것이 얼마나 더 위대한 것일까, 저는 도무지 실감하지 못하겠습니다. 설령 신불이 그러한 살상 행위를 천하의 질서를 잡기 위한 고육지책이라며 양해해 주신다 하더라도 저는 그러지 못합니다. 제 입장에서는 용납되지 않습니다. 정혼자의 아비는 좀 더 살아서 저와 정혼자가 혼례 하여 아들딸 낳는 것을 보고 싶었을 겁니다. 그래서 손자를 안고 어르며 노후를 보내고 싶었을 겁니다. 다이코가 아니라 그 어떤 신불이라 하더라도 이러한 행복을 야망의 희생물로 감히 삼을 수는 없다는 겁니다!

— 나무아미타불…….

어느새 덴카이의 눈시울은 붉게 상기되어 있었다. 안타까웠던지 염주를 돌리는 손길 또한 조금씩 떨리고 있었다.

린의 눈도 젖어들었다. 말을 하다 보니, 산산조각 났던 마음들이 다시 물결을 이루었는지 감정이 격해졌고 입 밖의 말은 망념의 물길과도 같이 흘러내려졌다. 그간 말을 아끼고 행동도 늘 조심해 왔었는데, 배려하고 있는 사람을 그만 무겁게 해 버린 셈이었다.

하기야 며칠째 마음을 다잡지 못하고 있었으니 노가 제대로 연습되어질 리도 없을 터였고, 이렇게 고승高僧에게 부담만 주었다…… 그러나 그런 만큼, 린은 괴로웠다. 요 며칠간은 억센 목 졸림처럼 밤마다 가위에 눌리지 않는 적이 없었기 때문이었다.

병마 같은 악몽은 집요했다. 그 끝자락에서 본녀는 언제나 미소지으며 린을 바라보기도 했다. 차마 마주 보면 가슴이 아릴 만큼 해맑은 얼굴로……그러나 그녀는 곧 병마에 시달린 몸으로 돌변, 애처롭게 눈물을 하염없이 흘리곤 했다. 린이 비척비척 다가가 손을 잡고 어깨라도 껴안을라치면 으스러지고 부서질 것 같은 여윈 모습으로 홀연히 사라져 버리기 일쑤였다. 그런 그녀를 못내 붙잡으려 소리치고, 소리치다가 한밤중에 깬 게 한두 번도 아니었다. 아아, 히데요시를 만나기도 전에 이미 지쳐버린 것일까, 아니면 무서워진 탓일까, 용납하지 않겠다는 결의 가득한 소리 같은 건 어쩌면 흩어진 각오를 되찾으려는, 허언이 되지 않으려는 안간힘에 불과할지도…… 불현듯 그런 느낌도 들어 린은 자기도 모르게 고개를 숙이고 눈을 감아 버렸다. 아무 것도 보이지 않아야 하는데, 역시 본녀가 아른거렸다. 다행히 조선에서의 모습…… 전쟁이 발발하기 전, 그 당시 얼마나 행복했던가…….

사실 린이 도시이에에게 말한 유키나가 잡병 출신 운운은 거짓이었다. 원래 린의 조부는 쓰시마 출신의 상인이었다. 왜관에 오래 거주했다. 그런 내력이 있어 린도 조선의 왜관에 출입을 하게 되었고 어린 시절부터 조선어 공부도 할 수 있었다. 덕택에 조선어도 일본어 못지않게 구사할 수 있게 되었다. 한때는 쓰시마에서 교역에 종사하다가 왜관에 거주하게 되었는데 조선인 보부상 하나와 각별해지게 되었다. 본녀는 그 보부상의 외동딸이었다. 당시 홀아비였던 본녀의 부친은 린의 됨됨이가 마음에 들어 그를 자식처럼 여겼다. 일찍 부모를 여읜 린도 본녀의 아비를 친부처럼 따르며 남의 눈을 피해 은밀히 왕래했었다. 그러는 동안 본녀와 사랑에 빠졌고, 부친은 두 사람을 혼인시키려 했다. 전쟁만 터지지 않았다면 두 사람은 가정을 이루었을 터였다. 그러나 운명은 야속했다.

일본군이 부산에 상륙했다. 린은 피난길에 올랐지만 그 와중에 본녀의 부친이 목숨을 잃었다. 린은 전쟁의 참상을 목격하면서 본녀와 함께 충청도까지 갔고, 일본군이 워낙 파죽지세였으므로 더 이상의 북상은 무의미하다 판단하여 산골에 움막을 짓고 일본군이 물러가기를 기다렸다. 이윽고 명이 참전했다는 소문이 들리고 강화협상 풍문도 들려오더니, 마침내 일본군이 영남 일대로 물러간 뒤에야 산에서 내려왔다.

그때 즈음, 광해군이 신료들을 이끌고 충청도로 출현했다. 백성들을 독려하고 의병을 모집했고 군량을 모았다. 수많은 사람들이 세자의 격려에 감읍했으며 너도나도 죽창을 들기도 했다. 린은 그때 세자 광해군을 처음 보았다. 인자한 성군처럼 천한 백성이라고 멀리하지 않았다. 희로애락을 나누려는 것처럼 보였다. 심지어 사저에서 백성들과 함께 수저를 들기도 했다. 린은 대단히 감동하여 세자 진영에 투항하여 일본군을 물리칠 방책을 도모하고 싶다며 본녀의 손을 꽉 쥐기도 했다.

그해 송유진宋儒眞 일당이 반란을 일으켰다. 격노한 광해군이 군을 일으켰다. 린은 함께 싸웠다. 난은 진압되었다. 잔당들은 도망쳤다. 그 중의 한 명이 본녀를 납치해 일본군으로 투항해 버렸다. 불행은 거듭되고 말았다. 린에겐 하늘이 무너지는 일이었다…….

— 지난날이 선연히 눈앞에 떠오르더냐?

한동안 침묵을 지켰던 덴카이가 부드러운 어조로 다시 말해왔다. 그제야 린도 퍼뜩 정신이 들어 눈을 씀벅거리면서 이제는 아득하게 느껴지는 과거의 뒤꼍에서 조용히 물러 나왔다. 린이 숨을 고르고 고개를 들자, 덴카이의 웅숭깊은 표정이 눈에 들어왔다.

— 그래, 고단하게 살아왔을수록 불성은 한결 높아질 수 있고, 번뇌가 깊을수록 그에 비례하여 깨달음도 진리에 훨씬 가까워질 수 있는 법이다. 밤이 깊었다는 것은 달리 말하면 새벽이 이미 다가왔다는 것을 의미하니까. 그러므로 괴로우면 괴로워해라. 그런 만큼 네 스스로가 해답을 쥘 수 있을 게다. 아니, 너는 벌써 해답을 네 손아귀에 쥐었을지도 모르겠다.

— …….

— 나는 네가 노를 히데요시 앞에서 공연한다고 했을 때, 손바닥 뒤집듯 앞날을 직감할 수 있었다. 그리고 그 옛날의 사건 하나를 떠올릴 수밖에 없었느니. 그게 무엇인지 너는 알 도리가 없을 터, 까마득한 옛날 무로마치 막부의 폭군이라 일컬어졌던 요시노리義教 쇼군은 자신이 총애한 온아미音阿弥란 자의 노를 감상하다가 정적에게 암살당한 일이 있었다. 노를 애호하는 정도가 히데요시에게 뒤지지 않았던 쇼군에게 걸맞은 최후였었다.

— 스, 스님!

— 어쩌냐, 요시노리 쇼군의 최후를 알 길이 없는 네가 노를 노래하겠다니, 이야말로 절묘한 우연이 아니겠느냐? 너의 노로 인해 히데요시 다이코와 요시노리 쇼군의 최후를 겹쳐서 떠올렸던 건 내가 과연 과민해서일까?

덴카이의 은유가 그야말로 정곡을 가차 없이 찔러왔다. 과연 고승다운 혜안이라, 린으로서는 어떤 대꾸를 해야 할 지 막막했고 난감하기 짝이 없었다. 그러나 덴카이는 결코 추궁하거나 문책하려는 기색이 아니었다. 오히려 이렇게 물어왔다.

— 그전부터 궁금했었는데 네가 히데요시 앞에서 노를 공연하겠다는 생각은 누구의 머리에서 나온 것이더냐? 나이다이진이던가?

— 아닙니다. 고니시 유키나가님 본진 투항 이전에 다이코에 대해 이것저것 알아보다가 노에 탐닉하고 있다는 사실을 듣게 되었지요. 그래서 먼저 노부터 공부하게 되었습니다. 요시노리 쇼군의 최후 같은 얘기는 전혀 몰랐습니다.

마음속을 꿰뚫어보는 덴카이의 간곡한 물음에 린은 담담히 답했다. 덴카이는 뜻밖에도 경외에 가까운 표정을 지으며 탄성을 내질렀다. 과장스러운 반응으로 보이지는 않았다.

— 그러하더냐? 허허, 이런 우연이 어찌 우연만이랴. 하면 이거야말로 하늘의 뜻이 아니던가? 나무아미타불 관세음보살.

— ……

— 흐름이로다, 흐름. 이 순명을 누가 거역할 수 있으랴. 그 영리한 지부노쇼님도 네가 노를 공연하려는 진짜 속셈을 요시노리 쇼군의 최후와 결부시켜 진작 눈치 챘을 터이지만, 아무리 경계하고 최대한

방지하려 해도 이 흐름을 막을 수는 없을 게야.

그때였다. 쩌렁쩌렁한 소리가 들리더니 이에야스가 삿갓을 벗고 안으로 들어왔다. 이미 대화를 다 엿들었던지 의미심장한 한 마디를 툭 던지는 것도 잊지 않았다.

— 이런, 이런, 덴카이님께서 또 상상의 나래를 펼치고 계십니다그려.

— 오오, 나이다이진님 어서 오시구려.

덴카이가 반색했고, 린은 자리에서 일어나 예를 갖춰 인사했다. 덴카이도 예의범절을 잃진 않았지만 상좌를 내주지는 않았다. 이에야스도 고승의 신분을 감안했던지 구태여 상좌에 앉으려 하지 않고 린의 곁에 자리 잡았다. 그러더니 천장을 올려다보며 대뜸 소리쳤다.

— 덴카이님, 낮말은 새가 듣고 밤말은 쥐가 듣는다 하지 않습니까? 그렇게 오해할 수 있는 말씀을 이 시각에 아무렇지도 않게 하시면 저기 천장 위에서 듣는 새 한 마리가 진의는 생각지도 않고 곡해한 나머지 씽 날아가 자기 주인에게 미주알고주알 일러바쳤다간 엉뚱한 사단이 일어나면 어쩌려고 그러십니까? 화근의 근본은 사람의 혀라니까요.

— 응?

그 바람에 린과 덴카이가 깜짝 놀라 천장만 망연히 바라보았다. 이에야스는 예의 천연덕스레 웃으며 위를 향해 벼락처럼 호통 쳤다.

— 너 천장 위의 새야, 내가 누군지 알고 있으렸다? 하면 쓸데없는 공상은 거두는 게 마땅할 일이다. 그만 썩 물러가라. 아, 그리고 네 주인에게 일러라. 여기 천하의 도쿠가와 이에야스가 이 자리에 있는 한, 그 누구도 털끝만큼도 건드리지 못할 것이라고 말이다. 알았으

면 냉큼 물러 가렸다!

— 와하하하!

이에야스는 천하라는 부분에 이지렁스레 억양을 더욱 주었고, 덴카이는 그 점이 진심으로 즐겁다는 듯 한바탕 소리 내어 웃었다. 이에야스가 으흠, 하고 몇 번 헛기침을 하고 어깨도 으쓱했다. 좌중을 능숙히 다룰 줄 아는 백전노장의 치기 어린 태도에 린의 얼굴에도 잔잔한 미소가 띠워졌다.

곧 천장에서 부스럭거리는 소리가 들렸고 이내 조용해졌다.

이윽고 이에야스가 시선을 린에게 건네며 이번에는 제법 진지한 어조로 말을 걸었다.

— 어떤가, 공연할 수 있을 정도로 소양은 쌓았는가?

대답은 덴카이가 대신 했다.

— 내일이라도 당장 할 수 있습니다, 나이다이진님. 하늘의 뜻, 신불의 뜻이니까.

— 신불의 뜻이라…… 덴카이님께서 그리 보셨다면 그대로 강행해도 되겠군요.

— 당연하다마다. 날짜는 정해졌나요?

— 예, 전하의 윤허가 떨어졌습니다. 바로 내일이지요. 8월 16일. 장소는 오사카 성.

— 허허, 정말 내일이로군요…….

덴카이가 염주를 굴리며 린을 빤히 바라보았고 이에야스도 한층 정색해진 표정으로 응시해 왔다. 두 사람의 시선을 번갈아 받으면서 린은 마침내 고개를 힘 있게 끄덕거려 주었다.

— 내일인가, 내일인가, 드디어 내일인가…….

내일이란 말의 무게감이 크게 실감되어 왔던지 좀 전의 자신만만한 태도는 갑자기 오간데 없이 덴카이가 염주를 연신 굴리며 그렇게 중얼거렸다. 이에야스도 비로소 이후의 엄청난 파장이 머리에 스쳤는지 더 이상 떠들지 않고 입을 굳게 다물었다. 그런 두 사람과는 달리 린은 비교적 담담한 표정을 짓고 있었다.

이 날은 1598년 8월 15일이었다.

그날 밤, 미쓰나리는 수하로부터 보고를 받고도 결코 닛자의 불찰을 질책하지 않았다. 자신의 처소에서 혼자 오도카니 앉아 술잔만 묵묵히 기울일 따름이었다. 그러다가 이따금 무엇이 천명이란 말인가, 내가 용납하지 않겠다…… 그와 같은 말을 쓸쓸히 내뱉곤 했다.

그날 밤, 본녀는 고열에 시달렸다. 선잠이 들었다가도 이내 깨어났고 꿈결을 헤매는 듯하면서도 한순간은 뚜렷한 의식을 지닌 채 린, 하고 부르짖었다. 그런 본녀의 손을 꼭 잡은 채 요도기미는 자주 눈물을 내비쳤다.

그날 밤, 히데요시는 도시이에와 대작하고 있었다. 자신들의 주군 오다 노부나가에 대한 추억을 애끓게 나누다가, 히데요시는 술에 취하자 자신은 평생 주군 흉내를 내며 쫓아온 것에 불과하다며 침울해 했다. 그러다가도 노부나가가 생전에 즐겨 불렀던 아쓰모리敦盛노의 수라도에서 등장하는 무사, 그가 부르는 노래 중 인생 오십년 돌고 도는 무한에 비한다면 모두가 덧없는 꿈과 같도다! 라는 구절을 몇 번이고 불러댔다. 도시이에의 눈에는 처연한 이슬이 맺혀 있었다.

그날 밤, 이에야스와 덴카이는 차를 마시며 린의 노를 보았다. 모든 질곡을 떨쳐내듯 린의 춤사위는 한없이 우아하면서도 그 정취는 유현하기 이를 데 없었다. 감동에 북받친 듯 덴카이는 눈물을 흘리고 말았다.

그날 밤, 오사카 성을 비롯해 곳곳에선 올빼미들이 장송곡처럼 오랫동안 울었다.

1598년 8월 16일 미시未時 오사카 성.
혼마루어전本丸御殿의 오히로마大広間(접객을 위한 넓고 큰 방)에 노의 공연을 위한 만반의 준비가 갖춰졌다. 원래 정원에 노의 무대能舞台를 설치하여 했으나 요도기미가 본녀에게는 찬바람이 좋지 않다며 강력하게 주장하여 오히로마로 옮긴 셈인데, 전혀 위화감이 들지 않을 정도로 대형 소나무 그림이 손에 잡으면 솔잎이 떨어질 것처럼 실감나게 표현되어 실제로 착각할 만큼 무대가 장관이었다. 배경 그림 앞의 앉는 곳인 아토자後座에는 북과 피리, 샤미센三味線 등 음악을 연주할 악사들이 대기했으며 그 오른쪽에는 극의 진행을 보조하는 지우타이地謠 십여 명이 차례대로 엄숙히 앉아 있었다. 주연인 시테仕手는 린이었다. 린의 뒤로 조연인 쓰레連れ와 와키脇가 긴장한 채 부복해 있었다. 린은 앞에 슈라모노修羅道의 무사를 표현할 가면을 놓아두었다.

주연을 받쳐주는 역할이라 가면을 쓰지 않는 와키에게도 이상하게 무사의 가면이 놓여 있었다.
 묘한 정적이 흐르는 가운데, 린은 눈을 내내 감은 채였다. 당일이면 긴장 때문에 온몸이 경직되지 않을까 염려했었는데 이상했다. 린의 마음은 그지없이 평온했다. 그러고 보면 간밤엔 악몽도 꾸지 않았다. 그저 잘 지내고 있니, 라는 본녀의 그리운 목소리만 꿈결처럼 들려왔을 뿐이었다.
 마침내 히데요시가 싱글거리며 공연장에 나타났다. 요도기미는 친히 본녀를 부축하며 나란히 들어왔고, 이에야스와 도시이에, 덴카이가 뒤를 따랐으며 미쓰나리는 몹시 창백한 안색으로 등장했다.
 히데요시가 착석하자 모두들 그 주변에 자리를 잡고 앉았다. 히데요시의 곁에 앉은 요도기미는 본녀를 자기 가까이에 앉히고 살갑게 손을 잡아주었다. 보통의 경우라면 관람석의 상석에 본녀를 앉힐 수 없었을 테지만 요도기미가 고집을 부렸을 터였다. 미쓰나리는 본녀의 옆에 자리를 잡고 있었다. 이에야스는 히데요시의 왼편에 착좌한 뒤 뭐라고 말을 걸며 과장스레 히죽거렸고, 히데요시는 습관처럼 쥘부채로 자신의 어깨를 톡톡 치며 건성으로 대꾸했다. 이에야스 옆에 앉은 도시이에만 매우 딱딱한 표정이었으며, 그 옆의 덴카이는 린을 향해 몇 번이고 고개를 끄덕거려 주었다. 공연장소가 오히로마라 히데요시가 여기에 대해 격이 떨어지는데 라고 한마디 하자, 이에야스가 냉큼 말을 받아 이렇게 뇌까렸다.
 ― 전하, 오히로마면 어떻습니까? 무엇보다 이번 공연은 상당히 이채롭습니다. 저기 덴카이가 귀띔을 해줬는데, 슈라모노 부분에서

우리가 한 번도 보지 못한 광경이 나온답니다. 상당히 역동적이라네요. 아니, 아주 파격적이라고 합니다.

─ 호오, 전에 얘기한 것처럼 나에 대한 송가를 표현하기 위해 달리 표현했다 이것인가?

히데요시가 흥미를 드러낸다. 이에야스가 어깨를 으쓱하며 출랑거리듯 대꾸한다.

─ 아무렴요, 기대해 보십시오. 솔직히 저도 기대하고 있습니다. 뭐 저는 전하와 달리 노에 교양이 없어, 보고 있으면 어찌나 눈꺼풀이 천근이 되는지…….

─ 와하하하, 그거 고역이었겠군. 그럴 만도 하지. 극의 진행이 아주 느리거든. 나이다이진도 이 참에 공부 좀 하라고. 무식하단 소리를 듣지 않으려면 말이오.

─ 천성이 교양과는 담을 쌓아서 말이지요, 허나 전하 그런 나라도 이번의 슈라모노 공연은 기존의 양식과는 완전히 다르다고 하니 어찌 기대가 되지 않겠습니까?

─ 좋아좋아, 이 몸 다이코 히데요시도 기존의 관습을 깨뜨리는 걸 선호하니 어디 기대해 보겠어요.

그렇게 이에야스와 히데요시가 시시껄렁하게 떠드는 동안, 린은 본녀를 보았다. 본녀도 린을 보고 있었다.

두 사람의 눈은 서로를 향해 있었다. 그렇게 두 사람은 서로를 마냥 보고 또 보았다, 입 밖으로 쏟아지려는 말을 안으로 밀어 삼키며, 서로를 오래오래 간절히 마주보았다…….

병색이 완연한 본녀의 얼굴에서 기어이 눈물이 떨어졌다. 그 눈물이 밀어 삼킨 본녀의 말이었다. 말은 눈물이 되어 바닥으로 길게 흘러내려 린에게로 스며들어 갔다.
 린은 천천히 슈라모노의 가면을 썼다. 가면으로 가린 린의 얼굴에서도 눈물이 주르륵 흘러내렸다. 목청껏 소리치고 또 소리치고 싶었던 수많은 말들은 눈물이 되어 속절없이 흘러갔다. 눈물은 조우했다. 그렇게 두 사람은 서로를 향하여 사무치도록 말을 소리 없이 주고받았다……

 잘 지냈어?
 으응, 너는 건강하니? 아프면 안 돼.
 나는 괜찮아, 괜찮아.
 보고 싶었어, 많이많이.
 보고 싶었어, 보고 싶었어.

 히데요시가 손을 들었다. 북이 울렸다. 가면을 쓴 린은 서서히 몸을 일으켰다. 공연이 시작되었다.

 왜 여기에 있어 무서운 곳이야 도망쳐.
 아니, 무섭지 않아, 본녀야 이젠 너와 함께 할 거야.
 함께할 수 있을까?
 응, 멀고 먼 길을 돌아 여기까지 왔는데 반드시, 반드시 언제나 함께할거 야. 그러니 제발 아프지 마.
 고마워, 늘 고맙게 생각해. 나를 외롭지 않게끔 언제나 아껴줘서

늘 고마웠어.

바보, 나는 네가 있어줘서 항상 행복했어. 네 아버지에게도 고마워하고 있어.

공연은 처음엔 정석대로 진행되었다. 슈라모노의 무사를 연기하는 린은 정형화된 양식대로 춤추고 노래했다. 심금을 울리는 소리가 오히로마에 그득해진다.

……데즈카의 발아래 깔리어 덮쳐오는 무리에 끝내 목이 잘렸으니 시노하라의 흙이 되어 형체도 흔적도 없는, 아아 형체도 흔적도 없는 이 내 몸. 나무아미타불 부디 빌어주시길, 극락왕생을 빌어주시길……

슈라모노의 무사 사네모리實盛의 애끓는 술회를 끝으로 린은 돌연 격렬한 춤사위로 들어간다. 시공을 초월하여 린은 당대當代로 돌아와, 사네모리가 어느새 오다 노부나가의 신을 가슴에 품었던 원숭이 히데요시로 여명처럼 바뀌어 되살아난다.

……나는 오와리 나카무라의 원숭이, 영웅을 만나 천하를 가슴으로 안았노라……

멍하니 린을 바라보던 히데요시가 이때부터 흥분하기 시작했다. 오오, 파격이로군, 파격이야! 하며 쥘부채로 무릎을 몇 번이고 쳤다. 약장수를 거쳐, 오다 노부나가의 말단 가신으로부터 시작된 혁혁한 활약이 숨 가쁘게 린의 노래와 춤으로 전개되어 간다. 히데요시의 얼굴이 달아오르고 숨소리도 거칠어졌다. 자신의 지난한 역정이 하나하나 복원되어 갈수록 서러웠고 기뻤던지, 충혈된 눈시울로 마침내 박수를 치며 웃기도 했다. 여느 노의 공연장과는 완연히 다른 모습이었다. 아케치 미쓰히데가 등장하고부터는 이미 객석의 히데요시가 아니었다. 소리를 지르고 청년처럼 어깨를 덩실덩실 흔들며 자못 그 시절의 히데요시로 돌아가 버렸다.

그런 히데요시를 이에야스가 침을 삼키며 주의 깊게 살피고 있었다. 무대와 객석을 번갈아 보던 미쓰나리는 한결 긴장한 모습이었다.

본녀의 젖은 시선은 여전히 린과 함께였다.

아버지가 보고 싶어.
가자, 조선으로 가자, 아버지가 잠들어 있는 조선으로 가자.
갈 수 있을까?
갈 수 있어! 아니, 어떻게 하든 너를 데리고 돌아갈 거야.
고마워, 고마워.
아니 고마워해야 할 건 나야. 네가 있어서 나는 살아갈 수 있는 힘이 생겼어. 고마워, 고마워 본녀야.
가난했지만 너랑 함께했을 때가 나는 제일 행복했어. 네가 있어서 힘을 얻은 건 나야, 고마워!
그래그래, 그러니 다시 함께하자 옛날처럼, 전쟁이 일어나지 않았던 옛날처럼, 우리 함께 살아가자. 꼭 그렇게 만들 거야! 이 일, 이 일만 끝나면!
안 돼, 안 돼 린—
삼가 말할게, 고마워, 고마워, 너와 함께 할 수 있어서 정말 행복했어—

무대에선 드디어 혼노지의 변이 일어나기 시작한다. 갑자기 지우타이들이 한 목소리로 오다 노부나가의 아쓰모리를 목청껏 부른다. 오히로마가 떠나갈 듯하다.

> 무심한 바람에 흩날리고
> 이지러진 달빛과 노닐던 이들도
> 달보다 먼저 가버려
> 무상한 이 세상의 구름에 가리워지네
> 인간 오십년
> 돌고 도는 무한에 비한다면
> 모두가 덧없는 꿈과 같도다
> 한번 태어나서
> 죽지 않는 자 그 누구인고 ―

우렁차면서도 비장한 노래가 무대를 휘돌면, 지우타이들이 아케치 미쓰히데의 군사처럼 무대로 우르르 몰려나온다. 전례에 없는 일이다. 그 어느 노에도 없는 충격의 광경 앞에 히데요시는 부연히 일어났다. 린이 단검을 뽑아 장려한 가무로 회오리치듯 무대를 돌면, 지우타이들이 미쓰히데가 된 것처럼 적은 혼노지에 있다, 라고 절규한다. 그야말로 객석마저 들썩댈 정도로 실로 역동적인 무대가 화려하게 연출되어 나온다. 객석의 모두는 한 번도 본 적 없는 새로운 노의 충격에 사로잡혔는지 숨소리조차 내지 않았다. 어지간한 이에야스조차 숨을 머금은 채 상기된 얼굴로 지켜보고 있다. 마치 지난 일을 목도하고 있는 기색이다. 히데요시는 말할 것도 없었다. 눈앞의 광경은 그대로 생생한 현실로 각인되는 것 같았다. 그는 아아,

하고 탄식을 내질렀다. 공연의 대사처럼 부르짖기도 했다.
— 너희들은 천하인 이 히데요시의 사세시死世詩를 들어라! 천하인 이 몸 히데요시의…… 으하하하하!

  이슬로 떨어지고 이슬로 사라지는 내 몸이로다
  나니와의 영화는 꿈속의 또 꿈

 마침내 히데요시가 거리낌 없이 자리를 박차고 무대로 뛰어들었다. 이에야스가 눈을 홉떴고, 미쓰나리가 천하, 하며 대경실색했다. 그러나 히데요시는 상관하지 않고 가면을 다오, 라고 소리쳤고 기다렸다는 듯 와키가 재빨리 건네주었다. 사네모리의 가면이 얼굴을 덮어쓰자 그는 졸지에 오다 노부나가로 되어 버린다.

  생각해 보면
  이 세상은 영원히 살 곳이 아닌 듯
  풀잎에 서린 흰 이슬
  물에 떠 있는 달보다 허무하여 —

 이제 히데요시는 무대 속에서 시테가 되었다. 노부나가의 아쓰모리가 장엄히 울려 퍼지는 가운데, 린의 아케치 미쓰히데의 춤이 너울너울 무대를 장식해 나가면, 지우타이들이 가면을 쓴 히데요시의 곁으로 모여들어 원을 그리듯 빙 둘러섯다. 그러자 히데요시는 정말로 혼노지의 노부나가처럼 비장한 어조로 아쓰모리를 노래한다.
 린은 추고 또 춘다. 반란의 춤사위는 느리고, 절망과 분노의 춤사위는 빠르다. 율동은 도약하듯 크고 높다. 동시에 미쓰나리의 시선은 지우타이에겐 둘러싸인 히데요시를 찾지 못한다. 그 옛날의 혼노지처럼, 지우타이들이 둘러싼 곳은 사각死角의 지대다. 미쓰나리는 상체를 일으키며 통곡처럼 히데요시를 부르고 또 불렀다. 린은 최후의 일격을 가하듯 지우타이를 뚫고 혼노지 같은 그 안으로 들어간다.

― 천하!

그러나 그 목소리는 지우타이들의 장중한 노래 속으로 힘없이 파묻힐 따름이었다. 미쓰나리가 무대로 뛰쳐나가려 했다. 하지만 그보다 민첩하게 요도기미의 짧은 한마디가 통렬히 그를 가로막았다.

― 가만있으라, 이시다 지부!

― 요, 요도님!

― 이것이 정녕 하늘의 뜻이라면 천하인 히데요시는 피하지 말고 당당히 맞이해야 한다. 그것이 천하인의 숙명인 것이다, 이시다 지부노쇼!

― 으흐흑!

미쓰나리가 양손으로 다다미 바닥을 치며 울었다. 요도기미는 본녀의 손을 놓지 않았다. 본녀는 가늘게 흐느끼고 있었다. 그러나 그녀의 시선은 결단코 린에게서 떨어지지 않았다. 다사로이 지냈던 그 행복했던 조선에서의 나날을 다시금 떠올리면서. 요도기미의 눈에도 뜨거운 눈물이 흘러내리고 있었다. 덴카이는 염주를 굴리며 나무아미타불 관세음보살, 이라고 몇 번이고 되뇌었다. 충혈된 이에야스는 마른침만 삼켜댔다. 도시이에의 얼굴은 점차적으로 일그러져 갔다.

노부나가가 된 히데요시의 심장에는 린의 단검이 깊숙이 꽂혀 있었다. 선혈이 꽃잎처럼 흩날리듯 무대로 떨어져 갔다. 그래도 노부나가의 노래는 멈추지 않았고 린은 히데요시를 움켜잡은 채 단검의 손잡이에서 손을 놓지 않았다.

평생을 두고 쫓아간 노부나가가 이 순간 시야에 잡혔는지, 히데요시는 쓰러지면서도 쓸쓸히 웃으려 했다.

이놈, 원숭아 빨리 가자! 노부나가의 걸걸한 목소리가 귓가를 스치는 듯 히데요시는 오야가다사마親方様, 원숭이가 갑니다요, 라며 중얼거렸다.

혼노지의 변이 끝났다.

이에야스가 손짓하자, 지우타이들이 히데요시를 들쳐 업고 무대 뒤로 총총 사라졌다. 그래도 린은 이승의 언저리를 헤매는 슈라모노를 노래했다.

린의 노래는 여전히 무대를 휘저었다. 객석에는 히데요시가 보이지 않았다. 이에야스가 곧 자리를 떴고 뒤이어 미쓰나리, 도시이에도 자리에서 일어섰다.

본녀는 자리를 지켰다. 요도기미도 함께였다. 그 두 사람은 가슴 깊이 도려낸 것 같은 린의 노를 그 절규의 노래를 마지막까지 보고 또 들었다. 그렇게 피와 눈물은 무대를 하염없이 적시고 있었다.

히데요시는 침소로 옮겨졌으나 이미 절명한 상태였다. 숨진 것을 확인한 미쓰나리는 울음을 씹어 삼키며 이에야스를 노려보았다. 그러나 즉시 검을 뽑아 덤벼들지는 못했다. 도시이에는 닭똥 같은 눈물만 뚝뚝 흘리며 어쩔 줄 몰라 했고, 이에야스는 굳은 얼굴로 뒷갈 망하듯 일의 처리를 지시하기 시작했다.

― 전하께서는 불행하게도 자객의 습격을 받고 서거하셨소! 공연이 끝나면 자객을 포박하여 엄히 처벌하겠소이다! 우선은 사후 대책을 세워야 하오! 다들 기탄없이 의견을 말해 주시오. 먼저 나의 생각은 이렇소. 전하께서 습격을 받아 서거하신 사태는 아예 일어나지 않았소. 전하는 병환이 위중, 그리하여 후시미 성에서 서거하셨소. 오늘의 공연 일은 일절 비밀이며, 아니 이런 공연은 원래부터 없었던 거로 하겠소.

― 뭐라고요, 자객의 배후를 밝혀야 하지 않겠습니까?

미쓰나리가 최후의 일성처럼 부르짖었으나, 이에야스는 침착하고 차분히 대꾸했다.

― 배후라고? 지부노쇼님, 원래 그 변절자를 추천한 건 나와 다이나곤님이요. 우리 둘 다 조선의 세자에게 속은 셈이요! 배후라면 조선의 세자말고 누가 있겠소? 그게 아니면 우리 두 사람을 이번 일에 연루시킬 참이오? 만약 그랬다간 우리 둘의 가신들이 가만있을 리 만무하오. 거기에다 만약 조선의 사주를 받은 자객에 의해 전하께서 시해 당했다는 게 천하의 각 다이묘들에게 알려지기라도 해 보시오. 도요토미 가문의 위상은 그날부터 땅에 떨어질 것이며, 가문의 존속 또한 보장할 수 없소이다. 지부노쇼님도 이 점을 모르진 않을 텐데……

― 뭐라고요?

― 지부노쇼님은 천하가 다시 어지러워지는 걸 원하는 게요? 그

러지는 않을 터, 대책이 이거 말고 달리 뭐가 있겠소?

— ······.

이에야스의 말은 차갑고 야멸쳤다. 그때에서야 도시이에는 확실히 속았다는 것을 깨달았다. 어쩌면 이에야스는 독단으로 린을 활용해 이번 일을 꾸몄을지도 모를 일이었다. 조선 세자 운운했던 건 말짱 거짓이었을 가능성이 가장 농후했다. 정황상 조선 세자의 사주를 받은 자객이 전하를 시해했다면 향후의 대책을 위해서라도 이에야스의 계책은 옳았다. 때문에 이 점을 노리고 이에야스가 린을 자기에게 보낸 게 아닌가 싶었다. 솔직히 조선 세자가 개입된 정황이 아닌 암살이라면 이번 일을 결단코 없었던 일로 돌릴 수는 없을 터였다. 도요토미 가문의 보존을 위해서라도 미쓰나리로선 그 배후를 끝까지 추적해 들어갔을 테고, 다이묘들도 노부나가 공이 시해된 과거의 예를 상기하며 배후를 규탄하고 도요토미 가문을 중심으로 뭉치게 될 수도 있을 터였다. 그러나 자객이 조선 세자의 사주를 받은 것이라면 상황은 이렇게 달라진다. 게다가 그 변절자를 천거한 이가 바로 마에다 도시이에 자신이 아닌가 말이다! 아아······ 그렇다면 이 모든 건 이에야스 독단의 음모인 것이다. 덧붙여 자신은 결국 이에야스의 꼭두각시 노릇에 지나지 않았던 것이다! 이럴수가! 공포와 혐오로 질려버린 도시이에는 이에야스만 정신없이 바라보았다.

이에야스가 도시이에의 눈초리를 의식하곤 가볍게 목례해 주었다. 미쓰나리가 어찌할 바를 몰라 그저 몸만 부르르 떨며 숨을 몰아쉬고 있었는데, 이윽고 요도기미가 침소로 돌아왔다.

— 이시다 지부, 전하의 시신을 후시미 성으로 옮겨라. 전하는 병

으로 그곳에서 서거하신 것이다!

— 요, 요도님, 배후는? 배후를 밝혀야…….

— 멍청한 것, 도요토미 가문을 멸망시키고 싶더냐?

요도기미의 목소리는 처철히 갈라져 나왔다. 미쓰나리는 더 이상 이의를 제기할 수 없었다. 결국 히데요시의 시신을 붙잡고 오열만 쏟을 수밖에 없었다. 도시이에는 어떤 주장도 표명하지 못한 채 얼어붙은 듯 무기력하게 앉아만 있었다. 좌중을 완전히 휘어잡은 이에야스가 자리에서 일어나 보무도 당당하게 요도기미의 곁을 스쳐 지나갔다. 요도기미는 히데요시를 죽 내려다보고 있었다.

8월 20일 다섯 다이로의 오사카 성 회합 때 미쓰나리는 히데요시가 8월 18일 후시미 성에서 병환으로 서거했음을 공식적으로 발표했다.

8월 21일 이에야스는 본녀를 납치해 투항했던 김팔곤을 히데요시 시해범으로 몰아 전격적으로 참수했다. 물론 은밀히 시행된 조치였으므로 도시이에와 미쓰나리 말고는 다른 이들에게 비밀로 붙였다. 그리고 조선에서의 일본군 철수를 결정했다.

전쟁은 끝났다. 린과 본녀는 조선으로 돌아가지 못했다. 여정을 견딜 만큼 본녀가 건강하지 못했으며, 이에야스도 두 사람을 굳이 돌려보내려 하지 않았다.

린과 본녀는 이에야스가 마련해 준 에도의 거처로 옮겨졌다. 이에야스의 보호 하에 들어갔다. 이듬해 겨울 본녀는 사내아이를 출산했다. 임조일이란 이름이 지어졌다. 하지만 출산 이후 본녀의 병세는 다시 악화되어 갔다.

이에야스는 차츰 권력 기반을 다져 나갔다. 도시이에가 저항했으나 이미 히데요시 시해에 발목이 잡혀 있던 상태였다. 결국 힘을 변변히 쓰지 못하다가 1599년 4월 27일 별세했다.

미쓰나리가 더 이상은 이에야스의 전횡을 견디지 못하다가 궐기했다. 그러나 이에야스는 천하의 다이묘들에게 히데요시 죽음의 비밀은 미쓰나리가 조선 세자와 짜고 자객 린을 포섭하여 시해케 한 것이라며 공작을 겉으로 드러나지 않게끔 폈다. 린은 결국 이에야스의 천하를 건 전쟁의 포석이 되어 버렸다.

1600년 9월 15일 세키가하라에서 미쓰나리의 서군과 이에야스의 동군이 전면 격돌했으나 이에야스의 압승으로 끝났다. 미쓰나리는 10월 1일 교토의 로쿠조가와라六条河原에서 형장의 이슬로 사라졌다.

그 다음해 가을 본녀가 세상을 떠났다.

1605년 어린 아들을 일본에 둔 채 린은 조선으로 전격 송환되었다.

막 그녀의 편지를 읽다

"명준 님, 명준 님, 계십니까?"

누군가 다급히 문을 두들기며 소리쳐 왔다. 갓난아기가 있었으면 경기할 만큼 요란스러웠다. 어지간히 급한 일이 아니면 이른 아침부터 영업집을 이리도 경우 없이 방문하지는 않을 텐데, 라고 잠에서 깬 명준은 생각했다.

그러고 보면 간밤 히데요시 모노가타리의 내용을 전부 전해들은 다음, 생도를 데리고 일단 부교소로 먼저 갔던 바쇼가 촉각을 다투는 일이 발생해, 모자란 잠을 보충하려 도모에의 가게로 들른 자신을 진둥한둥 찾아 왔나 싶기도 했다.

방안으로 스며들어온 햇살이 눈을 부시게 하는 바람에 명준은 눈가를 한번 비비곤 기지개를 크게 켰다. 거의 새벽녘에 들어와 설핏 잠이 들었다가 이렇게 깼으니 얼마 자지도 못한 셈이었다. 하품이 절로 날 만치 피곤했다.

명준은 일어나서 옷을 하나하나 챙겨 입고 이부자리를 개켰다. 아마도 도모에는 영업 준비를 하다가, 문을 열어주고 있을 터였다. 역시 바쇼라면 예의에 대해 한마디 해 주어야겠다. 아니, 상당히 화급한 일이 아니고서야 이렇게 무작스레 들이닥치지는 않았을 테니 한마디 해 주기란 사실 어려울 것도 같았다. 무슨 일일까? 공연히 목덜미가 차가워진다. 허나 별일이 있을 리 없다. 명준은 평소 바쇼의 익살스런 모습을 떠올리며 불안감을 떨치려 했는데, 도모에가 적잖이 걱정스러운 표정으로 방에 들어왔다.

벌써 일어나 몸단장을 했던지 도모에는 단정한 차림에 얼굴도 말끔했다. 새삼 느끼지만 그녀에게는 세월도 비켜가는 듯 보였다. 여전히 고운 얼굴에 주름도 별로 없다. 거기에다 지난 아픔의 흔적 같은 구김살 따위는 더 이상 보이지 않았다. 그 점이 무엇보다 다행이었다.

십년 전의 사건에서 도모에는 유배를 당했었다. 그러나 3년 만에 풀려날 수 있었다. 이에쓰나 쇼군의 배려가 아니었으면 불가능한 일이었다. 덕분에 도모에는 다시금 새롭게 인생을 살 수 있게 된 것이다. 그래서 그녀의 그 소중한 새 삶을 명준으로서는 언제까지나 지켜주고 싶었다. 그녀가 거절하지만 않는다면 손을 잡고 함께 늙어가고 싶었다.

"밖에 오캇피키가 급한 용무라며 왔어요."

"오캇피키가 이 시각에 왜?"

그러다 명준은 저항할 수 없는 어떤 불길한 예감에 떠밀려 가슴이 그만 철렁해 버렸다. 도모에를 보며 잠시 멈칫거렸다가 이내 허겁지겁 문밖으로 나가 보았다. 아니나 다를까, 오캇피키는 숨을 몰아쉬고 있다가 명준이 나타나자 뜻밖의 소식부터 전해 주었다.

"부교님의 기별이십니다. 빨리 요시와라로 와 달라고 하십니다.

다유 하나가 죽었답니다. 지금 요시와라가 발칵 뒤집혔습니다!"

아찔했다. 누구라고 확언하게 듣지 않았어도 명준은 한 순간에 직감할 수 있었다. 어젯밤 바쇼의 강경한 주장을 피해가면서도 가슴에 못내 남았던 신병 확보에 대한 일말의 미련, 그 매서운 껄끄러움이 살갗을 뚫고 나와 머리로 세차게 역류해 오는 듯했다. 어지러웠다. 명준은 자기도 모르게 다리가 풀려 위태로운 취객처럼 휘청하고 말았다. 함께 나왔던 도모에가 놀란 나머지 황급히 명준의 어깨를 잡아 주었다. 아아, 하고 명준의 입에서 탄식이 흘러 나왔다. 무릎에 양손을 짚고 깊게 숨도 내쉬며 명준은 가까스로 버티었다. 그래도 간밤 노가제의 목소리는 곧장 대규*떼로 상승하여 얼음이 갈라지는 것처럼 귓전에 쨍쨍하도록 울려오고 있었다. 귀가 먹먹하고 가슴이 후벼 파지는 것 같았다. 차라리 귀를 온통 막고 싶을 뿐이었다. 미처 생각지 못한 실수였다. 치명적인 착오였다. 바쇼의 말이 맞았다. 간밤 노가제를 그대로 부교소로 가차 없이 연행했어야만 옳았다. 자신들이 다녀간 이후에 대해서 너무나도 부주의했다. 아아, 이런 바보…… 그러나 늦었다고 한탄하며 이대로 엉거주춤해 있을 때는 아니었다. 명준은 어금니를 피가 베이도록 꽉 물었다. 지금 이 순간 무엇이 그녀를 위하는 길인지를 깨달아야만, 격정에 사로잡히지 않아야만, 두 세 걸음 앞으로 내딛을 수 있을 터였다. 명준은 다시금 심호흡을 골랐다.

"갑시다!"

도모에에게 목례하고 명준은 두 눈으로 직접 확인하기 위해 힘껏 뛰어 나갔다. 자기보다 더 서둔다고 생각되었던지 오캇피키가 잠깐 우물쭈물하더니 이내 허둥지둥 뒤를 따랐다. 정신없이 뛰어가는 명준의 뒷모습을 향해 도모가 허리를 깊이 숙였다.

요시와라의 노가제 처소 부근에는 아침나절부터 부교소의 도신들과 오캇피키, 유녀들이 뒤섞여 시장통처럼 웅성거리고 있었다. 명준은 조금도 망설이지 않고 인파를 비집고 기원 안으로 들어갔다. 명준의 뒤를 쫓아왔던 오캇피키가 숨을 거칠게 헐떡거리면서도 어떻게 노가제인지 알았지, 하고 혼잣말했다.

서생이나 승방 같은 분위기의 방에서 길게 흘러내려 고여 버린 피가 서럽도록 시야로 먼저 들어왔다. 명준은 두 주먹을 불끈 쥐었다. 한참을 뛰었던지라, 얼굴은 물론이고 등줄기를 흘러내리는 땀이 불현듯 뒤숭숭한 현장처럼 서늘하다.

현장을 그대로 보존했던지, 노가제는 웅크린 채 쓰러져 있었다. 그녀의 아랫배에는 소도가 무정히 꽂힌 채였다. 도무지 실제 같지 않은, 원통하고 허탈하리만치 그녀는 불과 몇 각 만에 망자가 되어버린 것이었다.

명준은 천천히 그녀에게로 다가갔다. 어쩐지 잠자다 깨어나 간밤처럼 호되게 몰아붙일 것도 같았으나, 아니 그러기를 간절히 바랬으나, 간밤과는 확연히 달리 그녀의 얼굴에는 일점의 생기조차 남아 있지 않았다. 분노와 증오, 애련의 핏줄기마저 모두 망종길로 빠져나가 버린 것 같았다. 그저 하얗디하얀 얼굴로 형언하기 어려운 표정만 애처로이 담아 긴 동면冬眠 후의 무언가를 절실히 염원하는 것처럼 느껴지게만 했다.

눈물이 말라버린 망자의 얼굴은 확실히 무엇인가를 사무치게 희원하는 것이었다.

다시 울컥한 감정을 추스르며 명준은 얼굴의 땀부터 닦았다. 잠시 헝클어진 숨결도 고른 다음, 두 손을 모아 그녀에게로 삼가 합장했다. 그러는 와중에도 눈물은 자꾸 눈시울을 압박해 왔다.

현장에는 이하라 마치부교가 놀랍게도 직접 나와 있었고, 아침을 부교소에서 맞았던지 눈가에 그늘이 진 바쇼도 같이 있었다. 바쇼의 얼굴은 몹시 어두웠다. 히데요시 모노가타리를 통해 알게 된 그녀의 내력에 대해 딱한 연민이 샘솟았을 성싶었다. 방안에는 몇몇 도신과 오캇피키들이 유류품이나, 뭔가 도움이 될 만한 게 있는지 찾아보느라 분주히 움직이고 있었다. 명준은 불단 앞에서도 합장을 올린 후, 그녀의 시신 곁에 가서 한쪽 무릎을 세워 앉으며 배를 관통한 소도를 비로소 살펴보았다. 이하라와 바쇼가 명준의 곁으로 느릿느릿 왔다. 이하라가 무거운 어조로 입을 열었다.

"당신이 올 때까지 시신을 발견된 모습 그대로 놔두었습니다."

"예."

명준은 한숨 쉬듯 대답했다.

"없어진 물건이나 현장이 어지럽혀지지도 않았고 피해자가 저항한 흔적도 없는 걸로 보아 아무래도 자살이 아닌가 싶습니다만."

"역시 우리에게 추궁당한 직후, 범행이 발각될 게 두려워 자살을 한 것일까요?"

이하라의 말에 덧붙여 바쇼도 힘없이 중얼거리자, 명준이 고개를 저으며 단호히 부정했다.

"아니야, 노가제 님은 동생을 놔두고 결코 자살할 리가 없네. 이건 면식범의 소행이야."

"면식범?"

이하라와 바쇼가 동시에 되뇌자, 명준은 주저 없이 손가락으로 소도를 가리켰다.

"이 칼은 상급 무사들도 탐낼 만한 상당한 고가의 물건입니다. 노가제 님의 호신용 칼이라고 여길 수가 없습니다. 무사의 소도가 확실합니다."

"그럼 혹시 다니하타가……?"

"천만에. 그의 소도일 리가 없지. 어젯밤 그는 소도를 가지고 있었으니까. 무엇보다 이건, 그것도 꽤나 높은 신분의…… 자, 유의해 보세요, 칼자루에는 막부의 문양마저 새겨져 있지 않습니까?"

"과연!"

이하라가 주의 깊게 내려다보며 즉각 동의해 주었다. 소도를 주시하던 바쇼도 어떤 농밀한 비밀을 들추어낸 듯한 얼굴이 되더니, 명준을 툭 치며 자리에서 일어나 방구석으로 걸음을 옮겼다. 이하라와 몇 발자국 간격을 둔 것으로 보아, 짚이는 바가 있었던 명준이 곧 다가갔다. 바쇼가 속삭이듯 말했다.

"저건 하타모토들의 소도 같습니다, 명준 님."

"하타모토?"

"연전에 형님께 들었는데, 재작년 오고쇼의 탄생일을 기념해 하타모토들에게 소도를 일제히 하사한 적이 있었답니다. 칼자루의 문양을 보니, 그 말씀이 생각나네요. 역시 류조지가……."

"……."

이하라도 자리에서 일어서더니, 뭘 숨기는 거지, 하는 호기심 가득한 표정으로 시선을 두 사람에게로 돌렸다. 그리고 자기를 소외시키고 두 사람만 귀엣말하는 게 서운하다는 어조로 말을 걸어왔다.
"얼핏 들으니 하타모토 운운하시던데, 내가 명색이 마치부교입니다. 말씀을 해주셔야……."
"아, 죄송합니다. 이 소도가 하타모토들 소유의 것이 아닌가 싶어서……."
"예?"
"바쇼군이 이런 소도를 지니고 있던 하타모토들을 본 적이 있었다는 겁니다. 여하튼 부교님, 류조지 님의 주변을 지금부터 철저히 탐색해 주시겠습니까? 노가제 님은 우리가 방을 나간 다음 살해된 것으로 보면, 범인은 애초부터 우리를 면밀히 주목하고 있었던 게 틀림없을 것 같습니다."
"그러면 오사카 사건의 주범이 벌써부터 에도에 있었다는 얘기가 아닙니까? 역시 류조지 님일 가능성이 농후하군요?"
"정황상 그렇다고 보아야지요."
"알겠소!"
그제야 열의 충천한 기백으로 야무지게 대답한 이하라는 사건 처리에 민완한 부교임을 과시하듯 도신들에게 일단 시신을 부교소로 옮겨 검안할 것과 측근들에겐 류조지의 사택 및 에도 전역의 여관을 집중 탐색하라고 엄히 지시 내렸다. 그리고 노가제의 단골 중 막부의 고위 관료가 또 있는지 탐문하라는 명령도 빠뜨리지 않았다. 자신은 에도 성으로 들어가 류조지의 그간 행적 및 소도에 관해 더 자세히 알아보겠다며 명준에겐 어깨를 한번 토닥대고는 쏜살같이 방을 나갔다. 그동안 외압에 눌려 간조부교의 죽음에 대해 제대로 수사하지 못한 앙금을 차제에 마음껏 풀겠다는 기세였다. 이제 와서, 라는 기분이었던지 바쇼가 씁쓰레하게 굉장히 믿음직스러운데요, 라고 중얼거렸다. 명준은 묵묵히 고개만 끄덕거려 주었다.

이윽고 노가제의 시신이 기원 밖으로 나가자, 요시와라를 풍미했던 그녀의 마지막을 지켜보겠다는 듯 그새 수많은 남자들이 모여들어 훌쩍이며 애도를 표하고 있었다. 바깥으로 나온 명준은 몰려든 사람들을 유심히 살펴보았는데, 곁을 따라오는 바쇼가 시무룩이 말을 걸었다.

"우리 때문에 노가제가 살해된 걸까요? 저도 노가제가 살해될 줄은 정말 생각도 못해 봤습니다."

"내 실수였네. 자네 말대로 어젯밤 그녀를 부교소로 연행했더라면 이토록 원통하게 피살되지는 않았을 거야. 나는 단지 노가제님이 진정되면 스스로 입을 열 것이라고 안일하게 판단했어. 진상이 밝혀지기를 두려워하는 범인의 다음 단계에 대해선 미처 예상하지 못했네."

"……."

"돌이킬 수 없는, 만회하기 힘든 불찰이었어. 미안하네, 바쇼 군."

"아닙니다, 명준 님!"

"그렇다고 마냥 후회하고 있을 수만은 없네. 우리도 발 빠르게 움직여야 되겠지. 야마나카 님 사택으로 가세."

"예?"

"이제 노가제 님마저 살해된 마당이라, 사건의 진상은 교토를 매개로 하여 풀어볼 수밖에 없네."

"그렇다면?"

"그래, 전에도 얘기했지만, 야마나카 님과 후쿠다 님의 접점은 교토의 공가 가문 출신이라는 데에 있지 않았나. 지금 상황으로선 야마나카 님 부인의 진술에서 이 점을 어떻게 하든 캐낼 수밖에 없어. 집을 알고 있지?"

"예."

"가세."

명준의 얼굴은 사뭇 냉철해져 있었다. 범인을 한시바삐 검거하는 일만이 그녀의 절규에 답할 수 있는 것이라며, 그렇게 스스로를 독려하고 있었다. 바쇼도 결의를 굳힌 표정으로 앞장섰다.

두 사람은 물결 같은 군중을 헤치고 나와 요시와라를 총총 빠져나갔다.

야마나카의 부인은 기품이 넘쳤다. 응접실에서 두 사람과 마주앉아 인사를 건네고 차를 내놓는 동작에 이르기까지 하나하나 조신하고 반듯했다. 용모 또한 뛰어난 미인이라 할 수 없지만 품격 있는 거조에 나름 어울렸다. 거기에다 어딘가 낯이 익은 얼굴이었다. 실례를 무릅쓰고 명준은 찻잔을 든 채 그녀를 한동안 바라보았다.

그간 야마나카 저택을 들락거리면서 친분을 쌓았다던 바쇼가 웬일로 어색한 기색으로 차를 마시면서도 쭈뼛거린다. 단지 야마나카의 부인은 바쇼를 지그시 보고는 이따금 미소를 짓는다. 어딘가 바쇼를 배려하는 태도다. 명준은 차를 다 마신 다음 천천히 입을 열었다.

"오쿠가다님奧方樣히타모토 부인의 존칭, 먼저 삼가 조의를 표합니다."

"감사합니다."

그녀는 두 손을 다다미 바닥에 양손을 가지런히 짚고 머리를 깊이 숙이며 답례했다. 바른 행동거지에 처연한 기운마저 일순 느껴져 명준은 공연히 마음이 뭉클해졌다. 오사카 사건 이후 그녀가 받은 상처 역시 창상創傷처럼 아팠을 터였다. 그러고 보면 자신이 찾아와 그 사건을 거론하는 것만으로도 상처를 다시 건드리는 게 아닐까 싶어 잠시 망설여지기도 했다.

"오쿠가다님."

명준은 말을 이었다.

"예."

그녀가 대답했다.

"지난 2월 오사카 사건 현장에서 살아남았던 소녀가 있습니다. 시라쓰카지 오야분의 양녀였지요. 그런 그녀를 보호하고 계신 분이 오사카 마치부교인 후쿠다 님입니다. 허나 그 후쿠다 님 또한 정황상 굉장히 유력한 용의자 중의 한 사람입니다. 그럼에도 오야분의 양녀를 보호하고 있는 겁니다. 필경 여기엔 어떠한 곡절이 있을 겁니다. 하지만 사건의 피해자나 범인으로 여겨지는 인물과 후쿠다 님의 접점이란 좀체 찾기 힘들었습니다. 굳이 든다면, 단 하나, 후쿠다 님이 교토출신이라는 점뿐이었습니다. 얼마 전 사건을 조사하던 바쇼 군에게 들었는데 오쿠가다님께서도 교토 출신이라더군요."

"예, 그렇습니다."

"오쿠가다님께 다른 형제분은 없습니까?"

"원래 오라버니가 한 분 계셨습니다. 하지만 오라버니가 열두 살에 관례를 올리시고 양자로 들어가셨습니다. 평소 저희 집안을 보살펴 주셨던 다이묘 가문이 오라버니를 양자로 원하셨기에 아버님께서 차마 거절을 하지 못했습니다. 제가 야마나카 가문에 시집온 것도 그분이 주선을 해 주셨고요."

"그랬었군요."

"……."

차분하면서도 또박또박 말하는 그녀의 어조는 어딘가 습기를 머금은 것 같았다. 말이 교토의 공가 가문이지 그간 도쿠가와 막부의 억압으로 인해 경제적으로도 피폐해졌을 테니, 다이묘들의 은밀한 후원이 없다면 견디기 어려웠을 터였다. 야마나카 가문으로 시집온 것도 무가의 격을 높여주는 장식품으로서 역할이나 진배없을 터였다. 그러니 무사들이 양자로 달라고 하면 금지옥엽 같은 아들마저 내놓아야 했고 딸도 군말 없이 시집보내야 했으리라. 어쩌면, 그녀에게 짙게 드리운 처연한 여운의 기운은 오래전 가문의 영락에서부터 애틋이 비롯되었을지도 모를 일이었다.

"오쿠가다님께서도 혹시 아셨는지 모르겠지만, 부군께선 그간 책을 제작, 출간하는 일을 병행하셨습니다. 다이코의 죽음에 얽힌 소설이었는데, 막부에 의해 판금이 되었었지요. 그 책의 저자가 바로 요시와라의 다유 노가제였습니다. 송구스럽지만 부군에게서 노가제의 존재를 눈치 채지는 않으셨습니까?"

"……."

여기서부터 그녀는 좀 전과는 달리 아무런 대답도 하지 않았다. 얼굴만 약간 숙였을 따름이었다. 그녀의 괴로운 심정을 감안해 보면 명준 역시 더 이상 마주보기가 안쓰러워 시선을 내리깔지 않을 수 없었다. 하지만 머뭇거리거나 에둘러 물어볼 계제는 아니었다. 오사카에 남아 있는 노가제의 동생을 생각하면 한시가 급할 때였다.

"어젯밤, 그 노가제가 살해당했습니다. 오사카 사건의 연장선상에 놓인 연쇄살인사건임이 분명하리라 저는 판단하고 있습니다. 여기엔 부군께서 제작하셨던 히데요시 모노가타리도 필경 얽혀 있겠지요."

이 대목에서 순간이나마 그녀는 어깨를 뒤로 움츠렸다. 무릎에 가지런히 놓인 양손도 가느다랗게 떨리고 있었다. 여태껏 초연한 태도만 보였던 그녀가 노가제 살해 부분에서 분명히 눈에 띄게 반응해 왔던 것이다. 이 점을 명준의 시선은 놓치지 않았다. 그렇다면 그녀는 이미 노가제를 인지하고 있었는지도 모를 일이었다. 어떻게 된 노릇일까? 야마나카가 제 입으로 요시와라의 노가제를 언급했을 리 만무했다. 그렇다고 그녀가 나서서 남편의 여자관계를 조사하고 다녔을 것 같지도 않았다.

명준은 잠시 말을 멈추고 그녀만 뚫어져라 바라보았다. 역시 낯이 익다…… 불현듯 후쿠다가 시야에 떠올랐다. 사택에서 오하루에 대해 얘기하다가, 후쿠다가 지나가는 말투로 적적히 뇌까린 말도 또렷이 기억났다.

개인적으로 나도 여동생이 하나 있는데 아무래도 오하루를 보면 걔 생각이 나서 남의 일 같지가 않더라고요. 뭐, 그래서 별채에서 지내게 했소.

순간, 명준의 의식에 무엇인가가 점화되어 왔다. 그간 얽히고설키어 왔던 것이 점차 드러나 왔다. 그리고 후쿠다가 그녀에게로 숨 가쁘게 접목되어 갔다…… 만약 그렇다면…… 라고 명준은 자기도 모르게 중얼거리고 말았다. 숨을 죽였다. 명준은 거칠게 숨을 토해내고는 말을 이었다.

"오쿠가다님, 혹시 오사카의 부교 후쿠다 님을 모르십니까? 그분도 교 출신의 공가였는데 양자로 들어가셨다는 말씀을 얼마 전에 하신 적이 있으셨습니다! 부인께서도 오라버니가 양자로 들어가셨다고 하셨습니다!"

"……."

그러나 야마나카의 부인은 대답하지 않았다. 명준이 몇 번이고 거듭 물었으나 어쩐 일인지 그녀는 부정도 긍정도 하지 않았다. 그저 고개만 숙이고 오직 한결같은 침묵으로 마주 앉아 있을 뿐이었다. 바쇼도 그때에서야 비로소 퍼뜩 깨달았던지 그녀를 주시하며 아하, 하고 탄식하고 있었다.

눈을 감은 그녀는 내내 묵묵부답이었다. 석상이라도 된 듯, 태도 한 번 흐트러지지 않은 채 구슬픈 침묵만 이어갔을 뿐이었다. 명준은 평상심을 잃을 만치 애가 탔지만 더 이상 어쩔 수 없었다. 결국 물러나올 수밖에 없었다.

실례했다며 인사를 하고 방을 나가는 두 사람을 향해 그녀는 홀연 다다미 바닥에 이마를 붙일 정도로 엎드려서 절했다. 그건, 모든 죄를 그녀 혼자 대속해 간절히 사죄하는 것처럼도 보였다.

야마나카의 저택을 나온 명준은 심란해져 자꾸 뒤를 돌아보았는데, 바쇼도 비슷한 심경이었던지 조심스레 말을 걸어왔다.
"명준 님, 저 부인이 후쿠다 님의 여동생 같습니다."
"바쇼 군, 자네도 그렇게 느꼈는가? 동감일세."
"예, 어쩐지 후쿠다 님과도 닮은 것 같고…… 그러나저러나 설마 하니 그렇기야 할까, 라는 생각도 일면 드네요. 정말이지 설마하니……."
"물론 확실하다고 장담할 수야 없는 일이지. 그러나 정말로 저 부인이 후쿠다 님 동생이라면 사건 양상은 완전히 달라지는 것일세."
"예?"
"우리가 지금 억측을 하고 있는지 아닌지, 일단 확인을 해 보세."
"어떻게?"
"바쇼군, 자네는 먼저 부교소로 가서 어떻게 하든 후쿠다 님의 행적이나 야마나카 가문에 대해 조사할 여지가 있는지 알아봐 주게. 야마나카 님이 하타모토였으니 에도 성 내의 관료들에게 도움을 요청하면 어느 정도 밝혀지지 않을까, 다행히 이하라 부교님이 에도 성 내에 교유하는 자도 있다 하니, 그를 통하면 반드시 도움을 받을 수 있지 않을까 싶네."
"명준 님은요?"
"난 여기에 남아 있겠네."

"예?"

"혹시 우리 예상대로 저 부인이 동생이라면 후쿠다 님과 접촉하려 시도할지 모르는 일일세. 아까 노가제 님이 살해당했다는 말에 반응했던 것을 감안해 보면, 어떤 식으로든 그녀 역시 연루되어 있는 게 아닌가 싶네. 만일 그렇다면 그녀로선 노가제 님이 살해당한 지금이야 말로 어떠한 행동이든, 뭔가를 기도할 수도 있지 않겠나? 어쩌면 오사카로 직접 갈지도 모르고 인편을 보낼지도 몰라. 하여튼 나는 여기에 잠복해 있다가 그 점을 확인하고 부교소로 즉각 합류하겠네."

"아, 예, 알겠습니다, 명준 님!"

바쇼로서야 사건의 양상이 달라진다는 단언에 대해 더 묻고 싶은 기색이었으나, 명준이 전에 없이 초조한 태도로 서둘렀으므로 군말 없이 따랐다. 바쇼가 자리를 뜨자, 명준은 야마나카 저택 주변에서 서성거리며 누군가가 나오지 않는지 예의 주시했다.

햇살은 뜨거웠다. 게다가 바람 한 점 없었다. 뙤약볕을 피하느라 아름드리나무 밑동에 걸터앉아 있어도 얼굴에선 땀이 흘러내렸다. 명준은 몇 번이고 손바닥으로 이마를 훔쳤다. 야마나카 저택의 대문에선 아직 누구 하나 나오지 않았다. 무가 저택이 밀집한 곳이라 거리에도 행인은 그다지 보이지 않았다.

얼마큼의 시간이 흘렀을까. 어쩐지 이글거렸던 햇빛마저 서서히 기운을 잃어가는 듯싶었다. 잠시 허공을 일별한 명준은 가볍게 목도 돌리고 팔도 이리저리 움직여 보면서, 자신의 추리가 그저 억측에 지나지 않기를 마음으로 기원하고 있었다. 만일 후쿠다의 동생인 점이 억측이 아니라면 그 부인도 이번 사건의 피해자이며, 정녕 그녀로선 감당하기 어려운 비극이 아닐 수 없을 터였다. 그건 너무도 가혹한 일인 것이다. 그러니 제발 아니기를 바랄 뿐이었다. 바쇼의 말대로 설마하니…….

마침내 야마나카 저택의 대문이 열리고, 주겐으로 보이는 사내 하나가 먼 길을 떠나는 여행 채비를 갖춘 채 나오고 있었다. 주위를 연신 두리번거렸던 사내는 어딘가를 향해 바삐 잰걸음을 놓았다. 명준은 민첩히 뛰어나와 그의 앞을 다짜고짜 가로막았다. 야심한 시각도 아닌데 사내는 귀신 만난 표정으로 서너 발자국 뒤로 물러났다. 일거에 기를 눌러 옴짝달싹 못하게 만들려고 명준은 큰소리부터 질렀다.

"내 모습이 이상하게 보일지 모르나, 나는 부교소 이하라 마치부교 직속의 요리키^{与力}다! 모종의 임무를 넘겨받아 아까 여기를 방문했으니 안내를 맡았다면 내 얼굴을 알 터, 어디 가는 길인가? 두 번 묻지 않겠다, 부교소로 끌려가지 않으려면 한 점의 거짓도 없이 이실직고하라!"

"저저, 저는……."

서슬 퍼런 명준의 기세에 원래부터 약골이었던지 사내는 새빨개진 얼굴로 안절부절못했다. 명준은 단호히 쐐기를 박았다.

"너는 지금 오사카로 가는 길이지? 이미 다 알고 있느니!"

"아, 예, 예……."

오사카까지 들먹이자, 사내는 금방 포기해버린 듯 얼굴을 푹 떨어뜨렸다. 모기만 한 소리가 그의 입에서 나왔다.

"맞습니다요, 오쿠가다님의 지시로 오사카에……."

11막 그녀의 편지를 읽다　385

"후쿠다 마치부교에게 말인가?"

"예. 서신을 전해주라고 말씀하셨습니다요."

"편지를?"

"예."

"당장 이리 주게."

"여, 여기……."

필시 그녀에게 단단히 다짐을 받았던지 사내는 적잖이 주저주저했으나 명준이 다시 눈을 홉뜨자, 움찔하며 봇짐을 뒤져 편지를 내놓았다. 명준은 낚아채듯 받아들곤 펴보았다.

곱게 써내려간 글은 몇 부분에선 먹이 번져 있었다. 아마도 눈물이 떨어진 탓이리라.

오라버니, 삼가 아룁니다.

벌써 한 여름이 턱밑까지 다가온 것 같습니다. 에도는 오늘 상당히 더웠습니다. 지금 이렇게 오라버니께 글을 올리려 붓을 들다가, 눈부신 햇살과 종달새의 상쾌한 지저귐이 어우러진 뜰을 잠시 바라보았습니다. 어쩐지 매미 울음도 들리는 것 같았습니다. 이토록 친근하고 아름다운 정경을 보고 있다는 것만으로도 행복한 것이 아닌가, 하는 생각이 문득 들었습니다.

예전, 오라버니가 양자로 입적하시기 전, 이렇게 더웠던 날이면 뜰에서 매미를 잡아주시곤 하던 광경이 눈앞에 떠올랐습니다. 저에겐 그때가 참으로 행복했습니다. 참으로 좋았습니다. 더없이 소중한 추억의 날들이었습니다. 그래서일까요, 갑자기 눈물이 왈칵 쏟아졌습니다. 아무리 참으려 해도, 한번 쏟아진 눈물은 멈추지를 않았습니다. 언제나 저의 행복만을 지켜주시려는 오라버니가 존재하는 것만으로도 저에겐 분에 넘친 행복이었으므로 눈물이 멈추지 않았는지도 모르겠습니다.

삼가 아룁니다, 오라버니.

눈물을 닦으며 저는 다시 생각을 정리했습니다. 뜰의 정경을 바라보면서도 행복했다면, 그것은 저뿐만이 아니라 다른 이에게도 그러할 것입니다. 저는 저의 행복을 위해 다른 이의 행복을 뺏을 권한이 없습니다. 아니, 그렇게 해서 누려지는 행복이라면, 그것이 진정으로 행복한 것일까, 라는 생각도 했습니다. 누구에게나 소중한 일상이라면 설령 신불神佛이라 하더라도 거둘 수 없을 거라는 생각도 했습니다. 때문에 저는 너무나 저밖에 몰랐던 게 아닌가 싶었습니다. 진작 제가 좀 더 단호했더라면 이런 비극은 더 이상 발생하지 않았을지도 모를 일이었습니다.

오늘 두 사람이 저를 찾아와 부고를 전해 주었습니다. 노가제 님의 부고였습니다. 결국 노가제 님이 살해를 당한 것입니다. 가슴이 찢어질 것 같았습니다. 제가 인질만 아니었다면 노가제 님까지 살해 당하지는 않았을 것이라고 생각했습니다. 제가 인질만 아니었다면 오라버니까지 공범이 되지는 않았을 것이라고 생각했습니다. 저만 일찍이 결심했더라면 다른 이의 소중한 행복까지 짓밟히지는 않았을 것이라고 생각했습니다. 그렇게, 그렇게 생각을 정리했습니다.

오라버니, 삼가 아룁니다.

저는 오라버니가 계셔서 행복했습니다. 오라버니와 어린 시절을 보낼 수 있어서 행복했습니다. 끝까지 저를 지켜주시려는 오라버니만 생각하면 눈물만 하염없이 흘러내릴 정도로 마냥 행복했습니다, 저는. 그래서 감히 삼가 아룁니다.

노가제 님을 잃은 오하루가 너무나 가엾습니다. 그녀를 지켜주세요. 지금껏 매사 공평했던 마치부교답게 이번 사건에서도 그렇게 행동해 주시기를 간절히 소망합니다.

그동안 저는 행복했습니다. 더 이상 저로 인해 오라버니의 정의가 훼손되는 일이 없게 되기를 두 손 모아 애절히 소망하고 또 소망합니다. 아니, 그렇게 되리라 확신하면서 저는 편히 눈을 감으려 합니다.

삼가 아룁니다, 오라버니.

저는 오라버니가 계셔서 행복했습니다. 용서해 주세요.

미오이美葵 배상拜上

편지를 쥔 명준의 손이 부들부들 떨리고 있었다. 눈앞마저 아득해졌다. 이건, 차마 생각지 못한 일이었다. 그녀는, 그녀는 스스로 목숨을 끊으려 하고 있다. 왜 이 점을 감지하지 못했을까, 노가제의 부고를 전해 듣고부터는 한결같은 침묵으로 자신의 결연한 각오를 피력했던 그녀였는데, 왜 이것을 알아차리지 못했을까? 한탄과 후회가 밀물처럼 가슴으로 물결쳐 와 명준은 제대로 숨쉬기조차 괴로웠다.

명준의 안색이 더욱 심상치 않아지자 사내는 오금이 저린 표정으로 슬금슬금 뒷걸음질 치려 했다. 숨을 한꺼번에 몰아쉬고 명준이 득달같이 달려들어 사내를 움켜잡았다. 사내가 새파랗게 질린 채 바동댔다.

"너는 오쿠가다님에게서 이 편지를 언제 받았나?"

"왜, 왜 이러세요? 제가 무슨 죄가 있다고?"

"말해!"

"반, 반각 정도 전이었습니다요."

"반각이나?"

"편지를 받고 먼 길 떠날 채비를 차리느라 시간이 걸렸습지요."

"이런!"

다리에 힘이 남아 있는 것 같지 않았다. 명준으로서는 차라리 주저앉아 버리고 싶었을 따름이었다. 그러나 꾸물거릴 겨를이 없었다. 아침부터 노가제의 죽음을 보았고 이제 또 다른 죽음을 상면하려는 참이었다. 막아야 했다. 더 이상 애꿎은 생명이 덧없이 희생되는 걸 무기력하게 지켜볼 수만은 없었다. 이렇게 될 줄 알았다면 결코 그녀를 찾아오지 않았을 터였다…… 격정에 사로잡힌 명준은 자책하듯 소리치고 말았다.

"내가, 내가 멍청했다, 빨리, 빨리 오쿠가다님의 방으로 가자! 한시가 급하다!"

영문을 몰랐던 사내도 얼떨결에 뒤를 헐레벌떡 따를 정도로 명준은 이를 악물고 야마나카의 저택을 향해 쏜살같이 뛰었다. 그러나 이미 늦어 버렸다.

그녀는 안채의 방에서 이미 자결한 뒤였다. 소복처럼, 눈꽃처럼 새하얀 기모노를 입고 목에 칼을 꽂은 채…… 기구한 운명을 머금은 새빨간 피가 눈물처럼 그녀의 목에서 적연히 흘러내리고 있었다.

명준은 숨을 몰아쉬곤 그녀 곁으로 비틀거리며 다가가선 그만 무너지듯 주저앉고 말았다. 그대로 바닥에 드러누워 정신을 수습하고 싶을 만치 의식 또한 멍해져 버렸다. 자신에 대한 실의도 사무치도록 엄습해 왔다…… 돌이켜 본다면, 사실 후쿠다가 교토 출신임을 이미 파악하고 있지 않았던가. 그녀의 진술 또한 그 점을 역력히 입증한 것에 불과했을 뿐이었다. 따라서 그 자리에서 순순히 물러나오지 않아야 했다. 자긍심 높은 교토의 공가가문 출신인 그녀의 침묵이라면, 그건 죽음으로 속죄하겠다는 절연한 의미로 받아들여야만 옳았다.

"내가 멍청했다……."

그렇게 명준은 다시금 힘없이 중얼거렸다. 그리고 그녀의 시신 앞에서 부복한 채 울고 있는 사내에게 나직이 말했다.

"자네는 빨리 부교소로 가서 오쿠가다님이 자결했음을 알리고 사람들을 불러오게."

"알겠습니다요."

손등으로 눈물을 닦은 사내는 넙죽 절한 다음 서둘러 나갔다. 명준은 거칠어진 숨결을 고르고 무릎을 꿇어 자세를 가다듬은 후 두 손을 모아 머리를 숙였다. 생각해 보면 이틀 연속 통회만 남는 행적이었다. 가없는 연민이 눈시울을 타고 내렸다. 동시에 범인에 대한 치열한 분노가 목울대를 타고 넘어왔다. 합장한 두 손이 자꾸 떨리기만 했다. 뜰 안쪽에서 깊은 정적을 깨고 새의 울음소리가 낭랑하게 들려왔다.

한참 만에 도신 몇을 대동한 이하라와 바쇼가 긴박하게 나타났다.

바쇼는 기가 막혔던지 몹시 상기되어 있었다. 뭐라고 말도 못한 채 그녀의 시신만 멀거니 내려다보다가 정신을 차리고 합장했다.

합장이 끝나기를 기다린 명준이 유언이 되어버린 그녀의 편지를 말없이 건넸다. 바쇼와 이하라가 그것을 급히 읽어내려 갔다.

"인질이었다니? 이게 도대체 무슨 의미……!"

편지를 다 읽은 바쇼가 말을 하다 말고, 그제야 뭔가를 깨달았던지 입도 다물지 못했다. 충격에 빠진 이하라는 알다가도 모르겠다는 듯 말끝을 흐렸다.

"류조지가 야마나카 님의 부인을 인질로 잡아 후쿠다 님을 협박했다는 것인가요, 이게?"

명준은 두 주먹을 불끈 쥐고 자리에서 일어났다. 정색한 명준에게서 가슴 저린 결연함을 느꼈던지 이하라가 약간 긴장한 채 지그시 바라보기만 했다.

"비록 야마나카 님의 부인은 자결했지만, 이 편지는 후쿠다 마치부교가 오사카 사건의 공범임을 입증시키는 물증이나 다름없습니다. 여기에 대한 경위를 진술받기 위해서라도 후쿠다 님의 신병 확보가 우선입니다."

명준의 말에 이하라가 흔쾌히 동의했다. 명준은 계속했다.

"부교님, 후쿠다 마치부교를 검거하기 위해선 막부의 승인이 필요합니다. 이 편지로 승인이 떨어질지 모르겠으나 시도를 해보십시오!"

"물론이오, 시건 자체가 뒤집어지는 일이라 이 편지가 얼마큼의 소용이 있을지 확신하지 못하겠으나, 부인이 자결 직전에 남긴 편지임을 감안할 때 막부도 나름 진지하게 고려는 하리라 기대합니다.

시간이 다소 걸릴지 모르나 반드시 오사카로 출동하리다."
"촉각을 다투는 일입니다. 저와 바쇼 군은 먼저 오사카로 가겠습니다. 사태가 이 지경까지 왔다면 오사카에 억류되어 있는 오하루가 위험합니다. 일각이 급합니다. 말^{馬} 두 필만 빌려주십시오."
"아니, 어떻게 하려고? 지금 오사카로 가겠단 말인가요?"
"예, 범인의 비열한 책동을 더 이상은 방치할 순 없으니까요."
명준은 이번엔 바쇼에게 고개를 돌려 말했다.
"바쇼 군, 경황이 없을 테지만, 이 길로 바로 떠나세."
"알겠습니다, 명준 님!"
어느 정도 사태 파악을 마쳤던지 바쇼도 서두는 기색이었다. 이하라는 도신들에게 시신을 잘 수습하라고 지시한 다음 명준과 바쇼와 함께 방을 나왔다. 그런데 안채 뜰의 후미진 곳에서 누군가가 동정을 살피고 있었다. 명준도 그의 존재를 미처 눈치 채지 못했다.
얼마 후, 두 사람은 다급히 말을 몰아 에도를 떠났다. 오사카는 멀었다.

12막 천수각이 불타다

장대비가 극렬히 퍼붓고 있었다. 이따금 바람도 매섭게 몰아쳤고, 천둥과 벼락도 오사카를 뒤흔들었다. 흡사 린이 나고야 성에서 마에다 가문을 찾아왔노라 부르짖을 때처럼 빗줄기는 무섭디무서웠다.
 원래부터 오사카는 물의 도시라는 평판에 걸맞게 하천이 많았다. 그런 만큼, 공교롭게도 하늘이 뚫린 것처럼 내리 퍼붓는 비를 거뜬히 감당해내기란 실로 어려웠다. 아니나 다를까, 엄청난 강우량을 이기지 못해 하천은 범람하기 시작했고, 저지대의 주택부터 물바다가 덮쳐갔다. 간단한 가재도구를 챙겨들고 집을 뛰쳐나온 사람들은 우왕좌왕했으며, 여기저기에서 비명과 절규가 빗줄기처럼 난무해 갔다. 발칵 뒤집힌 부교소도 인력을 총동원시키고 자경단들도 모두 출동하여, 침수 지역부터 사람들을 대피시키느라 눈코 뜰 새 없었다. 사람들은 부교소의 지시에 따라 신사나 절로 어지러이 몰려들었고, 승려나 신관들은 연신 신불에게 비를 그치게 해달라며 기도했지만 빗줄기는 조금도 가늘어지지 않았다.
 콰르릉—
 오히려 뇌성은 처참한 지옥도를 암유하도록 사람들을 경악시켰고

낙뢰는 오사카 성을 위협하리만치 사정없이 떨어졌다. 게다가 태풍처럼 몰아치는 바람은 허름한 나가야들을 강타하여, 어떤 곳은 지붕이 뜯겨 날아가는 경우도 속출했다. 물에 빠져 떠내려가는 사람도 보였다. 그래서 얼이 빠진 일부의 사람들은 신불이 막부에게 노해 천벌을 내리고 있다며 울부짖기도 했다. 그야말로 아비규환이었다.

마구발방 쏟아지는 빗속에서도 후쿠다의 사택은 아직 침수의 위험을 받지 않았다. 튼튼한 집이라 낡은 가옥과는 달리 바람의 영향도 그다지 받지 않았다. 다만, 수재민 아닌 이들도 덩달아 난리를 쳐서 오사카 전체가 야단법석이었던 관계로 사택 내의 주겐들까지 현장으로 투입되어 집안은 텅 비어 있는 것처럼 아무런 기척도 없었다······.

누군가가 집안으로 조용히 들어오고 있었다. 그는 이 빗속에서도 우의를 걸치지 않아 흠뻑 젖은 채였다. 무사 행색이었다. 허리의 두 자루 검을 왼손으로 어루만지기도 했다. 가까운 어딘가에 번개가 떨어졌는지 섬광이 번쩍였다. 순간적으로 드러난 그의 얼굴은 준수했다. 하지만 정면만 쏘아보는 시선엔 극도의 기운이 꿈틀대 섬뜩한 살기가 번개처럼 사뭇 번득였다.

그의 발걸음은 별채로 천천히 향하고 있었다.

콰르릉—

대청 위로 그는 올라섰다. 그의 몸을 흘러내리는 빗물이 마룻바닥으로 흥건히 떨어졌다. 그의 오른손이 검의 손잡이 쪽으로 옮겨갔다. 한 걸음, 두 걸음 마루를 가로지르며 장지문 앞에 섰다. 빗소리가 요동치고 있었다.

그가 장지문을 열려는 찰나, 측면에서 후쿠다가 소리 없이 나타났다. 그가 고개를 가만히 돌렸다. 걸음을 멈춘 후쿠다가 나직이 입을 열었다.

"야마나카 사효에노스케님!"

"흠, 처남이로군."

그는 차갑게 빈정거리듯 말했다. 바로 야마나카였다. 후쿠다의 아래위를 몇 차례 훑어보더니 냉소적인 어조로 말을 이었다.

"침수 현장에 있다 왔는가? 비에 젖었군."

"사효에노스케님은 이미 죽은 몸으로 되어 있는데, 어쩌려고 여기에 왔습니까?"

"몰라서 묻는가? 더 이상 이용가치가 없는 것은 버려야 되지 않겠는가? 더욱이 하늘도 나를 돕는지 바깥은 정신이 핑핑 돌만큼 아우성이야. 하면 이 기회를 이용해 도둑이 마치부교의 집을 털려고 침입했다 하더라도 하등 이상하지는 않겠지? 모두들 정신이 없을 때이니까, 그러다 도둑은 저항하는 오하루를 살해한 거지. 그러면 만사 깨끗해지는 거야, 아닌가?"

"그만 하십시오, 그런다고 당신이 더 이상 숨겨지는 건 아닙니다."

"닥쳐, 후쿠다! 칼자루는 내가 쥐고 있다. 여태 그랬던 것처럼 너는 내 명령대로만 움직여주면 돼."

야마나카가 후쿠다의 말을 사납게 일축하고 장지문을 드르륵 열었다. 촛불이 바람에 꺼질듯 흔들렸다. 그러나 곧 온전한 모양으로 되돌아와 방안을 은은히 밝혔다. 노가제의 동생 오하루, 그 소녀가 석상처럼 앉아 있었으며 양옆으로 명준과 바쇼가 결전을 앞둔 무사처럼 의연히 착석해 있었다. 명준은 평정을 유지한 표정이었으나 바쇼는 분노 때문인지 다소 홍조 띤 안색이었다. 소녀는 금방이라도 눈물을 쏟을 듯 눈시울이 충혈 되어 있었다.

"응?"

야마나카가 잠시 멈칫댔으나 곧바로 어떤 상황인지를 간파했던지 전혀 당황해 하지 않고 여유만만하게 웃었다. 게다가 손으로 명준을 가리키며 말했다.

"네가 명준이라는 조선인인가?"

"그렇다."

명준은 맞받아치듯 소리치곤 자리에서 일어났다. 전연 겁나지 않는다는 당찬 태도였다. 그 점이 가소로웠던지 야마나카가 일소에 부쳤다. 그러다 바쇼를 살펴보고는 적잖이 놀라는 기색이었다. 바쇼는 눈을 치뜨고 입술을 깨물었다.

"과연, 저 녀석은 쇼군이랑 판박이로군."

"이제야 사건 관계자가 모두 모인 셈이로군요, 후쿠다 님."

명준은 방안으로 들어온 후쿠다에게 목례하며 말했다. 무엇인가를 각오한 듯 굳은 얼굴의 후쿠다가 우두커니 선 채 고개를 가만히 끄덕였다.

"그렇지, 모두 모였군, 다행이야."

여전히 야마나카는 이죽거렸다.

"나는 어차피 너의 행동반경을 수하들에게 보고받아 이미 훤하게 알고 있었다. 응당 여기로 득달같이 오리라는 것도 능히 예상했지. 오늘같이 비바람이 몰아치는 날, 너희들 모두 입막음하기에 아주 좋지 않겠나?"

"우리들의 다음 대응도 꿰차고 있었다는 얘기로군."

"그럼, 그래서 너희들이 도착하기를 애타게 기다리고 있었다는 거야. 크크크."

야마나카가 어깨까지 들썩대며 웃었다.

"사건의 진상을 알고 있는 우리들 모두를 한꺼번에 해치워 이대로 모든 것을 봉인할 심산이었나?"

명준은 내내 차분한 거동이었다.

"당연하다마다."

"교활하군."

"그러나저러나, 명준이라고 하는 너는 언제부터 내가 살아 있다는 걸 눈치 챘나? 그동안 나름 완벽을 기했었는데 말이야. 제법이었다."

"물론 처음엔 속았다. 하지만 출판업자를 만나 진술을 들은 다음부턴 어렴풋하나마 네가 이 모든 걸 꾸민 진범이 아닌가, 라는 생각이 들긴 했었다."

그간 내색을 하지 않았던 참이라, 바쇼는 놀랬던지 명준을 멀거니 바라보았다. 명준은 야마나카만 똑바로 노려보고 있었다. 맞서 싸우는 것도 마다하지 않겠다는 투지의 눈빛이 거슬렸던지 야마나카가 콧잔등을 찌푸리며 왼손의 엄지로 검의 날밑을 철컹 올렸다. 그래도 명준은 물러서는 기색 없이 말을 이었다.

"출판업자의 진술을 듣기 위해 우리가 찾아갔을 때, 그는 우리가 너의 누명을 벗기기 위해 조사하고 있다고 하자 경계의 태도를 한결 누그러뜨렸다. 거기에다 너에 대해 이렇게 증언했었다……."

그분은 처음 뵐 때부터 느꼈는데 아주 **훌륭한** 분 같았우. 그야말로 범상치가 않았지. 우리 같은 놈들도 정말이지 사람대접을 해 주더란 말이야.

"그런데 같은 사람을 두고, 사건 현장에서 살아남은 오야붕의 부하는 전혀 다른 평가를 내렸다."

오야붕과 함께 있던 그 무사라는 사람, 우리 같은 졸개 따윈 상대도 해 주지 않았지만, 나대는 꼴이 기고만장해 다니는 재수 없었어요. 그러니 잘 알지는 못하지. 오야붕을 따라 에도로 갈 때마다 요시와라 어귀의 찻집에서도 보긴 했는데 색을 엄청 밝힌다는 소문이 그곳에서도 자자하더라고요.

"동일인물에 대해 이렇게 상반된 평가를 내렸다면 이거야말로 이상한 일이 아닐 수 없다. 나는 여기서부터 다시 장고를 거듭할 수밖에 없었다. 그 뒤 요시와라에서 탐문을 할 때 우리는 중요한 사실을 들었다. 오야붕과 류조지가 먼저 어울렸고 뒤에 네가 합류했음을. 따라서 오사카에 류조지가 들락거렸을 정황이 대단히 높은 점을 감안해 보면, 오야붕의 수하는 네가 아니라 류조지에 대해 얘기했다고 판단해도 무방하지 않겠나? 류조지가 아무리 시라쓰카지를 왕래했다 하더라도, 그는 막부의 관료가 아닌가. 일개 졸개들에게 자신의 이름을 발설할 리는 만무하고 오야붕도 구태여 알리지는 않았을 테니, 수하로선 사건 당일의 무사를 부교소에서 야마나카라고 불렀다면 응당 이름이 그런 줄로만 여겼을 것이다. 그러니 출판업자와 수하의 평이 다르게 나올 수밖에 없었던 거다."

"명준 님, 그렇다면 야마나카가 자신이 살해된 것으로 하기 위해 류조지와 오야분을 처음부터 이용했다는…….."

 이제야 납득이 간다는 표정으로 바쇼가 끼어들었고, 소녀는 기어이 눈물을 흘리고 말았다. 후쿠다는 고개를 떨어뜨렸지만, 야마나카는 여차하면 칼을 뽑을 듯한 기세로 명준을 냉혹히 쏘아봤다. 명준은 좌중의 사람들을 차례대로 일별하곤 얼굴 앞으로 검지를 세우며 계속 말했다.
 콰르릉—
 천둥이 가차 없이 울려왔다. 벼락이 어딘가로 또 신불의 노여움처럼 내린 것 같았다.
 "바쇼군, 범인 중의 하나로 야마나카를 올려놓는다면 지금까지의 모든 의혹들이 일거에 해소될 수 있네. 자, 돌이켜 곰곰이 따져보게나. 첫 번째, 오사카 사건 당일의 의혹도 류조지라면 있을 법한 일이었네. 그 긴박한 와중에서도 책을 품에 넣고 자객들과 맞서려 했던 점 말일세. 오야분 수하는 이렇게 증언했었네."

> 장지문 너머 봤지만, 거, 무사님이 그 와중에도 무슨 책을 품속에 넣어 챙기더라고. 뭔 놈의 책이 그리도 소중한 건지 그 와중에도 내가 잠깐은 의아하긴 했지요.

 "오사카 사건은 이미 막부로부터 책이 판금된 이후에 터졌네. 이 책의 제작 배포를 주도했던 야마나카라면 아무리 전량을 압수당했다 하더라도 따로 보관하고 있는 책이 분명히 한 권 이상은 있었을 것일세. 그렇다면 누군가가 습격을 해 온 화급한 상황에서 야마나카라면 책에 그렇게 신경을 쓸 필요가 있었을까? 이걸 감안하면 사건 당일 오사카의 시라쓰카지에 있었던 무사는 책 회수가 본디 목적이었다고 판단해봄직 하지. 그러면 야마나카가 아니라 류조지가 자연스레 연결이 되지 않겠나……."

"과연!"

감당하기가 버거울 만치 노여움이 끓어올랐던지 바쇼의 목에 힘줄이 선명히 드러났다. 야마나카는 두 사람을 가소로이 조소하고 있었다. 명준의 기색은 엄정했다.

"그러므로 이 사건의 전말은 이제야 백일하에 드러나게 된 셈이네. 좀 더 확신을 가지고 빨리 야마나카를 수배하는 쪽으로 수사 방향을 잡았더라면 노가제 님이나 미오이 님이 희생되지 않았을지도 모를 일이었네. 이 점이 가장 아쉽고 후회막급일세……. 자, 바쇼군, 그러면 지금껏 우리가 탐문한 결과를 잘 상기해 보게. 류조지와 야마나카가 시라쓰카지의 오야분과 결탁하여 부정축재를 일삼아 왔던 건 선명히 드러나지 않았는가. 이건 숨길 수 없는 그들의 범죄였네. 그걸로 유추해 보면, 요 몇 년간 그들은 필시 흥청망청했을 테지. 그러나 무엇이든 꼬리가 길면 잡히지 않겠는가. 마침내 미즈노 간조 부교의 시찰 대상으로 그들이 수면 위로 떠오르고 말았을 거야. 그건 야마나카와 류조지 두 사람을 공포로의 도가니로 몰아넣기에 충분했을 거야. 부정에는 그 누구라도 일벌백계로 다스리려 하는 분이 바로 쇼군이시니까. 더욱이 측근인 하타모토의 부정이라면 추호도 용납하지 않으시겠지. 당연히 당사자 참수는 물론이거니와 그 가문마저 멸문당하고도 남을 테지. 이것을 모면하기 위해 야마나카는 움직였네."

이 대목에서 명준은 깊이 숨을 몰아쉬고는 두 주먹을 불끈 쥐었다. 바쇼와 후쿠다는 물론이거니와 겉으로 보면 빈정거리는 태도의 야마나카마저 귀를 세워 경청하는 기색을 완전히 감추지 못했다. 그간의 서러움이 눈물로 쏟아졌는지 소녀는 손바닥에 얼굴을 묻고 흐느끼고 있었다.

콰르릉—

"노가제 님 집안 내력을 야마나카는 이용하기로 마음먹은 것이지. 노가제 님은 억울하게 타계한 조부의 이야기를 세상에 알리고 싶다는 일념에 사로잡혀 있었으니, 그녀로서는 조부의 일이 정당하게 평가받는 일이 부친의 성불로 이어질 수 있다고 믿고 있었던 게 아니었을까? 조선으로 치면 일종의 씻김굿 같은 의식이었던 게야. 아버지의 한을 그것으로 풀 수 있다고 소박하게 생각하고 있었던 거지. 이것을 야마나카는 자신의 부정과 맞바꾸려 했어. 야마나카, 말하라! 아닌가?"

"흥!"

명준은 손으로 야마나카를 가리키며 성토하듯 말을 이어갔다. 그러자 야마나카가 눈을 부라리며 오른손으로 검의 손잡이를 잡았다. 방의 윗목에 서 있던 후쿠다도 검을 뽑으면 그대로 응수하겠다는 기백으로 즉각 방어태세를 취했다. 야마나카가 곁눈질로 후쿠다를 살폈다.

바깥의 빗줄기는 슬슬 약해져 갔다.

"명준이라고 했나? 잘도 파악했구나. 그래, 네 말대로다. 노가제의 집안 내력, 이건 잘만하면 막부를 송두리째 뒤흔들 수 있는 물건이 되리라 확신했지. 그래서 소설로 만들기로 결정했다. 오고쇼의 권위에 치명타를 가할 수 있다 싶어 충분히 협상용이 되리라 보았거든. 모든 건 내 생각대로 움직였지."

야마나카가 입을 열었다.

"물론 미즈노 그 자식이 우리를 극비리에 조사하지만 않았다면 나도 구태여 노가제를 이용하진 않았을 거다. 그러나 미즈노 그 자식은 여간 완고한 놈이 아니었어. 쇼군의 총애를 받는 나를 감히 뒷조사하다니! 흐흐흐, 만에 하나 이 일이 쇼군 귀에 들어가기라도 하면 난 끝장이 나고 말테지. 눈앞이 캄캄하더군. 그래서 묘안 하나를 쥐어 짜낸 거다!"

"그 계획을 보다 완전하게 만들기 위해, 도중에라도 노가제 님이 혹시나 변심할까 우려하여 동생을 오야분의 양녀로 보내게 했지? 인질로 잡겠다는 속셈이었을 터……."

명준이 끼어들었다. 야마나카가 비웃으며 뇌까렸다.

"그렇다. 당연하지 않나? 이토록 큰일을 추진하는데 여자를 전폭적으로 믿을 수 있겠나? 동생을 인질로 삼은 건 하나의 포석이었다."

"노가제 님은 너를 사랑한 여자였다."

"같잖은 소리, 넌 여자를 믿나?"

"믿는다."

"큭큭큭, 어리석은 놈이로군."

더 이상은 참기 힘들다는 듯 바쇼가 벌떡 일어나 달려들 기미를 보이자 명준이 진정하라며 손을 내저었다. 격앙된 바쇼가 숨을 헐떡거렸다.

"아무튼 간에 소설은 별 탈 없이 진행되었다. 그런데 류조지가 배신을 했다. 아무래도 녀석은 책 내용에 지레 기겁을 했던 것 같아. 결국 자기만 살겠다고 미즈노에게 나발 불었지. 발매 직전에 책은 압수당했다. 나는 가택 연금에 처해졌고…… 협상의 여지를 스스로 봉쇄시켜 버린 류조지에게 나는 이를 갈았다. 해서 오사카 사건을 기획했었지. 차제에 류조지를 해치우고 내가 죽은 걸로 해 놓으면 적어도 가문은 무사하게 되니까. 그래서 류조지의 시신에 불을 지른 거야. 시신을 훼손시켜 알아볼 수 없게 만들어 버렸지. 뒷갈망은 후쿠다가 맡았다. 후쿠다로선 내가 시키는 대로 할 수밖에 없었지. 녀석의 여동생이 바로 내 아내이니까. 그건 다시없는 인질이 아닌가 말이다. 큭큭큭, 나는 애초에 두 명의 인질로 노가제와 후쿠다를 좌지우지할 수 있었다. 그야말로 양수겸장이었지."

"처음엔 나도 그렇게 생각했다. 하지만 아니야. 단독범행이 아니야. 주범은 또 있어. 야마나카, 이 점도 부인하진 못하겠지?"

"응?"

명준의 서릿발 단정에 바쇼는 물론이고 어지간한 후쿠다도 깜짝 놀라는 표정이었다. 처음으로 야마나카의 표정이 흉할 만큼 일그러졌다. 명준은 가일층 엄격한 얼굴로 검지를 세우며 말을 이었다.

콰르릉—

"책을 발매하겠다는 목적이 협상용이라는 건 네 입으로 얘기했다. 하면 발매가 되지 않아야 하겠지. 그렇지 않나? 발매가 되어 버리면 터져버린 사단, 막부를 옥죌 수단이 없어져 버리니까. 이치가 그렇다면 류조지의 배신이 오히려 네게는 유효한 상황이었을 텐데."

"으음."

"너는 간조부교 선이 아니라, 그 위, 필시 사카이 로주와 담판을 지었을 테지. 책의 내용은 나도 이미 알고 있다. 그 정도의 얘기라면 막부의 로주는 발등에 불이 떨어졌다고 판단했을성싶다. 로주의 입장에선 책 발매에 동참했던 인물들의 제거가 우선이었을 것이다. 모든 걸 비밀로 붙이고 싶었을 테니까."

"큭큭큭, 그렇게까지 간파했던가?"

콰르릉—

아득히 높은 어딘가에서 뇌성은 사납게 울부짖었다.

"뭐, 좋다. 기왕에 거기까지 드러났다면 다 얘기해 주겠다. 네 말대로 사카이 로주와 함께 짜낸 계획이었다. 로주는 류조지를 맡았고 나는 오야분을 속였지. 로주는 류조지에게 오사카로 가서 미처 회수되지 못한 책을 가져오라고 은밀히 명령을 내렸고 나는 오야분에게 류조지를 제거하기 위해 일단의 무사들이 본거지로 습격을 감행할 테니 적당히 항거하는 척하다 뒷문으로 빠지라고 일러두었지. 류조지를 희생양으로 삼아 우리 두 사람이 건재할 수 있는 방법은 그것밖에 없다고 하니까 감쪽같이 속아 넘어가더군. 우리는 두 녀석 다 처치했고 류조지를 나로 둔갑시켜 버렸다."

"그렇게 해서 사건이 흐지부지 끝나는 줄 알았겠지?"

"그래, 사건은 세력다툼으로 종결되었다. 다 끝난 거였다. 미즈노 간조부교도 결국 포기하는 것 같았다. 그러면 모든 게 이상 무였다. 로주가 아무리 나에 대해 찜찜해 하더라도 히데요시 모노가타리가 있는 이상 딴 마음먹지 못할 거라고 판단했다. 나는 그간 축재해 놓은 재산으로 편히 지내기만 하면 되었어. 또 실제 그렇게 되어 갔다."

"그런데 어느 날인가 미즈노가 다시 수사를 개시했다. 너의 행방을 쫓았고, 너는 망연자실했을 거다."

"맞아, 그 자식이 어떻게 해서 낌새를 알아차렸는지 환장하겠더군. 그냥 덮어두면 그걸로 된 건데, 그 자식이……."

"후쿠다 님."

여기서 명준은 후쿠다에게 말을 걸었고 소녀를 내려다보았다. 소녀는 내내 초연해 보였을 따름이었다.

"내가 위험을 무릅쓰고 이 자리에 오하루 씨를 입회시켜 달라고 부탁드린 것은 이 부분을 확인하기 위해서였습니다."

소녀는 한 순간 어깨를 휘청했다.

"오하루 씨, 당신은 노가제 님의 부탁으로 간조부교에게 투서하지 않았습니까? 물론 후쿠다 님은 이를 알면서도 모른 척했겠지요. 자, 오하루 씨, 대답해 주십시오. 당신이 간조부교에게 사건을 재수사해 달라고 투서하였지요?"

"……."

소녀는 돌연 얼굴을 들어 명준을 보았다. 핼쑥한 안색, 깊은 눈동자 안의 무엇인가가 촛불처럼 일렁이는 것 같았다. 그 빛은 다 타버린 초의 마지막 연소처럼 슬퍼 보였다.

"언니가, 언니가 이대로 끝낼 수 없다고 했어요."

드디어 소녀의 말문이 열렸다. 굵은 어조. 바쇼, 후쿠다, 야마나카까지 제 귀를 의심하면서 눈을 홉떴다. 그저 명준은 물끄러미 소녀를 내려다보고만 있었다.

"언니는 이대로 야마나카의 의도대로 책의 내용이 묻히는 걸 견딜 수 없어 했어요. 언니는 할아버지의 한을 세상에 알리고 싶어 했어요. 아버지의 원통함이 풀려지기를 간절히 바라고 있었어요…… 그렇게 되지 않는다면 언니는 살아도 살아 있는 게 아니라고 했어요…….”

"당신은 여동생이 아니라 남동생이었군요.”

명준은 쓸쓸히 중얼거렸다. 바쇼는 도무지 믿기지 않는다는 듯 소녀만 뚫어지게 바라보았다. 명준이 말을 이었다.

"오하루 씨가 양녀로 갈 수밖에 없었던 이유가 바로 여기에 있었던 거야, 바쇼 군.”

"아아, 그랬군요!”

"그래, 변성기가 왔을 터, 그래서 오하루 씨가 요시와라에 더 이상 있을 수 없게 되었을 게야. 하지만 결과적으로 인질이 되어버렸으니…… 아마도 이 점 때문에 노가제 님은 몇 날 며칠이고 식음을 전폐할 정도로 통탄했을 게다. 무엇보다 자신을 사랑한다고 믿었던 야마나카였기에 배신감은 가일층 더했겠지. 물론 노가제 님은 책의 내용이 사장되는 게 억울했겠지만 그것보다는 동생을 보호하고 싶은 마음이 더 앞섰기에 오하루 씨에게 투서도 종용했을 게다. 혹시나 소용가치가 떨어졌다는 판단이 들기라도 하면 야마나카가 가차 없이 동생의 신상에 위해를 가할지도 모른다고 불안해했을 것이야. 이러한 곡절을 짐작한 후쿠다 님은 에도의 동생을 떠올리며 역설적이게도 오하루 씨를 극진히 보호하지 않았을까.”

"…….”

12막 천수각이 불타다

자신의 동생을 생각하는지 눈을 감은 후쿠다의 뺨에 한줄기 눈물이 떨어지고 있었다.

"자, 이제 결론을 맺자. 처음엔 노가제 님이 간조부교를 독살한 것으로 생각했었다. 하지만 동생을 시켜 투서를 할 정도였다면 독살할 이유가 없게 되는 것이지. 남은 가능성은 단 하나, 야마나카, 너의 짓이었지?"

"흥! 기원의 식모 하나를 매수하는 건 문제도 아니지. 미즈노 그 자식의 술상에 약을 타게 했지. 노가제 그년이 투서를 종용했을 줄은 꿈에도 몰랐던 나는 간조부교만 처치하면 된다고 판단했던 거야. 그 자식이 계속 움직이다간 쇼군이 사건의 전모를 눈치 챌 수도 있지 않겠어? 그러면 곤란하지. 아무리 로주가 나섰다 해도 현실 모르고 정의를 부르짖는 쇼군이 움직이기라도 해봐. 모든 게 말짱 공염불이 되고 말아! 노가제 그년에게도 여차하면 동생의 신변에 이상이 생긴다고 단단히 다짐을 받아 두었지!"

"하지만 우리가 사건을 다시 탐문하자, 극도로 불안해진 너는 노가제 님이 진상을 밝힐 것을 우려해 가증스럽게도 살해했다! 미오이 님은 그것이 너의 짓이란 것을 알았고 후쿠다 님께 유언을 남기고 끝내 자결해 버렸다. 그 전에 막지 못한 나의 불찰은 크다. 그러나 역설적이게도 미오이 님은 자결함으로써 네가 범인임을 입증해 주었다."

"닥쳐!"

마침내 야마나카의 칼집에서 칼이 빠져 나왔다. 위기감을 느낀 후쿠다가 명준의 앞을 가로막으며 검을 뽑아 들었다. 야마나카의 눈이 흉흉히 번뜩였다.

"나는 원래 말 많은 놈은 딱 질색이다!"

그러더니 야마나카가 바깥을 향해 여봐라! 하고 외쳤다. 언제부터 잠복해 있었던지 수하 셋이 쏜살같이 뛰어 들어왔다. 아차, 싶은 후쿠다가 명준과 바쇼를 향해 뒤로 물러나라고 손짓했다. 외견상 보기에도 수하들은 검술의 기량이 여간 아닌 것 같았다. 검을 든 자세부터 빈틈이 없었다. 침수 지역에 아랫것들 모두 투입시킨 후쿠다는 혼자, 역시 역부족이 아닐 수 없었다.

콰르릉—

"모조리 베어버려!"

야마나카가 기세등등하게 외쳤다. 수하들이 덮치려는 찰나, 옆방의 장지문이 드르륵 열리더니 닌자가 기민하게 뛰어들었다. 수하들이 움찔했는데, 한 치의 오차도 없이 닌자의 검은 맨 앞의 수하부터 일직선으로 베어버렸다. 피가 빗줄기처럼 뿜어 나왔다.

느닷없는 닌자의 등장에 잠시 주춤했던 야마나카의 수하들은 이내 자세를 가다듬고 달려들었다. 그러나 닌자가 더 빨랐다. 바닥을 박차고 뛰어오르는가 싶더니, 낙하하면서 단 두 번의 검 놀림으로 수하들의 팔과 허리를 갈랐다. 처절한 비명 그리고 피가 잘려진 팔의 경련처럼 산란히 얽혀들어 바닥으로 뿌려졌다.

거의 신기에 가까운 솜씨에 후쿠다는 입을 다물지 못할 만큼 경탄했고, 바쇼는 몹시 흥분한 것처럼 보였다. 명준은 예의 닌자의 몸놀림을 지그시 주시하면서도 노가제의 동생인 오하루가 염려되어 이따금 곁눈질로 살폈다. 내내 무릎 꿇고 앉아 있었던 오하루가 눈앞에 순식간에 펼쳐진 피의 아수라장을 목격하며 살해당한 노가제를 떠올렸는지 가련하게 느껴질 정도로 온몸을 떨고 있었다.

뜻하지 않은 방해꾼의 기량이 남달라 야마나카로선 서너 발자국 뒤로 물러날 수밖에 없었지만, 그는 쇼군 직속의 상급무사인 하타모토, 검술이라면 뒤지지 않는다는 자긍심이 넘쳤을 터였다. 때문에 야마나카의 공격 역시 전광석화였다.

검과 검이 맞붙었다. 금속성 울림이 예리하게 좌중을 관통해 나갔다. 1합, 2합, 3합까지 검과 검은 쇳소리를 퉁기며 부딪쳤다. 두 사람은 다시 떨어져 숨결을 고르며 자세를 취했다. 야마나카의 이마에선 땀이 마구 떨어졌다. 닌자 역시 모처럼 강적을 만난 듯 힘들어 보였다.

야마나카가 다시금 간격을 좁혀 왔다. 닌자도 뒷걸음질 치지 않았다. 하앗, 하고 돌진하며 야마나카가 검을 비스듬히 내리긋더니만, 닌자가 옆으로 피하는 순간을 이용해 그대로 명준과 바쇼 쪽으로 냅다 달려왔다. 게다가 검을 크게 휘둘러 명준과 바쇼는 반사적으로 몸을 비켰다. 닌자가 곧 야마나카의 간격으로 파고들어 반격하려 했지만, 그보다 먼저 간발의 차로 오하루가 붙들리고 말았다. 야마나카는 오하루를 일으켜 세워 검을 목에 겨누고 인질로 잡았다.

좌중은 경악했다.

"이런 비겁한 놈!"

치가 떨렸는지 바쇼가 신음마저 물었다. 후쿠다도 어찌할 바를 몰라 전전긍긍했다. 명준으로서도 속수무책이었다. 닌자 역시 바쇼의 눈치를 살피며 머뭇거렸다.

"모두 비켜! 그렇지 않다면 이 새끼 목을 그어 버릴 테다!"

야마나카가 엄포를 놓았다. 아니 따르지 않으면 그대로 베겠다는 듯 칼날을 한층 오하루의 목으로 밀착시켰다. 그렇지 않아도 핼쑥했던 오하루의 안색은 아예 백지장처럼 창백해졌다.

야마나카가 오하루를 앞장세워 방을 나가려 걸음을 옮겼다. 오하루는 별다른 저항을 하지 않은 채 비척거리며 끌려가기 시작했다. 닌자가 도리 없이 길을 터줬다. 야마나카의 뒤를 따라가며 바쇼가 목청껏 소리쳤다.

"부끄럽지도 않나, 명색이 하타모토라면서! 차라리 할복하라!"

"닥쳐, 죽음보다 평생의 굴욕이 더 나아!"

야마나카가 바쇼의 말을 일축하며 오하루를 방패로 삼아 바깥으로 나갔다. 명준과 바쇼, 그리고 후쿠다도 쫓았고 뒤따라 나온 닌자 역시 경계를 늦추지 않으면서 반격의 기회를 노리고 있었다. 빗줄기는 이미 약해져, 한 방울 두 방울 떨어질 따름이었다.

콰르릉—

허공에서 섬광이 번쩍였고 천둥이 격렬히 울렸다.

이제 됐다 싶었던 야마나카가 입 꼬리를 올리며 이죽거렸는데…… 어느 순간, 별안간, 지금까지와는 차원이 다를 만치 섬광이 일더니 천지가 뒤흔들리는 뇌성이 터져 버렸다.

별채 뜰로 나왔던 그들 모두가 움찔할 만큼 그 위력이란 가히 대단한 것이었다.

콰르릉— 콰쾅—

오사카 성의 천수각에 벼락이 사정없이 떨어졌다. 너무나 강렬한 빛이 천지를 집어삼킬 듯 파상공세를 폈고, 한순간에 천수각이 파괴

되어 무너져 내리기 시작했다. 그것은 흡사 승천하는 용龍이 제 둥지를 일순간에 부수는 것 같은 광경이었다. 용암이 분출하듯 불기둥이 솟구쳐 올랐다.

불길이 오사카를 대낮처럼 밝힌 채 화산의 그것처럼 천수각을 불태워 나갔다. 마치 천지 개벽이라도 일어나는 것 같은 광경에 사방에서 비명과 절규가 쏟아지고 있었다.

후쿠다가 그만 무릎을 꺾고 주저앉아 버렸다. 질식할 것 같은 한탄이 흘러 나왔다.

"아아, 오사카 성이, 오사카 성이……."
"천수각이 불타는구나, 천수각이……."
바쇼도 넋 나간 듯 중얼거렸다.
"크크크, 이놈의 막부에게 내리는 하늘의 벌이로다, 크크크!"
야마나카가 고개를 돌려 불타는 천수각을 올려보며 의기양양하게 소리쳤다. 순간의 방심이었다. 갑자기 오하루가 검을 쥔 야마나카의 손을 움켜잡더니 그대로 자신의 목으로 밀어 버렸다. 누구도 미처 말릴 겨를이 없었을 정도로 일순간이었다.

피가 천수각의 불처럼 허공으로 날아갔다. 모두들 아연실색하고 말았다.

오하루는 천수각처럼 무너져 내렸다. 야마나카가 즉각 정신을 수습 못하고 얼떨떨해 있으면서 오하루를 내려다보자, 바쇼가 후쿠다의 소도를 민첩히 빼서 한걸음에 달려가 야마나카의 배를 깊숙이 찔러 버렸다.

"컥억!"

단말마의 비명이 바쇼의 등 뒤로 굴러 내렸다. 야마나카가 왼손으로 무언가를 잡으려 휘저으면서 쓰러졌다. 닌자가 재빨리 다가와 바쇼를 호위했다. 명준과 후쿠다도 쓰러진 오하루에게로 달려왔다.
명준은 오하루를 부둥켜안았으나 숨은 이미 끊어져 있었다. 뜨거운 눈물이 명준의 눈에서 흘러내렸다. 소도를 쥐고 있는 바쇼는 차마 오하루를 보지 못했다.
천수각을 품은 화염은 훨훨 불타올라 끝 간 데 없이 치솟고 있었다.

《 13막 쇼군 이에쓰나 교토로 은밀히 행차하다 》

쇼군이 교토로 왕림할 때의 처소인 니조 성二條城.

명준은 니조 성 혼마루 어전本丸御殿 내의 백서원白書院에서 쇼군을 기다렸다. 원래는 다이묘들이 쇼군을 알현할 때의 장소에서 대기하라는 지시였으나 명준이 정중히 사양하자, 쇼군 가문이나 외척의 공간인 백서원으로 변경이 되었던 참이었다. 그렇다 하더라도 이것 또한 유례없는 파격적 예우였다. 예컨대 사건이 마무리된 다음, 명준을 만나고 싶다는 전갈도 쇼군이 먼저 보냈었다. 형님께서도 주시하고 계셨나 보네요, 라며 바쇼가 예의 호들갑을 떨었으며 명준 역시 알현하고 싶었던 마음이라 기꺼이 응했는데, 물론 주위의 눈도 있고 해서인지 에도 성은 당초 면담 장소에서 제외되었지만 교토의 니조 성으로 등성하라는 기별도 가히 이례적이었다. 사실 31년 전에 3대 쇼군 이에미쓰家光가 행사차 등성한 이후로는 그동안 공식적으로 찾지 않았으니 만큼, 이번 이에쓰나家綱 쇼군의 은밀한 교토 행차 자체도 대단한 예외였다. 이번 사건을 해결한 명준에 대한 예대禮待를 쇼군이 각별히 신경 쓰고 있다는 증표이기도 했다.

그런데 당일 날 바쇼는 어쩐 일인지 스승인 마쓰나가 데이토쿠松永

貞德의 기일이라며 참배를 핑계로 흔치 않은 기회인 등성을 포기해 버렸다. 하여 바쇼가 불참한 가운데 명준은 쇼군과 단독으로 만날 예정이었다.

날씨는 쾌청했다. 아직 여름이긴 했지만 방의 장지문을 활짝 열어 놓았던 차라, 산들바람 또한 경쾌히 넘나들어 시원했다. 명준에겐 모처럼 한가하고 여유로운 시간인 셈이다. 문득 십년 전 기억도 새록새록 되살아나, 명준은 잠시 눈을 감아 보기도 했다. 전쟁 일보 직전의 긴박한 기억이 아프게도 다가왔지만 영민했던 어린 쇼군의 통찰력이 새삼 그립기도 했다. 이제는 어엿한 어른이 되어 천하를 개혁하려는 쇼군…… 그렇다면 조선과의 선린 우호도 탄탄대로일 터, 격세지감을 느끼기도 했지만 역시 감개무량한 기분이었다. 그래서 이런저런 추억이 숨 쉬고 있는 교토가 언제나 살뜰하고 정겹게 느껴지는지도 몰랐다.

눈을 뜬 명준은 새삼 방안을 이리저리 훑어보았다. 날씨만큼이나 방의 분위기 또한 상쾌했다. 벽을 꾸민 풍경화는 여백의 여운이 한껏 활용되어 산뜻했으며, 그림의 내용도 물결 위를 노니는 세 척의 배가 속세를 벗어난 듯 유유자적하여 보기만 해도 편안해지는 것 같았다. 장지문 너머의 뜰도 아담하지만 수려하여 그윽했다. 그러고 보면 오사카 성 같은 현란한 미美도 근사하지만 니조 성 같은 우아한 아름다움은 이렇게 부담을 주지 않아 좋았다. 어쩐지 이러한 점 또한 히데요시와 이에야스의 차이를 말해주는 것 같아, 명준은 주변의 웅숭깊게 느껴지는 풍광에서 히데요시 모노가타리가 문득 떠올라 씁쓰레하게 미소 지었다.

이윽고 이에쓰나 쇼군이 모습을 드러냈다. 곁에는 굳은 표정의 사카이 로주도 있었다. 이에쓰나는 사카이와는 정 반대로 환하게 웃으며 상좌에 착석했다. 사카이는 표정을 풀지 않은 채 명준을 일별하곤 상좌 아래로 자리를 잡아 앉았다. 명준이 예를 다해 배례했다. 이에쓰나가 입을 열었다.

"십년 만인가요? 반갑습니다. 이번 사건 바쇼를 통해 소상히 들었습니다. 진심으로 고맙게 생각합니다."

쇼군답지 않은, 바쇼 같은 공경의 말이었다. 미소를 머금은 명준이 다시 머리를 깊숙이 숙여주었다. 그리고 얼굴을 들면서 천천히 말했다.

"송구하옵니다, 우에사마. 하나만 여쭈어도 괜찮을는지요?"

"못할 게 뭐 있겠습니까?"

"후쿠다 마치부교는 어떤 처분을 받는지요?"

"여동생이 인질로 잡혔던 점을 참조했고 바쇼에게 도움을 주었던 점도 감안하여 정상 참작했지요. 일단은 유배를 보냈습니다만 조만간 자유롭게 해 주려 합니다."

"그렇군요."

"아, 노가제 남매의 장례는 잘 치러 주었습니까?"

"예, 에도로 시신을 옮긴 다음, 남매를 함께 합장合葬했습니다."

"함께 말입니까? 하기야 그렇게나 의좋은 남매였으니…… 두 사람의 죽음이 안타깝습니다."

"성불했으리라 믿습니다."

"예. 두 사람이 다음 생에선 보다 행복해졌으면 좋겠습니다."

"예, 우에사마."

이에쓰나는 뭔가를 한참 생각하더니, 사카이에게로 시선을 돌리면서는 엄정한 표정을 지었고 어조도 사뭇 엄격해졌다.

"사카이, 내가 자네를 왜 이 자리에 동석시켰는지 알겠나?"

"예? 우, 우에사마 황공하옵니다!"

"진부한 소리 같겠지만, 어떠한 명분을 내세우든 진실을 가릴 수 없다는 점을 다시 한 번 각인시키기 위해서인 거다. 물론 막부를 위한 자네의 충정을 모르진 않는다. 그러나 정정당당히 맞서야만 했었다. 정도를 벗어난 사도로 빠지다 보니 이런 결과가 자초된 것이다."

"송구하옵니다, 우에사마!"

사카이는 그 말만 되풀이하며 머리를 거듭 조아렸다. 그러나 이에쓰나의 태도는 부드러워지지 않았다.

"엄벌에 처해야 마땅하나, 여러 가지 사정을 고려하여 우선 삼개월간 자택에서 근신할 것을 명하겠다. 이후의 처분에 대해선 깊이 숙고한 다음에 내리겠다."

"화, 황공하옵니다, 우에사마!"

"그만 물러가라, 사카이."

"예, 예!"

이 자리에서 이에쓰나가 굳이 사카이를 힐책하고 근신 처분을 내리는 건 명준에 대한 나름의 배려이지 싶었다. 그런 섬세한 마음 씀이 미더워 명준은 새삼 이에쓰나를 지그시 바라보았다. 사카이가 물러간 다음, 이에쓰나는 명준의 시선을 맞받으면서 한층 다사로이 말을 이었다.

"답례를 하고 싶습니다. 원하는 게 있으면 뭐든지 말해 보세요."
"정히 그러시다면……."
"예."
"요시와라에서 지출된 금액을 청구하고 싶습니다만."
"어?"

명준은 활짝 웃었고 이에쓰나는 졸지에 낯을 붉혔다. 두 사람은 서로를 마냥 바라보았는데, 마침내 이에쓰나가 한바탕 크게 웃었다.
"이거, 못 당하겠습니다. 명준 님."
"송구하옵니다, 우에사마."
"그나저나 명준 님, 여기 정원도 꽤 볼만 합니다. 산책이나 할까요?"
"예."

이에쓰나가 시동도 물리치고 명준과 단 둘이 백서원을 나와 나란히 걸었다. 청류원淸流園이라 명명된 정원은 곳곳에 깎아 만든 것 같은 돌과 바위와 그려 놓은 것 같은 나무가 어우러져 고아했다. 오래된 화폭에 담긴 것 같은 연못에는 잉어가 한가로이 떠다녔고, 햇살은 영롱히 물 위로 쏟아져 부서졌다. 새 몇 마리가 여기저기로 곡선을 그리며 날아다니기도 했다. 평화로웠다. 속세의 모든 번뇌가 이곳에선 말끔히 상쇄될 것도 같았다…… 그렇게 정원의 풍치에 젖어들다가 명준은 새삼 마음이 뭉클해졌다. 노가제 남매가 불현듯 시야에 아른거렸기 때문이었다. 두 사람도 살아남아 여기에 함께 왔더라면…… 속절없는 회한이 목울대로 슬프도록 차올랐다.

"언제부터 내가 바쇼가 아니라는 걸 눈치 챘나요?"

명준과 보폭을 맞추며 정원을 둘러보던 이에쓰나가 가벼이 말했다. 그제야 상념에서 벗어난 명준이 이에쓰나를 보며 대답했다.

"부산 왜관으로 저를 만나러 오셨던 날……."

"어? 첫날 알아봤단 말입니까?"

눈을 똥그랗게 뜬 이에쓰나가 과장스럽게 경탄하는 태도를 보이자, 명준도 함박웃음을 지었다.

"그날 우에사마께서 스스로 바쇼라고 하셨지만, 실은 위화감이 들었습니다. 그래서 시험 삼아 십년 만에 만났는데도 제가 하대를 해보았지요. 아마도 평소 들어보지 못했던 하대 말이라 우에사마께선 적잖이 당황하셨을 겁니다. 때문에 말씀이 많아지셨던 건 아니었을까 싶었지요."

"하하하! 참 짓궂기도 합니다, 명준 님."

"송구합니다, 우에사마."

"아니, 아닙니다. 그렇다면 나와 함께 오사카로 흔쾌히 떠난 건?"

"우에사마일지도 모른다고 생각했기에, 친히 나서실 정도라면 필시 보통 사건이 아니라는 판단이 들었던 겁니다."

"과연!"

"그래도 그때만 해도 짐작 수준이었는데, 고부쇼에서 확신을 했지요."

"고부쇼에서?"

"물론 우에사마의 연기력은 노能 배우를 뺨칠 만치 훌륭하셨습니다만, 고부쇼가 문호를 개방했다는 것도 알고 계셨을 뿐만 아니라 그곳에 대단히 흥미를 드러냈고 적잖이 흥분도 하시더군요. 고부쇼에 애착을 가지고 계셨기 때문이라 사료됩니다. 가인歌人을 지향하는 바쇼 군이라면 고부쇼에서 그런 반응을 보이지는 않았겠지요."

"과연 예리하시군요."

"더욱이 요시와라에서 우에사마는 보고 체계가 제대로 갖춰지지 않았다며 에도 성의 기율에 대해 불같이 화를 내셨습니다. 역시 바쇼라면 과민한 반응이 아닐 수 없었지요."

"하하, 조심한다고 했는데도 들켜버렸네요."

"고부쇼의 그 사범은 여전하고요?"

"그 녀석 말입니까? 따로 불러 면담을 한 번 했는데, 나를 보더니 아예 기겁해 까무러치더군요. 그 녀석 참. 허나, 바로 내치면 길거리로 나앉을 텐데, 구라시키倉敷로 보내 일을 통해서 사람 좀 만들어보려고 합니다. 억척스레 일하는 조닌들을 보면 뭔가 느끼고 바뀌지 않겠습니까?"

"역시 우에사마다운 배려이고 매듭이시군요."

"하하, 그 녀석, 내가 쇼군이라니까 눈이 뒤집히는데…… 명준 님도 그 모습을 한 번 봤으면 배꼽 잡고 웃었을 겁니다."

"허허, 상상이 갑니다. 아 참…… 하나 더 여쭙고 싶은 게 있는데."

명준은 뒤를 슬쩍 돌아보곤 얼굴 부근으로 검지를 올리며 말을 이었다.

"기요모리清盛 님이 여기서도 우리를 호위하지 않습니까?"

"예?"

"다니하타 생도에게 습격당했을 때나 오사카에서도 느닷없이 나타났던 닌자가 바로 기요모리 님이 아닌지요? 그 솜씨가 십년 전 호시나保科 님의 저택에서 보여줬던 것과 닮아 있었습니다. 역시 기요모리 님이었지요?"

"하하하, 말씀대로입니다."

이에쓰나는 진실로 유쾌해 보였다. 크게 웃더니 고개를 돌려 소리쳤다.

"기요모리, 자네도 들켰네. 이리 나와서 명준 님과 인사하게."

그러자 아름드리나무 뒤편에서 기요모리가 조용히 걸어 나왔다. 주름이 꽤나 늘었지만 눈매는 여전히 검선처럼 날카로웠다. 기요모리는 쑥스러운 듯 상기된 얼굴로 머리를 숙였고 명준도 반갑게 인사했다.

"오랜만에 뵙습니다, 명준 님."

"예, 기요모리 님. 십 년 만입니다. 그간 격조했습니다."

"잘 지내셨지요?"

"그럼요, 기요모리 님도 좋아 보입니다."

"명준 님도요."

두 사람은 오래된 벗처럼 웃음도 주고받았다.

"짧은 시일이었지만 이번 사건을 해결하면서 많은 걸 느꼈답니다, 명준 님."

이에쓰나가 다시 천천히 걸음을 옮기면서 말을 이었다.

"예, 우에사마."

명준도 이에쓰나와 보폭을 맞추며 걸었다. 기요모리가 두 사람과 조금 떨어진 채 뒤를 따랐다. 그들의 머리 위로 새 한 마리가 유유히 날아갔다.

"우에사마, 미루어 보건대 오하루 씨는 미즈노 간조부교만이 아니라 우에사마께도 편지를 보냈던 게 아니었습니까?"

푸르디푸른 하늘에 시선을 올리며 이에쓰나가 말했다.

"예, 맞아요. 내가 나서게 된 결정적 동기가 바로 그의 편지 때문이었습니다. 사실 나는 사카이가 오사카 사건이 불량도당들 간의 세력 다툼으로 보고를 하여 실제 그런 줄로만 알았습니다. 부패한 야마나카가 그 와중에 참살된 것으로만 여겼지요. 그런데 한 통의 편지가 내게로 온 것입니다. 오사카 사건을 거론하고 히데요시 모노가타리에 대해서도 언급했답니다. 다시 조사하여 사건의 진상을 밝혀달라는 내용이었지요."

"발신인이 후쿠다 마치부교였을 테고요?"

"그래요. 생각해 보면, 후쿠다는 인질로 잡힌 여동생 때문에 마지못해 야마나카에게 협력했지만 어떻게 하든 사건이 다시 파헤쳐지기를 바랐던 차라 그런 모험을 한 게 아닌가 싶네요. 솔직히 말씀드려 내가 명준 님을 찾아간 건 그만큼 이번 사건에 대해 철저히 은폐하려던 주변을 믿을 수가 없었기 때문입니다. 차라리 바쇼로 분장하여 명준 님과 함께 사건을 추적하는 게 진상에 올바로 접근할 수도 있지 않을까 싶었어요."

"그럴 거라 미루어 짐작했습니다."

"쇼군 입장으로는 여러 가지 제약이 따르니까요."

"그래도 말입니다, 우에사마. 바쇼로 행세하며 오사카에 들렀을 때 모르긴 몰라도 후쿠다 님은 어렴풋하나마 쇼군인 줄로 눈치 챘을 겁니다. 그래서 히데요시 모노가타리까지 건넸을 거라고 봅니다."

"역시 그렇겠지요. 참, 그간 궁금했었는데 오하루가 소중히 간직했던 책은 왜 파손되어 있었을까요? 혹시 오하루가 직접 파손시켰을까요?"

"그건 여러 가지 의미가 있지 않겠습니까? 우에사마 입장에서 깊이 숙고해 보시지요. 당사자가 세상을 떠났으니 그 정확한 경위야 지금으로선 알 도리가 없게 되었습니다만."

명준도 구름 한 점 보이지 않는 창공으로 눈길을 올리며 쓸쓸한 어조로 말했다.

"그렇겠군요. 여하튼 이번 사건을 통해 나는 많은 걸 생각할 수 있게 되었습니다. 전쟁의 비극이란 세월이 흘러도 이렇듯 질기게 남아 있구나 하는 점도 새삼 느낄 수 있었고요."

"예, 우에사마 그래서 드리는 말씀입니다. 전쟁의 상흔이나 기억은 세월이 지남에 따라 낫거나 흐려지겠지만 늘 상기하여 반성할 수 있는 용기가 있어야만 다시는 그런 비극의 전철을 밟지 않으리라 믿습니다. 전쟁이란 가장 지독한 범죄가 아니겠습니까? 거기에 희생된 게 어찌 노가제 집안뿐이겠습니까? 이 점을 늘 유념해 주시기를 소망합니다, 우에사마!"

"의미심장한 말이군요. 예, 명준 님. 막부의 수장으로서 그 점을 반드시 잊지 않겠습니다."

"그런 뜻에서도 조선과의 선린 우호를 지켜주시길, 우에사마."

"물론입니다, 명준 님."

"내 입장에서만 사안을 보는 것이 아니라, 타인의 입장에 서 보면 인간사의 갈등도 필연코 해결되지 않나 싶습니다. 서로를 배려한다는 건 존중의 표현이니까요. 저는 이번 사건을 통해 그 점을 거듭 깨달았습니다. 일본과 조선의 국사를 담당하시는 분들도 저와 같은 깨달음을 얻었으면 좋겠습니다."

"예, 나 역시 그렇습니다. 참, 저기 명준 님. 조선으로 가신 다음, 그 린이라는 인물이 그 후 어떻게 되었는지 조사하실 의향이신지요?"

"저 역시 궁금하면 참지 못하는 성미이니까요, 우에사마."

"그런 면에선 우리 두 사람이 닮았다니까요."

"나중에 알려드리지요."

"꼭 그러기를 바랍니다, 명준 님. 아, 그리고 앞으로도 미궁에 빠지는 사건이 발생하면 도움을 다시 요청해도 괜찮겠습니까?"

"우에사마께서 또 나서시겠습니까?"

"예, 그때도 바쇼로 분장하지요."

"바쇼 군이 알면 서운해 하겠습니다."

"하하하하하!"

두 사람은 격의 없이, 흡사 허물없는 친구처럼 혹은 다정한 형제처럼 마음껏 웃었다. 뒤를 따르던 기요모리도 잔잔한 미소를 머금으며 명준을 향해 다시 목례했다. 정원을 부유하던 새들의 지저귐도 산드러지게 들려왔다.

"참, 명준 님."

이에쓰나가 말했다.

"예."

명준이 대답했다.

"출출하지 않습니까? 장어라도 먹을래요?"

"장어? 왜관에서처럼 말입니까?"

"예, 오토모노 야카모치의 와카라도 읊조리면서 말이지요."

"좋지요, 우에사마."

"기요모리, 자네도 함께 먹으려면 와카 하나는 준비해야 하네."

이에쓰나가 뒤돌아보며 기요모리에게 능글맞게 익살떨었다.

"예?"

기요모리가 무슨 말인지 몰라 주춤거리자, 명준과 이에쓰나는 동시에 웃음을 또 한 번 터뜨렸다. 영문도 모르고 기요모리는 뒷머리만 긁적거렸다.

그런 그들을 향해 한낮의 햇살이 찬란히 내리비치고 있었다. 폭염을 거부한 초가을의 살가운 빛살 같았다.

종막

늦은 밤, 침소에서 광해군光海君은 그와 독대하고 있었다. 따로 지시할 일이 남은 건 아니었지만 내일이면 먼 길을 떠나는 그를 배웅도 없이 보내기가 마음에 걸려 굳이 불러들였던 것인데, 막상 얼굴을 대하니 착잡할 따름이었다. 그래서 별다른 말도 못하고 오도카니 앉은 채 그를 바라보기만 했다. 그의 표정은 이상하게도 평온해 보였다.

내일, 내일이면 그는 고니시 유키나가小西行長의 진으로 투항한다. 그리고 일본으로 건너갈 것이다. 마에다 도시이에와 접견할 수만 있다면 이번 작전의 반은 성공한 셈이 된다. 그 이후는 도쿠가와 이에야스가 어떻게 하느냐에 달려 있지만, 천운이 있다면 반드시 성공하리라 믿고 있다. 물론 이번 작전에 대해 이에야스와는 이미 내응해 놓았다. 벌써 서너 번 밀사를 보냈던 참이었다.

히데요시 암살. 이 거대한 작전의 밑그림은 광해군 자신이 그려 놓았다. 그것을 이에야스에게 광해군이 먼저 제의했다. 그간 수집한 첩보에 의하면 이에야스는 히데요시 이후의 천하를 노리는 게 분명했다. 히데요시가 죽어야만 자신의 야망을 펼칠 수 있는 입장이었다. 이에야스는 선선히 광해군의 작전에 동의해 왔다. 결국 서로 간에 이해관계가 일치했던 것이다.

그러나 문제는 자객이었다. 이에야스는 여러 의미에서 자신이 직접 자객을 쓸 수는 없다며 난색을 표명했다. 광해군 쪽이 준비하라는 것이었다. 광해군은 고심했다. 조선인이 일본인으로 변복하여 오사카에 잠입하는 건 발각 날 위험이 너무 컸다. 따라서 이번 작전에 가장 적합한 인물은 조선으로 귀순한 일본인이었다.

그간 히데요시의 만행에 치를 떨어 귀순한 일본인들은 일본에서의 경험을 바탕으로 혁혁한 전공을 세우는 경우가 많았다. 부왕父王의 신임을 두텁게 받았던 사야카沙也可 같은 이가 대표적이었다. 부왕으로부터 김충선金忠善이란 이름까지 받지 않았는가…… 그러던 차에 밀사의 통역으로 이에야스를 만나고 왔던 그가 이번 작전을 수행하겠다며 자청해 왔던 것이었다. 내심 바랐던 참이긴 했지만, 그래도 목숨을 건 일인데 할 수 있겠냐고 간곡히 물어보자, 그는 자신의 정혼자를 위해서라도 기필코 완수하겠노라고 했다…….

이런저런 상념에 젖어들다가 광해군이 이윽고 말문을 열었다. 준비에 오차가 없는지 재차 물어보고 여러 가지 점검 상황에 대해서도 확인하곤, 이런 말까지 덧붙이고 말았다.

"나는 네게 어떠한 보상도 해 주지 못한다. 그저 네가 무사하기만을 빌 뿐이다. 작전이 성공하더라도 너는 그대로 일본에 눌러 살아야만 한다. 여기로 돌아왔다가는……."

"알고 있사옵니다, 저하."

종말 431

그가 침착한 어조로 대답했다. 광해군은 무겁게 고개를 끄덕거렸다. 그가 말을 이었다.

"소인이 고니시 유키나가 진에 투항하면 필시 조선인 포로들과 뒤섞여 일본으로 건너가게 될 것입니다. 당연히 소인은 그들 앞에서 조선인으로 행동할 것이며, 그들의 눈앞에서 일본 쪽으로 붙을 것입니다. 따라서 조선인 포로들로부터 소인은 변절자로 손가락질 받을 수밖에 없을 것입니다. 이번 작전이 성공하여 전쟁이 끝나면 포로들이 귀환되어 갈 텐데, 그때 소인이 송환이라도 되면 변절자, 역적으로서 조선에서 참수되어야 사리에 맞을 게 아니겠습니까?"

"나도 그 점이 제일 걱정이느니."

"허나, 저하, 지금은 소인의 생환 이후를 심려하실 때가 아니옵니다."

"미안하구나, 네겐. 나는 도쿠가와에게 뒷일을 몇 번이고 다짐해 두었다만. 솔직히 자신할 수가 없다. 그러므로 나는 어쩌면 사지死地로 너를 몰아넣고 있는 것인지도 모르겠구나."

광해군은 눈시울이 화끈거리는 걸 느끼고 있었다.

"저하!"

그가 얼굴을 똑바로 들고 힘주어 말을 이었다.

"이번 거사에 소인이 자청한 건 두 가지 이유 때문이옵니다!"

"……."

"소인의 정혼자를 찾기 위해서이며, 또 하나는 저하의 은혜를 갚기 위해서입니다."

"……."

"입에 발린 말씀은 드리지 않겠습니다. 저하는 사람을 피로 구분하여 대하지 않으셨습니다. 저하께 소인은 일본인이 아니라 전쟁에 신음했던 사람 중의 하나로만 보셨사옵니다. 그래서 그토록 진솔하실 수 있다고 소인은 판단했사옵니다. 주제넘지만 소인이 확신할 수 있는 점은 저하의 적은 일본인이 아니라 도요토미 히데요시였다는 것이옵니다. 깊은 감명을 받았나이다."

"하야시 나는……."

"저하 하야시가 아니옵니다. 저하께서 하사하신 이름, 소인은 임수영이옵니다."

"허허, 그래그래, 수영아……."

"예, 저하!"

"정혼자와 꼭 행복하게 살아야 한다."

"예, 저하!"

"수영아, 어떤 일이 있어도 그녀와 떨어져서는 아니 된다. 조선으로 송환되지 않아야 하느니. 내가 해줄 수 있는 말은 그저 그것뿐이로구나!"

"예, 저하!"

"수영아……."

광해군은 더 이상 말을 이어가지 못했다. 뜨거운 뭔가가 계속 목울대로 올라와서 입을 굳게 다물어야 했기 때문이었다.

수영의 눈도 젖어 들어갔다. 표정은 여전히 평온했다.

광해군은 무릎걸음으로 수영의 앞으로 가서 그의 손을 잡았다.

그의 손길은 따스했다.

"반드시 정혼자와 행복하게 살아야 한다, 수영아!"

광해군이 울먹이면서 그렇게 재차 말했다.

1605년 6월 17일 임수영은 적에 귀순하여 나라를 배반한 죄로 조선에서 참수되었다.

작가의 말

조선왕조실록의 한 구절에서 영감靈感을 얻었다. '임진년의 변란을 당하자 적 속으로 들어가 나라를 배반하였으니 형벌을 내리지 않을 수 없다'라고 하니 머릿속에 사방등이 켜진 셈이었다. 1605년이면 임진전쟁이 끝난 지 만 7년째 되는 해였다. 도대체 어떤 곡절이기에 종전 7년 후가 되어서야 처벌이 내려졌지? 불이 켜진 머릿속에서 상상의 나래가 파노라마처럼 펼쳐졌던 건 당연했다. 그런데 파노라마처럼 펼쳐지는 건 좋은데, 너무 넘치다 보니 수습이 되지 않았다. 통제되지 않는 상상이라면 작품의 플롯을 꾸리는데 오히려 애를 먹게 된다. 그럴 경우 원점으로 돌아가 상상의 나래들을 하나하나 점검하는 것이 효율적이지 않을까 싶었다. 그래서 오사카로 훌쩍 떠났다. 오사카 성, 그리고 천수각이 있기 때문이다.

물론 눈앞의 천수각은 도요토미 가문이나 도쿠가와 가문의 천수각이 아니다. 오사카 전쟁에서 천수각은 한 번 잿더미가 되었고, 도쿠가와 가문이 재건했으나 이 작품에서 묘사한 대로 낙뢰로 다시 소실되어 버렸기 때문이다. 눈앞의 천수각은 쇼와시대昭和時代에 재건된 것이다. 허나 재건 천수를 올려다보고 있노라니, 거기엔 흥망을 품은 채 그 자리를 지킨 천수가 있을 뿐이었다. 반나절 이상을 천수각만 올려다보고 있어도 지루하지 않았다. 린의 이야기가 사방등 아래에 차곡차곡 정리되기 시작한 것도 그 순간부터였다.
 초판을 쓸 때의 정황이다.

 이 작품 초판의 제목은 『제국의 역습』이었다. 전작前作 『왕의 밀사』에 등장시킨 박명준 캐릭터를 그대로 가져와 시리즈 형식으로 출판했던 것이다. 이후 번외番外 편 『백안소녀 살인사건』까지 치면 '박명준 시리즈'는 3권이 나왔다. 동일한 캐릭터로 3편의 스토리를 만들어 냈으니 적지 않은 분량이다. 그만큼 작중인물 박명준에겐 애착이 깊다. 무엇보다 경계인境界人이란 캐릭터의 위치를 잘 잡았다고 생각한다. 내심 만족하고 있다. 경계인을 소외된 군상으로 묘사하는 경우도 많지만, 어디든 속하지 않기 때문에 도리어 어디에도 속할 수 있을 뿐만 아니라, 어디든 날아갈 수 있는 새처럼 자유로운 속성도 지닌다. 자유롭다는 건 구속받지 않는다는 의미이고, 지역을 넘어, 국경 너머의 세계에도 시선을 둘 수 있는 이점을 가질 수 있다. 그래서 크고 깊고 넓은 관점을 구축하는데 비교적 유리하다. 응당 하나의 사물에 대한 추리推理와 탐정探偵이 보다 냉철해지기 마련이다. 그래서 박명준 캐릭터를 계속 사용하려 한다. 반일反日에 치우친 한국 사회의 기류에 박명준 같은 경계인의 시각이 존재해야만 균형이 잡힐 수 있다는 염원 때문이기도 하다. 그 마음이 『제국의 역습』 '수정판'을 일단 신작新作보다 먼저 내게 만들었다.

 마음먹고 손을 댔다. 재건 천수를 보며 만들었던 이야기의 큰 줄기는 그대로이나 세부적인 면에선 많이 뜯어 고쳤다. 당대의 일상을 치밀히 고증하는 데에도 많은 시간을 할애했다. 실재성이 구축된 이야기라야 독자가 당대의 풍정風情에 훨씬 가깝게 다가갈 수 있을 거라고 믿기 때문이다. 제목도 바꾸었다. 『요시와라 유녀와 비밀의 히데요시』. 개작改作에 정성을 들였던 것만큼 집필 과정도 즐거웠다. 그야말로 정본定本이 된 것이다. 부디 독자들에게도 흥미롭고 즐겁게 읽혀지기를 바란다.

에도시대를 살피면 언제나 감흥이 넘친다. 조닌 계급이 문화를 이끌어 갔던 부분도 매우 매력적이다. 막부가 유학을 관학으로 삼았으나 난학蘭學_{네덜란드를 통해 들어온 유럽의 학문이나 기술을 통칭함}이나 국학國學도 화려하게 꽃 피워졌던, 활력 넘치는 시기였다. 다양한 관점이 풍요롭게 공존되었다고 해도 과언이 아니다. 이러한 역동적인 흐름은 사실 경제적 뒷받침이 없다면 어림없다. 그러한 토양에 조닌 계급이 일조를 크게 했다는 얘기다. 박명준을 '장사꾼'으로 묘사한 까닭도 거기에 있다.

거기에다 박명준이 활약하고 있는 시기는 게이죠慶長·간에이寬永 문화에서 겐로쿠元祿 문화기로 넘어가는 시점이다. 아직까지는 교토의 공가나 에도의 무사 계급이 문화를 담당하고 있지만 유력 조닌들이 서서히 전면에 나서는 시기라고 보면 된다. 그러한 전환기는 이후의 겐로쿠나 가세이化政 문화기로 배턴을 이어지게 하는데, 문화의 주역으로 성장하는 조닌 계급을 통해 당대를 통찰해 보는 건 상당히 의미 깊다. 그건 일본日本이 어떤 사색과 성찰을 통해 현재에 이르게 되었는지를 파악할 수 있는 관건이기도 하다. 이를테면 조닌의 성장에 어떤 기틀이 마련되고 변수가 작용했는지 이해한다면, 현재의 반추와 성찰이 뒤따르게 된다는 얘기다. 그래서 문화적 전환기는 학문만이 아니라, 이야기의 토대가 될 상상의 보고寶庫다.

경애敬愛하는 미야베 미유키宮部みゆき 선생이 펴내는 에도 연작소설도 겐로쿠 너머 가세이 문화기를 공간적 배경으로 삼고 있어, 게이쵸·간에이 때보다는 훨씬 뒤에 위치하는 시대다. 요시와라 유녀의 최고 등급을 다유 대신 오이란花魁이라 불리게 된 것도 겐로쿠 이후이니, 그 점을 상기하면서 박명준이 활동하는 시기를 상상해 본다면 훨씬 실감나지 않을까 싶다.

덧붙이자면 이 작품에서 중요 소재로 활용된 '소설'도 당대 에도시대에서는 지금처럼 대중문화의 구성을 이루는 한 축이었다. 물론 전업 작가專業作家로 먹고살기가 만만치 않아 많은 작가들이 겸업으로 글을 썼지만 가세이 때의 산토 쿄덴山東京伝은 정말이지 원고료만으로도 생활할 수 있을 정도로 큰 인기를 누렸다고 하니, 일본문명日本文明의 이채로운 진면목 중 하나다.

여하튼 당대의 이국적 풍광 속에서 박명준이 조닌들과 더불어 미스터리를 풀기 위해 에도를 종횡무진 누비는 모습은 어지간히 진풍경일 게다. 일말의 위화감조차 없도록 실재성 구축만 이루어진다면 충분히 가능한 일이다. 이국적 풍정을 베이스로 깐 미스터리, 이색적 경험이라 해도 지나치지 않다. 그러니, 앞으로도 그 점을 독자들이 즐겼으면 좋겠다.

2016년 풍요로운 가을날에
허수정